LA RUSE DU CRÉPUSCULE

LES MONSTRES ET MOI

TOME 2

EVA CHASE

La Ruse du crépuscule

Livre 2 de la série *Les Monstres et moi* ".

Première édition numérique, 2020

Copyright © 2023 Eva Chase

Traduction française : Valentin Translation and Isabelle Wurth

Conception de la couverture : Open World Cover Designs

Ebook ISBN : 978-1-998752-63-8

Broché ISBN : 978-1-998752-64-5

❀ Réalisé avec Vellum

UN

Sorsha

Je n'avais pas toujours voulu mettre fin au monde, même après qu'il m'a semblé qu'en grande partie, il veuille en finir avec moi.

Les personnes qui m'avaient poursuivie dernièrement étaient peut-être encore tapies de l'autre côté du mur en contreplaqué que j'observais à présent depuis le trottoir d'en face. Je ne voyais pas grand-chose d'autre que la structure de poutrelles d'acier qui s'élevait au-dessus.

Des ouvriers du bâtiment vêtus de gilets fluo étaient perchés à divers endroits de cette structure. C'était nouveau. Auparavant, on aurait dit que le chantier qui cachait l'installation secrète de mes ennemis n'était qu'une façade. Surprise, surprise ! Apparemment, toutes ces poutres et ces planches allaient en fait servir à construire un bâtiment.

— D'accord, murmurai-je. J'y vais.

Si vous m'aviez regardée, vous auriez eu l'impression que j'avais traversé la route toute seule. Je comptais sur mes monstrueux compagnons — quatre à présent, passant d'un trio à un quatuor — qui me suivaient en se faufilant à travers les ombres. Plus communément appelés « ombres », les êtres comme eux avaient reçu ce nom à la fois en raison de l'obscurité de leur royaume naturel et de leur capacité à s'enfoncer dans les ténèbres du nôtre et à s'y déplacer. Ce qui signifiait également qu'ils pouvaient bondir hors de ces ténèbres et s'attaquer à quiconque essayait de s'en prendre à moi.

Nous étions à peu près sûrs que la bande de chasseurs de monstres et de scientifiques assoiffés de torture que nous avions affrontée ne m'attaquerait pas en plein jour, devant de nombreux témoins, mais je n'étais pas du genre à me défier de toute prudence. Acclamons les gardes du corps surnaturels !

Le bourdonnement d'une scie provenait des profondeurs du chantier. En m'approchant de la porte entrouverte par laquelle les ouvriers avaient fait entrer quelques camions, l'odeur du pin fraîchement coupé dans l'air chaud de l'été me chatouilla les narines.

J'avais espéré que le simple fait d'entrer en flânant me mènerait là où je voulais aller. La plupart du temps, il suffit d'avoir l'air de savoir que l'on a le droit d'être à un endroit pour convaincre tous les gens autour de soi que c'est aussi le cas. Mais pas aujourd'hui.

Un type avec un casque gris, un gilet orange et une moustache si touffue qu'un écureuil aurait pu l'emprunter comme queue de substitution s'avança sur mon chemin et leva la main.

— Où est-ce que vous croyez aller, mademoiselle ?

Pour ceux qui prennent des notes : un rire bien placé peut aussi rapporter gros.

— Oh, dis-je avec un petit rire. Je suis désolée. J'ai perdu quelque chose par-dessus la clôture, je voulais juste l'attraper.

Deux ou trois autres ouvriers s'approchèrent en trottinant. M. Moustache jeta un coup d'œil autour de lui.

— Vous voyez quelque chose ? Je n'ai rien remarqué.

Je me tapotai les lèvres, faisant mine de scruter les alentours.

— Non, il a peut-être glissé plus loin. Je ne pourrais pas jeter un coup d'œil rapide ? Vous n'avez pas l'air de faire quoi que ce soit pour le moment qui me ferait craindre pour ma vie.

Je levai les yeux vers les poutres au-dessus.

L'un des plus jeunes s'esclaffa, mais le moustachu secoua la tête.

— Désolé, mademoiselle, mais nous pourrions avoir beaucoup d'ennuis si nous laissions les piétons se promener ici. Qu'avez-vous perdu ? Vous pouvez nous donner vos coordonnées, et on jettera un œil.

Il fallait que ce soit quelque chose qui aurait pu facilement m'échapper de la main et être pris par le vent. Les mots sortirent avant même que je n'y aie réfléchi.

— C'était une serviette. Une serviette en papier avec un numéro de téléphone dessus.

Avaient-ils l'air sceptiques ? Je croisai les bras sur ma poitrine et je pris mon ton le plus convaincant.

— C'était celui d'un mec très sexy, vous voyez ? Je ne veux pas qu'il pense que je n'ai pas pris la peine de lui envoyer un texto.

Le type qui s'était esclaffé fronça les sourcils.

— On pourrait vous donner quelques numéros de téléphone pour compenser la perte.

Très drôle. En réalité, je recevais bien assez de sollicitations ces jours-là. Bien sûr, c'était de la part d'hommes dont ces types ne croiraient pas l'existence, mais cela faisait partie de ce que j'aimais chez mes nouveaux amants.

Avant que je ne puisse répondre, M. Moustache se chargea de lui faire la leçon.

— On n'a pas le temps pour ces bêtises. Après tous les retards pris dans les travaux, ils vont nous botter le cul si on ne s'y met pas. Il me fit un signe de la tête. Si vous me donnez votre numéro de téléphone, je vous promets de ne vous appeler que si l'un de nous retrouve votre serviette.

Je poussai un grand soupir.

— Oh, eh bien, si ça s'est envolé, c'est peut-être que ce n'était pas fait pour durer. On ne peut pas lutter contre le destin ! Merci quand même pour votre aide. Je partis sans attendre leur réponse.

Comme il ne fallait pas que les mortels ordinaires voient mes monstrueux compagnons sortir de l'ombre comme s'ils avaient surgi de nulle part, je ne pus m'entretenir avec eux avant d'avoir atteint la ruelle faiblement éclairée, un peu plus loin. Une poubelle y cuisait dans la chaleur de l'été, dégageant un effluve de restes de cuisine grillés. Je fronçai le nez et jetai un coup d'œil autour de moi pour m'assurer que personne ne m'avait suivie entre les murs de béton.

Un instant plus tard, quatre silhouettes se solidifièrent autour de moi, comme de la fumée se condensant en une forme physique.

— Le numéro de téléphone d'un beau gosse sur une serviette de table, vraiment ? me taquina Ruse, ses yeux noisette scintillant sous ses cheveux brun chocolat en bataille. Te serais-tu déjà lassée de ce que l'on peut pêcher ici ? L'incube m'adressa son fameux sourire, qui creusa une fossette sur son magnifique visage de voyou. Je l'avais déjà « pécho » plusieurs fois, et j'étais heureuse de pouvoir dire que s'envoyer en l'air avec un démon du sexe était tout ce que l'on pouvait attendre de ce que montrait l'emballage, et même plus.

À côté de Ruse, Snap plissa le front, ce qui n'entamait en rien sa beauté divine qui lui donnait l'air d'un dieu solaire en pleine jeunesse.

— C'est une invention, cette serviette, protesta-t-il de sa voix claire, et il tourna son regard vert mousse vers moi. Elle a été inventée, n'est-ce pas ?

Je tapotai son bras mince.

— Une pure invention. Je n'ai aucun numéro de téléphone et je n'en veux pas.

Le dévoreur émit un grognement satisfait et se rapprocha, non pas pour me toucher, mais comme s'il voulait simplement s'imprégner de ma présence. J'avais aussi expérimenté ça avec Snap il n'y a pas si longtemps, d'une manière plus douce, mais non moins satisfaisante, alors qu'il se familiarisait avec le concept de désir physique. Que pouvais-je dire ? J'avais été très occupée ces derniers temps… enfin, bien plus qu'occupée, je l'avoue.

Réveiller la conscience charnelle de Snap avait aussi réveillé un instinct possessif auquel je n'avais pas pensé, mais que je ne pouvais m'empêcher de trouver plutôt mignon. Il avait beau me dépasser d'une tête, il était aussi effrayant qu'un faon en train de gambader. Bien sûr, à ce stade, je connaissais mieux la sensation de son corps que la raison pour laquelle les autres l'appelaient un dévoreur, ce qui restait un mystère pour moi.

Quel que fût son plus grand pouvoir, rien que d'y penser le faisait frémir de terreur, il n'avait donc pas vraiment envie d'en parler.

Comme d'habitude, le troisième membre de mon trio d'origine était très sérieux.

— Il ne semble pas que tu te sois approchée assez près pour distinguer quoi que ce soit de l'intérieur de l'installation, Milady, dit Thorn d'un air sombre. Ce beau gaillard, un peu plus grand que Snap et tout en muscles, n'avait jamais rencontré de sujet qu'il ne pouvait aborder avec gravité.

Il pouvait être très intimidant sans même essayer, bien qu'en ce moment, son air imposant fût altéré par le petit dragon qui se tortillait d'une épaule large à l'autre, dégageant les longs cheveux blanc-blond de Thorn avec de petits reniflements de mécontentement. Pickle n'avait pas passé beaucoup de temps avec quelqu'un d'autre que moi depuis que je l'avais sauvé d'un collectionneur, il y a bien longtemps. Il avait fallu beaucoup de cajoleries — et pas mal de bacon — pour que cette petite créature de l'ombre s'habitue suffisamment à Thorn au point de laisser le guerrier l'emmener dans les ombres, à l'abri des regards des mortels.

— Je n'ai rien pu voir, admis-je. Mais ça n'est pas bon signe que la construction ait repris. Je ne peux pas imaginer que le groupe de l'épée à l'étoile laisserait les ouvriers se promener sur le site s'il restait quoi que ce fût de compromettant sur place. L'organisation secrète de chasseurs, de scientifiques et de je ne sais quoi d'autre contre lequel nous avions passé la semaine dernière à combattre avait marqué certains de leurs équipements d'un symbole ressemblant à une étoile dont deux des pointes étaient des lames d'épée, ce qui était le seul moyen que nous avions trouvé pour les identifier jusqu'à présent.

Le quatrième homme de l'ombre de notre groupe — celui que je n'avais rencontré que la veille au soir après que nous l'ayons fait sortir de l'installation cachée dans le chantier — se dandina sur ses pieds. Sa voix était empreinte d'une autorité aussi froide que son regard bleu glacial.

— Je pense que tu devrais t'abstenir de faire des suppositions hâtives jusqu'à ce que nous ayons pu jeter un coup d'œil à l'intérieur.

Je ne savais pas trop quoi penser d'Omen, le type que mon trio appelait leur « patron ». Il n'y avait pas de raison qu'il sorte du lot — ni aussi grand, ni aussi musclé que Thorn, ni aussi langoureusement sensuel que Ruse, ni aussi éblouissant que Snap. Hormis ses yeux perçants, il était assez séduisant avec ses cheveux fauve coupés court et ses traits acérés, mais il n'avait rien d'un être d'un autre monde. Je n'avais pas non plus déterminé quel trait monstrueux il n'avait pas été capable de camoufler dans sa forme essentiellement humaine. Aucun être de l'ombre ne pouvait passer pour un humain, à y regarder de près, comme en témoignaient les articulations cristallines des mains de Thorn, la langue fourchue de Snap et les petites cornes recourbées qui sortaient des cheveux de Ruse.

Pourtant, la puissance et la menace rayonnaient à chaque mouvement du corps d'Omen, à chaque mot qui sortait de ses lèvres rehaussées de l'arc de Cupidon. Lorsque nous avions ouvert sa cellule la nuit précédente, il s'était élancé, plus bête qu'homme, et avait abattu deux gardes en un clin d'œil. Cette capacité de violence se cachait quelque part sous l'apparent contrôle qu'il présentait maintenant. Au moins, avec Thorn, qui pouvait aussi être monstrueusement brutal, la carrure de guerrier et les cicatrices qui tapissaient son visage servaient d'avertissement.

Thorn ajusta cette armature, donnant à Pickle un coup d'épaule prudent pour empêcher le petit dragon de tomber.

— Nous pourrions nous faufiler dans les ombres pour l'examiner. Deux d'entre nous partent et deux restent pour garder Sorsha.

Il avait déjà défoncé un immeuble et arraché des têtes à des hommes pour assurer ma sécurité — il prenait son rôle de protecteur encore plus au sérieux que le reste.

Omen avait levé la main avant même que le guerrier n'eût fini de parler.

— Non. Quoi que nous trouvions, il faudra que notre dévoreur le teste pour voir ce qu'il peut en tirer, et il ne peut pas le faire tant qu'il y a des témoins humains autour de lui. Il jeta un coup d'œil au ciel. Il faudra attendre encore un peu avant que leur journée de travail ne soit terminée. Comme nous aurons besoin d'un véhicule à nous pour avancer, autant en profiter pour aller chercher ma voiture et revenir.

Il était vraiment à la hauteur de son titre de patron : autoritaire. Comme nous venions de nous rencontrer et que je n'étais pas certaine qu'il n'avait pas un pouvoir surnaturel qui m'éviscérerait si je l'énervais trop, j'avais l'intention de me taire et de suivre son plan. Le problème fut que les paroles suivantes qu'il prononça s'adressèrent à moi, avec un léger sourire narquois :

— Puisque tu ne peux pas voyager dans l'ombre, je te donne l'adresse. Tu nous y retrouveras.

Je clignai des yeux.

— Vous me dites de traverser la ville toute seule ?

Les trois autres avaient refusé de me perdre de vue plus de quelques minutes depuis qu'ils s'étaient présentés à mon appartement, même quand j'avais voulu qu'ils me laissent gérer une chose ou une autre toute seule.

Omen me jeta un regard acéré :

— J'aurais pensé qu'une femme avec tes nombreux talents supposés pouvait supporter une simple course en taxi.

— Eh bien, oui. Mais l'équipe de l'épée étoile avait la mauvaise habitude de débarquer à l'improviste, les armes à la main. Je n'étais en vie que grâce aux efforts de mon trio — mon épaule palpitait sourdement à l'endroit où j'avais pris une balle la veille, avant que Thorn ne m'écarte de sa trajectoire qui m'aurait transpercé le cœur. Il faisait encore jour, cependant, et je n'allais certainement pas laisser ce chefaillon me faire passer pour une faible.

— J'ai une idée, dit Ruse, toujours aussi élégant. Un taxi peut nous faire traverser la ville bien plus vite que nous ne pouvons le faire dans l'ombre. Pourquoi ne pas charmer un chauffeur pour qu'il nous emmène à notre destination comme une famille heureuse ? Il passa un bras par-dessus mes épaules et sourit à Omen.

Celui-ci fronça les sourcils, mais même lui n'avait pas le pouvoir de changer le fait que les véhicules motorisés offrent une vitesse supérieure.

— Allez-y, alors, dit-il d'un geste de la main en direction de la rue, comme si c'était lui qui en avait eu l'idée au départ, et il égrena l'adresse.

Il dut faire un autre geste de commandement, car alors que Ruse passait devant nous, Snap et Thorn s'évanouirent dans les zones d'ombre qui bordaient la ruelle. Omen s'attarda encore un moment, me regardant avec une attention qui me mit les nerfs en pelote, puis disparut à son tour.

Le patron avait mis Ruse dans son équipe pour une bonne raison. Il ne fallut qu'une minute à l'incube pour qu'un chauffeur de taxi nous fasse signe de monter à l'arrière de son taxi, comme si nous étions de grands amis et que le fait de le laisser nous prendre en charge était une grande faveur pour *lui*. Ruse balaya l'espace d'un bras en désignant la portière.

— Les dames d'abord.

Les trois autres restèrent hors de vue, mais je supposai qu'ils avaient sauté des ombres de la rue vers les coins plus sombres du taxi. Nous ne pouvions pas les voir, mais d'après ce que j'avais compris, ils nous voyaient très bien. Je doutais qu'Omen veuille m'éviscérer au vu et au su d'au moins un mortel qui ne le saurait pas, aussi le moment me paraissait-il idéal pour lui rendre la monnaie de sa pièce pour le mépris évident qu'il affichait pour ma présence.

— Bien joué, dis-je à Ruse alors que le taxi mettait les gaz, et je me penchai pour saisir le tissu soyeux de sa chemise. L'incube afficha un sourire éclatant avant de me rejoindre à mi-chemin pour le baiser que j'avais prévu de réclamer.

Au moment où sa bouche se posa sur la mienne, ce fut bien lui qui réclama le baiser. Sainte mère du gui, ce type savait embrasser. Bien sûr, les plaisirs corporels étaient son fonds de commerce, mais tout de même, il fallait mettre un A avec un millier de plus à ce baiser.

Pendant quelques secondes, j'oubliai où nous étions. J'oubliai le spectateur que j'avais l'intention d'énerver. J'avais encore de la chance de me souvenir de mon nom. Mes lèvres s'entrouvrirent pour accueillir la langue sournoise de Ruse, et mon corps se fondit dans le sien, ma peau fourmillant là où il faisait glisser ses doigts le long de mon flanc.

Pourquoi avions-nous encore mis un terme à nos escapades nocturnes très agréables? Ah oui, parce qu'il avait rompu sa promesse et utilisé son vaudou paranormal pour jeter un coup d'œil dans ma tête.

Mais il m'avait expliqué pourquoi d'une façon crédible, et il s'était très bien comporté depuis. Je devais certainement envisager de récompenser rapidement ce comportement, n'est-ce pas? D'autant plus que la récompense serait gratifiante pour nous deux.

Le chauffeur toussa, ce qui me fit sortir de ma torpeur et me fit reculer. Mes joues se mirent à chauffer. Ruse m'adressa un autre sourire, mais j'aurais juré que même lui avait l'air un peu rouge. Je me fis un *high five* mental. Tant mieux si Omen était furieux en ce moment, surtout qu'il ne pouvait pas nous dire d'arrêter.

Le taxi nous emmena dans un entrepôt désaffecté à la périphérie de la ville. La plupart des portes du garage étaient cabossées et rouillées, et beaucoup d'entre elles étaient entrouvertes, avec seulement de la poussière et des détritus éparpillés sur le sol en ciment. Mais l'endroit devait être au moins un peu opérationnel, car celle vers laquelle Omen se dirigea directement avait sa serrure en place et ne présentait aucun signe de détérioration. Il ouvrit la porte d'un coup sec pour découvrir…

— Vous conduisez un break? dis-je, incapable d'empêcher l'incrédulité de sortir de ma voix.

Omen me jeta un regard glacial et tapota le capot marron.

— Betsy est aussi fiable que possible, et quand on veut échapper à ses ennemis, c'est bien plus important que les paillettes. Elle a aussi un reflet sur ses vitres qui donne une fausse impression de qui est à l'intérieur, gracieuseté d'une de mes anciennes associées *fae*. J'ai aussi une moto, mais elle est stockée ailleurs.

Et elle ne se prêterait pas vraiment au transport de nous cinq à travers la ville, du moins pas quand les autres étaient sous forme physique. Mais sérieusement, il avait appelé sa voiture Betsy ? Je retins un ricanement, mais son regard suggéra qu'il avait remarqué le tressaillement de mes lèvres. Je devais admettre que le sortilège du reflet serait terriblement utile pour empêcher les salauds que nous avions en face de nous d'agir.

Thorn jeta un coup d'œil dans l'obscurité du hangar, où des caisses en bois et des coffres métalliques étaient empilés le long des murs autour de la voiture.

— Cet espace pourrait également servir de lieu de sommeil pour Sorsha, à l'abri des regards, et…

Omen se retourna pour lui faire face, le coupant d'une voix sèche.

— Ne sois pas ridicule. Voudrais-tu qu'elle conduise ce groupe jusqu'à ma cachette ? Nous ne devrions pas nous attarder ici plus longtemps.

Thorn avait l'air si bouleversé que ma gorge se serra à sa vue. Ce n'était pas une expression qui convenait à un homme aussi fort.

— Mes excuses, dit-il rapidement. J'aurais dû réfléchir davantage.

— Il semble que tu n'aies pas été très prudent dans tes réflexions ces derniers mois, sinon je n'aurais pas passé la plupart du temps à servir de rat de laboratoire pour une coterie de mortels vicieux. Pourquoi ne pas te taire à partir de maintenant et me laisser réfléchir ?

Je n'avais pas réalisé qu'il était possible que le visage

du guerrier se décompose encore plus. Je perdis le contrôle de ma langue.

— C'est vous qui vous êtes fait piéger par ces mortels, dis-je. Vous n'avez pas idée à quel point Thorn s'est démené pour vous récupérer. C'est la personne la plus dévouée que j'aie jamais rencontrée, souvent au point d'en être incroyablement irritante. Alors peut-être que vous devriez vous taire au sujet des choses dont vous ne savez apparemment rien.

Je voyais bien que Thorn s'était retourné pour me regarder, mais je n'osais pas quitter Omen des yeux pour vérifier la réaction du guerrier. J'avais déjà donné du fil à retordre à Thorn à propos de sa détermination, mais il avait prouvé qu'il cachait beaucoup de vraies émotions sous cet extérieur strict — et beaucoup de passion dont je n'avais eu qu'un avant-goût jusqu'à présent. Il s'était déjà suffisamment battu pour ne pas avoir réussi à empêcher la capture d'Omen sans que la personne qu'il essayait obsessionnellement de sauver vienne s'ajouter à cette souffrance. Je n'allais pas rester là à attendre que ce crétin s'en prenne à lui pour la seule chose qu'on ne pouvait pas lui reprocher.

Si j'avais trouvé le regard d'Omen glacial auparavant, il était maintenant assez froid pour me glacer jusqu'aux os. Ses cheveux soigneusement gominés s'étaient dressés en petites touffes, comme s'ils avaient été poussés par une rage démesurée. Je serrai les poings le long de mon corps et je me préparai à un assaut de colère, mais il garda un ton aussi froid et acerbe qu'auparavant.

— Si tu n'avais pas insisté pour t'incruster à cette fête, nous n'aurions pas à nous inquiéter de l'endroit où tu passes la nuit. Ne te fais pas plus compliquée que tu n'es.

La menace implicite me fit frissonner. Pourquoi Omen avait-il accepté de me garder dans les parages ?

C'était peut-être à cause des références catégoriques que ses compagnons m'avaient données. Snap se rapprocha de moi, enroulant ses longs doigts fins autour de mon poing en signe de solidarité.

— C'est grâce à Sorsha que nous avons réussi à te trouver et à te libérer. Elle est aussi importante que chacun d'entre nous.

Pickle laissa échapper un gazouillis qui aurait pu être un accord, battant des ailes avec anxiété. Il perdit sa prise sur la tunique de Thorn et finit par s'accrocher aux cheveux du guerrier dans sa panique pour se hisser à nouveau sur son perchoir. Thorn le détacha avec un long soupir de douleur, mais un soupçon de sourire franchit ses lèvres. Je me précipitai pour lui prendre mon animal de compagnie.

Omen observa tout cela avec le même détachement, puis secoua la tête.

— Nous verrons bien, dit-il d'un air sombre. Pour l'instant, montez tous dans la voiture. Allons voir ce qu'il reste de mon ancienne prison.

À mon grand soulagement, il conduisit avec plus de prudence que Ruse, et regagna le quartier du chantier sans déclencher un seul coup de klaxon. Entre-temps, j'avais remarqué que le coussin central du siège arrière s'était ouvert pour permettre l'accès au coffre et avait laissé Pickle s'y faufiler. Le petit dragon se calmait en construisant un nid avec une vieille couverture à carreaux qui avait été pliée à cet endroit. Je décidai de ne pas dire à Omen que sa Betsy bien-aimée risquait de retrouver son tapis de coffre en feutre déchiqueté.

Le soleil était descendu sous les toits des tours voisines,

mais la soirée d'été était encore chaude et relativement lumineuse. Thorn parcourut les ombres autour du site avant de nous donner le feu vert : aucun signe de la bande à l'épée étoile. À l'arrière du site, il écarta un pan du mur d'enceinte pour me permettre d'entrer pendant que les autres empruntaient le chemin de l'ombre.

La structure d'acier et de parpaings à moitié terminée n'était pas vraiment accueillante dans la lumière de la fin d'après-midi, mais elle provoquait beaucoup moins de chair de poule qu'à la lueur sinistre des lampes torches dans l'obscurité de la nuit dernière. Je réprimai une grimace en entendant les poutres métalliques craquer sous l'effet d'une rafale. Puis mes pieds stoppèrent lorsque j'aperçus le bâtiment que nous avions pris d'assaut la nuit précédente.

Ou plutôt, quand je ne le vis pas, car là où se trouvaient le bâtiment de béton et ses lampes à incandescence moins de vingt-quatre heures avant, il n'y avait plus que de la terre nue et tassée et une fosse de décombres peu profonde.

Alors que je restais bouche bée, mes compagnons de l'ombre émergèrent autour de moi. Ruse émit un petit sifflement.

Un rire incrédule m'échappa.

— Ces gens ne font pas les choses à moitié, n'est-ce pas ? Pas plus tard que la veille, ils avaient battu un de leurs propres hommes au point de ne plus pouvoir l'identifier pour couvrir leurs traces. Je n'aurais pas dû être surprise.

Nous nous approchâmes, Thorn patrouillant devant les décombres, mais il ne fallut pas longtemps pour constater que nos ennemis n'avaient rien laissé de compromettant ou d'utile derrière eux, seulement du béton fracassé. Snap se pencha à différents endroits de la fosse, dardant sa langue fourchue dans l'air juste au-dessus des morceaux pour tester les empreintes qui pourraient encore s'y accrocher, mais l'espoir quittait son visage à chaque tentative.

Omen s'attarda près de moi au bord de la clairière, laissant ses compagnons faire le travail. Aucune trace d'émotion n'apparaissait sur ses traits, ni la gêne de revenir sur les lieux de son supplice, ni la satisfaction de voir l'endroit en pièces détachées, ni la frustration de voir à quel point nos ennemis avaient effacé les preuves de leurs activités.

Plusieurs autres sujets du monde de l'ombre avaient été détenus dans l'établissement pour des expériences — des êtres que nous n'avions pas eu la chance de libérer. Nous n'avions pas non plus réussi à comprendre ce que ces expériences douloureuses étaient censées accomplir.

— Nous devons savoir où ils ont emmené les autres hommes de l'ombre, dis-je. Et ensuite, arrêter complètement les opérations du groupe de l'épée étoile. Ils ne peuvent pas continuer à s'en tirer comme ça.

Omen ne bougea pas.

— C'est évident.

C'est tout ce qu'il avait à dire ? Je fronçai les sourcils en regardant l'étendue de terre stérile.

— C'était déjà assez difficile de te sortir de là avec nous quatre à l'œuvre. Il y a beaucoup d'hommes de l'ombre qui viennent régulièrement du côté des mortels ou même qui vivent dans ce royaume, de nos jours. Peut-être pourrions-nous demander autour de nous et voir si l'un d'entre eux accepterait de se joindre à nous...

Chefaillon m'interrompit avec un grognement dédaigneux.

— As-tu rencontré beaucoup de nos semblables qui s'attardent dans ce royaume? Ils ne sont pas moins égocentriques ici qu'ils ne le sont dans l'ombre. Tout ce qui les intéresse, c'est eux-mêmes et peut-être leur entourage immédiat. Le bien commun de notre peuple ne signifie rien pour eux s'il leur faut lever le petit doigt. Pourquoi penses-tu que je me suis attaqué à cette menace avec un si petit groupe au départ?

J'avais vu ces attitudes égoïstes chez d'autres ombres. Le groupe d'humains avec lequel je travaillais pour protéger les créatures qui voyageaient dans notre royaume avait déjà tendu la main aux gangs d'ombres locaux et autres, mais ceux-ci choisissaient rarement de s'impliquer à moins que cela ne les affecte directement. Pourtant...

— Il s'agit d'un problème bien plus important que celui des chasseurs solitaires ou des petits groupes qui capturent des ombres de moindre importance pour en tirer profit. Toute l'humanité de l'ombre supérieure est en danger. Vous ne croyez pas que les autres s'en soucieraient?

Omen grimaça.

— Si c'était le cas, ce groupuscule de l'épée étoile n'aurait jamais réussi à s'établir aussi solidement qu'il l'a fait.

Il disparut dans l'ombre, mettant un terme à cette discussion. Quelle vivacité dans la conversation!

Avec une grimace, je me frayai un chemin le long des limites de la clairière. Peut-être qu'un débris utile avait été emporté par le vent au milieu de la destruction et qu'il avait été oublié lors du nettoyage. Je scrutai les piles de planches et les poutres entrecroisées pour voir si quelque chose attirait mon attention, plissant les yeux dans les ombres qui s'allongeaient à l'approche du soir.

J'avais fait à peu près la moitié du tour de l'installation détruite lorsque j'entendis un bruit de gazouillis venant d'en haut.

Je levai la tête en sursautant. Je tressaillis et trébuchai en arrière juste à temps pour esquiver une langue de feu qui plongeait sur moi.

L'engin flamboyant me frôla d'assez près pour me couper quelques mèches de cheveux avant de toucher le sol. Mon pouls s'accéléra. Les flammes s'élevèrent plus haut, et je reculai, les bras levés en signe de défense. Un éclair de douleur traversa mon épaule bandée. Le feu vacilla dans la direction opposée, puis s'éteignit lentement à mesure que son combustible s'épuisait.

Alors que j'abaissai mon bras et m'approchai de l'objet désormais crépitant, Thorn chargea avec Snap et Ruse sur ses talons. Je serrai les dents sous la douleur toujours vive dans mon épaule et nous fixâmes tous la chose qui avait presque atterri sur moi comme une toupie en flammes. C'était un jean carbonisé ? Oui, avec une forte odeur chimique qui indiquait comment le feu s'en était emparé avec tant d'enthousiasme. Le tissu avait dû être imprégné d'une sorte d'essence à briquet avant d'être jeté d'en haut.

Thorn retourna dans l'ombre, sans doute à la recherche de mon agresseur. Snap m'examina attentivement. Les yeux sombres et inquiets, il toucha les mèches roussies de mes cheveux, qu'il avait comparés avec admiration à la couleur d'une pêche lorsque nous nous étions rencontrés pour la première fois.

Je pris sa main dans la mienne et la serra pour le rassurer.

— Je vais bien. Le jean, pas vraiment.

Ruse pencha la tête, toujours en train de l'examiner.

— Eh bien, c'est quelque chose !

Je levai les yeux vers le grillage et fronçai les sourcils. Qui aurait fait ça — *pourquoi* quelqu'un aurait-il fait ça ? On pouvait trouver bien plus de choses mortelles que des pantalons de chantier élimés.

Un frémissement nerveux parcourut ma poitrine, mais je n'allais pas me laisser ébranler par quelque chose d'aussi ridicule, pas si je pouvais l'empêcher. Le fait d'interpréter les paroles de mes chansons préférées des années 80 me redonnait toujours le moral. J'agitai ma main devant mon nez et j'entonnai un petit air : « C'est ce que ça sent quand les gants grillent. »

Tandis que Ruse ricanait, Snap s'agenouilla. Sa langue parcourut la fumée.

— Un homme le portait encore ce matin — il a renversé quelque chose de collant et de noir dessus, il a dû se changer et l'a laissé dans une poubelle. Je ne sens plus rien après ça. Il fronça les sourcils.

Omen était revenu nous rejoindre à un moment ou à un autre du chaos. Il contempla le jean brûlé, la structure autour de nous, puis moi, le regard si pénétrant que je pouvais presque le sentir s'enfoncer dans mon crâne.

— Le feu a l'air de t'aimer.

— La plupart du temps, je l'aime bien aussi, mais seulement quand c'est moi qui le mets aux poudres. Je résistai à l'envie de serrer mon torse avec mes bras. Quelqu'un se moque de nous. Il essaie de nous tenir en alerte.

— Tu as de la chance de ne pas t'être brûlée le moins du monde.

Qu'est-ce qu'il insinuait ? Que j'étais préparée à ce que des jambières enflammées me tombent sur la tête ? Trois fois bravo pour les bons réflexes, dis-je.

Thorn sortit de l'ombre si brusquement que l'air se mit à onduler sur ma peau.

— Il n'y a personne d'autre sur le site en ce moment. Soit c'est un autre homme de l'ombre qui s'est éclipsé rapidement, soit c'est un piège qui s'est déclenché automatiquement.

Ruse leva la main.

— Vu que nous n'avons rien d'utile à tirer de cette ruine de toute façon, j'aimerais voter pour que nous nous en allions avant que d'autres « trucs » ne nous tombent dessus.

Je m'attendais à ce qu'Omen discute, comme il le faisait chaque fois que quelqu'un d'autre que lui proposait un plan d'action. Au lieu de cela, il hocha la tête.

— Nous n'irons pas plus loin.

Il me fixa encore un moment avant de reporter son attention sur l'incube.

— Pourquoi ne pas faire appel à l'adepte de l'informatique dont vous avez parlé ? Nos ennemis auront sans doute laissé une trace quelque part, il nous suffit de la retrouver, et vite.

DEUX

Sorsha

J e commençais à remarquer que le break d'Omen avait une odeur particulière. J'inspirai profondément, assise sur la banquette arrière, essayant de situer sa provenance. Un soupçon de charbon, un peu de sel, quelque chose d'un peu crayeux, et une note de.. peut-être… de la viande ? Je pensai à une pizza au four à briques, mais j'avais du mal à imaginer Chefaillon en train d'en manger une part dans sa Betsy bien-aimée. Quoi qu'il en soit, le parfum était trop sec, sans aucun jus de tomate.

Pendant que je m'attardai sur l'odeur persistante, Ruse, qui avait gardé sa forme physique, bavardait avec son patron au sujet du pirate informatique sur lequel il avait exercé ses charmes.

— J'ai géré ça par téléphone, dit-il en s'adossant à son siège, les bras croisés derrière la tête. Il n'a fallu que quelques minutes pour que nous devenions des amis si proches qu'elle était heureuse de fouiller dans un ordinateur manifestement volé. Une petite recherche sur Internet ne devrait pas poser de problème. L'effet original ne se sera pas encore estompé, donc ce sera à peine un travail.

— Merveilleux, répondit Omen d'une voix si dépourvue d'émotion que je n'arrivais pas à savoir s'il était vraiment satisfait ou sarcastique, mais le commentaire de Ruse m'avait rappelé une autre responsabilité. Je devais appeler ma seule amie proche.

Je m'installai plus profondément dans le cuir usé de la banquette arrière, qui, je devais l'admettre, était plutôt confortable, et je sortis mon téléphone. Vivi s'était malencontreusement retrouvée mêlée à notre conflit avec le groupe de l'épée étoile, malgré mes efforts pour la maintenir à l'écart de la ligne de feu. D'accord, peut-être même à cause de ces efforts. Ma prudence l'avait tellement inquiétée qu'elle m'avait retrouvée pendant que nous suivions les méchants et avait grillé notre couverture. Comme les méchants avaient vu la voiture qu'elle conduisait et qui appartenait à sa grand-mère, j'avais ordonné qu'elles se cachent toutes les deux.

Vivi décrocha dès la première sonnerie.

— Sorsha ?

Entendre sa voix vive me soulagea.

— La seule et unique. J'en déduis que tu traînes toujours dans ce cottage ?

— Oui, je m'ennuie. Un même soulagement transparut dans son rire. Je suis ravie que tu ailles bien. J'étais plus folle qu'un coucou dans un mixeur à me demander ce qui se passait.

Vivi avait le sens des métaphores. Je me fendis d'un sourire.

— On a résolu une partie du problème, mais on doit s'attaquer à une autre bien plus importante. Les salauds qui ont assassiné Meriden sont toujours en liberté, alors tu ferais mieux de t'accrocher.

— En fait… Je la voyais presque faire tourner une de ses boucles fermes autour de son index. Tout ce temps passé enfermée m'a permis de réfléchir à des stratégies de retour. J'ai peut-être trouvé un moyen de revenir — et de te donner un vrai coup de main — sans que le malheur s'abatte sur moi.

Ma poitrine se serra un peu à l'idée de voir ma meilleure amie revenir ici, dans la ligne de mire, mais je lui avais promis de ne pas continuer à la mettre à l'écart comme je l'avais fait auparavant. Et pour être honnête, le fait de rester cloîtrées ne nous avait protégé ni l'une ni l'autre. Vivi avait grandi avec des parents qui connaissaient les ombres et voulaient les protéger. Ce n'était pas la même chose que d'être élevée par une femme *fae* comme je l'avais été, mais même si elle n'était pas aussi à l'aise que moi avec les êtres surnaturels, elle avait une idée assez claire de ce pour quoi elle s'engageait.

— D'accord, dis-je. Explique-moi.

— Eh bien, je pense que le principal moyen qu'ont ces gens de m'identifier ou d'identifier Grand-mère, c'est sa voiture. Et si j'allais déclarer à la police qu'elle a été volée il y a quelques jours ? Je la garerai dans un endroit louche, mais évident, et j'appellerai peut-être même pour donner un tuyau anonyme afin qu'ils la trouvent rapidement, et Grand-mère récupérerait sa voiture, et il ne semblerait pas que nous ayons été impliquées dans ce à quoi elle a servi dernièrement. Aussi fluide que du beurre sur un vase en porcelaine.

— Hmm. J'avais envie de démonter ce plan pour avoir une excuse pour garder Vivi en sécurité, mais la vérité était qu'il avait l'air plutôt solide. Tu es sûre que les méchants n'ont pas pu la voir garée chez ta grand-mère entre deux missions de repérage ? En plus de la voiture, qu'en est-il des questions que tu as posées aux voisins de Meriden ?

— Nan, je l'ai laissée toute la nuit dans un parking payant, juste au cas où. Et quand j'ai parlé à ces quelques personnes, j'avais les cheveux cachés par ma capuche et de grosses lunettes de soleil — je ne pense pas qu'elles pourraient donner une description très précise de moi. Je peux être un peu furtive.

J'hésitai, entre la culpabilité d'avoir exclu ma meilleure amie auparavant et la culpabilité que je savais que je ressentirais si je l'entraînais dans un plus grand danger.

— Allez, Sorsh, dit Vivi en me suppliant. Laisse-moi participer. Tu me fais savoir ce dont tu as besoin, et je serai là, pas question de faire n'importe quoi.

Elle serait peut-être plus en sécurité ici, en ville, avec une fausse histoire pour la voiture, qu'en restant cachée avec la bande de l'épée étoile croyant qu'elle était impliquée.

— D'accord. Occupe-toi de la voiture comme tu l'as dit, et ensuite ne fais rien que tu ne ferais pas normalement jusqu'à ce que nous ayons l'occasion d'en parler davantage.

— Super. Elle fit un bruit de baiser dans l'air. Idem.

— Idem, répondis-je en retrouvant le sourire. Notre amour commun des films ringards incluait Ghost, qui avait inspiré notre au revoir caractéristique.

Lorsque j'eus raccroché, Omen arriva au coin d'une rue

résidentielle. Il me jeta un coup d'œil, le regard toujours aussi intense.

— Il ne t'est jamais venu à l'esprit que j'attendais de toi que tu gardes le silence sur nos activités ?

Mes épaules se tendirent automatiquement.

— C'était ma meilleure amie, celle qui sait déjà tout sur les ombres et qui sait que je suis sur un gros coup. Il avait appris l'essentiel de l'histoire lors d'une table ronde entre nous quatre la veille au soir. Elle a défendu des êtres comme vous toute sa vie à travers le Fond de défense des Ombres. Elle a peut-être les moyens de nous aider. Après ce qu'elle a vu hier, elle sait à quel point la situation est grave.

— Avoir une mortelle dans le lot, c'est déjà assez grave.

— Eh bien, elle est impliquée maintenant, alors vous n'avez pas de chance.

Je gardai un ton désinvolte, mais les yeux d'Omen se plissèrent tout de même.

— Si elle compromet notre mission, je m'assurerai qu'elle ne puisse plus interférer.

Tout mon dos se raidit.

— Vous n'avez pas à vous inquiéter de ça. *Et si tu touches un cheveu de ma meilleure amie, tu peux être assuré que le prochain endroit où tu trouveras cette main sera enfoncé dans ton cul.*

Ruse se racla la gorge et désigna une maison à l'autre bout du pâté de maisons.

— C'est là qu'il faut aller. Appartement en sous-sol, entrée séparée. Nous voulons encourager notre amie hackeuse à trouver tout ce qu'elle peut sur les activités du groupe de l'épée étoile, n'est-ce pas ?

— En particulier tout ce qui pourrait nous dire d'où ils opèrent, dit Omen. Des groupes de chasseurs réguliers ou des lieux de rendez-vous pour leurs affaires. Mais tu n'as pas besoin de te souvenir de tout ça. Je viens avec vous. Après tout ce qui s'est passé, je pense que chacun d'entre vous a besoin d'une bonne supervision.

— Bien sûr. Absolument. Plus on est de fous, plus on rit. Ruse gloussa, mais il s'était crispé en entendant la critique implicite.

— Thorn, Snap ! Omen jeta un coup d'œil aux ombres à côté de moi. Avant qu'il n'ouvre à nouveau la bouche, les deux autres hommes de l'ombre avaient surgi, si brusquement que je me retrouvai serrée contre la portière pour faire de la place. Thorn aurait eu besoin d'un siège arrière entier pour lui tout seul.

Snap me fit un bisou d'excuse sur la tempe avant de se tourner vers son patron avec une lueur d'impatience dans les yeux.

— Qu'est-ce que je peux faire ?

— Je veux que vous patrouilliez tous les deux dans les rues, pour vous assurer que personne ne nous a suivis ou ne s'intéresse de trop près à Betsy. Et comme j'aimerais que cela reste joyeux, Sorsha, tu viens avec Ruse et moi. Il peut être utile d'avoir une mortelle à nos côtés dans cette situation particulière.

Je me frottai les oreilles en signe d'incrédulité, mais son geste impatient et le sourire fier de Snap me suggérèrent que j'avais bien entendu.

— Tu verras à quel point elle peut t'aider, dit le dévoreur. Il déposa un autre baiser sur ma joue avant de disparaître dans l'ombre avec Thorn.

— Je n'en doute pas, dit Omen sans grand enthousiasme, et il ouvrit sa portière.

D'une certaine manière, je soupçonnais que la demande d'Omen tenait plus du fait qu'il ne me fasse pas assez confiance pour rester seule dans sa voiture — comme si je risquais de déchiqueter les coussins comme une sorte d'animal sauvage… ou, bien, comme Pickle — que d'avoir développé un quelconque respect pour mes talents. Mais je n'allais pas regarder les dents d'un cheval donné. Plus vite je lui prouverais ces talents, plus vite il mettrait un terme à ses commentaires condescendants.

— Cette mortelle est un peu… excentrique, dit Ruse à voix basse alors que nous nous dirigions vers la maison qu'il avait désignée comme étant celle du pirate informatique. Et je sentis qu'il était un peu sur la défensive. Je vous recommande donc de garder pour vous toute opinion sur ses choix vestimentaires et sa décoration.

Il avait appelé à l'avance pour que la femme l'attende. Alors qu'il frappait à l'entrée de derrière, qui se trouvait en bas d'une volée de marches depuis le patio de l'arrière-cour, je me préparai à ne pas réagir à des vêtements gothiques de la tête aux pieds, aux cheveux arc-en-ciel et aux paillettes d'une amatrice de techno, ou peut-être à un costume en fourrure. Il faut de tout pour faire un monde, après tout.

Mais je n'étais pas préparée à ça.

— Dans la caverne ! Vite ! siffla la personne qui ouvrit la porte.

Un personnage vêtu d'une combinaison en latex violet avec un éclair jaune sur la poitrine, une ceinture noire étincelante, des bottes à semelles compensées en vinyle noir assorties et une cape noire, qu'elle fit tournoyer dans un mouvement théâtral.

Notre hackeuse se voyait apparemment comme une superhéroïne du cybernétique, avec tous ses attributs. Je réussis à garder une expression blasée lorsque nous entrâmes dans son appartement, mais il s'en fallut de peu.

Elle avait conçu sa « caverne » sur le modèle de la Bat Cave de Batman : un énorme ensemble d'écrans d'ordinateur à une extrémité, des vitrines contenant quelques costumes de rechange et un assortiment d'armes dignes des bandes dessinées à côté, une peinture gris ardoise du sol en béton au plafond, et des faisceaux de lumière brumeux provenant d'un cercle d'ampoules installées au-dessus de la tête. Une mobylette ornée d'un revêtement noir métallique était appuyée contre le mur près de l'entrée. Oh, mon Dieu !

Je longeai la mobylette alors que nous nous serrâmes dans le petit espace entre tous ses équipements, et quelque chose frôla mon bras d'un coup d'écaille. Je fermai la bouche avant de pouvoir pousser un cri de surprise, mais Mme Super Hacker avait dû le remarquer.

— Ne faites pas attention à Freddie, dit-elle d'un ton vif, et elle s'installa dans un fauteuil massif en cuir, avec un dossier arrondi qui semblait plus adapté à un super-méchant qu'à une héroïne. Je louchai sur la mobylette et distinguai une forme voûtée dont les écailles se fondaient dans le siège noir et les murs gris.

Elle avait un caméléon de compagnie. Il s'appelait Freddie. C'était vrai. J'aurais dû emmener Pickle pour jouer avec lui.

La hackeuse but une gorgée d'une boisson énergisante posée sur l'espace de travail devant elle et agita ses doigts au-dessus de l'un de ses trois claviers. Celui-ci brilla d'une lueur verte sur des touches élevées. Elle jeta un coup d'œil à Ruse en souriant.

— Que puis-je faire pour vous ce soir ?

L'incube n'avait visiblement pas besoin de faire davantage de charme. Il s'installa devant l'écran le plus éloigné et lui adressa en retour un sourire langoureux et chaleureux.

— Cela risque d'être un peu délicat, mais je suis sûr que vous êtes à la hauteur. Mais il ne faut pas que quelqu'un s'aperçoive de ce que vous avez fait. Nos vies pourraient être en jeu.

L'expression de la femme devint plus solennelle. Elle acquiesça vivement.

— Vous pouvez compter sur moi. Je donnerais ma vie avant de laisser ceux pour qui je me bats se faire blesser.

— Espérons que nous n'en arriverons pas là, dit Ruse d'un ton ironique. Nous avons des raisons de croire qu'il y a des gens dans cette ville qui cherchent à acheter des êtres surnaturels d'une puissance particulière, ainsi qu'à embaucher des mercenaires pour assurer la sécurité. Nous aimerions également vérifier s'il y a une quelconque activité autour d'un chantier de construction la nuit dernière.

Il lui donna l'adresse et quelques autres détails qui pourraient l'aider à affiner sa recherche, et elle se plongea dans le Web avec autant d'enthousiasme que s'il s'agissait de la Forteresse de la Solitude. La lueur des écrans rendait son visage pâle presque luminescent.

Je n'avais pas l'impression d'avoir quelque chose à faire ici. Bien sûr, ce n'était pas non plus comme si Omen y contribuait de façon brillante. Il se dirigea vers les étagères, passa son doigt sur ce qui ressemblait à un pistolet à rayons, puis souleva un katana pour étudier l'arc de sa lame.

— Hmm, dit Mme Super Hacker, plus à elle-même qu'à nous. Cela pourrait être… Oups, non, je n'avais pas besoin de voir autant de seins sur une seule femme… Et à propos de… oh, c'est une cargaison de peluches contrefaites.

Hmm… berk ! « *En vous voyant attendre à l'arrêt de bus, je n'ai pas pu m'empêcher de succomber au rayonnement de votre sourire…* » Non, certainement pas, bonne chance pour cette correspondance manquée, espèce de dingo. Hé, c'est un fil de discussion intéressant.

Elle se pencha encore plus près de l'écran, comme si elle allait y grimper dans une minute ou deux. Je m'approchai un peu plus, mais elle ouvrait et refermait les fenêtres trop rapidement pour que je puisse comprendre ce qu'elle avait déniché.

Omen explorait toujours les vitrines avec un bruissement ici et un tintement là. Je jetai un coup d'œil au reste de la pièce, cherchant une occasion de montrer que je n'étais pas qu'un poids mort. Une pile de paquets de *ramen* était posée sur une petite étagère en face de la mobylette. Je pourrais peut-être lui proposer de lui préparer un en-cas ?

Attendez, est-ce que j'avais bien lu ? Elle avait… « Boulettes de poulpe goût barbecue. » Et n'oublions pas l'éternel classique, le maïs moka cheddar. Où donc avait-elle trouvé ça ? Plus important encore, je détournai le visage pour qu'elle ne me voie pas froncer le nez — pourquoi ?

Elle continua à tapoter sur le clavier avec un bruit de mitraillette. Je me retournai pour examiner l'arsenal qu'Omen avait trouvé si fascinant — juste au moment où il pivota pour s'écarter des caisses dans un éclair métallique.

La dague incurvée qu'il avait choisie trancha mon avant-bras nu. Une douleur cuisante se fit sentir le long de la ligne qu'il avait tracée. Je poussai un glapissement, ramenant si vite mon bras vers moi qu'une nouvelle douleur se répercuta sur mon autre épaule dont la plaie était bandée. Le sang coulait le long de la coupure.

Omen fit pivoter l'arme dans sa main avec une grâce exercée et la reposa sur l'étagère.

— Je ne t'avais pas vue, dit-il en s'excusant platement, et il m'attrapa la main pour approcher mon bras blessé du faisceau de lumière. Voyons les dégâts.

Ruse s'était redressé, regardant Omen avec méfiance et moi avec une inquiétude plus chaleureuse.

— Nous ne pouvons pas te laisser découper notre mortelle. Ça va, Mlle Blaze ?

— ça n'est pas plus qu'une égratignure, dus-je admettre, mais la douleur parcourait toujours ma peau avec une sensation similaire aux griffes de Pickle. Omen étudiait la blessure comme s'il avait trouvé le sens de la vie dans l'écoulement lent de mon sang. Un frisson désagréable parcourut mon échine.

Est-ce que cela avait vraiment été un accident ou bien une sorte de test pour voir ma réaction ? Si c'était un test, qu'est-ce qu'il pouvait bien chercher là, bon Dieu ?

Et, est-ce que je l'avais réussi ?

Notre superhéroïne avait levé les yeux. En voyant mon bras, elle devint un peu verte. Elle détourna brusquement les yeux, perdant un peu l'équilibre sur son siège.

Tomber dans les pommes à la vue d'un peu de sang, ce n'était pas une grande qualité pour un vengeur masqué.

— Il y a une trousse de secours dans la salle de bains, dit-elle d'une petite voix, en indiquant une porte à l'autre bout de la pièce. Ruse se précipita là-bas, tandis qu'Omen soulevait mon bras pour le mettre à la lumière. Il fronçait les sourcils comme si j'avais réussi à le décevoir d'une manière ou d'une autre. S'attendait-il à ce que j'aie une peau en fer ? Quoiqu'il ait eu l'intention de faire, il n'avait pas l'air de s'inquiéter outre mesure pour ma santé. Quand Ruse revint en brandissant un pansement adhésif, mon estomac se noua. Omen lâcha ma main et s'écarta, toute trace d'émotion disparue.

Je ne pouvais clairement pas lui faire confiance — je ne pouvais pas m'attendre à ce qu'il s'inquiète de m'avoir coupé le bras en deux. Et du moment que Chefaillon n'avait que dédain pour moi, je ne pouvais pas non plus compter complètement sur mon trio. Même s'ils me soutenaient, ils suivaient toujours les ordres. Ils ne me mettraient pas volontairement en danger, mais il suffirait d'une situation où ils ne pourraient pas arriver à temps, parce qu'ils seraient occupés par lui, pour qu'il en soit fini de ma petite personne.

Dans la mesure où le quatuor des créatures de l'ombre était les seules personnes à protéger mes arrières, en tout cas. Vivi allait venir — et peut-être que je devrais commencer à réfléchir à quels alliés je pourrais réunir autour de moi et qui pourraient suivre mon commandement plutôt que celui d'Omen.

Madame Super Hacker devait s'être remise de sa nausée provoquée par la vue du sang. Elle poussa un cri de victoire et tambourina sur la console devant elle.

— J'ai quelque chose. Quelqu'un a organisé un transfert pour dans quelques jours de potentielles créatures aux penchants inhabituels. Est-ce que ça n'est pas exactement ce que vous recherchez ?

Un sourire mince recourba les lèvres d'Omen, mais ce n'était pas rassurant pour autant.

— On dirait bien. Voyons voir l'histoire complète.

TROIS

Sorsha

J e trébuchais dans le couloir sombre d'une maison. Notre maison, celle dont Luna avait loué le premier étage — et Luna était là, près de la porte, si tendue que sa peau s'était illuminée d'un éclat surnaturel. Je pouvais presque voir le battement de ses ailes de fée dans son dos.

— Mes chaussures, dis-je en serrant le sac de voyage que j'avais gardé pour les urgences, la tête pleine d'un brouillard de sommeil. Je ne savais pas de quelle urgence il s'agissait, seulement que ma tutrice m'avait réveillée en sifflant mon nom de toute urgence.

— Je ne les trouve pas…

— Ne t'occupe pas de ça. Quelqu'un arrive, Sorsha. Je le sens. Mets ça, et on y va. Elle prit ses baskets étincelantes sur l'étagère à chaussures et les poussa vers moi. Quand je les enfilai, elles me pincèrent les orteils. Ses pieds faisaient au moins une pointure de moins que les miens.

— Tu es sûre qu'on est vraiment en danger ? chuchotai-je tandis qu'elle ouvrait la porte. La seule véritable préoccupation de mon cerveau égocentrique de seize ans était de savoir où donc allions-nous aller maintenant.

- On a déménagé combien de fois déjà, et
  personne n'a jamais…

Elle m'entraîna avec elle à l'extérieur, ignorant mes protestations. Alors que Luna traversait la pelouse, je m'arrêtai pour essayer d'enfiler mes pieds plus solidement dans mes chaussures. Quand je levai les yeux, elle avait atteint le trottoir et plusieurs silhouettes surgissaient de la nuit.

Des fouets qui semblaient faits de lumière fendaient l'air, une lame étincelait, quelqu'un lança un filet étincelant. Luna tournoya sur elle-même en poussant un cri de stupeur. Les liens se resserrèrent autour de sa maigre silhouette avant même que je puisse pousser un cri. Son corps trembla, puis éclata en un feu d'artifice d'étincelles.

Je me réveillai en sursaut, mon cri restant bloqué dans ma gorge. L'air autour de moi scintillait, mais c'était la lueur du soleil à travers le cristal, pas l'éclat étincelant de la mort de ma tutrice. La lumière du soleil traversait plusieurs cristaux, en fait — il y en avait une douzaine qui pendait à des chaînes d'argent devant la fenêtre de la petite cabane que nous avions trouvée pas très loin de la ville.

Le bruit métallique de l'horreur s'estompa dans mon

système nerveux. Je me frottai le front et me redressai, mais mon estomac restait noué.

La femme *fae* que j'appelais Tante Luna — la femme qui m'avait sauvée des chasseurs qui avaient assassiné mes parents, qui m'avait donné la meilleure enfance de mortelle qu'un être de l'ombre puisse avoir, qui ne m'avait jamais fait sentir moins qu'un amour sans réserve — était morte il y a plus de onze ans. Je n'avais pas rêvé de cette nuit depuis des lustres. Les mêmes questions me revenaient en mémoire : si j'avais avancé un peu plus vite, si j'avais laissé mes propres chaussures à un endroit où je pouvais facilement mettre mes pieds, comme elle me l'avait rappelé un million de fois…

Mais toutes ces hypothèses ne changeaient rien au fait qu'elle était morte entre les mains d'assaillants équipés des mêmes armes que celles utilisées par le groupe de l'épée étoile, au moins une de ces armes portant leur symbole. J'avais peut-être fait une erreur, mais c'étaient bien eux qui l'avaient tuée. Si je ne pouvais rien changer à ce que j'avais fait à l'époque, je pouvais faire beaucoup pour qu'ils regrettent leurs choix de vie aujourd'hui.

Ils n'allaient pas s'en sortir avec ce qu'ils lui avaient fait ou à n'importe quel autre être de l'ombre. Y compris Omen, aussi gros connard qu'il puisse être. Tout compte fait, je le préférais encore aux hommes armés de fouets et de filets.

Je me levai en faisant rouler mes épaules avec précaution pour tester celle qui était blessée. Il s'avéra que la propriété sur laquelle nous avions atterri avait été utilisée pour des retraites New Age. Outre les cristaux, trois lits superposés étaient entassés dans l'unique pièce ouverte, entre des affiches de nature et des phrases encourageantes telles que « Croyez au soleil de votre esprit ! » Nous avions trouvé un tas de tapis de yoga roulés dans la remise à l'extérieur. Mais au vu de la poussière qui recouvrait presque toutes les surfaces et des mauvaises herbes qui envahissaient l'allée, personne n'avait utilisé l'endroit depuis des mois voire des années.

Je sortis dans la cour où Omen avait garé l'Oldsmobile à l'abri d'un chêne où étaient suspendus des attrape-rêves effilochés. Ils se balançaient dans la brise chaude du matin. Pendant cette première seconde, il me sembla que j'étais seule dans la propriété. Puis mes quatre amis sortirent de l'ombre et entrèrent dans la lumière du jour.

Ils n'avaient pas l'air très amicaux. La bouche d'Omen était figée en un sourire crispé, son regard conservant sa froideur habituelle lorsqu'il se posa sur moi. Les trois autres l'observaient. Thorn se tenait debout, les muscles tendus, le sourcil encore plus froncé que d'habitude, et l'expression de Ruse était inhabituellement sérieuse. Les yeux de Snap étaient agrandis par l'inquiétude.

— Il n'y a pas lieu de faire tout ce cinéma, dit Omen, reprenant manifestement le fil d'une conversation qu'ils avaient eue à l'écart. Si elle est à moitié aussi compétente que tu as passé tant de temps à essayer de me convaincre qu'elle l'est, elle s'en sortira sans aucun problème.

— Mais nous ne devrions pas essayer de rendre les choses plus difficiles pour Sorsha, protesta Snap.

Je me rapprochai, haussant les sourcils.

— Quoi donc de si difficile suis-je censée gérer, exactement ?

Les lèvres de Ruse tressaillirent, l'incube pensant sans doute à quelques remarques suggestives qu'il pourrait faire en réponse, mais il se contenta d'un sourire en coin. Omen leva le menton d'un air autoritaire qui m'énervait un peu plus chaque jour.

— Nous allons tenter de prendre le dessus sur nos ennemis lors de la passation des pouvoirs demain soir, dit-il. Des ennemis qui ont déjà prouvé qu'ils étaient capables de nous écraser. Si tu dois jouer un rôle dans l'embuscade, je veux être sûr que ta maladresse de mortelle ne ruinera pas nos chances.

Si j'étais si maladroite, il avait de la chance que je ne trébuche pas en ce moment même et que je ne lui enfonce pas accidentellement le genou dans son bazar. Mais bien sûr, il ne m'avait pas vue à l'œuvre — il était peut-être compréhensible qu'il soit sceptique. J'allais faire exploser ce scepticisme dans la stratosphère, et s'il se comportait toujours comme un con après ça, on verrait bien où mon genou finirait.

Je haussai les épaules.

— Très bien, frappe-moi avec ton meilleur coup.

Omen balaya le bras en direction des autres gars.

— Vous voyez. Elle n'a pas besoin de votre protection !

— Il lui arrive de prendre plus de responsabilités que ce qu'un homme de l'ombre jugerait sage, marmonna Thorn. Pour être juste, il est vrai qu'il n'aurait peut-être pas eu besoin de me sauver des balles si je n'avais pas insisté pour faire ce travail toute seule.

— Je suis sûre qu'Omen n'a rien d'horrible en tête, dis-je en lui souriant gentiment. N'est-ce pas ?

Omen m'offrit un visage encore plus ouvertement dédaigneux que d'habitude.

— Nous allons commencer par ceci : mes collègues et moi allons emmener Betsy en ville. Tu t'y rendras par tes propres moyens. J'espère le voir au Finger au plus tard à midi.

C'était un voyage d'une centaine de kilomètres et il

était déjà plus de neuf heures. Ruse fit un signe de désapprobation taquine.

— J'ai entendu dire que tu aimais jouer les durs avec les mortels, Luce.

— Luce ? répétai-je.

— Le diminutif de Lucifer. Ruse pencha la tête vers Omen. Même si le prince de l'Enfer n'existait pas réellement — ou l'Enfer lui-même tel que les humains le conçoivent, d'ailleurs — mais d'après ce que j'ai compris, notre patron ici présent se faisait un plaisir de convaincre les mortels qu'il détenait le titre.

Omen jeta un regard glacial à l'incube.

— C'était il y a longtemps et c'est loin d'être pertinent. Je préférerais que tu oublies ce surnom.

— Mais il te va si bien. Tu as même la qu…

— Ça suffit ! aboya Omen. Vous lui faites perdre son temps. Ses cheveux fauves ondulèrent, quelques touffes se soulevèrent. Il y avait donc quelques sujets qui pouvaient rendre Chefaillon émotif. Intéressant.

Et qu'est-ce que Ruse allait dire qu'il avait ? Le souvenir de la queue à l'extrémité diabolique que j'avais aperçue lorsqu'Omen avait jailli de sa cellule sous une forme bestiale me revint en mémoire. C'était peut-être la caractéristique de l'ombre qu'il conservait même sous sa forme humaine — le pantalon qu'il portait était assez ample pour la dissimuler.

Je détournai le regard du derrière d'Omen vers son visage avant qu'il ne devienne trop évident que j'étais en train de mater son cul, aussi beau soit-il. Quel dommage qu'il soit attaché à un énorme con.

Le temps qui m'était imparti pour relever son défi commençait à s'écouler. Comment allais-je pouvoir me rendre au centre-ville en moins de trois heures sans véhicule ? Même si on pouvait trouver des taxis ici, aussi loin au milieu de nulle part, mon téléphone ne captait pas.

Si je renonçais maintenant, je ne pourrais plus jamais garder la tête haute. Je désignai la voiture.

— Allez-y, alors. Je vous retrouve au Finger à midi.

Omen se dirigea à grands pas vers le break. Les autres suivirent avec plus d'hésitation, Snap s'attardant sur la pelouse jusqu'à ce que je lui adresse un sourire plus confiant que je ne l'étais en réalité. Il me rendit le même sourire rayonnant avec tant de certitude en mes capacités que j'eus un sursaut lorsque j'entrai dans la cabane pour attraper mon sac à dos rempli de mon équipement de rat d'hôtel.

Au moment où je ressortais, Betsy partit en trombe sur l'allée en terre battue. Je passai les bretelles sur mes épaules, en faisant attention à ma blessure bandée, et je partis en trottinant. Pas le temps de tergiverser, comme l'aurait dit ma Luna.

J'avais du mal à imaginer ce qu'elle aurait pensé de la femme que j'étais devenue. Aurait-elle été fière de tout ce que j'avais fait pour sauver les ombres maltraitées de ce monde jusqu'à présent ou aurait-elle été horrifiée de voir à quel point j'avais pris des risques ? Pour reprendre les propos d'Omen sur l'attitude des hommes de l'ombre, quand j'étais avec elle, elle ne s'était jamais préoccupée d'autres personnes que nous deux. Je l'imaginais facilement passer devant une centaine de créatures en cage pour m'épargner une écharde.

Elle n'aurait certainement pas approuvé la tenue entièrement noire que je portais pour mes vols, je le savais. Mais la discrétion et les paillettes ne faisaient pas bon ménage.

J'empruntai l'allée envahie par la végétation de la

maison New-Age jusqu'à une route tranquille bordée de champs en jachère, d'étendues boisées et d'une ferme de temps en temps. En longeant le fossé, je scrutai tous ces endroits à la recherche de quelque chose qui vaille la peine de mettre à profit mes talents de voleuse.

Le soleil montait dans le ciel et la chaleur s'intensifiait avec lui. La sueur me coulait dans le dos.

Je dus parcourir au moins quelques kilomètres avant d'apercevoir mon salut : un vélo maculé de boue appuyé contre un poteau de clôture, des glands miteux pendant des extrémités de son guidon. Ce n'était pas mon butin habituel — j'étais plutôt du genre à m'intéresser aux pierres précieuses et aux pièces de monnaie rares — mais à l'heure actuelle, je préférerais cette bicyclette au diamant Hope.

Non, soyons réalistes : je prendrais le diamant Hope, mais je volerais aussi le vélo.

C'était manifestement un vélo d'enfant, mais de grand enfant, au moins. Je n'aurais pas pu pédaler en étant perchée sur le siège sans me cogner le menton avec les genoux. Je saisis donc le guidon en plastique rugueux et je m'élançai, le cul en l'air, comme si j'étais sur le point de participer au Tour de France.

Pour ce qui est des moyens de transport, vous feriez mieux de ne pas suivre mon exemple. Je rebondis sur les routes de campagne parsemées de nids-de-poule pendant près d'une heure, jusqu'à ce que mes cuisses et mon dos me fassent presque aussi mal que mon épaule blessée, et que mes yeux piquent à cause de la sueur. Heureusement, ma vision ne s'était pas troublée au point que je manque le camion de livraison à la pompe d'une station-service un peu plus loin.

Le camion de livraison avec sa porte arrière entrouverte.

Il n'y avait pas beaucoup d'endroits par ici où un camion de cette taille pouvait apporter sa cargaison. Je déposai le vélo sur un côté de la station et je me faufilai jusqu'à lui. Le chauffeur avait le coude appuyé sur la fenêtre et discutait avec le préposé qui vérifiait sa carte de crédit.

— Ce n'est pas mon type de chargement préféré, mais il faut prendre tout ce qu'on peut de nos jours. Au moins, le trajet jusqu'à la ville est assez court.

Jackpot. Je remontai la porte arrière et je glissai dessous.

Je me retrouvai dans un espace sombre et chaud qui sentait la paille et le fumier. Des bruissements emplissaient l'air tout autour de moi, ponctués de temps en temps par un… caquètement ?

J'étais entourée de poules. Dans la cage la plus proche de moi, une poule tenta de me donner un coup de bec à travers les barreaux.

— Fais attention à ton bec, lui murmurai-je en lançant plusieurs jurons à l'intention d'Omen, et je serrai les jambes contre ma poitrine en me préparant à un long voyage.

Le temps de distinguer les bâtiments de la ville par l'entrebâillement de la porte, j'allais moi-même sentir probablement le poulailler, mais j'arrivai à destination avec une demi-heure d'avance. Je me laissai rouler dehors lorsque le camion s'arrêta à un feu rouge, j'appelai un Uber tout en époussetant des bouts de paille sur mes vêtements, et je dis au chauffeur qui se présenta de m'emmener au Finger.

The Finger n'était pas le nom officiel de la gigantesque

statue qui trônait au milieu de l'une des plus grandes places du centre-ville, mais bonne chance pour trouver quelqu'un qui pourrait vous dire comment l'appeler autrement. Érigée il y a quelques décennies par un artiste d'avant-garde, la tour en morceaux de bois vernis maintenus par des montants en acier ne ressemblait à rien d'autre qu'à une main géante faisant un doigt d'honneur aux bâtiments qui l'entouraient. Naturellement, c'était le point de repère le plus populaire de la ville.

Lorsque j'arrivai sur la cour pavée à midi moins dix, plusieurs touristes étaient agglutinés autour du « doigt » pour prendre des selfies. Il n'y avait aucune trace des ombres, mais je ne m'attendais pas à les trouver en train de se prélasser au soleil. Alors que je m'approchais de la structure, ils semblèrent tous les quatre sortir de l'autre côté du doigt plutôt que directement de l'ombre.

— Vous voyez, dit Snap joyeusement, bien que prudemment, pour s'assurer que personne autour de nous ne remarque sa langue fourchue. Bien sûr qu'elle a réussi.

Avec sa casquette de base-ball pour cacher ses cornes à la vue des mortels, Ruse s'approcha pour arracher quelque chose de mes cheveux. Il tapota ma joue pour y enlever une plume de poulet.

— Je ne poserai pas de questions.

Assez curieusement, Omen n'avait pas l'air très content.

— C'était moins une, dit-il, comme si le fait d'avoir réussi à la dernière seconde n'avait pas été un exploit incroyable, et il se détourna immédiatement. Il agita un doigt vers un officier de police qui s'était arrêté pour acheter un hot-dog à un stand à l'autre bout de la place. J'ai entendu dire que tu te considérais comme une sorte d'experte en vols. Vole la casquette de ce policier pour moi.

Oh, il voulait faire monter les enchères maintenant ?

Thorn tira sur les mitaines de cuir qui dissimulaient ses articulations cristallines, mais qui semblaient toujours l'irriter.

— Omen… commença-t-il.

Je secouai la tête pour empêcher le guerrier de protester.

— Ce n'est pas un problème. J'ai juste besoin d'un moment pour me préparer.

Omen croisa les bras, me jetant un regard incrédule. Je l'ignorai en prenant la mesure du terrain. Il allait bientôt se rendre compte que je n'abandonnerais pas — pas avant que les salauds que nous poursuivions tous les deux ne connaissent un sort au moins aussi horrible que celui qu'ils avaient réservé à leurs victimes des ombres.

Je pouvais utiliser une stratégie que j'avais vu Tante Luna utiliser plus d'une fois lorsque ses pouvoirs d'illusions et autres sorts ne faisaient pas l'affaire. Entrer en collision et détourner l'attention. Je n'étais pas aussi petite et pétillante qu'elle, mais je pouvais le faire presque aussi bien.

Pendant que le flic mangeait sa saucisse, je courus dans les rues voisines jusqu'à ce que je trouve une artiste avec un étui ouvert qui grattait sa guitare à un carrefour. Je tendis un billet de vingt et je tapotai mon portefeuille quand elle saisit le billet.

— Je vous en donnerai quatre de plus si vous criez aussi fort que vous le pouvez dans cinq minutes, dis-je en montrant sa montre, avant d'ajouter, devant son air perplexe : faites ça en musique si vous voulez. Mais pas de cri, pas d'argent.

De toute façon, il n'y aurait pas plus d'argent, mais bon, vingt dollars déjà, c'était beaucoup d'argent alors que j'avais perdu presque toutes mes possessions terrestres la semaine précédente.

Je retournai jusqu'à la place, en regardant les minutes s'écouler sur mon téléphone. Lorsqu'il n'en resta plus qu'une, je m'élançai sur les pavés à toute allure.

Le flic venait de finir son hot-dog. Il se tamponnait la bouche avec une serviette en papier et je le percutai de plein fouet, regardant par-dessus mon épaule comme si je faisais plus attention à quelque chose derrière moi qu'à ce que je faisais. Je réussis tout de même à faire pivoter mon talon contre sa cheville pour le faire tomber.

Nous basculâmes tous les deux, mon bras s'envolant et frappant sa casquette pour qu'elle se détache de sa tête. Comme je n'étais pas un démon, je fis pivoter mon coude sur le côté avant qu'il n'atteigne sa gorge. Nous touchâmes le sol dans un grognement commun.

— Oh, mon Dieu, je suis vraiment désolée, vraiment désolée, bredouillai-je en me relevant. C'est juste que… Il y avait…

Je fis un geste vague vers la direction d'où je venais, en écarquillant les yeux au maximum.

Le flic s'était à peine redressé que la musicienne de rue poussa le cri pour lequel je ne la paierais pas, aigu et strident — et peut-être avec un riff sur sa guitare, mais je ne pense pas que le flic l'ait remarqué. Il se leva plus vite que tout, trop alarmé pour s'occuper de sa casquette, et s'empressa d'aller voir quel crime sournois était en train d'être commis deux rues plus loin.

Je ramassai la casquette sur les pavés et je retournai vers l'endroit où Omen et les autres attendaient. En m'inclinant, je remis son prix à cet abruti.

— Ta da! S'il vous plaît, ne retenez pas vos applaudissements.

Ruse gloussa et applaudit. Omen me jeta un regard noir.

— Si tu penses que cela va…

— Je pense, dis-je en reculant, que vous n'avez pas à vous plaindre de ma performance, et que je mérite une petite pause en guise de récompense. Je vous retrouverai tous ici à cinq heures — ou je ferai de l'auto-stop jusqu'à la cabane, si vous préférez.

Je saluai Chefaillon d'un air effronté, puis je tournai les talons et hélai un taxi qui passait par là.

Entre son coup de couteau d'hier soir et cette série de tests, Omen n'aurait pas pu être plus clair sur ce qu'il pensait de ma présence. Je devais lui montrer de quoi les humains étaient capables lorsqu'ils avaient des alliés de leur propre espèce à leurs côtés. J'avais besoin d'une douche et d'un moment pour respirer, puis j'allai me voler un petit soutien mortel.

* * *

Ce ne fut qu'après avoir crocheté la serrure de l'appartement et m'être faufilée à l'intérieur que je me rendis compte à quel point ma version d'une visite surprise pouvait paraître mauvaise à quelqu'un qui n'avait pas l'habitude d'entrer par effraction régulièrement.

Ellen et Huyen, les dirigeantes mariées du Fond de défense des Ombres, étaient des fanatiques de cinéma. Elles possédaient un cinéma art et essais juste en bas de la rue de leur appartement, où elles tenaient habituellement les réunions du Fonds pour discuter des moyens de protéger les créatures de l'ombre contre les humains qui en faisaient leur proie. Il n'était donc pas surprenant de trouver leurs murs ornés d'affiches de films d'époque encadrées et de souvenirs tels qu'un feutre du Parrain et une plaque d'immatriculation de *North* by *Northwest*. Il y avait même un véritable pistolet sur leur cheminée.

Les films à suspense et les films noirs étaient leurs genres préférés, à en juger par ceux qu'elles choisissaient de passer. Cela signifiait qu'elles avaient probablement regardé au moins une douzaine de scènes dans lesquelles un personnage entre dans sa maison sombre pour y trouver un intrus inattendu qui l'attend, assis nonchalamment dans un fauteuil, alors qu'il allume la lampe et que tout le monde sursaute.

J'avais envie de demander de l'aide aux dirigeantes du Fonds, pas de leur faire avoir une crise cardiaque. Au moins, il ne faisait pas si sombre à trois heures de l'après-midi, heure à laquelle je savais qu'elles rentraient toujours chez elles pour une pause déjeuner tardive après la première série de matinées au cinéma. La seule façon de leur parler en cachette était d'éviter que quelqu'un de l'équipe de l'épée étoile ne me voie avec elles et ne décide de faire des deux femmes ses prochaines cibles.

J'aurais pu prendre le risque de refermer la porte et de les attendre dans le couloir, mais avant que je ne me décide, leur clé actionna la serrure. Je devais donc me contenter de la méthode la plus effrayante.

Le couple entra, Ellen s'exclamant sur ses idées de nouvelles saveurs de pop-corn à infliger aux membres du Fonds lors des prochaines réunions. Me voyant dans l'embrasure du salon, elles s'arrêtèrent toutes les deux. Je levai la main pour les saluer tout en m'excusant.

— *Hello* ?

Ellen jeta un coup d'œil sur moi, puis la porte et

inversement, faisant voleter des mèches crépues et grisonnantes qui s'étaient échappées de son chignon défait.

— Sorsha, bon sang… Comment as-tu… ?

Je levai les deux mains avant qu'elle ne puisse terminer sa phrase.

— Ne nous préoccupons pas de cela pour l'instant. Je suis vraiment désolée de vous surprendre comme ça. C'est juste que je pensais qu'il n'était pas prudent de parler ailleurs. Il se passe quelque chose d'important, quelque chose qui fait du mal à toute l'humanité de l'ombre.

Je savais que ce fait prendrait le pas sur tous les autres aspects de la situation. Ellen et Huyen étaient aussi dévouées à leur cause qu'elles l'étaient à leur amour des films ; elles ne pouvaient simplement pas montrer la première aussi ouvertement. Ellen se pinça les lèvres, mais elle ne composa pas le 911 et ne me dit pas de ficher le camp, comme l'auraient fait la plupart des gens sains d'esprit.

— Qu'est-ce qui se passe ? demande-t-elle de sa voix gutturale.

Autant leur dire avant qu'elles ne perdent patience.

— J'ai découvert qu'il existe un groupe important et bien organisé qui chasse non seulement les ombres inférieures, mais aussi les ombres supérieures, les capturant et les gardant prisonnières pour mener des expériences. J'ai parlé à un supérieur de l'ombre qui a réussi à s'échapper — il n'y avait aucune raison de mentionner que j'avais orchestré cette évasion ; un seul cas d'effraction serait déjà assez grave — et il m'a dit que c'était essentiellement de la torture. Nous ne savons pas ce qu'ils veulent accomplir, mais c'est bien assez énorme et horrible pour être ignoré.

La bouche d'Ellen s'était également pincée, mais avec une détresse évidente.

— Chasser des ombres supérieures, faire des expériences sur elles ? Qui sont ces gens ?

— Je ne sais pas trop, admis-je. Ils sont très doués pour brouiller les pistes. C'est pourquoi j'espère que le Fonds pourra utiliser nos ressources pour trouver plus d'informations et riposter. Mais ils savent déjà que j'essaie de les arrêter, et ils m'ont attaquée pour cette raison.

Je ne voulais pas risquer qu'ils remontent jusqu'au cinéma. Si nous devons nous rencontrer pour discuter de cette affaire, il faut que ce soit ailleurs, et que tous ceux qui viennent soient prudents.

Huyen jeta un coup d'œil à sa femme, dont la peau bronzée pâlissait.

— Je ne sais pas ce qu'il en est. On dirait que c'est trop gros pour qu'on s'y attaque.

— Pas si nous nous y prenons intelligemment, dis-je rapidement. Pas si nous travaillons vite.

— Pourquoi avons-nous créé le Fonds si nous n'intervenons pas en cas de problème majeur ? demanda Ellen.

Huyen n'avait pas l'air convaincue. Je me mordis la lèvre inférieure, parcourant du regard les affiches autour de nous à la recherche d'une inspiration.

— Si quelqu'un est prêt à les affronter, c'est bien vous. Je fis un geste vers les films d'Hitchcock, les comédies d'espionnage et les drames criminels. Vous pouvez mettre à profit toutes les stratégies que vous avez observées. Nous sommes les *outsiders* qui affrontent les conspirateurs corrompus... Ne devenez pas une de ces mauviettes complices qui disent aux héros qu'ils sont seuls.

Une étincelle de détermination brilla dans les yeux sombres de Huyen.

— D'accord, c'est bien résumé. Je ne promets rien pour l'instant, mais pourquoi ne pas nous asseoir toutes ensemble ? Tu pourras nous dire tout ce que tu sais déjà.

QUATRE

Thorn

— Vous êtes allés où ? dit Omen. Sa voix était devenue encore plus blanche et froide qu'elle ne l'avait été pendant la majeure partie des deux derniers jours, mais je le connaissais depuis assez longtemps pour reconnaître le crépitement de chaleur qui la traversait. Dire que lui et notre mortelle ne s'entendaient pas serait un euphémisme.

Sorsha posa les mains sur ses hanches. Elle était toujours assez remarquable, maintenant que je m'étais permis de le reconnaître, mais j'aimais surtout l'observer lorsque les circonstances faisaient ressortir la férocité de son tempérament. Malheureusement, ces derniers temps, ces « circonstances » avaient surtout été notre commandant.

— Ce sont les dirigeantes de la branche locale du Fonds

de défense des ombres, dit-elle. Si quelqu'un peut nous aider dans nos enquêtes, c'est bien elles. Nous avons affaire à des ennemis mortels, après tout. Qui de mieux que les mortels pour découvrir ce qu'ils manigancent ?

Omen leva les yeux au ciel. La vue n'était pas des plus impressionnantes, à l'endroit où nous nous étions rassemblés, dans une ruelle entre un immeuble de bureaux en verre et la tour résidentielle légèrement plus haute qui le jouxtait. Une odeur riche, mais amère s'échappait du café situé au rez-de-chaussée de l'immeuble de bureaux. La clientèle sortait par le devant cependant, et la tour n'avait pas de balcons en dessous du dixième étage, ce qui rendait la ruelle silencieuse.

Omen n'avait donc pas besoin d'élever la voix, même légèrement, pour qu'elle perce le silence.

— C'est déjà assez pénible d'avoir des mortels mêlés à nos affaires. Je n'ai pas envie de m'occuper d'un troupeau entier.

— Vous n'aurez pas besoin de les voir ou de leur parler, assura Sorsha. Je suis l'intermédiaire, je m'occupe de tout. Vous ne m'avez jamais demandé de ne pas essayer de les faire monter à bord.

Ses yeux se plissèrent.

— Je pensais que tu étais assez perspicace pour t'en rendre compte sans que je le dise. Apparemment, ce n'est pas le cas.

— Les amis du Fonds de Sorsha nous ont déjà donné des conseils utiles, ajouta Ruse. Elles nous ont menés au pirate. Pourquoi ne pas voir ce qu'elles ont trouvé ?

— Oui, dit Omen d'un ton sarcastique, pourquoi ne pas voir à quelle vitesse elles peuvent transformer nos efforts en un véritable fiasco ? Il se retourna vers Sorsha. Tu veux faire les choses à ta façon ? Je ne suis toujours pas convaincu que tu puisses nous suivre. Tu penses être à la hauteur d'un nouveau défi, ou bien tu vas encore te défiler ?

— Je ne me suis jamais défilé ! Sorsha soupira. Dites-moi tout, Luce. Quelle acrobatie avez-vous encore à me proposer pour défier la mort ?

Les yeux d'Omen se plissèrent encore en entendant ce surnom, et je retins une grimace. Bien sûr, il avait fallu que l'incube en parle, taquin comme il l'était, mais notre dame ne pouvait pas savoir à quel point cette référence aux exploits anciens de notre commandant lui était pénible. Omen avait été lui-même un sacré filou lorsque je l'avais connu, mais tout dans son comportement depuis qu'il m'avait recruté pour sa cause actuelle montrait à quel point il avait effacé ce passé de son être. Cela ne m'aurait pas étonné s'il avait pu l'effacer de sa mémoire.

Alors qu'il levait encore les yeux, je m'armai de courage. Il semblait avoir tiré quelque chose de la vue après tout, car un instant plus tard, il pointa du doigt le sommet de la tour résidentielle.

— Il y a un pot de fleurs avec une fleur d'oranger sur le balcon le plus haut, dans le coin le plus éloigné. Tu le vois ?

Sorsha jeta un coup d'œil vers le haut.

— Oui. Et alors ?

— J'aimerais te voir le voler… sans utiliser l'ascenseur ou les escaliers de l'immeuble. Sans entrer dans le bâtiment du tout.

Mon instinct de défense se réveilla avec une sonnette d'alarme. Sorsha pourrait peut-être escalader l'extérieur du bâtiment — une fois qu'elle aurait atteint les balcons inférieurs, il n'y aurait pas besoin d'un saut trop important entre eux — mais à chaque étage gravi, elle risquerait de tomber. Et lorsqu'elle atteindrait le vingtième étage environ, cette chute serait presque certainement fatale.

Omen souriait. Peu lui importait qu'elle vive ou qu'elle meure. Je commençais à penser qu'il la préférait morte.

Il était devenu évident que discuter avec lui de la valeur de Sorsha ne le convaincrait pas. En voyant la mâchoire de notre amie se serrer avec détermination, je sus qu'elle ne refuserait pas l'épreuve. Mais je n'allais pas rester là à la regarder jeter la prudence — et peut-être elle-même — au vent sans se soucier de quoi que ce soit.

L'idée de ce que j'étais sur le point d'offrir me fit ressentir une sorte de resserrement dans la poitrine, mais je pouvais le faire discrètement. Je fis un pas en avant.

— J'aimerais m'entretenir un instant avec la mortelle.

Omen fronça les sourcils, mais j'aperçus une lueur de curiosité dans ses yeux. Il savait que je n'accordais pas ma loyauté à tout bout de champ.

— Dis-lui que la tentative est pour son propre bien, dit-il.

Je poussai Sorsha plus loin dans l'allée, là où les autres n'entendraient pas ce que j'avais à dire.

— Tu ne vas pas m'en dissuader, dit-elle avant que je ne puisse plaider ma cause.

Je laissai échapper un grognement dédaigneux.

— Tu crois qu'après tout ce que j'ai vu de toi, je serais assez stupide pour essayer de le faire ? Tu récupéreras ce pot de fleurs pour Omen, Milady. J'y veillerai. Tu n'as qu'à envoyer Ruse et Snap faire quelques courses d'abord.

Elle fronça les sourcils.

— Pourquoi ? De quoi tu parles ?

— Omen voulait que tu trouves un moyen d'accéder à ce balcon sans entrer dans le bâtiment. Il n'a pas mis d'autres limites à cette tâche. Je peux être ce moyen. Cela ne prendra que quelques secondes — je volerai assez vite pour que les mortels n'en aient qu'un aperçu qu'ils croient l'avoir imaginé.

Sorsha me regarda fixement.

— Tu me proposes de montrer ta vraie forme d'homme de l'ombre et de me faire voler jusqu'au sommet de l'immeuble, juste pour aller chercher un pot de fleurs ?

Je lui avais bien fait comprendre que je ne voulais pas qu'elle révèle aux autres ce qu'elle avait découvert sur ma nature. Les ailés — ce que les mortels ont tendance à appeler des « anges » — ont une longue histoire ternie, que je n'avais aucune envie d'exposer aux plaisanteries de l'incube ou à la curiosité débridée du dévoreur. Mais j'avais déjà laissé mes ailes se déployer une fois pour sauver la vie de notre dame. Ce n'était pas différent.

— Il ne s'agit pas seulement de récupérer un pot de fleurs, dis-je. Il s'agit de prouver à Omen que ta place est parmi nous. Tu t'es trop battue à nos côtés pour qu'il te rejette maintenant. Si je peux rendre le processus plus facile et moins menaçant pour ta survie, alors je n'hésiterai pas.

Penser au courage dont elle avait fait preuve tout au long de notre vie commune supplanta l'irritation que j'avais ressentie à l'égard de son attitude souvent désinvolte. Après tout ce que nous avions affronté ensemble, la regarder suscitait une émotion bien plus profonde et poignante, une émotion si peu familière que je n'arrivais pas à lui donner un nom. Je savais seulement qu'il s'en faudrait de peu pour que je ne tente pas de séparer la tête d'Omen de son corps si elle mourait à cause de sa méfiance.

Cette émotion me saisit encore plus fort lorsque Sorsha

m'offrit son plus doux sourire. Ses yeux brillaient d'une tendresse équivalente.

— J'apprécie, Thorn. Je sais que tu ne ferais pas une telle proposition à la plupart des gens. Mais je peux vraiment m'en occuper moi-même, et cela prouvera bien plus à Omen si je le fais. Tu doutes de ma force ?

Elle fit jouer ses biceps et ne cacha pas sa grimace. Je ne pus m'empêcher de protester.

— Tu es blessée.

— Mais je me sens mieux d'heure en heure.

Elle se tapota l'épaule, puis tendit la main pour tapoter la mienne. Son contact me rappela le frémissement qui m'avait traversé lorsqu'elle avait caressé mes ailes l'autre soir, réveillant une émotion bien plus vive que je reconnaissais parfaitement, même si elle ne m'était pas venue souvent. Ah, oui, c'était le désir.

Je m'autorisai juste un fragment de souvenir de ce que j'avais ressenti avec son corps contre le mien, lorsque j'avais capturé sa bouche si brièvement. Et j'imaginai ce que je pourrais ressentir si je la possédais complètement — et puis je me ramenai au présent.

- J'ai aussi écouté attentivement les exigences d'Omen, poursuivit Sorsha. Je m'en occupe. Et au cas où je me tromperais, j'ai confiance en toi pour me rattraper.

Elle se leva pour me donner un rapide baiser sur les lèvres, ce qui provoqua une bouffée de chaleur déraisonnable dans le reste de mon corps, et elle retourna rejoindre les autres.

• Pour être claire, dit-elle à Omen en ajustant les bretelles de son sac à dos, la seule règle est que je ne peux pas entrer dans ce bâtiment, n'est-ce pas ?

Il lui jeta un regard acéré.

— Et que tu me ramènes le pot et la fleur intacts. Ce sont les conditions.

— Parfait. J'accepte. Maintenant, excusez-moi. Je n'irai pas dans *ce* bâtiment, mais j'irai dans *celui-là*.

Un rire ravi s'échappa de Snap tandis que notre dame se dirigeait vers l'immeuble de bureaux voisin. L'expression d'Omen devint meurtrière pendant un instant avant qu'il ne se stabilise avec ce calme presque impénétrable qu'il avait gardé comme un bouclier depuis que nous lui avions parlé pour la première fois après son évasion.

— Ce ne sera quand même pas facile pour elle, dit-il.

Ruse s'adossa au mur et leva la tête pour observer les balcons.

— Oh, je n'en serais pas si sûr.

— Ce n'était pas mon idée, dis-je à notre commandant. Je ne savais pas que c'était ce qu'elle avait prévu. Elle a rejeté entièrement ma suggestion. Il n'avait pas besoin de savoir exactement quelle avait été cette suggestion.

Omen me regarda, mais il savait que je ne lui mentirais pas. Il laissa échapper un soupir.

— Voyons ce qu'elle pense pouvoir faire comme ça, alors.

Snap se dirigea vers l'allée où il pouvait voir de plus près le pot de fleurs en question, et Ruse le suivit. Je jetai un coup d'œil à Omen et jugeai assez prudent de dire, en gardant la voix basse :

— Je peux te dire qu'elle est aussi honorable qu'elle est déterminée. Elle… il est arrivé qu'elle soit témoin de ma forme complète. Je lui ai demandé de ne pas en parler aux deux autres, et elle a tenu parole.

Omen laissa transparaître une pointe de surprise. Il désigna mon corps de haut en bas.

— Elle t'a vu ? Les ailes et les yeux charbonneux et tout le reste ?

— Oui, répondis-je. Et elle a semblé aimer ce qu'elle avait vu, alors que la plupart des mortels auraient crié. La lueur de la chaleur qu'elle avait provoquée me traversa à nouveau.

— Hmm. Omen se remit à surveiller les hauteurs des bâtiments, mais avec un peu moins de rancœur.

Il ne fallut pas beaucoup de temps à Sorsha pour émerger. Elle apparut au bord du toit opposé, une lueur de soleil dans les cheveux roux qu'elle avait attachés en une queue de cheval serrée. Après nous avoir fait un signe de la main, elle brandit un grappin qu'elle devait avoir dans son sac à dos.

Il s'accrocha avec fracas au balcon demandé. Elle marqua une pause, mais personne ne sortit de la résidence. Saisissant la corde, elle sauta du toit.

Je faillis avoir le souffle coupé, mais avant même que je n'aie eu le temps de le reprendre, elle avait déjà posé les pieds sur la balustrade du balcon en contrebas. Elle grimpa rapidement à la corde, s'arrêtant brièvement avec une grimace étouffée que seuls mes yeux entraînés au combat auraient pu percevoir, coinça le pot de fleurs sous son bras et lança le grappin en direction du toit d'où elle était descendue.

Moins de cinq minutes plus tard, Sorsha sortait de

l'immeuble de bureaux en se pavanant et en tendant le pot à Omen.

— Comme tu l'as ordonné. Maintenant, on en a fini avec ces jeux stupides ou quoi ?

Omen la regarda fixement.

— Pour l'instant, dit-il, comme s'il n'en avait pas encore fini avec elle, et je savais qu'il était trop tôt pour être vraiment soulagé. Quand Omen se mettait en tête de faire quelque chose, il était aussi inébranlable que — eh bien, qu'un chien de chasse.

CINQ

Sorsha

— Attends ! dit Vivi en baissant son biscuit aux pépites de chocolat à moitié mangé. Alors, ce patron de l'ombre a appelé son break Betsy ? Un ricanement lui échappa. Elle avala ensuite à moitié la bouchée qu'elle venait de prendre et toussa plusieurs fois, tout en gardant un air amusé.

Je lui rendis son sourire.

— C'est vrai. Sous le soleil brûlant de cette fin d'après-midi, en face de ma meilleure amie, à la table vitrée du café, je trouvai plus facile de me débarrasser du malaise qu'Omen avait fait naître en moi et de simplement rire de lui. Par tous les doux éclats de cannelle ! Comme Vivi m'avait manqué pour discuter !

La seule chose qui aurait pu améliorer nos retrouvailles, c'est que nous nous soyons sentis suffisamment en confiance pour nous rendre dans notre restaurant de desserts préféré, près de la maison de ses parents. Là où nous allions presque chaque semaine lorsque j'avais séjourné dans sa famille au cours de la première année qui avait suivi la mort de Luna. Mais ce nouvel endroit, où nous avions trouvé une table dans le patio ensoleillé, avait déjà plus que satisfait ma meilleure amie. Après une bouchée, elle avait déclaré que son cookie était « la crème du glaçage sur le gâteau ».

— Et que pense Omen du fait que tu traînes avec moi, s'il n'apprécie guère les mortels en général ? me demanda-t-elle alors.

Mon moral baissa un peu, mais je gardai le sourire.

— Je l'ai convaincu que tu ferais moins de carnage si je te donnais les informations que si tu te baladais dans la ville sans tout savoir. Il a quand même essayé de me faire un trou dans la tête avec son regard noir.

Vivi fit mine d'examiner mon visage.

— Ça n'a pas marché. Il n'est pas si puissant après tout, je suppose. Elle marqua une pause, son propre sourire s'estompant. Bon, c'est toute l'histoire ?

— Toutes les parties importantes. Si j'entrais dans les détails, nous en aurions pour deux semaines. Et je n'étais pas sûre de vouloir la mettre au courant de tous les détails alors que ceux-ci incluaient des choses comme Thorn arrachant la tête de gardes pour venger ma blessure à l'épaule. Il était difficile de voir des moments comme ceux-là d'un œil positif si l'on n'y avait pas assisté.

Je voulais que Vivi garde un regard positif sur mes nouveaux compagnons, notamment parce que j'avais prédit sa prochaine question. Elle appuya les coudes sur la table et me regarda timidement à travers ses cils.

— Et quand est-ce que je vais rencontrer tes nouveaux petits amis incroyablement sexy ?

J'avais omis la plupart des détails, mais je n'aurais peut-être pas dû mentionner à quel point j'étais devenue copine avec mon trio. J'avalai une dernière bouchée de ma tarte aux myrtilles et j'agitai ma fourchette en direction de Vivi.

— Ce ne sont pas vraiment mes petits amis. Ce n'est pas comme si une mortelle pouvait vraiment sortir avec un homme de l'ombre, et encore moins avec trois d'entre eux.

Elle balaya ma protestation d'un revers de main.

— D'accord, tes nouveaux copains de câlins. Quel que soit le nom que tu leur donnes, la question reste entière. Je promets de ne pas essayer de te les voler, mais tu dois au moins partager le plaisir des yeux.

— Nous verrons bien. Je ne suis pas sûre de vouloir qu'Omen en sache plus sur toi que ce qu'il sait déjà. Et je n'étais pas sûre non plus qu'elle ne me prenne pas pour une folle une fois qu'elle aurait pris la pleine mesure de la réalité du trio. J'avais appris à les connaître — d'une manière à la fois littérale et biblique — suffisamment pour que leurs bizarreries ne me dérangent pas, mais Vivi n'avait jamais été aussi proche d'un être de l'ombre auparavant. Je ne pense pas qu'elle aurait pu comprendre le lien qui m'unissait à Luna.

Malgré toutes les politesses qu'ils utilisaient et tous les efforts qu'ils déployaient pour protéger les créatures de l'ombre, la plupart des membres du Fonds n'avaient jamais cessé de considérer ces êtres comme des monstres.

— D'accord. Vivi fronça le nez et retrouva le sourire. Tu vas au moins me laisser t'aider maintenant, n'est-ce pas ? J'ai besoin de vivre au moins une grande aventure avant d'atteindre la trentaine, sinon qu'est-ce que je vais bien pouvoir faire de ma vie ? Je peux être très utile, sache-le. Regarde-moi, tout en professionnalisme.

Elle désigna sa tenue, qui, comme toujours, était blanche de la tête aux pieds : un chemisier ivoire et un pantalon large sur des sandales à lanières dont les boucles n'étaient qu'un clin d'œil doré. Même avec l'explosion de boucles sombres qui éclataient à l'arrière de sa tête à partir des tresses serrées le long du reste de son cuir chevelu, elle dégageait une certaine élégance que je doutais d'être capable d'atteindre. Être élevée par un être de l'ombre vous laisse un peu sauvage, d'une manière dont il est difficile de se débarrasser.

— Je te l'accorde, dis-je. Voyons ce qui ressort de la réunion de ce soir, et je te ferai savoir où nous avons besoin de toi.

Elle me jeta un regard interrogateur, mais je levai les mains en signe de clémence. Je n'excluais pas Vivi cette foi, mais je n'allais certainement pas l'entraîner dans une embuscade directe de l'équipage meurtrier et potentiellement psychotique de l'épée étoile. D'autant plus qu'elle voyait toujours cela comme une aventure, même si elle se rendait compte à présent qu'elle était dangereuse.

Je devais me préparer à cette embuscade. En quittant le café, je serrai Vivi dans mes bras, comme si je pouvais absorber sa joie de vivre pour me soutenir dans la bataille qui s'annonçait. Je me dirigeai vers l'endroit où le quatuor était censé venir me chercher, en chantant une petite chanson pour m'inspirer. « *On se touchera et on s'entourera, je suis en chasse cet après-midi.* »

Omen me regarda pendant que je montais sur la banquette arrière du break, comme s'il vérifiait que je n'étais pas contaminée par des poux de mortelle. Je fus assez mature à ce moment précis pour ne pas lui tirer la langue en retour. Les trois autres restaient dans l'ombre, comme ils le faisaient souvent dans la voiture, mais j'étais un peu rassurée de savoir que je n'éta is pas seule avec ce type.

— Vivi va être sage, lui dis-je. Elle ne mettra pas son nez là-dedans à moins que je ne le lui demande — et je ne lui demanderai que quelque chose de très spécifique qu'aucun d'entre nous ne peut faire.

Chefaillon laissa échapper un grognement qui semblait dire qu'il ne pouvait pas imaginer une tâche correspondant à ce critère et mit le moteur en marche. Je humai une nouvelle fois l'odeur étrange qui régnait à l'intérieur du véhicule. Sèche, fumée, un peu salée, avec cette trace de minéraux… Peut-être qu'il faisait croustiller des ailes de poulet sur un plateau de cristaux brûlants à ses heures perdues? C'était peut-être un passe-temps bizarre de l'humanité de l'ombre dont personne n'avait pris la peine de me parler.

La charmante hackeuse de Ruse avait déniché les détails du transfert vers lequel nous nous dirigions. Il était censé avoir lieu une heure après le coucher du soleil sur le parking d'un mini-golf. Ce n'était pas un endroit typique pour des échanges illicites de créatures dont le commun des mortels ne soupçonnait même pas l'existence, mais lorsque nous nous y glissâmes après avoir laissé Betsy à une courte distance, je compris pourquoi ils avaient choisi cet endroit.

Le terrain avec ses décorations peintes aux couleurs vives — un moulin à vent ici, un château là — entourait le parking sur deux côtés et était suffisamment grand pour que personne ne puisse voir ce qui s'y passait. Un entrepôt miteux offrait un mur de briques sans fenêtre sur le troisième côté, donc pas de témoins ici. Sur la route, quelqu'un avait opportunément laissé une benne pleine de gravats de construction à un endroit où elle bloquait la majeure partie de la vue sur l'étendue d'asphalte, et les réverbères les plus proches étaient éteints. Une coïncidence totale, sans doute.

Nous étions arrivés juste au moment où le soleil se couchait. Les ombres des structures miniatures s'étendaient sur les taches vertes deux fois plus loin que les lampadaires eux-mêmes. Ruse se glissa dans l'ombre pour déverrouiller la porte et me permettre de les suivre à l'intérieur.

— Ta seule tâche est de rester à l'arrière jusqu'à ce que nous ayons notre lot, m'ordonna Omen. Il désigna le toit de la hutte qui abritait la billetterie et l'équipement. Thorn va t'aider à monter là-haut. Reste à l'écart et surveille la transaction. Je ne veux t'entendre ou te voir que si tu repères quelque chose de là-haut que le reste d'entre nous doit savoir. Une fois que nous aurons piégé l'un d'entre eux, tu pourras intervenir pour retirer les protections si nécessaire.

— Et pour ouvrir la cage afin de laisser sortir leur prisonnier de l'ombre, ajouta Snap.

— Oui, ça aussi, marmonna Omen, comme s'il était agacé qu'on lui rappelle que je pourrais être utile dans le cadre d'une opération de sauvetage de l'humanité de l'ombre. Il me fixa : tu as compris ?

— Oui, oui, capitaine, répondis-je sèchement. Je me doutais qu'il aurait essayé de m'enfermer dans la voiture au lieu de me laisser l'accompagner s'il avait pensé que la voiture pouvait me retenir plus d'une minute. Mais même lui ne pouvait pas nier la valeur de mon immunité aux matériaux qui repoussent les pouvoirs de l'humanité de l'ombre.

Juste au cas où j'en trouverais un bon usage, je ramassai un des clubs de mini-golf et le balançai dans les airs à titre expérimental. Il était un peu léger, mais il avait un poids décent. Pour faire bonne mesure, je glissai plusieurs balles de golf, petites, mais incroyablement denses, dans les pochettes de ma ceinture.

Pour cette opération, je m'étais équipée de tout l'attirail d'un cambrioleur. Si je ne bougeais pas et ne parlais pas, je ne serais qu'une ombre sur le toit, même mes cheveux roux étaient cachés sous le bonnet noir. Grâce aux anguilles de feu, la soirée commençait déjà à se rafraîchir, sinon j'aurais été une flaque de sueur en quelques secondes.

Thorn me donna un coup de pouce jusqu'au bord du toit, que j'enjambai pour m'abriter derrière l'un des faux pignons. En jetant un coup d'œil par-dessus la partie saillante, je pouvais distinguer le bord du terrain de golf et l'ensemble du parking.

Pendant que je discutais avec Vivi, le quatuor d'ombres avait élaboré ses plans. Alors que je me mettais en position, ils disparurent dans l'ombre. D'après ce que j'avais compris, ils allaient se poster en cercle autour du parking. L'idée était d'observer le transfert suffisamment longtemps pour déterminer les procédures habituelles de l'équipe de l'épée étoile, puis — à moins que l'escouade ne semble trop bien équipée — de charger, de libérer l'homme de l'ombre que le collectionneur leur vendait, et d'enlever l'un des employés de l'épée étoile pour l'interroger plus tard.

Je changeai plusieurs fois de position sur les dalles d'argile, mon dos se raidissant et mes épaules devenant douloureuses à cause de ma posture voutée. Chaque fois qu'une voiture passait en grondant dans l'obscurité croissante du soir, je me figeais. Finalement, une camionnette noire qui ressemblait au genre de véhicule utilisé pour transporter du gros bétail s'arrêta sur le terrain. Elle se gara dans le coin le plus éloigné, là où le terrain de golf jouxtait l'entrepôt.

Une seule personne en sortit : le collectionneur, je supposai. À première vue, il aurait pu passer pour un super-vilain au génie maléfique du type de bandes dessinées que notre pirate avait, je suppose, trop lues. Le dôme de son crâne chauve et bulbeux brillait dans la faible lumière des réverbères lointains, et il portait un costume gris dont le col carré était boutonné jusqu'au menton. Je m'attendais à ce qu'il sorte un monocle de sa poche de poitrine.

Puis je remarquai les traces de transpiration qui captaient encore plus la lumière que la peau pâle de son cuir chevelu. Ce type avait peut-être des aspirations de super-vilain en matière de mode, mais il n'était pas super-confiant.

Il fallut attendre encore dix minutes avant qu'un second véhicule n'entre en grondant dans le parking : un camion de livraison blanc avec le logo d'une boulangerie peint sur le côté. Un faux commerce, ou une autre façade comme celle du magasin de jouets pas chers dans lequel l'équipe de l'épée étoile avait mené certaines de ses opérations ? Je notai mentalement le nom, au cas où ce serait la seconde hypothèse.

Cinq silhouettes sortirent du camion. Ils portaient les casques de fer et d'argent et les vestes en plaqué que nous avions déjà vus. L'un ou l'autre de ces métaux repoussent les hommes de l'ombre, mais ils ne pouvaient pas bloquer la force physique de Thorn ou tout autre truc concret qu'Omen avait imaginé.

L'une des silhouettes semblait avoir un fouet à la hanche, probablement un de ces lasers lumineux, mais les autres n'avaient aucune arme. On aurait dit qu'ils ne s'attendaient pas à avoir affaire à des groupes hostiles dans cette transaction.

Exactement comme nous l'espérions.

Le collectionneur en sueur ouvrit la porte arrière de sa camionnette. Une lumière vive s'en échappa — il avait installé des lampes lumineuses tout autour de la cage qui devait contenir la puissante créature pour l'empêcher de s'éclipser dans l'ombre. La bande de l'étoile-épée sortit un conteneur ressemblant à un casier géant de salle de sport et le plaça face à la camionnette. Ils semblaient vouloir transférer la cage de la camionnette dans cette boîte, qui devait avoir ses propres lumières.

Avant qu'ils n'en soient arrivés là, quatre formes obscures déboulèrent sur le terrain. Je ne pouvais pas distinguer grand-chose de leurs visages à travers le flou des ténèbres qui leur collait encore à la peau, mais la forme massive qui assomma deux des membres de l'équipe de l'étoile-épée était manifestement Thorn.

Les trois autres hommes de l'ombre n'osèrent pas s'approcher aussi près de nos ennemis et de leur armure nocive. Ruse attacha une sorte de corde aux jambes du collectionneur et tira dessus pour qu'il tombe sur le sol, les genoux serrés l'un contre l'autre. Tandis que le méchant pas du tout super se mettait à pleurnicher comme un enfant de maternelle, Omen et Snap jetèrent des draps épais sur les deux assaillants que Thorn avait abattus. Quel que soit le matériau utilisé, il était suffisamment lourd pour maintenir les hommes en place.

Thorn s'occupait toujours du reste de l'équipe. Il saisit l'homme au fouet par les poignets et le projeta par-dessus la clôture pour qu'il s'écrase contre le château du mini-golf. Le type s'effondra, l'une des tourelles vacilla puis s'affala pour le frapper à la tête pour faire bonne mesure. Un autre connard reçut un coup de poing dans la gorge avec les phalanges cristallines du guerrier. Un gargouillis s'échappa de la plaie béante tandis qu'il s'effondrait, ensanglanté.

Le dernier de nos ennemis avait profité de la distraction de Thorn. Il lança une tige métallique dans le dos du guerrier, et des étincelles jaillirent contre la tunique de Thorn. L'immense homme de l'ombre frémit, un spasme saisissant ses membres pendant une seconde alors qu'il se tordait de douleur. Pendant ce temps, le connard qui avait brisé le pauvre château parvenait à se relever, fouet à la main.

Ah non, pas vraiment.

— Thorn ! criai-je en guise d'avertissement, me levant d'un bond. Ma main s'était déjà portée sur l'une de mes pochettes. Mes doigts s'enroulèrent autour d'une balle de golf et je la lançai sur le type à la canne.

Elle le frappa à l'arrière du casque avec un claquement sourd — j'appellerais ça un coup dans le mille. Avec un cri de victoire, j'en lançai d'autres dans sa direction, l'assaillant suffisamment longtemps pour qu'il ne soit pas préparé au coup de poing de Thorn. Les poings rigides du guerrier s'écrasèrent en plein sur son visage. Je détournai le regard de la giclée de sang.

Heureusement, parce que le gars du château se précipita vers la clôture à mailles en losanges, le fouet prêt à l'emploi. Je sautai du toit de la cabane sur un pont-levis en plâtre et de là, au sol. Alors que le type s'apprêtait à franchir la clôture, je lui assénai un coup de club de golf sur l'oreille, juste sous la base de son casque. Sa tête oscilla et je visai le haut du casque avec le putter cette fois. D'un seul coup bref, je fis tomber sa protection.

Omen était là, comme s'il n'attendait que cette occasion. À la seconde où le casque se détacha, notre chef frappa le front du gars contre la barre située au sommet de la clôture, assez fort pour lui briser le crâne.

OK, très bien. Il n'avait peut-être pas la corpulence de Thorn, mais il ne manquait pas de puissance physique. Note à moi-même : ne pas aller pousser à bout le mauvais côté de ce type.

Les deux membres survivants de la bande de l'étoile se tortillaient sans résultat sous les lourds draps. Omen s'approcha du collectionneur, qui était blotti contre sa camionnette et qui sanglotait en aspirant de l'air.

— Dis à tous tes amis collectionneurs que nous les avons repérés et que nous viendrons les chercher, un par un, dit Omen, la voix pleine de menaces. Peut-être que si vous vous enfuyez pour vous cacher, nous ne vous trouverons pas, mais quiconque décide de faire des affaires avec ces gens — il désigna le camion de livraison — a scellé son destin à partir de maintenant.

J'enjambai la clôture et traversai le terrain en trottinant jusqu'à la porte arrière ouverte de la camionnette. La forme ombrée d'une grande créature, trop affligée par son environnement pour se montrer, vacillait dans la lumière derrière les barreaux argentés et torsadés de sa cage, qui était presque aussi grande que moi. Il s'agissait soit d'un être de l'ombre supérieur plus petit que mes compagnons actuels, soit d'un être de l'ombre inférieur très puissant. Aucun ne méritait le traitement qu'il avait reçu.

En quelques coups de couteau à brûler, la chaleur fit grésiller la lame de titane améliorée surnaturellement et je fis sauter le verrou. À la seconde où j'ouvris la porte de la cage, la créature de l'ombre se jeta devant moi. Elle s'enfuit dans la nuit sans même me remercier. Je supposai que je ne pouvais pas lui en vouloir.

— Bien, murmura Snap en arrivant derrière moi. Il posa une main douce sur mon bras et me caressa l'arrière de la tête d'une manière qui fit passer dans mon abdomen des palpitations totalement inappropriées à la situation.

Les autres se tenaient autour de nos deux captifs. Omen se frotta les mains.

— Enlevez-leur leur équipement, et nous verrons ce que nous pouvons tirer de ces mécréants ce soir.

SIX

Sorsha

Les interrogatoires étaient beaucoup moins douloureux lorsqu'un incube était en jeu, tant pour les interrogateurs que pour les victimes. Pas besoin de torture par l'eau ou de chariots remplis de couteaux et de pinces quand une petite conversation charmante leur faisait cracher leurs secrets de manière bien plus efficace.

Ruse avait bavardé avec nos deux captifs alors qu'ils étaient encore plaqués au sol. Dès qu'ils avaient été complètement sous son emprise, nous les avions libérés et emmenés à l'arrière de leur propre camion. Maintenant, nous étions garés dans un coin isolé de la ville, debout en demi-cercle face aux deux gars à l'étoile-épée, assis contre la paroi du compartiment.

L'incube aurait pu les amadouer, mais Omen était bien décidé à se charger de l'essentiel de l'interrogatoire. Ses yeux brillaient, encore plus plissés que d'habitude sous la lumière crue de la seule lampe que nous avions allumée — une lampe qui avait été conçue pour garder d'autres ombres prisonnières dans des circonstances bien plus difficiles.

La spécificité de ces circonstances était manifestement la plus grande question qu'il se posait. Il croisa les bras sur sa poitrine, semblant se retenir de justesse de lancer un regard mortel aux deux types. L'illusion qu'avait Ruse selon laquelle nous étions tous des amis fantastiques ne tiendrait que si Chefaillon ne les poussait pas trop loin dans la direction opposée.

— Que comptiez-vous faire de l'être de l'ombre que vous aviez acheté à ce collectionneur ? demanda-t-il.

L'un des hommes s'agita, plein d'espoir, comme s'il ne voulait rien d'autre que de satisfaire ses ravisseurs en répondant.

— Nous allons à l'autre camion et nous le remettons.

Il s'agissait donc d'une manœuvre en deux temps. Ce n'était pas surprenant, étant donné les limites déjà franchies par ces gens.

Omen fronça les sourcils.

— Et où l'autre camion l'aurait-il emmené ?

— Nous ne le savons pas, dit l'autre gars. Les gens qui nous donnent nos instructions aiment garder toutes les pièces séparées. Ils disent que c'est plus sûr ainsi. C'est une bonne chose — et si quelqu'un qui ne s'occupait pas de nous nous avait attrapés à votre place ?

Mes lèvres tressaillir, mais je réussis à retenir mon rire. Ruse avait-il effacé de leur esprit ce que Thorn et Omen avaient fait à leurs collègues, ou les avait-il simplement convaincus que ces types avaient demandé à se faire défoncer le crâne ?

Il aurait été bon de retrouver la deuxième bande de laquais de la Compagnie, mais ils auraient déjà compris que le transfert s'était mal passé. Où qu'ils aient été censés rencontrer ces types, eux et tout ce qu'ils auraient pu nous dire auraient disparu depuis longtemps. Tant pis pour la recherche de la nouvelle base d'opérations.

Omen n'avait pas non plus l'air satisfait de la réponse qu'il avait obtenue.

— Est-ce que vos « gens » vous disent quoi que ce soit sur ce qu'ils font des ombres qu'ils collectionnent une fois qu'ils les ont ?

Le visage du premier gars s'éclaira.

— Oui. Un peu. Ils cherchent à mettre fin à l'influence néfaste des bêtes sur notre monde. La Compagnie de la lumière éradiquera tous les monstres qui nous attaquent. Mais ce sont des démons glissants — il ne suffit pas d'en tuer quelques-uns ici et là. Ils cherchent un meilleur moyen.

Je n'étais même pas moi-même un de ces démons glissants, et mon poil se hérissa automatiquement en entendant la façon dont il appelait mes compagnons. Snap passa son bras autour de ma taille en signe de réconfort, mais ses traits divinement doux étaient tendus. Je lui serrai la main en retour. Il avait passé peu de temps du côté des mortels jusqu'à présent — il n'avait peut-être jamais entendu un humain dire à quel point il détestait les êtres comme lui. Ce prétendu « monstre » était plus compatissant que la plupart des êtres humains que je connaissais.

Un soupçon de fumée d'un autre monde scintilla dans les yeux de Thorn. L'immense guerrier s'approcha d'un pas volontaire, menaçant, mais Omen leva la main. Sa bouche avait formé un sourire rigide.

Il n'aimait pas ce que ce type avait dit, mais c'était exactement l'attitude à laquelle il s'attendait.

— La Compagnie de la Lumière, répéta-t-il. C'est ainsi que votre organisation se nomme ?

L'homme acquiesça.

— Nous devons garder notre cause secrète, car les réactions des monstres pourraient tous nous tuer, mais avec le travail que nous faisons, notre lumière brûlera toutes les ombres.

— Mais vous ne savez pas ce que les expériences de votre compagnie sont censées accomplir.

— Des expériences ? L'homme fronça les sourcils. Ce n'est pas mon domaine. Je sais juste que quoi qu'ils fassent, ils travaillent à la destruction de tous les démons qui osent mettre les pieds ici — et peut-être aussi de tous ceux qui reviennent d'où ils viennent.

Charmant. Mes tripes se tordirent. Il parlait littéralement de génocide comme s'il s'agissait de l'objectif le plus glorieux qu'il puisse imaginer. L'un de ces trous du cul de la Compagnie de la Lumière avait-il déjà discuté avec un être de l'ombre supérieur ?

Je serais la première à admettre que des êtres comme les quatre qui m'entouraient n'avaient pas le même sens moral que les humains. Et bien sûr, certains d'entre eux s'attaquaient aux mortels. Mais beaucoup de mortels s'en prenaient aussi les uns aux autres. La solution consistait à lutter contre ceux qui commettaient des crimes, et non à assassiner tout le monde en masse. Je ne pense pas que la Compagnie apprécierait que les hommes de l'ombre retournent leur logique contre l'humanité.

— Cela semble être un objectif honorable, déclara Omen.

Sa voix était tellement empreinte de sarcasme que je

m'attendais à ce qu'elle tranche directement dans la chair de nos captifs. Il fit les cent pas d'un bout à l'autre du compartiment en réfléchissant à sa prochaine question. Ces échanges avec les collectionneurs sont-ils votre seule collaboration ?

— Ils font appel à moi toutes les trois quatre semaines pour un travail comme celui-ci, dit le premier homme. Sinon, je me tais et je ne me mêle pas du reste de leurs affaires.

Le regard de l'homme de l'ombre glissa sur l'autre homme.

— Et toi ?

— Je ne fais rien d'autre avec les bêtes, mais j'ai déjà conduit pour d'autres trucs — apporter de l'équipement pour les événements et ce genre de choses.

— Ah. De quel genre d'événements s'agit-il ?

Le type haussa les épaules.

— Je ne sais pas trop. Ils organisent des fêtes avec un groupe de gens riches de temps en temps. Avec tout l'équipement dont ils doivent avoir besoin et l'argent pour acheter les collectionneurs, je suppose qu'ils doivent collecter des fonds d'une manière ou d'une autre.

Un autre rire me chatouilla la poitrine, plus ironique celui-là. Bien sûr, la Compagnie de la Lumière avait besoin d'organiser des collectes de fonds, tout comme le groupe de défenseurs d'Ellen et de Huyen. Alors que nous récoltions de l'argent pour protéger les ombres, eux en récoltaient pour les chasser et les torturer. Vu l'ampleur des opérations de nos ennemis, ils devaient être bien meilleurs que nous dans ce domaine. Peut-être pourrions-nous prendre quelques conseils en cours de route.

Omen interrogea les deux hommes sur leurs moyens d'obtenir leur équipement, sur l'endroit où ils étaient formés à la manipulation des ombres, et sur tout ce qu'il pouvait trouver d'autre concernant la structure de la Compagnie de la Lumière. Malheureusement, nos ennemis avaient été terriblement sournois. Les sessions de formation se déroulaient dans des lieux aléatoires qui changeaient à chaque fois, l'équipement arrivait sur le pas de la porte des gars en même temps que les ordres pour leur prochaine affectation, et ils ne savaient pas grand-chose d'autre.

Nous sortîmes du camion pour discuter à l'abri des oreilles indiscrètes.

— Tout n'est pas perdu, dis-je. Nous avons libéré l'homme de l'ombre qu'ils allaient acheter — nous avons effrayé ce collectionneur et, je l'espère, un tas d'autres dans son réseau. Nous savons à quoi ressemble leurs transferts maintenant, et peut-être que nous pourrons les atteindre par le biais de ces événements de collecte de fonds d'une manière ou d'une autre.

— C'est toujours moins que ce que je voulais. Omen regarda le camion d'un air pensif. Peut-être que je pourrais trouver un autre angle d'attaque qui sera plus productif.

Un nouveau frisson me chatouilla le dos.

— Qu'allez-vous faire d'eux quand vous serez à court de questions ? J'avais évité de me pencher sur ce sujet jusqu'à présent, mais cette hésitation commençait à me paraître lâche. Les types là-dedans étaient des connards pleins de préjugés, mais ils avaient discuté avec nous pacifiquement. Je n'aimais pas l'idée de voir mes compagnons les massacrer sans défense.

Omen avait l'air d'aimer ça, mais sa bouche se tordit comme s'il avait mordu dans quelque chose d'acide.

— Il vaudrait mieux que leur « Compagnie » ne se rende pas compte que nous avons organisé cet interrogatoire. Ruse, tu peux les charmer pour qu'ils gardent le silence sur notre discussion, n'est-ce pas ? Les convaincre qu'ils doivent prétendre avoir quitté le lieu de l'attaque sans encombre ?

L'incube hocha la tête.

— Donne-moi un peu plus de temps, et j'y arriverai.

Je jetai un coup d'œil à la rue sombre. Le quatuor de l'humanité de l'ombre n'avait plus vraiment besoin de moi — et il y avait autre chose que je voulais accomplir pendant qu'Omen était distrait par cette affaire. Mon estomac grogna, me donnant l'excuse parfaite. Je n'avais pas mangé depuis cette part de tarte avec Vivi.

— Contrairement à vous autres, j'ai besoin de dîner ou je vais m'écrouler. On se retrouve dans quelques heures là où on a laissé Betsy ?

L'idée que je puisse satisfaire mes besoins de mortelle fit ressortir le dédain d'Omen. Il me fit signe de partir et rouvrit la porte arrière du camion.

Je trottai jusqu'à plusieurs pâtés de maisons du lieu de l'interrogatoire, en louvoyant à droite et à gauche aux intersections, puis j'appelai un Uber. J'avais l'intention d'aller manger quelque chose, mais pas dans un endroit qu'Omen aurait approuvé.

Alors que je m'installais sur la banquette arrière de la voiture, quelque chose toucha ma jambe au fond de mon sac à dos. J'en tâtai l'intérieur et mes doigts se refermèrent sur la surface froide et lisse d'une petite boîte. Ma gorge se noua.

Je sortis la boîte, les lumières de la ville à l'extérieur de la vitre se reflétant sur ses côtés nacrés. Mes doigts se déplacèrent automatiquement pour ouvrir le couvercle.

Ce souvenir était la seule chose que je possédais de mes parents. Je n'avais pas vraiment eu le temps de m'arrêter et de faire mes valises lorsque des chasseurs avaient fait irruption dans la maison de mes parents alors que tante Luna et moi jouions dans le jardin. Lorsque ma mère lui avait crié de s'enfuir, Luna avait attrapé la petite fille de trois ans que j'étais, mais elle avait gardé cette boîte avec le papier plié à l'intérieur pour me l'offrir lorsque je serais en âge de le lire.

Le mot ne disait pas grand-chose, mis à part que mes parents m'aimaient et auraient aimé que les choses ne tournent pas ainsi, mais que Luna me protégerait. Ils avaient manifestement compris qu'il y avait un risque que les connards à qui ils avaient tenu tête s'en prennent à eux.

Je ne savais pas si ces connards étaient liés à la Compagnie de la Lumière comme l'avaient été les agresseurs de Luna ou s'ils n'étaient qu'une bande de chasseurs vengeurs, mais quoi qu'il en soit, cela prouvait à quel point les humains pouvaient être des monstres psychotiques. Et à quel point certains de ces humains avaient besoin de voir leurs plans diaboliques contrariés.

J'allais donc utiliser tous les outils dont je disposais, qu'Omen soit d'accord ou non.

Je refermai la boîte et la glissai dans mon sac à main, pour la conserver plus près de moi. La voiture ralentit, atteignant le bar dont j'avais donné l'adresse au chauffeur.

En franchissant la porte de la Fontaine de Jade, je scrutai la salle à la recherche de quelqu'un qui n'aurait pas l'air à sa place, mais cela ressemblait à la foule habituelle de mortels excentriques et de fêtards occasionnels de l'humanité de l'ombre qui pouvaient se fondre dans la masse. Il y avait une mortelle qui portait un serre-tête avec des oreilles de chat et, deux tables plus loin, un type dont je soupçonnais que les yeux de lézard n'étaient pas des lentilles. Exactement comme il se devait. Le murmure de l'eau qui tombait en cascade le long du mur du fond et l'odeur minérale qui flottait dans l'air m'apaisèrent pour la première fois depuis des jours.

Comme d'habitude, Jade travaillait seule derrière le comptoir en quartz poli, ses cheveux vert foncé, qui auraient trahi sa qualité de créature de l'ombre pour quiconque aurait compris qu'ils n'étaient pas teints, tombaient en cascade sur son dos mince. Je me dirigeai vers le siège situé dans le coin le plus éloigné, réservé à ceux d'entre nous qui étaient déjà dans le coup.

La femme de l'ombre s'approcha de moi quelques instants plus tard. Je trouvais son regard plus méfiant que d'habitude. Soit elle avait entendu parler de mes aventures dans la rue, soit celles-ci m'avaient rendu plus paranoïaque qu'à l'accoutumée.

— Qu'est-ce qu'on prend ce soir, Sorsha ? demanda-t-elle.

— Un Whisky Coca et un de ces paninis à la dinde. Je désignai le petit frigo où elle conservait des plats préemballés prêts à être enfournés dans le grille-pain.

— Dîner tardif ce soir ?

— J'ai été très occupée.

Elle fit juste « hmm » tout en préparant le sandwich et en me servant ma boisson. Lorsqu'elle posa les deux devant moi en faisant tinter le verre, elle s'attarda, un coude appuyé sur le comptoir.

— Qu'est-ce qu'il y a ?

Je pris une grande bouchée de mon panini et léchai la graisse du fromage fondu sur mes doigts. C'était délicieux.

— Je sais que tu n'aimes pas trop t'impliquer dans les affaires du Fonds et ce genre de choses, alors je ne vais pas te demander de le faire. Je vais juste te dire : si quelque chose d'important se produisait — quelque chose qui mettrait en danger tous les hommes de l'ombre qui sont venus du côté des mortels et peut-être même ceux du côté des ombres — connais-tu des hommes de l'ombre qui voudraient se dresser contre les mortels impliqués ?

Son expression devint encore plus réservée qu'auparavant.

— Est-ce que tu suggères que quelque chose comme ça est en train de se passer ?

Je ne la quittai pas des yeux.

— Jusqu'à quel point veux-tu vraiment savoir ?

Elle hésita, puis pinça les lèvres.

— Peut-être que ça ne vaut pas la peine de prendre le risque de se renseigner, alors.

— Je suppose qu'il faut peser le pour et le contre. Serait-il pire de ne rien faire du tout et qu'un jour prochain ce bar soit pris d'assaut, ou bien de tâter le terrain prudemment et de me les envoyer ? Je pris une autre bouchée et la mâchai pendant qu'elle réfléchissait. Puis j'ajoutai : je n'ai jamais rien vu de tel auparavant, Jade. Tu sais que je ne ferais pas une telle demande si ce n'était pas important.

Deux jeunes d'âge universitaire avec des piercings qui auraient pu cacher une ou deux cornes s'étaient approchés du comptoir un peu plus loin. Jade soupira.

— Je vais y réfléchir — même si je vérifie, je ne suis pas sûre d'avoir quelqu'un pour toi. Mais si c'est le cas… j'appellerai ton numéro privé ?

— C'est ça. Merci, Jade. Quoi que tu fasses, ce sera bien.

Il était assez tard pour que quelques clients commencent à se balancer sur la musique près de la fontaine carrelée que les gens utilisaient à la fois comme puits à souhait et, lorsqu'ils étaient assez ivres, comme pataugeoire. Je n'avais pas prévu de danser ni de rester plus longtemps qu'il ne fallait pour engloutir le reste de mon repas, mais alors que j'avalais la dernière gorgée sucrée et piquante de Whisky Coca, des mains chaudes me saisirent par la taille. L'odeur douce-amère du cacao et du caramel, désormais familière, m'enveloppa.

— Je te trouve enfin seule, dit Ruse de sa voix tout aussi chocolatée, en penchant la tête pour que ses lèvres effleurent le lobe de mon oreille. Ce simple contact, qui n'était même pas un baiser, me fit frissonner par anticipation.

Je pivotai sur le tabouret et levai la tête vers ses yeux langoureux. Mon cœur aurait pu sauter un battement à la chaleur de son regard. Même avec cette stupide casquette de base-ball sur la tête pour cacher ses vraies cornes, je n'avais jamais vu quelqu'un d'aussi sexy.

Il ne pouvait pas exercer son vaudou séducteur sur moi alors que j'avais mon badge de protection épinglé à mon maillot de corps, à sa place habituelle au-dessus de mon cœur — juste au cas où je tomberais sur un être de l'ombre à qui je ne pourrais pas faire confiance — mais il avait aussi beaucoup de charme totalement non surnaturel à revendre. Enlever l'attrait de l'incube aurait été aussi impossible que d'enlever le ronronnement d'un chat.

— Nous sommes loin d'être seuls, fis-je remarquer en désignant la salle bondée. Tu m'as suivie jusqu'ici ? Je croyais que tu t'occupais de tes nouveaux meilleurs amis ?

Ruse sourit.

— Oh, on s'occupe bien d'eux. Parfois, je m'impressionne moi-même. Je me doutais bien que je te trouverais ici. Je sais vers qui tu te tournes pour obtenir des informations et du renfort.

— Je ne suis pas sûre d'avoir obtenu l'un ou l'autre. Je

donnai un coup de coude à son torse solidement musclé, plus par jeu que pour le repousser. Tu m'as trouvée, qu'est-ce que tu vas faire de moi maintenant ?

Son sourire s'élargit.

— Pourquoi ne pas commencer par une danse ? Cela nous a bien réussi la dernière fois.

La dernière fois que nous avions dansé ensemble — dans mon ancien appartement après qu'il ait mis un mix des années 80 pour me remonter le moral — je l'avais attiré dans mon lit plus tard dans la nuit. Je n'étais pas encore totalement convaincue que plonger à nouveau sous les draps avec lui était une bonne idée. Tous les sommets de plaisir qu'il pouvait m'apporter étaient contrebalancés par le côté manipulation émotionnelle de ses pouvoirs. Il m'avait promis de ne plus jamais fouiller dans ma tête, mais il avait déjà promis cela la première fois qu'il l'avait fait.

Alors qu'il m'entraînait sur la piste de danse, mon incertitude vacilla. J'avais oublié à quel point ses mains étaient agréables sur mon corps, partant de ma taille, passant par mes hanches et descendant le long de mes cuisses. Il resta près de moi tandis que nous nous déplacions et pivotions au rythme obsédant de la musique.

Lorsque je m'arrêtai un instant à la fin d'une chanson, Ruse déposa un baiser sur la peau nue de mon cou. Je ne pus m'empêcher de retenir mon souffle sous l'effet du plaisir.

— Hmm, murmura-t-il contre mes cheveux. Le dévoreur nous a rejoints dans l'ombre. J'ai l'impression qu'il aimerait t'avoir toujours près de lui. Tu sais, ma proposition de lui montrer les ficelles entre les draps — peut-être littéralement, si tu aimes être attachée aux montants du lit — tient toujours. Imagine tout le plaisir que nous…

Avant qu'il n'ait pu terminer cette offre torturante, un autre de nos compagnons s'avança vers nous au milieu des danseurs. Les yeux d'Omen s'enflammèrent si furieusement, si l'on peut dire ça de leur manière glaciale que même Ruse s'immobilisa.

Son chef s'arrêta juste devant moi et pointa son doigt sur ma poitrine.

— Qu'est-ce que tu fais ici ? demanda-t-il, d'un ton bas, mais tranchant.

— Je danse ? dis-je avec un sourire innocent.

— Je sais qui dirige cet endroit. Je sais qu'elle parle avec ton Fonds. Il prononça le dernier mot avec un sourire narquois. Je te l'ai dit, nous ne pouvons pas compter sur les autres ombres pour cela. Nous nous en occupons nous-mêmes.

— Je n'ai jamais été d'accord avec ça. Et de toute façon, je ne lui ai presque rien dit. Je ne suis pas idiote.

— En ce qui me concerne, le jury n'a toujours pas tranché sur ce point. Il fit un geste de la main en direction de la porte. Allons-y. Tu as assez interféré pour cette nuit.

Mon corps rechignait à l'idée d'obéir à ses ordres, mais son arrivée m'avait rappelé qu'il n'était probablement pas très sûr que je reste ici de toute façon. J'étais presque certaine que les gens de la Compagnie m'avaient déjà cherchée ici. D'après la réaction de Ruse, il n'était pas prêt à danser davantage de toute façon.

— Interférer, hein ? dis-je en pointant le doigt vers Omen. Ce doit être une toute nouvelle façon de dire : « Fournir un élément essentiel à mon plan ». Je t'en prie, d'ailleurs. Heureusement pour toi, Luce, j'étais prête à rentrer.

— Toi, grogna Omen, mais une seconde plus tard, il maîtrisa la colère provoquée par ce surnom, je le savais — même si je ne savais pas vraiment pourquoi — d'un coup d'œil vers la foule.

Il ne pouvait pas garder son sang-froid éternellement. Un jour ou l'autre, j'arriverais à le faire sortir de ses gonds et à lui faire péter les plombs.

J'aurais mieux fait d'espérer que Jade m'ait envoyé quelques copains avant l'explosion.

SEPT

Sorsha

Le chalet New-Age n'avait pas de lumière électrique, mais j'avais déniché une énorme bougie dans un bocal en verre. L'étiquette indiquait « tondeuse à gazon », et le parfum correspondait : de l'herbe fraîchement coupée avec un soupçon de diesel. Je comprenais pourquoi cette bougie avait été abandonnée dans le placard. C'était tout de même mieux que l'odeur de renfermé et de poussière qui envahissait le chalet auparavant.

Lorsque j'éteignis la flamme pour la nuit, Pickle émit un murmure endormi et grinçant à partir du bol d'encens en améthyste maintenant rempli de bandelettes en gaze déchiquetée. Je l'avais placé dans la cabine de douche de la minuscule salle de bains pour lui donner l'impression d'une caverne. Il aurait préféré une baignoire entière pour s'y prélasser, mais nous faisions tous deux avec ce que nous avions.

Je me glissai dans les draps de l'exiguë couchette inférieure, posai ma tête sur le mince oreiller et, d'un seul coup, le poids chaud d'un autre corps se solidifia contre le mien, rendant l'espace deux fois plus exigu qu'auparavant. Je tressaillis et mon pouls s'accéléra. Puis je vis le visage époustouflant de Snap qui me regardait dans le faible clair de lune qui s'infiltrait par la fenêtre du chalet, son parfum doux, mais profond, comme le trèfle et la mousse, me remplissant les narines.

Il était déjà en train de reculer devant ma première réaction de panique. En équilibre précaire sur le bord du matelas au lieu de s'appuyer contre moi comme auparavant, il me caressa le côté du visage en signe d'excuse.

— Je suis désolé. J'avais oublié que tu ne pouvais pas savoir que j'étais là tant que je ne sortais pas de l'ombre. J'ai tellement l'impression que tu es l'une des nôtres que je me surprends à penser que tu as la même conscience.

— Ce n'est pas grave. Sa compagnie dans mon lit ne me dérangeait plus, maintenant que je savais que c'était lui. Je l'attirai doucement vers moi avant que sa grande, mais mince carcasse ne tombe directement sur le sol. Son corps s'installa à nouveau contre le mien — poitrine contre poitrine, une jambe tonique repliée sur ma cuisse, ses boucles dorées frôlant ma joue — et une chaleur plus vive se forma au fond de mon ventre. Je ne pus résister à l'envie de passer mes doigts le long de sa mâchoire lisse.

— Y a-t-il une raison particulière pour laquelle tu as décidé de venir me voir dans mon lit ?

Son sourire semblait un peu penaud, mais ses yeux

brillaient d'un soupçon de leur vert néon surnaturel, incapables de dissimuler son empressement.

— Je me disais qu'après t'avoir vue avec Ruse au bar, j'avais envie d'être à nouveau aussi proche de toi. Nous ne sommes pas obligés de faire autre chose. Je serais heureux de m'allonger à côté de toi pendant que tu dors.

Oh, mon homme chéri ! (si je pouvais au moins l'appeler un homme. Je n'aurais jamais pensé qu'un être apparemment capable d'infliger des sortilèges horribles puisse être aussi séduisant et adorable, mais Snap réussissait à être les deux à la fois.

Je laissai mes doigts descendre jusqu'à l'endroit où le col de sa chemise Henley s'ouvrait sur les muscles fins de sa poitrine.

— Alors tu es venu ici juste pour faire des câlins, hein ? Rien d'autre ne t'intéresse ?

Un nouvel éclair de néon brilla dans ses yeux.

— Je n'ai pas dit ça. Il pencha la tête, ses lèvres effleurant ma tempe en prononçant les mots suivants : j'aimerais beaucoup te goûter à nouveau, Pêche. Peut-être d'une manière dont je n'ai pas eu l'occasion de le faire la dernière fois ?

— Hmm… la vérité éclate, dis-je en le taquinant.

Snap recula d'un centimètre pour me regarder à nouveau dans les yeux.

— Pas seulement pour moi. Cette nuit-là, ce que nous avons fait ensemble — c'était mieux que tout ce que j'avais connu dans ce royaume ou dans celui de l'ombre. Mais surtout parce que nous nous sommes connectés de manière si complète, en partageant les sensations. Je veux le faire encore et encore, mais seulement si tu es avec moi, et que tu le veux aussi.

Il parlait si sérieusement que j'en avais mal à la poitrine, à la fois à cause de l'adoration perceptible dans son ton et parce que je savais qu'une grande partie de son affection était probablement due à la nouveauté de l'expérience.

Le plaisir sexuel n'était pas quelque chose que les ombres recherchaient instinctivement dans leur propre royaume — il semblait être le domaine des mortels comme moi et des corps mortels comme ceux que lui et ses semblables portaient ici. Beaucoup d'ombres supérieures recherchaient cette félicité une fois qu'elles l'avaient découverte, et certaines, comme les cubi, en avaient besoin pour survivre, mais jusqu'à présent, Snap n'avait pas passé assez de temps du côté des mortels pour être confronté à ces désirs.

— C'est une bonne attitude à avoir, dis-je. Mais je ne serai pas la seule personne avec qui tu pourras vivre cette expérience, tu sais. Tu découvriras que tu peux te sentir tout aussi bien avec d'autres femmes — et peut-être même avec des hommes — lorsque tu élargiras tes horizons.

Il laissa échapper un léger soupir.

— Non, il n'y aurait personne d'autre comme toi. Je n'ai jamais vu le courage dont tu fais preuve, prête à te battre pour nous même si nous ne sommes pas comme toi, ta patience alors que nous nous adaptons à ce monde. Tu ne recules pas devant les aspects de notre personnalité qui font que les autres nous traitent de monstres. Tu te bats avec nous contre nos ennemis, même si tu n'as pas les mêmes pouvoirs, peu importe ce que tu as perdu... J'espère seulement que je serai assez fort pour t'égaler.

Ma gorge se noua avec une douleur qui me transperça le cœur. D'accord, il avait peut-être des arguments solides, même si j'avais du mal à me voir à moitié aussi vaillante que lui. Ne pas être prête à rester les bras croisés alors que des êtres vivants et sensibles sont mis en cage et massacrés, c'est une barre assez basse pour qualifier quelqu'un de héros.

Je caressai de nouveau sa mâchoire, faisant courir mes doigts le long de celle-ci et dans ses douces boucles.

— Je pense que tu es assez extraordinaire, toi aussi. Ce monde peut être merdique, mais tu parviens à trouver chaque parcelle de beauté dans les choses les plus simples. Tu veux tout comprendre juste pour le plaisir de comprendre — la plupart des gens ne s'intéressent qu'à ce qui va les aider à avancer. Je n'ai jamais rencontré quelqu'un qui voulait à ce point aider les autres et créer de la joie par tous les moyens possible. Je ne sais pas du tout comment je vais te laisser partir.

Je ressentis encore plus la douleur de cette incertitude lorsqu'il me fit un grand sourire. Il embrassa ma tempe, là où ses lèvres m'avaient déjà taquinée, puis ma joue et le creux de mon cou.

— Alors, ne le fais pas.

Pendant un instant, j'essayai d'imaginer ce que ce serait si le dévoreur ne quittait pas ma vie une fois notre mission terminée. Pourrait-il vraiment être un petit ami, malgré ce que j'avais dit à Vivi ? Partager un appartement avec lui, l'initier à tous les autres plaisirs mortels comme mes films et ma musique préférés et, bien sûr, la cuisine. Sortir en ville avec lui, partager son émerveillement. Rencontrer des amis…

Comment expliquer notre relation à quelqu'un du Fonds ? Je n'étais pas sûre que même Vivi parviendrait à ne pas trouver ça bizarre.

Est-ce que je me lasserais de son émerveillement une fois que je l'aurais côtoyé pendant un certain temps ? Finirait-il par être irrité par mes nombreux défauts lorsque la lueur initiale de l'attirance s'estomperait ? J'avais déjà eu assez de mal à établir une relation durable avec des hommes. Mes antécédents me laissaient penser qu'il s'agirait de la plus longue des longues relations.

Mais il n'y avait aucune raison de dire cela à Snap. Cela ne ferait que gâcher ce que nous avions en ce moment. Alors que nous ne savions même pas si nous allions survivre jusqu'à la fin de la mission, cela n'avait guère d'importance de toute façon. Si nous pouvions tous les deux avoir un avenir, un avenir où des organisations démoniaques ne tentaient pas d'éradiquer son espèce entière, alors nous pourrions nous préoccuper des aspects pratiques — si nous n'avions pas déjà déterminé que nous allions rapidement nulle part.

Pour l'instant, j'avais autant envie de lui qu'il avait envie de moi. C'était la seule réponse dont j'avais besoin.

Au lieu de parler, j'attirai sa bouche vers la mienne. Il se pencha sur le baiser avec toute la passion avide que j'adorais en lui. Sa langue se glissa entre mes lèvres, s'enroulant autour de la mienne avec cette habile pointe fourchue.

Mmm, oui, je n'étais vraiment pas pressée d'abandonner ce baiser.

La première fois, quelques jours plus tôt, nous avions pris notre temps pendant que Snap explorait son désir, et nous avions joui l'un de l'autre avec nos seules mains. Le dévoreur avait pris de l'assurance depuis. Alors qu'il m'embrassait à nouveau, avec suffisamment d'ardeur pour m'arracher un gémissement, il remontait déjà mon maillot de corps, plaçant ses mains pour éviter l'insigne en fer et en argent que j'y avais laissé épinglé par habitude.

Au moment où je reculai pour l'enlever complètement, il toucha mes seins. En l'espace de quelques secondes, ses doigts longs et fins avaient transformé mes deux mamelons en boutons durs. Des frissons de plaisir envahirent ma poitrine, étouffant l'élancement de mon épaule blessée alors que je jetais le maillot de corps sur le côté.

J'entraînai Snap dans un autre baiser, mais il ne s'y attarda pas longtemps avant de réaliser son souhait de me goûter. Il passa sa langue sur le sommet d'un sein, puis sur l'autre, le bout fourchu taquinant mes mamelons encore plus raides avec la sensation la plus incroyable qu'il soit.

Je tâtai sa chemise, voulant sentir sa poitrine nue contre la mienne. Snap en attrapa l'ourlet, puis s'arrêta, une lueur néon passant dans ses yeux. Il sourit avec une sournoiserie inhabituelle, cligna des yeux et la chemise disparut tout simplement.

Je précise que tous ses vêtements avaient disparu. Je contemplai son corps tendu jusqu'à l'érection qui jaillissait d'entre ses cuisses, et une nouvelle bouffée de désir m'envahit. Je savais que les créatures de l'ombre constituaient les vêtements qu'elles portaient séparément de leur corps, lorsqu'elles émergeaient dans l'espace physique, mais je n'avais jamais vu ce fait mis à profit pour un effet aussi agréable. Deux pouces en l'air pour la nudité instantanée.

— Tout à fait charmant, dis-je et Snap eut l'air encore plus satisfait de lui-même pendant la seconde qui s'était écoulée avant qu'il ne m'embrasse à nouveau. Il continua à caresser l'un de mes seins avec bonheur, tandis que son autre main descendait le long de mon flanc jusqu'à ma hanche. Je me cambrai automatiquement pour le rejoindre et son genou se glissa entre mes jambes. Sa cuisse se pressa contre mon sexe avec une friction des plus délectables. Je frissonnai de plaisir, incapable de m'empêcher d'onduler à ce contact.

Snap sourit contre ma bouche et déplaça sa jambe, son érection frottant contre ma hanche et se déplaçant avec moi jusqu'à ce que je gémisse. Le plaisir surgit en moi. Je serrai les doigts là où j'avais saisi son épaule et ses cheveux, mon désir prenant une tournure urgente.

La même urgence semblait s'être emparée de Snap. Son souffle était irrégulier sur mes lèvres. Il m'embrassa à nouveau, très fort, puis dit d'une voix si tendue par le désir qu'elle fit monter ma propre faim encore plus haut : peut-être qu'une dégustation plus poussée peut attendre. Je veux être en toi — c'est comme ça que c'est censé être, n'est-ce pas ? C'est ce qui est normal.

Ma propre respiration était tremblante.

— Oui, réussis-je à dire, jamais aussi reconnaissante que les ombres ne se reproduisent pas de la même manière que les mortels, parce que je n'avais pas eu l'occasion de faire des réserves de préservatifs. Je veux dire qu'il y a toutes sortes de façons qui sont tout à fait correctes, mais c'est celle-là — c'est ce que la plupart des gens préfèrent.

Sans mot dire, le dévoreur émit un petit bruit reconnaissant et tira sur ma culotte, que je n'avais pas pu faire disparaître d'un clignement d'œil, c'était dommage. Je me tortillai pour l'enlever et j'écartai les jambes, tendant la main vers le bas pour le guider. Lorsque mes doigts caressèrent la longueur chaude et soyeuse de sa queue, Snap gémit, mais son instinct le guida correctement. Sans plus de directives, il taquina ma fente avec le bout de son érection et l'enfonça encore avec une attention notoire qui me fit brûler d'envie d'en avoir plus.

Lorsqu'il fut en moi jusqu'à la garde, le plaisir irradia de l'endroit où nous étions unis jusque dans tout le reste de mon corps. Snap resta parfaitement immobile, les yeux fixés sur les miens dans l'obscurité, écarquillés par une sorte d'émerveillement ravi. Un rire court et essoufflé lui échappa. Son expression ravie m'étouffa à nouveau. Je résistai à l'envie de donner une ruade et de propulser cette union vers son apogée plus rapidement qu'il ne semblait en avoir l'intention.

— Ça, c'est le meilleur, murmura-t-il. C'est le meilleur. Avec toi.

— Snap… Je ne savais pas si j'allais répondre à ce tendre sentiment ou le supplier de me conduire à une plus grande satisfaction, mais cela n'avait plus d'importance, parce que, grâce à tout ce qui était tendu et picotant, il commença à bouger. En se retirant et en se pressant, doucement puis avec des poussées plus fortes, en regardant mon visage avec une attention avide.

À chaque gémissement qui s'échappait de mes lèvres et à chaque bouffée de plaisir qui me faisait rouler les yeux, il ajustait son rythme, son angle, sa vitesse, jusqu'à ce que chaque plongée de sa queue déclenche des vagues d'extase en moi. Le lit superposé grinça lorsque nos hanches se heurtèrent, et un rire tout aussi essoufflé que le sien m'échappa. Les royaumes devraient vraiment me remercier d'avoir réveillé ce potentiel en lui, parce qu'il était vachement génial en matière de baise.

— Si tu jouis avant moi, ce n'est pas grave, dis-je après un nouveau souffle, mais il secoua la tête. Ses traits s'étaient crispés pour lutter contre l'orgasme, même s'il restait attentif à mes réactions.

Il passa ses doigts dans mes cheveux et sur ma cuisse, nous serrant encore plus l'un contre l'autre. Une poussée, puis une autre, et encore une autre, chacune me procurant un plaisir encore plus intense.

Avec un petit cri, je basculai dans une explosion de félicité. Snap empoigna mes cheveux et gémit, ce qui m'indiqua qu'il avait suivi.

Son corps se relâcha, mais il garda les muscles suffisamment tendus pour empêcher son poids de m'écraser sur le matelas. Il baissa la tête pour me donner un dernier baiser. Je m'en délectai, mes membres devenant mous sous l'effet de l'orgasme.

— Il n'y a pas beaucoup de place, dit-il ensuite, et je compris la question qu'il posait. Il aimait les câlins, même s'il appréciait aussi d'autres activités. Ce soir, je pouvais embrasser cette part de sa nature. Peut-être qu'une petite part de moi pourrait même croire que je méritais cette dévotion.

— Tu peux rester. Je m'écartai pour que mon dos soit appuyé contre le mur. Snap s'installa sur le matelas à côté de moi, remontant le drap pour nous couvrir tous les deux. Nous étions serrés, mais nos corps s'imbriquaient l'un dans l'autre comme s'ils avaient été conçus pour s'emboîter. Je nichai ma tête sous le menton du dévoreur et j'effleurai sa poitrine de mes lèvres. Le bras de Snap s'enroula autour de moi, me maintenant là, en sécurité.

Nos respirations s'équilibrèrent en harmonie. Les hommes de l'ombre n'avaient pas besoin de dormir, mais sous leur forme physique, ils le pouvaient. Au bout de quelques minutes, Snap se détendit complètement contre moi. Lorsque je passai le bout de mes doigts sur son torse nu, il ne bougea pas. Mes propres paupières se fermèrent. Le mal qui enflait autour de mon cœur n'était plus qu'un contentement.

— C'est un véritable exploit, chantonnai-je en me blottissant plus près de lui. Dans tes yeux, je suis si douce. Et peut-être que, quoi qu'il arrive, cela suffira.

HUIT

Lorsque je me réveillai, la fenêtre n'était éclairée que par la légère lumière de l'aube. Sorsha reposait paisiblement dans mes bras, ses cheveux roux encadrant son visage pâle. Son parfum ardent et sucré flottait dans mes narines et sur mes lèvres.

Je voulais la tenir ainsi pour toujours. Je voulais me glisser à nouveau en elle et retrouver cette fusion merveilleuse et lisse qui nous avait procuré tant de plaisir à tous les deux. Mais la première option était impossible tant qu'il restait les geôliers d'Omen à traduire en justice, et la seconde aurait signifié briser le sommeil dont elle avait tant besoin.

Au lieu de cela, je me contentai de m'éclipser dans l'ombre et de me reformer à l'extérieur, avec l'intention de vérifier dans la voiture si elle n'avait pas acheté et laissé de la nourriture que je pourrais lui offrir comme petit déjeuner à son réveil. C'est ce que j'aurais fait, sauf qu'Omen était adossé à la voiture, les bras croisés sur la poitrine et le regard perçant fixé sur moi. Je n'étais peut-être pas un expert en lecture des émotions comme l'était Ruse, mais je pouvais dire qu'il n'était pas content.

— Qu'est-ce qu'il y a d'aussi attirant chez cette mortelle pour que vous vous acharniez tous les trois sur elle ? dit-il d'un ton froid et morne. Même toi. Ses parties inférieures sont-elles bourrées d'héroïne ?

Je le regardai en clignant des yeux. Je n'aimais pas sa dureté et sa froideur depuis que nous l'avions libéré. L'Omen qui m'avait demandé de l'aider dans sa quête, celui qui m'avait guidé lors de nos premières aventures dans le monde des mortels, n'avait jamais vraiment été joyeux, mais il souriait avec chaleur. Il plaisantait de temps à autre. Il riait aux plaisanteries de Ruse au moins aussi souvent qu'il lançait des regards furieux. Il était en colère à cause de ce que les autres mortels lui avaient fait subir, cette Compagnie de la Lumière, et c'était logique, mais quand même, je n'aimais pas ça.

— Je ne sais pas ce que ça veut dire.

Il soupira et se décolla de la voiture pour se redresser.

— Bien sûr que non. Ce n'est pas grave. Le fait est que tu es terriblement attaché à cette femme, n'est-ce pas ?

Savait-il simplement ce que nous avions fait la nuit précédente, ou avait-il réussi à entendre certaines des choses que je lui avais dites ? Je ne reviendrais sur aucune d'entre elles.

— Pourquoi ne le serais-je pas ? demandai-je. Tu ne lui as pas donné sa chance, tu n'étais pas là pour voir tout ce qu'elle a fait pour nous, à quel point elle s'est révélée incroyable. Tes tests n'ont-ils pas suffi ? Tu n'as pas vu comment elle nous a aidés dans l'embuscade de la nuit dernière ?

— Ce n'est pas la question. Elle pourrait nous donner l'élixir de vie, elle resterait une mortelle. Il n'y a rien de bon à ce qu'un être de l'ombre s'attache à l'un d'entre eux. Nous ne sommes pas de la même espèce, nous ne faisons pas bon ménage. C'est un jeu perdu d'avance.

Les poils de mon dos se dressèrent.

— Ce n'est pas un jeu. Je tiens à elle.

Il agita un doigt sous mon nez.

— C'est exactement ça le problème. Tenir à elle, c'est mêler ton destin au sien. Tu n'as pas été assez de ce côté pour savoir que les mortels sont fragiles, Snap. Sacrément fragiles. Pourquoi crois-tu qu'ils trouvent toujours de nouvelles façons d'essayer de nous avoir ?

— Parce qu'ils pensent que nous sommes des monstres ? osai-je.

— C'est juste le nom qu'ils ont inventé pour justifier ce qu'ils ressentent. Et ce qu'ils ressentent, c'est que nous les terrifions. Il ricana. Ils ont peur de tellement de choses, et ils veulent détruire tout ce qui leur fait peur.

Je marquai une pause, me souvenant d'une autre sorte de terreur que j'avais ressentie avant qu'Omen ne revienne. Une terreur qu'il avait peut-être ressentie autant que les créatures qui avaient laissé ces traces. Est-ce que c'était ce qui l'avait changé ?

— Je sais ce qu'ils ont fait, dis-je à voix basse. La Compagnie, dans ses expériences — pas tous les aspects, ni aucun indice sur le pourquoi, mais nous avons enquêté dans un de leurs laboratoires. J'ai goûté… encore et encore, à l'agonie de tant d'êtres de l'ombre. C'était horrible.

— Tu n'as pas besoin de me dire ça, grogna Omen.

— Mais je dois te dire que Sorsha n'est pas comme ça,

pas du tout. Elle déteste les gens qui ont fait ça autant que nous.

— Ça n'a pas d'importance. Même ceux qui ne sont pas franchement hostiles finissent par créer davantage d'ennuis que cela n'en vaut la peine. La seule chose qui vaille la peine avec les mortels, c'est de tuer ceux qui nous veulent du mal et de laisser les autres tranquilles. Je te garantis qu'elle te fera regretter d'avoir fait autre chose.

— Tu ne la connais pas. Elle n'est pas fragile. Je n'arrivais pas à imaginer que ce mot puisse décrire correctement Sorsha. Le pouvoir qu'elle exerçait n'avait rien à voir avec celui de Thorn ou d'Omen — ou de n'importe quel autre être de l'ombre — mais c'était tout de même du pouvoir. Je pouvais reconnaître la détermination et la résistance en elle aussi sûrement que je pouvais glaner des impressions du passé à partir de n'importe quel objet que je saisissais.

Omen avait essayé de la blesser ou de la mettre dans des situations où elle serait blessée, mais elle avait relevé ses défis. Pourquoi ne voyait-il rien ?

— Si, elle est fragile, insista-t-il. Tu ne comprends pas encore. C'est toujours au plus mauvais moment qu'on le découvre. Il y a trop d'enjeux pour que nous prenions ce risque.

— Nous risquerions bien plus si nous l'empêchions de nous aider. Et je ne suis peut-être pas encore très familier avec le royaume des mortels, mais j'en sais assez pour le reconnaître.

— Très bien. Elle nous aide. Je ne l'ai pas renvoyée, n'est-ce pas ? Aie un peu de respect pour toi-même et reste hors de son lit si tu sais ce qui est bon pour toi. Il grimaça et s'éloigna à grands pas.

Une sensation d'agitation me parcourut le corps à la

suite de ses paroles. L'idée que Sorsha devienne fragile, qu'elle se brise d'une manière ou d'une autre, me mettait les nerfs à vif.

Je m'efforçai de fouiller la voiture comme je l'avais prévu. Au bout d'une minute, j'y trouvai dans le sachet d'une station-service une sorte de gâteau au chocolat qui devait faire l'affaire, mais je ne réussis pas à faire naître un sentiment de victoire. Je retournai dans le chalet et je posai le sachet sur la petite table sous la fenêtre.

Sorsha s'était assoupie. Il y avait une sorte de délicatesse dans ses traits lorsqu'ils étaient détendus par le sommeil, une vulnérabilité dans la douceur de sa peau. Lorsque nous, les hommes de l'ombre, prenions un corps physique dans ce royaume, nous pouvions aussi être entaillés et brisés, mais contrairement à elle, nous pouvions nous réfugier dans l'ombre pour éviter les coups.

J'avais déjà dû extraire une balle de son épaule. Cela avait été douloureux, pour moi comme pour elle. C'était peut-être ce qu'Omen voulait dire en parlant de sa fragilité supposée qui causait des problèmes.

La réponse était pourtant simple. Elle résonnait en moi comme une évidence alors que je contemplais sa jolie forme.

Je ne laisserais pas les quelques personnes assez mauvaises pour blesser cette femme s'approcher suffisamment pour le faire. Aucun mortel ou homme de l'ombre ne découvrirait la moindre fragilité chez elle. Elle m'avait sauvé d'une cage qui m'aurait brûlé et de la lumière brûlante d'une maison de collectionneur, et je la sauverais quand elle en aurait besoin. Encore et encore, s'il le fallait. Quand une bataille devenait sanglante, ce n'était pas comme si Omen avait besoin de mes capacités à ce moment-là pour servir ses desseins.

Quels que soient les autres hommes de l'ombre qu'il avait connus et qui s'étaient mêlés aux mortels, ils ne devaient pas se soucier de la même chose que moi. Elle était à moi, elle m'avait déclaré sienne, et rien ne m'avait semblé plus juste de toute mon existence. Il n'avait pas besoin de s'inquiéter de l'importance qu'elle avait pour moi, précisément parce qu'elle avait de l'importance pour moi.

Satisfait de cette conviction, je m'allongeai sur le lit à côté d'elle pour m'imprégner

encore un peu de sa chaleur. Si j'étais particulièrement chanceux, elle partagerait un morceau

de ce délice chocolaté avec moi à son réveil.

NEUF

Sorsha

Je revins vers Omen après avoir posé la casquette de policier que j'avais volée quelques jours auparavant, sur la tête d'une statue de cavalier de trois mètres de haut dans le parc. Il lui avait à peine jeté un coup d'œil, même s'il m'avait lancé le défi.

— Très bien, dit-il. Maintenant, voyons si tu peux collecter, oh, disons, dix portefeuilles. On ne sait jamais quand de l'argent de mortel peut s'avérer utile.

Je m'arrêtai juste avant de lui lancer un regard noir. C'était un après-midi brumeux, la lumière du soleil filtrant à travers une fine couche de nuages grisâtres, mais il faisait suffisamment chaud pour que de nombreuses personnes se promènent dans le parc autour de nous. Il ne serait pas difficile de voler dix portefeuilles. Mais nous n'avions pas vraiment besoin d'argent alors que Ruse pouvait soutirer de n'importe qui ce dont nous avions besoin — et à ce stade, j'étais presque sûre que les tests d'Omen n'étaient pas tant destinés à confirmer mes capacités qu'à organiser mon arrestation ou une blessure invalidante. Peut-être qu'il aurait aimé les deux.

J'avais cru qu'il en avait fini avec les douze travaux de Sorsha, après l'embuscade d'hier, mais apparemment ce n'était pas le cas. Le coup de fil d'Ellen le matin même semblait l'avoir mis hors de lui. Je ne lui avais parlé que quelques minutes pour obtenir les plans d'une réunion du Fonds qui devait se tenir dans un lieu secret, mais depuis lors, Chefaillon était en colère derrière son apparent contrôle.

Ma propre patience s'épuisait tellement qu'on aurait pu la couper avec l'extrémité émoussée d'une fourchette. Je n'aimais pas non plus l'idée de voler dix passants innocents qui voulaient simplement profiter des derniers jours de l'été.

Je posai les mains sur mes hanches et j'adressai un mince sourire à Omen.

— Et si je faisais mieux que ça ? Je volerai les portefeuilles, je prendrai l'argent et je le rendrai sans qu'ils ne sachent jamais ce qu'ils avaient perdu.

— Une voleuse au grand cœur, dit Omen avec une pointe de sarcasme. Je veillerai à ce que tu les récupères tous les dix.

— J'y compte bien.

Je me faufilai dans le parc, me concentrant sur les sacs à main laissés sur les couvertures de pique-nique et là où il y avait le plus de monde pour pouvoir me fondre dans la foule suffisamment longtemps pour réussir. Je ne sortis qu'un ou deux billets de chaque portefeuille plutôt que tout l'argent, car Omen ne pouvait pas savoir combien j'avais laissé derrière moi. Lorsque je remplaçai le dixième et que j'avançai jusqu'au bord du parc où il avait garé Betsy, j'avais cent cinquante dollars et je n'avais pas l'intention de jouer à ce jeu plus longtemps.

— Voilà, dis-je quand il sortit de l'ombre entre les arbres, et je lui tendis l'argent. Achète-toi une meilleure attitude. J'imagine que tu n'as pas donné autant de travail aux hommes de l'ombre pour leur prouver qu'ils avaient leur place dans l'équipe.

— Je les ai choisis en sachant qu'ils avaient déjà leur place. Omen grimaça devant les billets, comme s'il les trouvait déplaisants, et les fourra dans sa poche. Ce n'est pas toi qui décides quand nous en aurons fini. J'ai envie d'une collation. Va me chercher une tarte dans cette boutique. Il désigna une boulangerie de l'autre côté de la rue.

Il se moquait de moi? J'ouvris la bouche pour lui dire où il pouvait se mettre sa tarte… puis je me rappelai qu'il y avait une meilleure option. Au lieu de cela, je lui fis un autre sourire.

— Est-ce qu'il faut la voler ou est-ce que je peux l'acheter? Un parfum en particulier, chef?

Vraiment, l'appeler « chef » aurait dû lui mettre la puce à l'oreille. Je pouvais presque entendre le ricanement de Ruse dans les ténèbres environnantes. Mais soit Omen n'était pas assez attentif, soit il pensait qu'il m'avait persuadée de son autorité suprême. Il me fit un signe dédaigneux.

— Un voleur expert ne devrait pas avoir besoin de dépenser de l'argent, n'est-ce pas? Et je prendrai pomme ou cerise.

C'était si généreux de sa part de me donner deux choix. Je lui fis une fausse révérence et je traversai la rue à grands pas.

Une magnifique tarte aux cerises était posée sur l'étagère supérieure de la vitrine à côté de la caisse enregistreuse. Je demandai l'une des tartelettes qui se trouvaient à côté de la tarte et, une fois que l'employée eut ouvert la vitrine, je renversai « accidentellement » son pot à pourboires sur le sol. Alors qu'elle se précipitait pour attraper un balai afin de balayer le verre brisé et les pièces éparpillées, je lui adressai des excuses silencieuses et subtilisai la tarte. Si elle avait compris le bon usage que j'allais en faire, elle n'y aurait sûrement pas vu d'inconvénient.

À mon retour, Omen était adossé à sa voiture, l'air bien trop suffisant. J'avais le remède parfait pour cela.

Je lui fis un grand sourire en traversant la rue.

— Voilà votre tarte. Bon appétit ! Puis je soulevai le dessert qu'il venait de recevoir et le lui collai en plein sur la figure.

J'avais opéré assez rapidement pour que l'homme de l'ombre sans méfiance n'ait aucune chance d'esquiver. Il s'écarta une seconde trop tard, puis postillonna tandis que des morceaux de pâte dorée et des gorgées sirupeuses de garniture à la cerise dégoulinaient sur son visage et sur le devant de sa chemise. Quelques passants ricanèrent. Il ne pouvait pas s'éclipser dans l'ombre pour effacer le désordre devant les témoins.

Ses yeux brillaient de la lueur ardente que j'avais vue dans les locaux de la Compagnie.

— Toi ! Sans plus un mot et en grognant, il me saisit le poignet et nous fit tourner sur nous-mêmes pour me projeter contre la voiture.

L'impact m'irradia le dos, faisant palpiter mon épaule en voie de guérison, mais cela en valait la peine — pour voir son visage narquois couvert de sang fruité, pour voir son contrôle rigide s'effondrer et laisser éclater la rage qui l'habitait. Pour prouver qu'il n'était pas le modèle parfait d'autorité froide qu'il aimait prétendre être. Lorsqu'il leva le poing, je le regardai fixement, le défiant de s'en servir.

Mon trio gâcha le plaisir. Ils sortirent tous les trois de l'ombre au même moment.

— Omen ! dit Thorn en signe de protestation, et Snap bondit à mes côtés.

Ruse pencha la tête, pour étudier mon chef-d'œuvre.

— Tu voulais qu'elle te montre qu'elle peut se défendre, n'est-ce pas ? Tu l'as poussée assez loin. Ça m'a l'air d'être une belle revanche.

Les épaules d'Omen s'étaient déjà affaissées. Ses dents étincelèrent lorsqu'il les découvrit, puis, la forme massive de Thorn le cachant à la vue, il glissa dans l'ombre et revint si vite que son corps ne sembla que clignoter devant mes yeux. Juste comme ça, la purée de tarte avait disparu, à l'exception des morceaux qui étaient tombés sur le trottoir. L'odeur qui persistait sentait sacrément bon. Presque un gâchis d'un dessert savoureux — presque.

Snap regarda les éclaboussures sur le sol comme s'il pensait la même chose, mais il resta à côté de moi, entourant ma taille de son bras. Omen jeta un coup d'œil à ses compagnons surnaturels, son expression reprenant son masque glacial, mais sa posture était tendue et la glace dans ses yeux flamboyait.

— C'est moi qui décide quand elle a fini, dit-il en reportant son regard sur moi. Cette farce était-elle censée me convaincre de ton autodiscipline ?

— Non, dis-je. Je voulais juste amener la tarte à votre bouche le plus rapidement possible. Mais cela montre probablement aussi mon autodiscipline, étant donné que j'avais envie de faire quelque chose comme ça depuis longtemps. J'ai relevé tous vos défis. J'en suis ou j'en suis pas, Luce ? Ou alors, vous n'êtes pas assez discipliné pour prendre une décision ?

Une nouvelle étincelle de colère dansa dans ses yeux, mais il la retint. Son menton se redressa en un angle hautain.

— Je vérifiais à quel moment ta coupe était pleine. Il est toujours important de connaître les limites de ceux avec qui on travaille. Cela pourra suffire pour l'instant.

Il ne voulait pas découvrir ce qu'il se prendrait en pleine figure s'il recommençait ses tests. Je m'écartai de la voiture et frottai mes mains l'une contre l'autre.

— C'est très bien. Je suis contente qu'on ait réglé ça. Vous pourrez même profiter d'un petit moment entre potes pour déterrer d'autres saletés avec cette hackeuse pendant que je retrouve le Fonds ce soir. Tout le monde y gagne.

* * *

Même si j'avais travaillé dur pour continuer à participer aux enquêtes du quatuor de l'humanité de l'ombre, je devais admettre que j'avais hâte de me mélanger un peu à la race humaine. Bien sûr, je n'aurais pas choisi de grimper sur des murs pendant que je le faisais.

Sceptique, je jetai un œil avant d'y entrer à la salle d'escalade où Ellen m'avait dit de retrouver le groupe. La vaste salle sentait le caoutchouc et la sueur. Les mousquetons s'entrechoquaient et les voix résonnaient sur les hauts murs. Une douleur traversa mon épaule encore en cours de guérison. Eh bien, j'avais grimacé et j'avais supporté pire ces derniers jours.

Vivi attendait près de la réception, vêtue d'un tee-shirt

et d'un pantalon de survêtement en velours — tous deux blancs, naturellement. Elle se précipita sur moi en me voyant.

— Changement de décor intéressant, n'est-ce pas ? Va signer la décharge et prends tes affaires. Ellen et Huyen ont réservé une alcôve privée, mais il faut quand même qu'on ait l'air de l'utiliser pour grimper pendant qu'on parle.

Je ris.

— Une séance d'entraînement et un débat tout-en-un, ça devrait être amusant.

Vivi installa un harnais d'escalade sur son épaule mince.

— Tu crois vraiment qu'ils vont se disputer à ce point pour s'engager ? Ces gens de la Compagnie de la Lumière sont manifestement impliqués dans des affaires très louches.

— Oui, mais je ne peux pas leur en parler sans révéler tout ce que je leur cachais auparavant. Et tu sais comment sont beaucoup de membres — ils ne veulent pas faire plus d'efforts que de venir discuter aux réunions et d'écrire quelques courriels indignés.

Il ne semblait pas que beaucoup de membres aient fait l'effort de se présenter dans ce nouveau lieu. Dans notre alcôve réservée, Huyen avait déjà grimpé presque jusqu'au sommet du mur. Quelques autres habitués se tenaient à divers endroits plus bas, les pieds calés contre les blocs qui semblaient sortir d'une exposition d'art abstrait. Ellen et l'un des plus jeunes se tenaient près du bord du mur, le gars lui soumettant une idée d'une voix basse et pressante.

— Nous récolterions beaucoup plus d'argent de cette manière. Ce n'est pas vraiment un mensonge. D'accord, on n'essaierait pas de sauver les chiens maltraités sur les photos, mais on sauverait des créatures — et certaines d'entre elles sont à poils !

Ellen n'avait pas l'air convaincue. Comme la plupart des mortels n'auraient jamais cru à l'existence des ombres — et que ceux qui vivaient du côté des mortels n'étaient pas pressés d'attirer l'attention sur ce fait — nous ne pouvions pas être totalement honnêtes sur nos objectifs lorsque nous faisions campagne pour obtenir des dons. Les photos d'une cause qui n'était pas la nôtre pour gagner des points de sympathie heurtaient la conscience de nos dirigeants.

Je leur donnai une tape sur l'épaule et adressai à Ellen un sourire encourageant. C'était peut-être comme ça que la Compagnie de la Lumière pouvait se permettre d'employer un milliard de personnes et de se doter de tonnes d'équipements sophistiqués : avec des photos d'animaux mignons et ébouriffés en détresse.

— Huyen et moi allons en parler, dit Ellen au type tandis que Vivi et moi choisissions nos places le long du mur. Tu sais que nous essayons d'éviter les mensonges purs et simples — cela pourrait nous retomber dessus si quelqu'un y donnait suite.

D'accord, il y avait aussi des raisons pratiques d'éviter les mensonges flagrants. Connaissant la Compagnie aussi bien que je le faisais désormais, ils éliminaient tous ceux qui enfonçaient trop loin leur nez dans leurs affaires.

Alors que je bouclais mon équipement d'un coup sec, un autre type de coup glissa devant moi avec tout l'éclat d'un nuage d'orage. Leland laissa tomber son harnais à ses pieds et fixa le mur d'un air sombre.

Après avoir passé tant de temps avec mon quatuor surnaturellement étonnant, il était difficile de se souvenir de ce que j'avais trouvé de particulièrement attirant dans ce visage de gamin et ce physique lourd. D'autant plus qu'aujourd'hui, mon ex-ami et plus si affinités devint encore plus sombre dès qu'il jeta un coup d'œil dans ma direction.

Il était la preuve que je ne savais pas du tout faire fonctionner une relation, même semi-romantique, avec un être humain, et encore moins avec un être de l'ombre. Tout ce que nous avions fait, c'était sortir ensemble, et d'une manière ou d'une autre, je n'avais pas réussi à gérer cela suffisamment bien pour que les choses se terminent en bons termes. Je n'étais même pas sûre de savoir ce que Leland voulait exactement et je n'avais pas répondu à ses attentes, puisqu'il n'avait jamais demandé à ce que nous devenions plus proches ni ne s'était intéressé à quoi que ce soit d'autre que ce que je pouvais offrir entre les draps.

Les hommes… Je devrais peut-être m'en tenir à des aventures d'un soir à partir de maintenant. Quelle catastrophe pouvais-je créer en passant moins de vingt-quatre heures avec un homme ?

Huyen avait rebondi le long du mur avec une agilité impressionnante, et les autres membres qui s'étaient trouvés à mi-chemin étaient descendus à leur tour. Ellen nous fit signe de former un cercle.

— Pourquoi nous réunissons-nous ici ? demanda l'une des autres femmes. Il y a un problème avec le cinéma ?

Les deux responsables du Fonds me jetèrent un coup d'œil.

— Sorsha est venue nous voir pour nous faire part d'une situation quelque peu… inhabituelle, expliqua Ellen. Elle tapota ses lèvres de ses doigts, et je me demandai quels arômes de pop-corn elle avait expérimentés pour en teinter les bouts de cette nuance violette : lavande ?

Aubergine ? Par prudence, nous avons décidé qu'il valait mieux en parler dans un endroit que nous n'avons jamais utilisé auparavant. Sorsha, pourquoi n'expliques-tu pas le reste ?

J'inspirai et exposai le scénario aux autres membres de la même manière que je l'avais expliqué à Ellen et Huyen, aussi succinctement que possible. Je venais de terminer quand l'une des employées de la salle de sport s'approcha de nous.

— Salut, dit-elle. Tout va bien ici ?

On devait remarquer que nous n'utilisions pas l'équipement.

— On discutait un peu avant de continuer à grimper, dit joyeusement Huyen en nous lançant à tous un regard qui disait : allez, on se bouge !

C'était l'heure de la partie amusante. Je vérifiai ma corde et la serrai fermement avant de caler mon pied contre l'une des prises inférieures. En prenant appui sur mon bras valide, je me hissai. Peut-être que j'allais juste glander ici.

— Il faut qu'on s'intéresse à ces gens, dis-je par-dessus mon épaule aux autres qui s'étaient rassemblés le long du mur autour de moi. Il faut savoir où ils opèrent, comment ils se procurent de l'argent et tout ce qu'on peut savoir sur eux. Mais nous devons faire attention à ce qu'ils ne se rendent pas compte que nous sommes intéressés. Tout ce que nous découvrirons, nous le transmettrons aux ombres supérieures qui décideront de la marche à suivre.

Il se trouvait que ces hommes de l'ombre supérieurs étaient ceux avec qui j'étais en train de cohabiter.

— Je ne sais pas ce que c'est, dit un homme d'âge moyen nommé Everett en se déplaçant d'un bloc à l'autre, mais il semble que cette organisation soit très…

dangereuse. S'ils découvrent que nous nous sommes mêlés de leurs affaires, comment vont-ils sévir contre nous ?

— Hé, dit Vivi en rebondissant un peu contre le mur. Depuis le temps que le Fonds existe, nous avons réussi à ne pas mettre la puce à l'oreille des gens de l'extérieur sur ce sur quoi nous travaillons, n'est-ce pas ?

Je lui lançai un regard reconnaissant.

— Et nous ne nous mêlerons pas de ce qui ne nous regarde pas, ajoutai-je. Je ne veux pas que nous nous exposions beaucoup — je suis d'accord que ce n'est pas sûr. Il vaut mieux laisser les hommes de l'ombre — *et moi* — s'occuper de la réaction. Nous ne ferons que recueillir des informations.

— Si c'est ton projet favori, je ne vois pas pourquoi tu ne pourrais pas recueillir des informations par toi-même, marmonna Leland.

À ma grande frustration, quelques autres émirent des bruits d'approbation. Pourquoi donc s'étaient-ils engagés s'ils allaient se dégonfler à la seconde où les ombres auraient vraiment besoin de nous ?

Je me mordis la langue pour ne pas poser la question à voix haute. Heureusement, je l'avais dit en termes plus polis à nos chefs l'autre jour, et elles ne l'avaient pas oublié. Ellen se hissa un peu plus haut et jeta un coup d'œil vers le reste d'entre nous.

— C'est la raison pour laquelle le Fonds a été créé. Nous ne devrions pas prétendre que nous sommes là pour soutenir l'humanité de l'ombre autant que nous le pouvons si nous ne nous impliquons pas quand ils sont dans le plus grand danger qu'ils aient jamais connu.

— Nous n'avions pas réalisé que nous serions confrontés à une grande armée secrète ou je ne sais quoi lorsque nous nous sommes engagés, protesta Everett.

— Oui, dit la femme qui avait posé la question sur le changement de lieu. Laissons les hommes de l'ombre s'occuper de la collecte d'informations et de tout le reste si c'est si important pour eux. La moitié du temps, ils ne nous aident même pas à porter secours à leur propre espèce.

C'était malheureusement vrai, comme Omen le savait bien.

— C'est différent, commençai-je.

Leland me coupa la parole, l'air renfrogné.

— Seulement parce que tu l'as décidé. Ces gens opèrent depuis je ne sais combien de temps déjà. Si les ombres n'ont pas encore compris, c'est de leur faute.

Se souciait-il à ce point des êtres de notre royaume frère, ou se défoulait-il sur eux de son animosité à mon égard ? Grrr, pourquoi avais-je pensé que ce type valait la peine que je le laisse s'approcher de moi, et encore plus me pénétrer ?

Vivi prit la parole avant que je ne le fasse.

— Écoute, tu viens d'expliquer pourquoi il est important que nous participions. C'est plus clair qu'un cristal sous un ciel sans nuage. Les hommes de l'ombre n'ont pas réussi à résoudre le problème tous seuls. Ils n'ont pas l'habitude des ressources et des stratégies du monde des mortels. Nous oui, donc il est évident que nous pourrions trouver des choses qu'ils n'ont pas pu trouver.

— Exactement. J'aurais aimé ne pas être suspendue à une corde à mi-hauteur d'un mur pour pouvoir serrer ma meilleure amie dans mes bras. Mettez-moi un bonnet d'âne pour avoir pensé que Vivi n'était pas à la hauteur de cette conspiration. J'avais tellement cherché à la protéger que j'avais oublié à quel point elle était forte et intelligente.

Un autre murmure se fit entendre le long du mur, mais

celui-ci semblait moins décisif. Huyen, de nouveau au sommet, se racla la gorge en redescendant.

— Comme toujours, la participation à nos activités est facultative. Je pense que Sorsha et Vivian ont présenté des arguments raisonnables. Nous procéderons avec prudence, bien sûr, mais nous pouvons au moins lancer quelques appels. En particulier, comment ces personnes collectent-elles leurs fonds? Les aborder sous cet angle pourrait révéler toutes sortes de choses dont les hommes de l'ombre ne sont pas conscients, puisque tout se passe entre l'organisation et les autres mortels.

Leland descendit de son perchoir en soufflant, mais à mon grand soulagement, au moins deux des autres membres acquiescèrent, même si c'était avec hésitation. Le sourire éclatant de Vivi me redonna le moral.

— Je vais parler à mes contacts ce soir, dis-je. Je ne voulus pas dire à quel point j'étais devenu plus intime qu'au-delà d'une simple conversation avec la plupart d'entre eux. Je vais voir s'ils savent quelque chose sur la collecte de fonds qui pourrait nous mettre sur la bonne voie. Vous pourriez tous consulter les archives publiques pour vérifier s'il n'y a pas de grands événements dont l'objectif semble étrangement vague.

— Et nous devrions tous savoir à quoi cela ressemble grâce à nos propres efforts. Huyen gloussa et se laissa glisser jusqu'au sol. Vous l'avez entendue. C'est la mission de cette semaine. Ne nous laissons pas tomber.

DIX

Ruse

— Eh bien, dis-je en jetant un coup d'œil à la ferme où nous venions d'arriver avec la voiture d'Omen, cet endroit est le glauque personnifié, n'est-ce pas ? Je dois dire que je préférais le mini-golf.

D'après toutes les apparences, la propriété était abandonnée. La porte de la grange s'ouvrait à un angle bizarre, et seules de mauvaises herbes poussaient dans les champs en touffes inégales, leurs feuilles jaunies prenant une teinte sinistre au clair de lune. Lorsque je me glissai hors du break, des odeurs de terre sèche et de vieux bois vinrent à ma rencontre. Une girouette de travers grinça lorsque la brise nocturne la fit tourner brièvement.

Descendue de voiture à côté de moi, Sorsha fit une grimace.

— Je vois de quoi tu parlais quand tu disais que c'était glauque, mais là je trouve que c'est carrément flippant. Je suppose que la Compagnie de la Lumière a besoin de la couverture de l'obscurité pour faire son sale boulot.

Nous avions été dirigés ici par la hackeuse qui me considérait maintenant comme le meilleur ami qu'elle ait jamais eu. La session sur l'ordinateur avait été particulièrement productive, permettant de découvrir non seulement ce transfert avec un collectionneur qui n'avait manifestement pas compris le message de la dernière fois, mais aussi un gala de collecte de fonds qui se déroulait dans quelques jours. Cette société s'en était tirée à bon compte, mais surtout parce qu'elle n'avait pas affronté d'adversaire capable de la mettre au défi. À nous quatre, avec Sorsha, nous formions une équipe de rêve, si je puis dire.

Le lieu de notre embuscade actuelle ressemblait davantage à un cauchemar. Thorn et Omen déracinèrent quelques arbustes flétris pour mieux dissimuler la voiture à l'endroit où notre patron l'avait garée derrière un hangar. Le rendez-vous était censé avoir lieu de l'autre côté de la grange et pas avant une heure, mais je n'allais pas m'opposer à leur prudence. Je n'avais aucune envie de passer une seconde de plus derrière des barreaux de fer et d'argent.

Snap s'était aventuré dans l'un des champs. Il se pencha pour renifler — et goûter les impressions autour de l'une des herbes les plus hautes.

— Rien n'a touché ceci, sauf le vent et la pluie, dit-il en jetant un coup d'œil vers la maison en briques au loin. Il y avait peut-être un panneau « À VENDRE » à l'extérieur, mais il semblait être tombé du poteau en bois auquel il était accroché. Ce n'est pas un endroit pour cultiver de la nourriture ?

Je m'approchai et lui donnai un coup de coude taquin.

— Tu ne trouveras rien à manger ici, mon ami. Je parie que cet endroit n'a pas été cultivé depuis des années.

Le dévoreur émit un son vaguement déçu et se dirigea vers la grange. Nous avions convenu qu'il examinerait le coin pour y déceler tout signe de transactions antérieures. Il n'y avait qu'un nombre limité d'endroits isolés dans la ville et autour — la Compagnie devait en réutiliser certains, surtout s'ils avaient fonctionné depuis l'époque où la tutrice *fae* de Sorsha avait été attaquée.

Nous traversâmes tous le champ après Snap, Sorsha se frottant les bras même si la nuit d'été n'était que légèrement fraîche. Son regard s'attarda sur un nouveau grincement de la girouette.

— N'est-ce pas un peu étrange qu'ils aient organisé un autre transfert si peu de temps après le dernier ? dit-elle. S'ils faisaient venir de nouvelles créatures de l'ombre chaque semaine, ils auraient besoin d'une installation bien plus grande que celle où ils détenaient Omen.

— Beaucoup d'entre eux pourraient être des ombres de moindre importance, des petits êtres dotés de pouvoirs inhabituels ou extrêmes, dit Thorn.

Omen acquiesça.

— Ou bien ils pourraient avoir d'autres installations. Ils ont certainement déplacé leurs opérations de ce site de construction assez rapidement. Il a fallu un certain temps à la femme pour trouver les détails de celui-ci, ce à quoi je ne m'attendais pas s'ils avaient voulu que nous le trouvions. Mais c'est possible, et c'est justement pour cela que nous allons procéder avec autant de précautions que d'habitude. Voyons où nous pouvons poster notre mortelle pour qu'elle ne crée pas de catastrophes.

Sorsha lui lança un regard féroce, mais je trouvai qu'il l'avait dit avec un peu moins d'animosité que d'habitude. Même si son tour avec la tarte l'avait exaspéré sur le moment, je soupçonnais qu'il avait un peu plus de respect pour elle depuis.

Nous venions de pénétrer dans l'obscurité plus épaisse de l'ombre de la grange lorsque Thorn, qui avait pris les devants, aboya un avertissement et brandit l'un de ses poings durs comme de la pierre. Je me raidis, m'attendant au choc violent de ce poing contre la chair… mais au lieu de cela, j'entendis un léger *houmpf* et un craquement de bois.

Nous nous approchâmes en hâte et découvrîmes que le balourd se tenait au-dessus de son ennemi tombé à terre : un épouvantail miteux dont la paille jaillissait maintenant de la toile fendue de sa tête. Je ne pus m'empêcher de donner une tape dans le dos de Thorn. Le grand héros de notre temps.

— Excellent travail. Maintenant, il ne fera plus jamais de mal à personne.

Le guerrier me jeta un regard noir. Omen toucha la paille du bout de sa botte.

— Mieux vaut des réflexes trop rapides que pas assez. Voyons ce que notre dévoreur a trouvé.

Snap longeait toujours le côté de la grange. De là, il se déplaça jusqu'à la clôture en bois qui s'affaissait, son visage habituellement joyeux devenant sérieux sous l'effet de la concentration. Finalement, il se redressa et vint nous rejoindre.

— J'ai vu la trace d'une personne qui était passée à différents endroits, dit-il. De plus, à un moment donné, il y a eu de jeunes humains qui avaient bu quelque chose avec de l'alcool et qui avaient des vertiges — ils se rassemblaient dans la grange. Je ne pense pas qu'ils aient un quelconque lien avec la Compagnie.

— Des adolescents ivres ? Ce serait l'endroit idéal pour faire la fête. Sorsha jeta un coup d'œil autour d'elle. Ils ont bien nettoyé derrière eux en tout cas.

— Nous n'avons pas encore regardé dans la grange, fis-je remarquer.

— Et c'était peut-être il y a des années, ajouta Snap. Je ne peux pas déterminer le moment de manière aussi précise. Je n'ai rien trouvé qui ait un rapport avec l'humanité de l'ombre, mais s'il y a eu d'autres transferts ici avant, les personnes impliquées n'ont pas forcément touché quelque chose et laissé des traces.

Il s'affaissa un peu, comme s'il avait l'impression d'avoir failli à sa tâche en ne découvrant rien de plus. J'aurais bien lancé une plaisanterie pour lui remonter le moral, mais Sorsha lui saisissait déjà le bras avec le petit sourire chaleureux qu'elle semblait avoir inventé rien que pour lui.

— Tu n'as décelé aucun signe de menace, dit-elle. C'est bon à savoir.

Il lui rendit son sourire, sa gêne s'estompa, et même si j'étais sincère quand je lui avais dit que j'étais heureux de la voir prendre son plaisir là où elle pouvait le trouver, le fait de les voir se regarder ainsi fit naître une sensation désagréable qui me grignota les tripes. Je n'appellerais pas cela de la jalousie — quel genre d'incube serais-je alors ? — mais c'était quelque chose. Quelque chose que je ne voulais pas regarder de plus près. Nous avions d'autres chats à fouetter.

Omen était en plein mode amiral. Il fit signe à chacun d'entre nous à tour de rôle.

— Thorn, surveille la route et alerte-nous si tu vois des véhicules se diriger dans cette direction. Snap, apporte le reste de l'équipement de la voiture. Je ne sens plus d'humains autour de la grange, elle devrait être sécurisée. Ruse, tu vas avec Sorsha et tu lui trouves le meilleur poste de guet. Je vais aller voir ce qui se passe plus loin.

Ma mission me convenait parfaitement. J'offris mon bras à Sorsha en inclinant la tête d'un air amusé.

— Mlle Blaze, voulez-vous m'accompagner ?

Ses lèvres tressaillirent d'amusement. Même si elle avait roulé des yeux, elle accepta mon bras.

— Je pense que je peux trouver un bon poste de guet toute seule, mais je ne dirais pas non à de la compagnie. Tu pourrais peut-être faire rougeoyer une de tes lueurs pour qu'on puisse voir à l'intérieur.

Elle plaisantait, mais Omen dirigea tout de même son regard vers nous.

— Pas d'effets spéciaux, s'il vous plaît. Nous essayons de rester discrets.

— Ne t'inquiète pas, dis-je. J'arrive à résister à l'envie de faire briller tout ça.

D'ailleurs, il m'aurait semblé étrange de prendre ma forme d'homme de l'ombre ailleurs que dans mon lit. Nous, les hommes de l'ombre, révélions si rarement notre vraie nature dans le royaume des mortels que nos formes plus humaines étaient devenues naturelles au bout d'un certain temps.

L'intérieur de la grange était bien sombre, en effet. Une fois la porte franchie, je ne pouvais que distinguer les contours des formes qui nous entouraient — ici, une sorte de grande citerne métallique pour le lait, là, une rangée de stalles. Une odeur de foin moisi flottait autour de nous. Ce n'était pas un parfum des plus agréables. Sorsha porta la main à son nez comme pour étouffer un éternuement.

J'aperçus quelques canettes de bière écrasées en m'approchant d'un mur, mais pour le reste, notre mortelle avait raison : les adolescents fêtards n'avaient pas laissé beaucoup de traces de leurs aventures ici. Ou alors, quelqu'un était passé depuis la fête et avait fait un nettoyage rapide.

Un grenier à foin se dressait au-dessus de nos têtes dans la plus grande pièce, mais s'il y avait eu une échelle pour y accéder, elle avait disparu depuis longtemps. Sorsha fronça les sourcils.

— Je pense qu'il y a une fenêtre là-haut, ce serait un bon endroit pour ma planque. J'ai juste besoin de trouver un moyen pour monter.

— On pourrait demander à Thorn de te lancer, suggérai-je.

Elle me donna une tape sur la main et se dirigea vers l'allée à côté des stalles. Comme je la suivais, son rythme s'accéléra.

— Oh, attends. Peut-être que c'est…

Quel que fût son objectif, elle ne l'atteignit pas. L'une des portes des box s'ouvrit et quelque chose de grand et de lourd s'y écrasa avec un gémissement métallique.

Mes compétences surnaturelles n'étaient peut-être pas du domaine du combat, mais j'étais tout de même assez rapide. Les prouesses sexuelles exigent une certaine agilité. La machinerie monstrueuse et bosselée oscilla vers Sorsha, et je m'élançai vers l'avant. Je l'écartai du chemin et le projetai dans un box voisin, de l'autre côté, presque assez vite.

La masse d'acier heurta son poignet, manquant de peu

d'écraser sa main contre le poteau à côté d'elle, et un os se brisa. Nous tombâmes ensemble dans le box, heurtant le mur à côté de la porte.

Sorsha poussa un petit cri étouffé par la douleur. Elle se mordit la lèvre et ses yeux se fermèrent un instant. Sa main gauche pendait mollement de son poignet blessé, qui enflait déjà.

Mon pouls s'accéléra. Je la maintins immobile contre le mur alors qu'un autre gémissement mécanique se propageait dans l'allée avec un lourd bruit sourd. Si Omen s'était trompé — s'il y avait des soldats de la Compagnie embusqués ici — Thorn serait déjà sur la route, et le patron Dieu sait où. Je n'étais pas équipée pour me battre.

Sorsha cligna des yeux, ses lèvres s'écartèrent dans un souffle tremblant, et je capturai son regard.

— Nous devons rester silencieux, murmurai-je, puis, parce que c'était la seule façon de l'aider à le rester, j'approchai ma bouche de la sienne.

Je n'aurais pas pu lui imposer mon ivresse surnaturelle pour augmenter les sensations tandis qu'elle portait cette broche nocive — et je ne l'aurais pas fait de toute façon, je le lui avais promis — mais j'étais un amant suffisamment doué sans ce pouvoir. Et je connaissais cette femme maintenant d'une manière dont je doutais que même Snap la connaisse.

J'avalai tous les sons qu'elle aurait pu émettre et j'incitai sa langue à se mêler à la mienne, inclinant mon corps assez près pour me fondre contre le sien, en faisant attention à son poignet et à son épaule encore bandée. Son bras gauche restait rigide à ses côtés, mais le reste de son corps se fondait dans mon étreinte. Je n'avais pas encore perdu mon touché d'or.

Alors qu'elle me rendait mon baiser, son autre main vint s'agripper à ma nuque. Elle se jetait à corps perdu dans ma tentative de la distraire de la douleur — et bon sang, sa réaction me distrayait aussi ! Pourquoi avais-je recommencé ?

Aucun autre bruit ne parvint à mes oreilles en provenance du reste de la grange. L'agression apparente n'avait-elle été qu'un simple basculement d'une machine agricole bancale et non un piège quelconque ?

Je n'avais pas vraiment envie d'arrêter pour le savoir. Le corps de Sorsha s'ajusta contre le mien avec souplesse, et la chaleur se répandit entre nous. Créature de l'Ombre en haut et en bas, je n'avais jamais rien désiré de plus que de me jeter à corps perdu dans cette brûlure, même si les prémices d'énergie qui passaient d'elle à moi n'arrivaient qu'au compte-goutte à cause de sa broche.

Non, je voulais susciter la passion en elle juste pour la satisfaction charnelle. Être à nouveau en elle, sentir cette avidité lisse autour de moi, savoir qu'elle voulait être aussi proche de moi malgré tout le reste…

Un frisson traversa les flammes de mon désir. Ce dernier désir, celui d'être pleinement embrassé par elle, non seulement par son corps, mais aussi son esprit et son cœur, je n'avais pas le droit de penser de cette façon. Ce genre de désir avait déjà failli me détruire.

J'avais retenu la leçon. J'avais intérêt à le faire.

Je m'écartai, laissant Sorsha rougie et essoufflée contre le mur. Dans l'obscurité, une faible lueur se dessina dans ses yeux — un éclat de larmes qui s'était formé avant que je ne lui fasse oublier sa blessure.

— Il n'y a personne, dis-je. Je pense que c'était un accident, pas une attaque. Nous devrions faire quelque chose pour ce poignet. Je veux dire, quelque chose de plus permanent que mes efforts immédiats.

Je lui fis un clin d'œil, et elle réussit à me sourire, la bouche tordue par la douleur qui avait dû la rattraper à nouveau.

— Je peux encore jouer mon rôle dans l'embuscade, insista-t-elle d'une voix tendue tandis que nous nous glissions hors du box. Je ne laisserai aucun d'entre vous me dire le contraire.

Comment mon cœur était-il censé rester tranquille lorsqu'elle parlait ainsi, tout en défiance ? Mais je n'avais pas passé des siècles à gérer le désir pour échouer à réduire le mien, même si ce n'était pas tout à fait le désir auquel j'étais habitué. Je fis un geste de la main pour qu'elle quitte la grange avant moi, comme si tout cela n'avait été qu'une partie de plaisir.

Quand Omen revint, il n'essaya même pas de discuter avec Sorsha. Il connaissait suffisamment bien les blessures de combat pour lui confectionner une attelle grossière pour son poignet, fixant le membre pendant tout ce temps alors que je lui avais bien fait comprendre qu'elle n'avait pas été négligente, tant s'en faut. Mais il s'avéra qu'aucun d'entre nous n'avait de rôle à jouer. L'heure du transfert supposé arriva et passa, puis une autre heure encore, jusqu'à ce que chaque minute qui s'écoulait me serre l'estomac.

— Ils ne viendront pas, n'est-ce pas ? dit finalement Snap.

L'air sombre, Omen balaya du regard la cour de la ferme.

— Non, il semble qu'ils ne viendront pas. Espérons que

cela signifie qu'ils ont été effrayés par notre dernière embuscade et non qu'ils ont prévu quelque chose de pire. Il est temps de partir — et de s'assurer que, pour autant qu'ils puissent en juger, aucun être de l'ombre n'est jamais venu ici.

ONZE

Sorsha

J'eus les nerfs en pelote pendant tout le trajet de retour au chalet. Je n'aimais pas que la Compagnie eût apparemment changé ses plans, pas du tout. Ils n'avaient jamais été du genre inconstant auparavant.

Omen emprunta la route la plus sinueuse qui fût, et chaque coup de klaxon ou rire provenant de la rue autour de nous me faisait tressaillir et rendait mon pouls irrégulier. Ce qui n'était pas génial, car chaque mouvement soudain faisait passer la douleur de mon poignet, probablement cassé, de sourde à des élancements aigus et lancinants les minutes suivantes. Je ne pouvais même pas me résoudre à réfléchir au mystère de l'odeur de charcuterie fumée et minérale de la voiture.

Mais même si le calme inquiétant de la ferme avait été extrêmement suspect, nous rentrâmes sans encombre au refuge New-Age. Je n'aurais pas hésité à faire un saut à l'hôpital en chemin, mais Omen semblait déterminé à ne plus s'arrêter ce soir, et je n'allais pas lui dire que je ne supportais pas la douleur.

— À la première heure, nous trouverons une petite clinique tranquille où je pourrai « encourager » un médecin à te faire un plâtre correct, m'assura Ruse lorsque nous fûmes à l'extérieur du chalet.

— J'ai peut-être une meilleure solution que celle-là, dit sèchement Omen, sans donner plus de détails. C'était juste Chefaillon qui se montrait super serviable, comme toujours.

Je bâillai et posai les yeux sur l'attelle de fortune tout en réfléchissant à mon épuisement.

— Eh bien, je pense que je suis assez fatiguée pour dormir tant que je n'exerce pas de pression dessus. Je fis une pause, regardant à la fois l'incube et Snap. Donc, j'aurai besoin de tout le lit pour moi, sans compagnie. Juste pour info.

Ruse laissa échapper un gloussement qui semblait étrangement emphatique.

— Ne vous inquiétez pas à ce sujet, Mlle Blaze.

— As-tu besoin d'autre chose ? demanda Snap, comme s'il avait pu trouver tout ce que je demandais dans les bois qui nous entouraient.

— Non, du repos et un médecin dans la matinée, ce sera parfait. Mais merci. Je lui fis un petit bisou pour faire bonne mesure. Lorsque je jetai un coup d'œil à Ruse, voulant lui offrir le même, il détourna le regard et se tourna comme pour inspecter les arbres. Très bien. Je savais reconnaître un vent quand j'en prenais un, même si je ne savais pas du tout quelle mouche avait piqué l'incube. Imaginant Ruse se débattant conte un insecte m'amusa beaucoup trop et je me dirigeai vers le chalet.

Près de mon lit superposé, je m'arrêtai pour essayer de défaire la ceinture de ma tenue de cambrioleuse. J'aurais peut-être dû demander à l'un de mes amants de se joindre à moi pour une petite action platonique. Se déshabiller d'une seule main était assez délicat.

Je me contentai d'enlever la ceinture et ses outils et fourrai le tout dans mon sac à dos en tirant vivement sur la fermeture éclair. Au bruit, Pickle sortit en trombe de la salle de bains. J'avais à peine eu le temps de lui gratouiller le menton que le monde s'écroulait autour de moi.

Un fracas fendit l'air, puis un bruit sourd et une volée de cris, dont la plupart étaient des voix que je ne reconnaissais pas. Mon cœur fit un bond. Pas le temps de se reposer maintenant, à moins que je ne veuille le faire six pieds sous terre.

J'attrapai mon sac à dos et mon sac à main et, merde, Pickle. Portant le petit dragon d'une seule main, je le fourrai dans le sac à main avec si peu de grâce qu'il poussa un cri de protestation. Alors que je me retournais, cherchant dans le sac à dos les outils que je venais de ranger, une silhouette en armure de fer et d'argent passa à travers la fenêtre du chalet.

Des éclats de verre frappèrent le bras que j'avais levé pour protéger mon visage. Heureusement, mon instinct de combattante se réveilla, aiguisé par les cours d'autodéfense que Luna m'avait fait suivre — je m'excusai silencieusement auprès de son esprit de m'être plainte de ces cours. Le type se jeta sur moi et je lui fauchai les pieds d'un coup de jambe. Tandis qu'il se rattrapait au poteau d'un des lits superposés, je cherchai de ma main valide un objet dur que je pourrais transformer en arme.

Mes doigts se heurtèrent à un gros morceau dentelé de quartz rose posé sur la petite commode. Il était temps qu'il fasse autre chose que d'être joli et d'émettre des ondes d'amour.

Le type se jeta à nouveau sur moi, mais son arme — un de ces fouets flamboyants — ne servait pas à grand-chose dans l'espace restreint. Avant qu'il ne puisse la lancer sur moi, je le frappai à la tête avec le bout pointu du quartz. Il vacilla, mais parvint à donner un coup de poing qui m'atteignit à la mâchoire.

Je reculai, la tête me tournait, et il m'arracha le quartz des mains. Je saisis l'objet le plus proche, qui s'avérait être ma belle bougie tondeuse à gazon. Heureusement qu'elle avait un bocal de verre épais. Je l'écrasai en plein sur son nez, suffisamment fort pour que du sang jaillisse de ses narines.

Il jura sur moi, et je m'enfuis par la porte du chalet. Pickle couina de détresse en entendant le choc de mon sac à main contre mes côtes, mais je n'eus pas l'occasion de le stabiliser, surtout que ma seule main fonctionnelle tenait mon seul moyen de défense.

Dehors, c'était encore plus l'enfer. Le clair de lune scintillait sur les casques et les gilets de protection partout dans la clairière. Thorn poussa un hurlement en repoussant quelques-uns de nos assaillants, mais leurs armes avaient entaillé ses bras volumineux assez profondément pour que, même dans l'obscurité, je puisse distinguer un brouillard brumeux s'écoulant des blessures.

Les hommes de l'ombre ne saignaient pas comme nous, pas de ce liquide rouge. En coupant ce qui aurait dû être une veine ou une artère, leur essence s'échappait sous forme de fumée noire.

Une autre forme fonçait dans la nuit, dévorant les mollets et les ventres non protégés de ci et là. J'avais à peine vu Omen tant il était flou lorsqu'il avait fait irruption de sa cellule de prison, et il avait ensuite oscillé entre sa forme métamorphosée et son apparence plus humaine, mais je savais qu'il devait s'agir de lui — et maintenant, il n'était plus qu'une bête.

Cet énorme chien démoniaque aurait pu arriver à mon épaule et je n'étais pas une miniature. Au lieu des yeux d'un bleu glacial auxquels j'étais habitué, son regard était d'un orange vif. La même lueur brûlante parcourait sa fourrure gris foncé comme des rivières de magma en fusion sur une pente volcanique. Des crocs aussi longs que mon index brillaient à chaque claquement de ses mâchoires. La queue diaboliquement pointue dont je me souvenais s'élança dans les airs, arrachant un couteau de la main d'un attaquant.

Je n'avais jamais vu un être de l'ombre comme celui-là, mais Luna m'avait raconté des histoires sur les créatures les plus effrayantes que l'on puisse rencontrer, surtout pour me dissuader de la supplier de trouver un moyen de m'emmener dans le royaume des ombres afin que je puisse en faire l'expérience par moi-même. J'avais devant moi ce que la plupart des mortels auraient appelé un chien de l'enfer.

Au milieu du chaos, je fus frappée par un fugace moment de révélation. C'était donc ça la source de l'odeur de Betsy. Au lieu de l'odeur typique du chien, la présence d'Omen l'avait marquée de soufre et de feu de l'enfer.

Les hommes de la Compagnie n'avaient manifestement pas pris autant Omen par surprise que lors de leur première embuscade, mais malgré sa férocité et sa force aux côtés de Thorn, nos assaillants se rapprochaient de nous. Ils n'avaient pas lésiné sur les effectifs.

Un type se jeta sur moi et je le repoussai avec la bougie, juste au moment où un autre s'approchait de moi dans l'autre sens avec un des filets de la compagnie. S'était-il imaginé que j'étais une ombre, ou voulaient-ils simplement nous prendre tous vivants pour nous interroger ? Le souffle coupé, je lui lançai le bocal au visage.

Il devait tenir un briquet ou quelque chose que je n'avais pas vu. Toute la mèche de la bougie s'enflamma lorsque le haut du bocal le percuta et que de la cire chaude lui éclaboussa les yeux. Il lâcha le filet avec un hurlement.

Thorn fonça sur moi au moment où un autre assaillant faisait une embardée dans ma direction. Le guerrier l'envoya valser à deux mètres du sol avec l'un de ses poings puissants et il se tourna pour me protéger.

— Mets-toi à l'abri – la voiture !

L'abandonner pour qu'il continue à se battre pour moi me fit me sentir coupable, mais je savais qu'il ne partirait pas tant que je n'aurais pas un moyen sûr de sortir d'ici. Et le break était mon seul espoir de m'échapper rapidement.

Une personne était déjà assise sur le siège du conducteur, un type blond à l'allure de surfeur. Pendant une seconde, je fus perdue avant que je ne réalise que c'était le camouflage sur les vitres. Le type à l'intérieur devait être Ruse, qui s'était glissé dans l'ombre et était maintenant prêt à s'enfuir.

Je n'étais plus qu'à quelques pas de la porte quand les gens de la Compagnie durent remarquer ma course effrénée. Un cri plus fort retentit, et quelque chose se mit à hurler dans l'air au-dessus de ma tête. Il me restait juste assez de bon sens, avec ma tête qui tournait, pour l'esquiver avec mon bras valide au-dessus de ma tête.

Quel que fût l'explosif que nos agresseurs avaient lancé, il toucha le capot du break et projeta une explosion de flammes sur la pauvre Betsy. Je cognai le sol et ma peau picota sous l'effet de la chaleur. Une douleur fulgurante traversa mon poignet blessé et une pulsation plus sourde se réveilla dans mon épaule bandée. Je me mordis les lèvres en aspirant de l'air.

Quelqu'un attrapa mon bras valide — Ruse, dont l'odeur de cacao avait été enfumée par les effluves de chaleur qui s'échappaient du break.

— Par ici! Il m'aida à me relever et m'emmena vers l'allée.

Je jetai un coup d'œil en arrière vers Thorn et Omen.

— Mais…

— Nous ne les laisserons pas derrière nous. Je crois fermement aux plans de secours.

Snap sortit de l'obscurité devant nous et nous fit signe d'avancer.

— Je l'ai trouvé! Il n'y a qu'un seul homme là-bas, je pense qu'il a les clés… Il regarda au-delà de nous vers la masse crépitante qui avait été notre précédent moyen de transport. Et nous en avons besoin, n'est-ce pas?

— Ouvre la voie, dit Ruse. Et fais-le vite, Snap.

Le dévoreur avait encore assez de sens de l'humour pour esquisser un sourire alors qu'il revenait vers la route.

— Au bout de la route, par ici, dit-il en pointant du doigt.

La forme grise d'une grande camionnette se dessina derrière les arbres. Ruse sourit.

— C'est parfait. Nous passerons dans l'ombre et n'émergerons que lorsque nous serons le plus près possible. À nous deux, nous devrions pouvoir le renverser. Sorsha, tu peux lui enlever son équipement?

Je saisis la lanière de mon sac à main, entrecroisée avec le sac à dos que je n'avais jamais eu l'occasion d'enlever, grâce à la magie de Merlin. Ma mâchoire me faisait mal à force d'être serrée à cause de la douleur de mon poignet.

— Je ferai de mon mieux.

Ruse acquiesça et se tourna à nouveau vers Snap.

— Ensuite, je pourrai le convaincre que tout ça n'est qu'une fête amicale. Dès qu'il sera maîtrisé, tu amènes Omen et Thorn.

Sans un mot de plus, ils disparurent tous les deux dans l'obscurité. Je continuai à avancer, la sueur perlant sur mon front.

Encore une journée de course de *dingue* », me dis-je en chœur, mais même l'air entraînant des Bangles ne parvint pas à me remonter le moral.

Le type qui gardait le fourgon leva les yeux vers moi alors que j'étais encore à quelques encablures, mais mes compagnons de l'ombre étaient arrivés les premiers. Sa main s'éleva d'un coup, un pistolet serré dans sa paume et Ruse et Snap apparurent juste derrière lui et frappèrent ses jambes pour le faire basculer.

Je me mis à genoux pour lui arracher son casque. Ruse saisit la tête de l'homme et Snap s'assit sur ses jambes pendant que je tâtonnais les boutons pression de son gilet.

— C'est beaucoup plus facile avec deux mains, marmonnai-je, mais après ce qui me sembla être un million d'années, je l'arrachai enfin.

L'incube se mit immédiatement à parler avec son ton mielleux et cajoleur. Un son magique résonnait dans sa voix.

— Nous ne faisons que nous amuser un peu : une partie de tag nocturne. Tes copains et toi n'avez pas eu la bonne idée de venir ici. Personne ne veut faire de mal à personne. Tout le monde s'amuse.

Je haussai les sourcils, mais le garde était déjà en train de sombrer dans l'hébétude.

— Oui, dit-il. Je suis désolé. Personne n'a transmis le message.

Snap s'enfuit dans l'obscurité. Pendant que Ruse continuait à charmer le garde, je vérifiai les poches du gars pour trouver les clés du van.

— Ne faites pas attention à moi. Juste un petit tripotage amical.

Il n'eut pas l'air contrarié. Je sortis les clés et j'ouvris la portière côté conducteur. Il était évident que je n'allais pas conduire dans mon état actuel, mais j'aurais chié des dollars plutôt que de me laisser entasser dans le coffre sans vitre.

Je posai mon sac à main et Pickle profondément dérangé sur le sol près du siège passager avant. Je calai mon sac à dos à côté et je baissai la tête lorsqu'un coup de feu retentit d'un endroit bien plus proche que je ne l'aurais souhaité.

La voix de Ruse s'éleva.

— Si tu pouvais me rendre un petit service, mon pote ? Va là-bas et dis à tes collègues qu'il y a d'autres ombres qui arrivent du nord. S'ils se dépêchent, ils pourront tous les attraper.

— Oui, bien sûr, dit le garde, et il se dirigea vers les silhouettes que je voyais émerger de l'allée.

— Boucle ta ceinture, dit Ruse à bout de souffle, en plongeant derrière le volant. De toute évidence, il ne pensait pas que son stratagème retarderait nos poursuivants assez longtemps pour que nous puissions nous prélasser ici.

Je lui collai les clés dans la main, il démarra et, à mon grand soulagement, trois silhouettes surgirent dans l'espace derrière nous avec une bouffée de l'odeur de mousse de Snap, l'odeur sulfureuse que je savais maintenant appartenir à notre métamorphe chien de l'enfer, et beaucoup trop de sang fumé de Thorn.

Ruse appuya sur l'accélérateur et tourna le volant. Dans un crachotement de moteur et de graviers claquant comme des tirs de mitrailleuse contre le train d'atterrissage, le van fit un demi-tour aussi serré que possible et s'élança sur la route de campagne.

Deux autres coups de feu retentirent derrière nous. L'un d'eux heurta le rétroviseur latéral à côté de ma portière et je tressaillis. Puis nous dérapâmes dans un virage et laissâmes nos ennemis loin derrière nous.

— Eh bien, dis-je avec autant d'optimisme que possible, nous nous en sommes tous sortis vivants. Et en un seul morceau… j'espère ?

— Tous, sauf Betsy, dit Omen d'une voix glaciale derrière moi. Tu sais comment tu vas t'acquitter de cette dette, mortelle ?

DOUZE

— Reste tranquille et laisse-moi m'occuper de tout, dit Omen alors que nous marchions dans la rue, les autres se faufilant dans les ombres autour de nous.

Je fis la grimace.

— Je sais, je sais. Tu me dis que je devrais me taire depuis que tu as parlé de tes amis.

— Ce ne sont pas mes *amis*. Ils me doivent une faveur. Quelques faveurs, en fait. Ce qui est une bonne chose pour toi, vu qu'il me manque une voiture de rêves.

— Hé, ce n'est pas moi qui ai dû les mener à notre cachette.

Il s'arrêta dans son élan pour me lancer un regard noir. Le soleil de fin de matinée illuminait ses yeux bleus et les rendait presque aussi ardents que lorsqu'ils étaient de la couleur des flammes la nuit précédente. Ma peau me démangeait à l'idée que si j'insistais sur ce point, il pourrait se transformer en chien de l'enfer pour m'arracher la tête.

— C'est ton contact humain qui nous a aiguillés dans la mauvaise direction, dit-il. Et nous n'aurions pas eu besoin d'une cachette si ton corps mortel n'avait pas besoin de sommeil. Je ne pense pas qu'il soit dans ton intérêt que nous commencions à compter les points.

Je ne voyais pas en quoi c'était ma faute si sa voiture avait explosé. Comment aurais-je pu l'atteindre sans courir vers elle ? Mais pour être honnête, si le patron de l'ombre s'était beaucoup plaint de sa perte depuis que nous avions abandonné la camionnette de la compagnie aux petites heures du matin, il n'avait pas été aussi caustique avec moi que je l'aie espéré.

Un autre soupçon me démangeait : il se passait quelque chose. Peut-être se montrait-il un peu moins affreux avec moi pour l'instant parce qu'il s'apprêtait à m'offrir en pâture à ses anciens associés ?

Il se remit en route, marchant suffisamment vite pour que je doive me dépêcher de suivre le rythme. Je vis alors le bâtiment vers lequel il nous conduisait, et toutes les autres questions tombèrent à l'eau.

— C'est là qu'ils gèrent leurs affaires ?

Le parking qu'il nous avait fait traverser s'étendait à l'extérieur d'un bâtiment aux lignes pures et sombres dont l'enseigne aurait été éclairée au néon si les heures d'ouverture avaient déjà eu lieu. Une enseigne avec une femme plantureuse en bikini tenant un verre de martini, à côté des mots « Paradise Bar & Dancers ». Si vous cherchiez « club de strip-tease » dans une encyclopédie, il y aurait probablement une photo de cet endroit.

— Silence, dit Omen d'un ton rude, avant d'ajouter,

tout aussi bas : Ce n'est pas pour les hommes, mais pour les femmes. Ce n'est pas pour les membres masculins du gang. Ils ont une succube dans le lot, ce qui lui permet de se nourrir facilement.

C'était vrai, et j'étais sûre que les hommes de l'ombre qui dirigeaient les opérations de leur syndicat criminel dans cet endroit ne prenaient pas le moindre plaisir à voir les seins et les fesses qu'elle exhibait.

Peut-être que Ruse se réveillerait-il en présence d'un autre type de cubi ? Ce matin, il avait l'air un peu déprimé, ses sourires étaient pâles sur les bords. Découragé par le fait que la Compagnie nous ait retrouvés une fois de plus malgré toutes nos précautions ? Ou bien ce qui l'avait rendu distant hier soir le rongeait-il encore ?

Je réussis à me taire quand Omen frappa à la porte vitrée. Une femme ouvrit, vêtue d'une robe conçue pour attirer les regards sur les quelques parties du corps qu'elle recouvrait. Elle nous fit signe d'entrer d'un air ennuyé. Omen avait appelé à l'avance pour que ses amis — pardon, ses débiteurs de faveurs — nous attendent.

La femme qui nous avait fait entrer ne semblait pas être la succube dont il avait parlé. Elle se dirigea vers l'une des petites tables situées près d'une plate-forme entourée de douces lumières violettes. Quelques femmes avec de gros cheveux et des décolletés encore plus gros étaient assises là, en train de grignoter une assiette de nachos. L'odeur acidulée de la sauce flottait dans l'air, accompagnée de notes acides d'alcool. En dehors des heures d'ouverture, la musique de circonstance n'était pas au rendez-vous : un morceau de flûte classique s'échappait des haut-parleurs, ce qui contrastait étrangement avec l'endroit.

Pickle se tortillait dans mon sac à main et je posai ma main dessus pour cacher ses mouvements. Je ne voyais rien de surnaturel chez les danseurs assemblés là. Omen passa directement devant eux et la scène pour se diriger vers une porte située au fond de la salle principale.

Juste avant qu'il ne l'atteigne, un homme l'ouvrit. Ou plutôt un goliath. Le type remplissait tout le cadre de la porte, plus grand que le mètre quatre-vingt-dix de Thorn et tout aussi musclé.

Mais il n'avait rien d'un ailé. Sa peau était légèrement bleutée, ce qui, d'après mon expérience, signifiait qu'il s'agissait d'un troll. Je ne savais pas comment il expliquait cela aux mortels qu'il côtoyait dans le cadre des activités de son gang, mais peut-être que lorsque vous êtes aussi grand et effrayant, les gens ont tendance à ne pas vous embêter sur la teinte exacte de votre peau.

— Omen, dit-il d'une voix de baryton épaisse, ses yeux plissés passant du chien de l'enfer à moi. Et des amis. Il devait faire référence aux autres personnes qu'il sentait dans l'ombre.

— ça fait plaisir de te voir, Laz, dit Omen de sa voix habituelle, froide et égale. J'apprécie que tu aies pris le temps de venir si rapidement.

Une voix masculine plus aiguë, avec une pointe d'humour, s'éleva de la pièce derrière Laz.

— Oh, arrête, Omen. Nous savons aussi bien que toi que la note serait salée si nous oubliions ce que nous te devons, peut-être littéralement. Viens ici, tout de suite. Jetons un coup d'œil à la troupe que tu as rassemblée.

Le troll recula et nous entrâmes dans une arrière-salle qui démentait le discours d'Omen sur le fait que la devanture du club de strip-tease était réservée aux femmes de la bande. Des posters de pin-up étaient accrochés aux murs en plâtre, quelques-uns représentant des mecs bien foutus exhibant leur attirail complet, mais surtout des femmes allongées avec des yeux qui se révulsaient.

Pour éviter que mes propres yeux ne soient assaillis par trop de paires de nichons bien gonflés, je me concentrai sur le groupe qui se prélassait sur les canapés en cuir qui formaient un L le long des murs les plus éloignés.

Mon nez m'indiqua avant tout le reste qu'il y avait un loup-garou dans le groupe. J'avais déjà eu affaire à quelques-uns d'entre eux dans le cadre du travail du Fonds, et les endroits où ils passaient beaucoup de temps dégageaient toujours une odeur particulière, comme le musc et le pin, avec un soupçon de chien mouillé. Bientôt, un nouveau parfum de bougie apparaîtrait sans doute.

D'après l'apparence des trois personnes assises sur les canapés, M. Loup était le type aux cheveux bruns et à la barbe hirsute, dont les yeux brillaient d'un jaune inquiétant. À sa gauche était assis un homme mince à la peau si pâle qu'elle en était presque translucide. Je n'aurais pas été surprise qu'il soit *fae* ou un être apparenté.

Allongée sur l'autre canapé se trouvait la succube dont Omen avait parlé, une femme voluptueuse vêtue d'une robe de poupée en dentelle qui n'avait pas pris la peine d'arrêter de se vernir les ongles de pieds à notre arrivée. Les mèches de ses cheveux blond miel ondulés ne dissimulaient pas tout à fait les protubérances semblables à des pierres précieuses qui scintillaient comme des rubis juste aux coins de sa mâchoire. Elle devait les faire passer pour des sortes de piercings.

Le trio prit sa forme physique autour d'Omen et de moi. Snap resta près de moi, son bras calé contre le mien, et quand la succube leva enfin les yeux, Ruse inclina la tête vers elle avec un regard complice. Thorn, qui ne fumait plus sur diverses parties de son corps grâce à la rapidité de guérison des ombres, fit remuer ses épaules et sembla jauger le troll. L'autre gars avait peut-être quelques centimètres de plus que lui, mais j'aurais parié tous mes biens — aussi limités soient-ils pour l'instant — que les talents de combattant de l'ailé pouvaient surmonter cette différence sans problème.

Le loup-garou se leva lentement, comme s'il ne voulait pas avoir l'air trop pressé de nous accueillir. C'était sa voix qui nous avait dit d'entrer. Il devait être le chef de cette meute.

— Sacrée collection, dit-il en adressant un sourire en coin à Omen. Même une mortelle. Mais je vois que tu as déjà réussi à la casser.

Je serrai la mâchoire en l'entendant parler de mon poignet bandé.

Omen haussa les épaules d'un air décontracté.

— C'est l'une des raisons pour lesquelles nous sommes ici. Birch, tu peux t'occuper d'une fracture du poignet, n'est-ce pas ?

L'homme pâle se redressa comme une branche coincée qui se remettait en place, et je perçus le bruissement des quelques feuilles argentées qui se mêlaient à ses cheveux gris cendré. Pas un *fae*, une dryade. Les ombres ayant des affinités avec les plantes ont souvent des capacités de guérison — quelque chose à voir avec cette histoire de germe et de vie.

— Je vais devoir enlever l'attelle pour bien voir, prévint-il.

Omen me donna un coup de coude et je tendis mon bras. Chefaillon utilisait l'une de ses précédentes faveurs pour réparer mon poignet. C'était vraiment bizarre, il venait de passer les derniers jours à faire tout ce qu'il pouvait pour me faire tomber. Mais puisqu'il proposait…

Je fis un geste vers mon épaule.

— J'ai une blessure par balle qui est encore douloureuse pendant que vous y êtes… si vous avez le temps.

— Ce ne sera pas long. La fusion de la chair est plus facile que celle de l'os. Birch me conduisit jusqu'au canapé et m'installa à la place que le loup-garou avait laissée vacante. Alors qu'il commençait à enlever la bande de mon poignet, je serrai les dents.

— Tu l'as cassée et on lui a tiré dessus, dit le loup-garou avec un amusement évident. D'habitude, tu es plus prudent que ça, Omen.

— C'est un peu une catastrophe ambulante, mais utile à d'autres égards, dit Omen. Heureusement que j'étais trop occupée à retenir un cri de douleur pour lui lancer quelque chose à la tête. Et « la prudence » n'a pas suffi à nous protéger complètement la nuit dernière. Il y a un groupe particulier de mortels qui a fait grimper sa vendetta contre notre espèce à un tout autre niveau.

Tandis que la dryade saisissait mon poignet et qu'un picotement chaud traversait la douleur, Omen fit le point sur la Compagnie de la Lumière avec le cercle restreint du gang. Il réussit à éviter de mentionner le fait que ses membres l'avaient capturé et emprisonné pendant des semaines, remarquai-je.

— Nous sommes tous menacés, termina-t-il. Il est clair que ces mortels ne seront pas satisfaits tant qu'ils n'auront pas éradiqué toutes les ombres existantes.

Le loup-garou avait écouté attentivement l'histoire, mais il ricana.

— Ils n'ont aucune chance.

— Tu n'as pas vu les ressources qu'ils ont rassemblées et les techniques qu'ils ont élaborées pour nous vaincre,

Rex. Omen me fit un signe. Nous devons compter sur elle pour que le combat soit équitable. Et d'après ce que j'ai entendu sur les expériences qu'ils mènent, il ne s'agit pas simplement de nous tuer tous. Ils travaillent sur quelque chose de plus complexe. Peut-être quelque chose à quoi nous ne pouvons pas nous préparer.

— C'est horrible, dit Snap, un flottement parcourant sa voix claire. Les choses que j'ai senties dans les endroits où ils travaillaient — ils aiment nous faire du mal et veulent nous en faire encore plus.

Le loup-garou — Rex ? J'imagine que c'était mieux que « Fido » — jeta un regard sceptique au dévoreur.

— Je doute que tu aies besoin de te faire du souci à ce sujet, Sunshine. Il haussa les sourcils en direction d'Omen. Où as-tu déniché celui-là ?

Bon, ils avaient tous les deux de la chance que le dryade tienne encore fermement mon bras.

— Je ne pense pas que vous ferez des blagues là-dessus s'ils viennent vous chercher tous et vous collent dans leurs cellules d'argent et de fer, dis-je.

— J'ai mené de nombreuses batailles au cours de nombreux siècles, ajouta Thorn d'un ton sinistre. Je peux confirmer que les stratégies utilisées par la Compagnie de la Lumière sont particulièrement efficaces contre notre espèce, même contre ceux d'entre nous dont la force dépasse celle de n'importe quel humain.

— Seulement s'ils nous embêtent, dit Rex. On dirait qu'ils s'en sont pris à toi parce que tu as semé la zizanie chez eux. Pourquoi tendre le bâton pour se faire battre ? Tout homme de l'ombre assez stupide pour se faire piéger peut en subir les conséquences.

— Quand ils n'auront plus de proies faciles…

commença Omen, mais il fut interrompu par un grognement du troll.

Je hochai la tête en entendant le grincement qui suivit. Tandis que j'étais distraite par les efforts de guérison de Birch, Pickle s'était tortillé pour sortir de mon sac à main que j'avais posé sur le sol. Maintenant, il bondissait autour des pieds du troll, battant des ailes qui ne pouvaient pas le porter plus loin que quelques centimètres à cause du collectionneur qui les avait coupées.

— Qu'est-ce que c'est que ça ? demanda Laz, retroussant les lèvres sous l'effet du dégoût.

— Il est à moi, dis-je rapidement, puis, me souvenant de l'offense initiale de Thorn à l'idée que je garde un être de l'ombre comme animal de compagnie. Enfin, parce que c'est lui qui l'a décidé. Je ne pourrais pas m'en débarrasser même si je le voulais.

Ruse s'esclaffa.

— Il a l'air de bien t'aimer, Laz.

Le troll tenta d'éloigner Pickle d'un léger coup de pied, mais le petit dragon se contenta de le contourner en couinant de plus belle. Un sourire se dessina sur mes lèvres. Maintenant que Pickle s'était lié d'amitié avec Thorn, il pensait probablement que tous les hommes de l'ombre intimidants avaient du bacon quelque part sur eux.

— Pickle, dis-je en faisant claquer ma langue. La créature m'ignora complètement, mordillant la jambe du pantalon de Laz, ce qui prouvait bien que c'était elle qui menait la danse dans notre relation.

— Oh, ramassez-le et donnez-lui quelques tapes, dit sèchement Rex. Il est clair qu'il n'accepte pas qu'on lui dise non.

Le troll se pencha assez raide et ramassa Pickle sur son

bras volumineux. Le dragon se précipita immédiatement pour se percher sur son épaule, où il gazouilla joyeusement. Laz se redressa, la mâchoire crispée comme s'il se retenait de grimacer, et observa la créature avec méfiance du coin de l'œil.

J'étouffai un rire. Il n'était pas si dur que ça, finalement, hein ?

Alors que le dryade reportait son attention de mon poignet désormais engourdi à ma blessure à l'épaule, Omen se lança à nouveau dans son discours.

— J'ai entendu comment parlent ces mortels. Ils ne s'arrêteront pas tant qu'ils ne nous auront pas tous exterminés — et l'un des objectifs de leurs expériences est probablement de trouver des moyens plus faciles de nous identifier. Ils ne vous laisseront pas vous occuper de vos affaires. Nous devons riposter durement et rapidement, avant qu'ils ne parviennent encore mieux à nous neutraliser.

Rex donna une tape sur le bras du métamorphe.

— Je sais que tu as traversé beaucoup de choses et que tu en as vu beaucoup en ton temps, Omen, mais nous vivons de ce côté depuis des décennies. Je connais les mortels sur le bout des doigts. S'ils viennent nous chercher, ils le regretteront. Cette ville est la nôtre maintenant — qu'ils essaient de nous la prendre ou de nous la reprendre, et nous peindrons le centre-ville avec leur sang. Il dévoila ses dents en un sourire féroce.

— Ils font déjà des prisonniers parmi les ombres dans cette ville, dit Thorn.

— Les êtres qui n'ont pas pris la peine d'offrir leur loyauté à notre groupe peuvent se débrouiller ou partir. La plupart d'entre eux sont une nuisance de toute façon, dit Rex en se tournant vers Omen. Je te suis redevable, bien sûr, mais pas assez pour plonger dans une guerre que tu as toi-même déclenchée.

— Ce sont eux qui la font, marmonna Omen, mais je pouvais lire la résignation dans son expression. Il m'avait dit dès le début qu'il ne servait à rien de se tourner vers les autres ombres pour obtenir de l'aide. Mais il avait quand même essayé de convaincre cette bande, parce que les voir rester en vie lui importait plus qu'à eux, apparemment.

Alors que le léger élancement dans mon épaule s'estompait grâce à la magie de la dryade, une sensation de picotement remonta de mes tripes. L'agacement se déversa sur ma langue avant que je ne puisse en retenir l'impulsion.

— Vous savez ce qui arrive quand vous ne pensez qu'à vous et à vos amis ? Vous regardez autour de vous un jour où tous ceux qui auraient pu avoir besoin de votre aide ont été tués ou mis en cage, et devinez quoi ? Il n'y a plus personne pour vous aider. Mais bien sûr, allez-y et ignorez les personnes qui ont réellement fait face à la menace que vous écartez. Je suis sûre que vous en savez beaucoup plus que nous sur ce à quoi nous sommes confrontés, alors que vous êtes assis ici dans votre bar à nichons à jouer aux gangsters.

— Je te signale que nous avons bien plus que des nichons, dit la succube d'un ton ironique, mais Rex se retourna contre moi.

— Tu n'es qu'un parasite qui joue à faire partie de quelque chose de spécial et de surnaturel, grogna-t-il. Je n'ai pas besoin de leçons de politique de la part d'une mortelle.

Je lui renvoyai son regard mauvais.

— Cette mortelle a survécu à une balle. Tu penses pouvoir en faire autant, vieux loup de mer ?

Ruse porta la main à sa bouche pour dissimuler un ricanement.

Omen soupira et secoua la tête.

— Ne faites pas attention à elle. Elle ne sait pas quand elle doit se taire. J'ai encore d'autres faveurs à demander. Nous avons besoin d'un véhicule et d'un endroit où séjourner qui n'attirera pas l'attention sur qui ou ce que nous sommes. Je suppose que vous pouvez nous offrir cela, non ?

Rex se tourna vers lui sans prendre la peine de répondre à ma dernière question.

— Oui, c'est ce que je peux faire pour toi. En fait, j'ai quelque chose qui comptera pour les deux. Il claqua des doigts en direction de Laz. Arrête de jouer avec cette petite bête et donne-moi la clé de la Ford.

Le troll titilla timidement Pickle, qui se contenta de lui caresser les doigts, se demandant sans doute quand le bacon arriverait. Thorn intervint pour soulever le dragon de l'épaule du troll. Avec un soulagement visible, le grand gaillard s'éloigna en hâte et revint avec un porte-clés en cuir avec une clé.

Rex lui fit signe de remettre la clé à Omen.

— C'est à toi, et nous sommes quittes. Tu peux la récupérer dans le coin arrière gauche du parking à l'angle de King et Washington.

Omen prit la clé et jeta un coup d'œil aux autres.

— Détendez-vous ici pendant que je récupère notre nouvelle voiture. Vous pouvez tout aussi bien vous reposer après la nuit que nous venons de passer. Sauf toi. Son regard se posa sur moi. Tu viens avec moi avant de mettre le feu à des ponts.

Je n'avais de toute façon aucune envie de traîner avec ces crétins. Je ne dis « merci » qu'à Birch, parce que je pouvais être polie et ingrate. Alors que je suivais Omen hors du club de strip-tease, je me délectai de l'aisance avec laquelle je roulais mes épaules. La dryade avait des doigts magiques, c'était un fait. L'engourdissement s'estompait déjà autour de mon poignet, mais cette articulation ne bougeait plus qu'avec une légère douleur.

J'attendis que nous ayons parcouru un autre pâté de maisons avant de dire quoi que ce soit pour rompre le silence glacial d'Omen.

— J'ai *presque* gardé le silence. Ne prétendez pas que je n'ai pas dit exactement ce que vous pensiez de toute façon.

Le coin de sa bouche se releva. Était-ce l'ébauche d'un vrai sourire ?

— En effet, dit-il. Si ça m'avait dérangé, je serais en train de t'engueuler en ce moment même. Tu m'as évité d'avoir à le dire moi-même. Bien que cela ne fasse pas de différence — c'est pourquoi je n'ai rien dit.

Bon, d'accord. J'aurais bien voulu en rester là, le silence se faisant moins tendu sans être tout à fait agréable, mais Omen me lança un regard pénétrant.

— Si tu es prête à dire tout ça à une bande de gangsters surnaturels, quand vas-tu me parler de tes pouvoirs de feu ?

Je clignai des yeux, frappée à la fois par la surprise et par quelque chose de plus profond, quelque chose de plus glaçant que ses yeux — parce que je n'étais pas totalement surprise.

— De quoi tu parles ?

Ce léger sourire revint, mais je ne l'appréciai pas cette fois.

— Tu sais... Je n'étais pas aussi absorbé par la dispute d'hier soir au point de ne pas voir que tu avais allumé cette bougie à la seule force de ta volonté. Tu le caches bien, et j'avais commencé à penser que j'avais imaginé la vague de chaleur que tu as envoyée sur les connards de la Compagnie, mais le chat est sorti du sac. Tu n'es manifestement pas un être de l'ombre, ou tu ne pourrais pas manipuler les métaux de leurs armures. Est-ce de la sorcellerie ?

Une bouffée de chaleur... Je me souvenais des tressautements du garde cette nuit-là, comme s'il avait été brûlé, mais j'avais mis ça de côté en pensant qu'il s'agissait d'un phénomène étrange et aléatoire. Comme la façon bizarre dont se comportaient parfois les feux que j'allumais en quittant les maisons de collectionneurs que j'avais pillées. Parce que supposer que ces incidents n'étaient pas le fruit du hasard, qu'ils avaient quelque chose à voir avec moi signifiait que quelque chose n'allait vraiment pas du tout.

— Pour que ce soit de la sorcellerie, il faudrait que je sois une sorcière, n'est-ce pas ? dis-je. Je ne sais pas du tout comment on peut invoquer les ombres pour faire ce que l'on veut. Je n'ai même jamais connu de sorcier. Alors, désolée, je crois que vous vous faites des idées. Mais puisqu'on parle de pouvoirs intéressants, c'est quoi cette histoire de chien de l'enfer ? Est-ce que vous allez faire pleuvoir le feu de l'enfer sur moi la prochaine fois que je vous énerverai ?

Je ne croyais pas vraiment qu'il le ferait, mais changer de sujet permettait une excellente diversion. D'habitude, Omen ne se contentait pas d'un os à ronger.

Pardonnez-moi cet horrible jeu de mots. Auriez-vous pu résister ?

— Non, dit-il. Bien que si tu essaies de me toucher sous cette forme, je t'arracherai la peau. Mais tu sais quel pouvoir j'ai ? Je peux sentir la peur. Tu ne penses pas vraiment que ton lien avec le feu ne soit rien. Tu es terrifiée à l'idée que ce soit quelque chose.

Je croisai les bras sur ma poitrine.

— Pour votre information, les seules choses qui me terrifient sont les requins et le fait d'être obligée d'aller sous protection d'un témoin dans un endroit où il n'y a pas de restaurants thaïlandais corrects.

— Tu peux dire ce que tu veux. Mais si tu le nies, tu es presque aussi mauvaise que Rex et les autres. Tu pourrais utiliser ce pouvoir pour aider notre cause.

— Je n'ai aucun pouvoir, dis-je, réprimant le choc glacial que ses mots avaient provoqué en moi. Je ne pouvais pas avoir de compétences surnaturelles.

C'était impossible selon tous les critères que je connaissais, et j'en savais plus sur les ombres et les phénomènes magiques que n'importe quel mortel en vie, donc cela ne pouvait tout simplement pas être vrai. — Et regardez, voici le parking dont Rex a parlé. Passons à des choses plus importantes et plus concrètes, comme ce que nous allons conduire.

— Tu ne vas pas esquiver le sujet qui… Oh, par l'eau bouillante et le soufre !

Omen s'arrêta net à mi-chemin du terrain, au moment où on comprit ce que Rex avait voulu dire par « Ford » et que cela allait servir à la fois de véhicule et de maison. Dans le coin le plus éloigné se trouvait un véhicule encore plus ringard que ne l'avait été son break : la carcasse bleue cabossée d'un camping-car trapu.

TREIZE

Omen

J'ai toujours senti quand il y avait une faille entre le royaume des mortels et le nôtre, avant même qu'elle n'apparaisse. Il y a un frémissement dans l'air et une saveur subtile qui ressemble à de la vapeur salée. Ici, dans les docks, elle se mêlait au chant de la brise du soir sur le fleuve et à l'odeur marécageuse des algues.

Rex m'avait fait une fleur en me confiant son camping-car encombrant. Il ne voulait peut-être pas s'engager pour le reste de l'humanité de l'ombre, mais il demandait toujours à ses hommes de rester à l'écoute des menaces, et il avait reçu quelques rapports d'activités étranges, près de cette faille particulière qui ressemblait beaucoup à l'embuscade dans laquelle j'avais été pris. La Compagnie de la Lumière avait quelques habitudes bien définies, notamment qu'elle aimait chasser près des failles, sans doute dans l'espoir d'attraper des hommes de l'ombre encore désorientés par la transition et donc plus faciles à désarmer.

Nous ne savions pas à quelle fréquence les chasseurs de la Compagnie faisaient des rondes ici, mais les rapports précédents dataient tous du jeudi, et ce bien avant que nous n'ayons monté notre propre embuscade, donc je ne pensais pas que la Compagnie avait mis en place cette information comme elle avait dû le faire pour le transfert à la ferme l'autre nuit. Il ne nous restait plus qu'à espérer avoir de la chance. Je voulais entendre quelqu'un qui pourrait nous en dire plus sur leurs opérations au lieu de se contenter de débiter des conneries contre les « monstres ».

Mes associés surveillaient la zone dans l'ombre, prêts à revenir vers moi s'ils repéraient un mouvement suspect. J'avais choisi de rester dans ma forme physique-humaine, posté sur un toit bas au-dessus d'un des garages d'usine abandonnée, afin de pouvoir mettre un peu plus la pression sur mon alliée mortelle.

Cette dernière était accroupie à côté de moi, près du muret de briques qui longeait le toit. Sorsha faisait jouer son poignet fin, comme si elle n'arrivait toujours pas à croire que Birch l'avait réparé.

Elle connaissait la magie, avait été élevée par une femme dotée de pouvoirs de l'ombre, et pourtant, les voir en pratique lui paraissait encore un peu étrange. Un monde si inconnu qu'elle semblait déterminée à nier qu'elle pouvait elle-même exercer des pouvoirs.

Je savais ce que j'avais vu — pas seulement pendant l'attaque du chalet, mais aussi lorsque nous nous étions échappés de l'installation expérimentale de la Compagnie et le jour suivant, lorsque je l'avais testée avec le feu qui nous tombait dessus. L'effet avait été suffisamment faible pour que je comprenne pourquoi elle ne pouvait l'expliquer. J'avais failli comprendre après que son bras tranché par mes soins ait révélé du sang humain plutôt que la fumée d'un être de l'ombre bien déguisé. Aucun de mes autres tests ne l'avait incitée à utiliser volontairement la magie — ou ne m'avait soulagé du problème de décider quoi faire d'elle.

Mais il y avait eu la bougie. Et j'avais vu dans sa réaction lorsque je l'avais confrontée qu'elle savait qu'il y avait quelque chose d'autre qu'humain en elle, même si elle voulait le nier. Je devais juste lui prouver qu'elle ne pouvait pas.

Je devais d'abord trouver ce qui faisait naître ces pouvoirs, puisqu'elle ne semblait pas les activer consciemment.

— Taisez-vous, dit-elle avant même que je n'ouvre la bouche. Je sais pourquoi vous avez décidé de rester avec moi, alors vous devriez savoir que je préférerais lécher un tigre plutôt que de parler de ça.

— C'est drôle que tu penses avoir le choix de ce dont je décide de parler, répondis-je. Si l'univers avait jugé bon de m'envoyer une arme secrète aux pouvoirs imprévisibles, n'aurait-il pas pu m'en offrir une un peu moins bavarde ? Nous risquons d'affronter à nouveau ce soir des gens de la Compagnie, des gens prêts à capturer des ombres. Vas-tu vraiment lever les bras et jouer les mortelles impuissantes s'ils nous entourent de leurs filets ou de leurs fouets ?

Elle me lança un regard aussi enflammé que sa chevelure rousse.

— Je n'ai jamais agi sans pouvoir. C'est juste que je n'ai pas *d'hocus pocus* super spécial, même si vous aimeriez bien le croire.

— As-tu déjà vraiment essayé de faire un « *hocus*

pocus » ? Pourquoi ne pas essayer de voir si tu peux mettre le feu à ce bâton ? Je fis un signe de tête en direction d'un débris éparpillé sur l'asphalte autour de nous.

— Pourquoi est-ce que je ne le lancerais pas et que vous iriez le chercher, haleine de chien ?

Le pire dans cette insulte, c'est qu'elle avait fait ressortir le chien de l'enfer qui sommeillait en moi. Mes poils se dressèrent et mes lèvres commencèrent à se retrousser pour former un grognement avant que je ne comprenne l'élan brûlant de mon tempérament.

Elle avait allumé toutes sortes de feux. J'avais passé des années à maîtriser la nature sauvage qui m'habitait. Je n'allais pas laisser une humaine arriviste réduire tous ces efforts en miettes en l'espace d'une semaine. C'était déjà assez grave qu'elle et mes associés de l'ombre m'aient vu dans un accès de fureur désordonnée lorsqu'ils m'avaient fait sortir de ma cellule de prison pour la première fois. Je n'allais pas laisser passer cela tant que je n'aurais pas montré à quel point je pouvais être maître de moi et d'eux-mêmes.

Je n'avais pas apprécié de les faire rentrer dans le rang, mais la dureté était parfois nécessaire pour commander. S'ils ne me considéraient pas comme un chef à part entière, ils risquaient d'hésiter à suivre un ordre alors que beaucoup trop de choses en dépendaient. Je n'avais pas consacré mon existence actuelle à cette cause pour voir mes efforts s'effondrer parce que j'avais fait passer la gentillesse avant l'autorité.

De plus, si je m'emportais et que j'incinérais la mortelle, elle ne serait plus du tout une arme secrète.

Avant que je ne puisse composer une réponse parfaitement calme et contrôlée, mais cinglante, Snap sortit de l'obscurité.

— Les hommes, dit-il à bout de souffle, avec les protections que la Compagnie a déjà utilisées. Ils se dirigent vers le quai juste à l'est de la faille.

Je regardai dans la direction qu'il avait indiquée. Au-delà de la lueur des réverbères les plus proches, quelques silhouettes se faufilaient dans l'obscurité et disparaissaient sur les bateaux abandonnés encore attachés aux quais. Ils avaient l'intention de se cacher dans cet abri pendant qu'ils surveillaient les êtres qui émergeaient, vraisemblablement. Je fronçai les sourcils.

Ils étaient venus en nombre suffisant pour me submerger lors de la première embuscade. Cette fois, nous avions l'avantage de la surprise, mais ce n'était pas une garantie de victoire. Au chalet, ils avaient montré à quel point ils pouvaient être une menace redoutable l'autre nuit. Même si j'avais détesté cela, surtout après ce qu'ils avaient fait à Betsy, tourner les talons et fuir avait été notre seul espoir de survivre en conservant notre liberté.

Nous avions la rivière pour nous aider ici, cependant. Ces gilets et ces casques étaient plutôt lourds — les hommes ne seraient pas enthousiastes à l'idée de nager avec. Je réfléchis aux possibilités en penchant la tête.

— Prends Thorn et Ruse, et traversez les ombres autour du quai jusqu'aux bateaux. Détachez-les, poussez les deux plus éloignés vers le milieu de la rivière pour qu'ils ne puissent pas atteindre le quai et la rive la plus proche par ici. Nous leur réserverons un bel accueil. Je fis un geste de la main en direction de Sorsha. Viens !

Alors que Snap disparaissait, nous nous précipitâmes dans les escaliers.

— Si nous allumons quelques flammes sur ce bateau, nos ennemis seront encore plus distraits pour nous tirer dessus ou nous taillader, fis-je remarquer. Est-ce que c'est si important de te convaincre que tu n'as pas de pouvoir pour ne même pas essayer de participer ?

Les yeux de Sorsha me fixaient dans l'obscurité, mais je crus entendre un soupçon d'hésitation dans sa voix quand elle protesta.

— Je pense qu'il vaut mieux que je me concentre sur les façons dont je peux réellement vous aider plutôt que sur des superpouvoirs imaginaires.

— C'est drôle, de toutes les choses que je pourrais te reprocher, je ne t'avais pas pris pour une lâche.

Ses épaules se contractèrent. Le coup avait porté. Maintenant, si seulement il la poussait suffisamment…

Par prudence, nous nous tûmes, puis nous sortîmes par la porte de l'usine et nous longeâmes le bâtiment de briques en ruine en direction de l'eau. Alors que nous atteignions l'étendue du chantier naval qui nous séparait de la rivière, des cris retentirent sur le quai. Mes hommes se mettaient au travail.

Je traversai le chantier au pas de course, supposant que Sorsha me suivrait, bien décidée à m'aider d'une manière ou d'une autre. Dans la faible lumière, je distinguai le bateau à moteur qui fonçait sur l'eau dans notre direction. Trois personnes se précipitaient dessus, l'une d'elles tirait sur la poignée du moteur, qui toussa sa dernière bouffée d'essence et s'éteignit à nouveau.

Un autre brandissait un pistolet. Je m'occuperais d'abord de lui.

— Tu connais le plan, dis-je à Sorsha. Vois si tu peux y ajouter quelque chose.

Elle fixa le bateau, mais si elle essayait d'attiser le feu, je n'en vis pas la moindre lueur. Très bien. Nous pouvions le faire sans aucune aide magique de sa part. C'était notre domaine d'expertise, après tout.

J'atteignis le bord de la cour en béton juste au moment où le bateau arrivait à une distance de saut. L'un des hommes poussa un cri en me voyant, mais j'étais déjà en train de franchir la brèche.

Je me jetai sur l'abruti au fusil, lui arrachant l'arme des mains et la faisant tomber dans l'eau. Thorn apparut à côté de moi un instant plus tard. Il souleva un autre homme par ses bras nus et le projeta sur la terre ferme, à quelques mètres de l'endroit où Sorsha s'était arrêtée.

L'homme atterrit sur le côté avec un grognement, mais il était plus robuste que nous ne l'avions cru. Ruse apparut avec une de nos couvertures de plomb d'un côté, Sorsha plongea pour arracher son casque de l'autre — et il balança sa jambe si vite qu'il réussit à lui donner un coup de pied à l'arrière du genou. Elle trébucha, se dégageant de la trajectoire du coup suivant, et dérapa directement sur le rebord de métal lisse qui s'avançait au-dessus de l'eau.

Elle tomba avec un cri et une éclaboussure et fut engloutie par l'eau. Thorn écrasa son poing dans la figure de l'un des autres hommes, lui broyant le crâne, et il se tourna pour plonger vers elle, mais Sorsha s'était déjà hissée à la surface. Avec un sifflement rageur, elle s'agrippa à un poteau pour hisser son corps dégoulinant hors de l'eau.

Ruse avait réussi à piéger le premier homme sous la couverture. Celui que j'avais désarmé se jeta sur le rivage. Il saisit Sorsha alors qu'elle sortait les jambes de l'eau, elle le frappa avec sa main — et juste à ce moment-là, une petite flammèche brilla le long du col de sa chemise.

C'était là, puis c'était parti. Je n'étais pas sûr que Sorsha l'avait remarqué, mais je souris — à la fois devant la flamme momentanée et au crissement des poings de

Thorn frappant le connard sur le trottoir une seconde plus tard.

Sorsha se releva. Sa chemise trempée collait à sa poitrine et à ses hanches, soulignant chaque courbe de son corps athlétique, mais indéniablement féminin, et une autre sorte de chaleur s'éveilla en moi.

Oh, il y avait de quoi la regarder. Je n'essaierais pas de le nier. Elle pouvait allumer toutes sortes d'étincelles, en effet. Mais celles-là, je n'avais aucun intérêt à les poursuivre. Elle avait déjà suffisamment d'hommes de l'ombre sous le charme du désir.

Je désignai l'homme que nous avions piégé.

— Ses amis vont nous tomber dessus d'une minute à l'autre. Enlevez-lui le fer et l'argent et allons-y !

QUATORZE

Sorsha

Notre deuxième interrogatoire se déroula dans l'arrière-salle d'une fête foraine. La fête foraine avait fermé ses portes quelques jours plus tôt, mais il restait suffisamment de caravanes et d'autres structures sur le site pour que le camping-car puisse s'y fondre.

Omen faisait des aller-retour devant la chaise où nous avions installé notre captif, désormais parfaitement consentant.

— Les docks, le pont dans le parc et le lieu de cueillette des fraises au sud de la ville. Ce sont vraiment les seules failles que votre peuple vérifie régulièrement ? Vous n'allez jamais plus loin ?

Le membre de la Compagnie de la Lumière laissa sa tête s'incliner sur le côté tandis qu'il fronçait les sourcils en se concentrant. Une fois que Ruse a eu discuté avec lui assez longtemps, il n'avait même plus eu peur d'avoir les bras et les jambes attachés à cette chaise. Chefaillon insistait pour que l'on prenne des précautions supplémentaires.

— Je suis allé une fois dans une ville au nord de Pittsburgh avec les gars, dit notre captif, mais je ne dirais pas que c'était régulier. Couvrir ces trois endroits-là chaque semaine prend déjà beaucoup de temps. Nous n'attrapons pas beaucoup de monstres, mais la compagnie est satisfaite de ce que nous rapportons.

Une pointe d'agacement s'insinua dans la voix du métamorphe.

— D'accord. Passons en revue tous les hauts responsables de la Compagnie auxquels tu as eu affaire. Noms, descriptions.

— Cela rendra leur aide tellement plus facile, ajouta Ruse avec un brin de charme, lançant à Omen un regard d'avertissement pour qu'il ne soit pas trop brusque avec ses questions.

Pickle, qui avait observé les débats avec moi, d'où je me tenais au-delà de la lueur de l'unique ampoule du plafond, passa d'une épaule à l'autre en hérissant ses griffes et en remuant nerveusement la queue. La tension régnait dans ce petit espace stérile, la plus grande partie de cette tension émanant de notre chef. Après tout ce que nous avions risqué, ce captif ne s'avérait pas beaucoup plus utile que le premier.

Mon téléphone vibra dans ma poche. Je sortis dans l'air du soir, un peu soulagée d'avoir une excuse pour partir. Ce n'était pas très amusant d'écouter les abrutis de la Compagnie déblatérer sur l'éradication des « monstres » — et même s'ils semblaient tous être des connards pleins de préjugés et potentiellement meurtriers, les voir dans cet état d'hébétude charmante pendant des heures me troublait.

J'avais épinglé mon badge de protection sur mon maillot de corps pour me protéger des pouvoirs surnaturels, et je faisais confiance à Ruse pour ne pas utiliser le sien sur moi de toute façon, mais quand même… dans certaines circonstances, il pouvait le faire. Au cours des deux dernières semaines, il avait tué au moins quelques personnes innocentes qui n'avaient aucune opinion sur l'humanité de l'ombre au service de notre cause.

L'écran du téléphone brilla dans l'obscurité grandissante de l'extérieur. C'était Vivi qui appelait. Mon cœur fit un bond. Je donnai un coup de pied dans les sacs froissés du stand, je m'avançai plus loin dans la cour en béton désolée qui avait accueilli une grande roue quelques jours plus tôt et je portai le téléphone à mon oreille.

— Salut Vivi. Tout s'est bien passé ?

— Oh, oui. Ils ont gobé mon personnage chic comme si j'étais du caviar avec une cerise sur le dessus. Je t'avais dit que je savais m'y prendre avec les gens.

— C'est vrai, acquiesçai-je et je savais que c'était vrai. L'assurance de Vivi semblait l'attacher aux gens presque autant que le charme de Ruse. Elle était sortie cet après-midi-là pour participer à une collecte de fonds. Entre les liens que le Fonds avait commencé à faire et les informations que nous avions obtenues de notre hackeuse locale, nous étions presque sûrs qu'il s'agissait d'une couverture pour la Compagnie de la Lumière.

— Personne n'a posé de questions gênantes ?

— Nan. J'ai déjà fréquenté ce genre de personnes, comme celles que mon oncle fréquentait lorsqu'il se présentait aux élections législatives. Tant que tu as l'air de quelqu'un, ils supposent que tu es un riche professionnel comme eux. Et ils aiment parler. Je pense que j'ai pu glaner quelques informations qui seront utiles à ta petite équipe.

Je me redressai, ignorant Pickle qui me mordillait l'oreille.

— Ah oui ? Qu'est-ce que tu as appris ?

— Eh bien, j'ai sympathisé avec certains employés de la restauration et j'ai pu jeter un coup d'œil à certains de leurs documents pour vérifier le nom et l'adresse de facturation. Je ne sais pas jusqu'où ça va te mener, mais ça devrait valoir le coup d'être suivi. Et il y avait quelques photos dans ce diaporama qu'ils ont fait — ils prétendaient qu'ils collectaient des fonds pour un centre de traitement spécial pour les enfants atteints de cancer. Peut-être qu'Ellen et Huyen devraient reconsidérer la politique de « pas de mensonges » pour nos demandes, parce que ça a marché…

— Les photos ?

— Oui, oui. Vivi gloussa. Je me suis demandé s'ils avaient utilisé des photos de leurs bâtiments, car ils n'auraient pas voulu que quelqu'un reconnaisse un endroit inconnu comme centre de traitement du cancer. J'ai donc pris autant de photos que possible de leurs images avec mon téléphone. Je t'enverrai tout cela par courriel, ainsi que les informations relatives à la facturation. Je sais que ce n'est pas beaucoup, mais je ne voulais pas être trop pressante la première fois.

— Il ne faut jamais être trop pressante, point, lui rappelai-je, mais un sourire se dessina sur mes lèvres malgré l'atmosphère de désolation qui régnait autour de moi. Nous étions en train de former une véritable équipe. Avec suffisamment de gens — mortels et ombres — de notre côté, la Compagnie n'avait plus aucune chance.

— Je sais, je sais. La sécurité avant tout. J'ai appris qu'ils organisaient un autre événement de ce genre le mois prochain, alors je pourrai essayer de trouver d'autres pistes — sans trop les pousser — à ce moment-là.

— Parfait. Le mois prochain, c'était dans une éternité. Bien sûr, j'avais l'impression que cela faisait au moins une éternité que mon trio de l'ombre avait fait irruption dans ma vie. J'avais déjà perdu mon appartement, la plupart de mes biens et la certitude de mon identité.

Cette pensée me ramena directement aux insinuations d'Omen — la dernière chose sur laquelle je voulais m'attarder. Alors que je me débarrassais de mon malaise, Vivi continua à parler.

— Je me suis aussi arrêtée dans notre bar préféré — une certaine personne là-bas voulait que je te transmette un message. Je suppose que, quoi qu'elle veuille te dire, elle ne se sent pas à l'aise pour en parler autrement qu'en personne ? Elle veut que tu la rejoignes au FoodMart, cinq rues à l'est de chez elle, à onze heures et demie ce soir.

Jade voulait qu'on se rencontre dans une épicerie ? Eh bien, j'ai eu affaire à des endroits plus étranges récemment… comme en ce moment même, en regardant le visage du clown géant sur la façade de la fête foraine. La femme de l'ombre avait peut-être quelque chose à nous proposer. Je vérifiai l'heure sur mon téléphone — je n'aurais pas à me presser pour y arriver.

— Je peux le faire. Merci de m'avoir prévenue.

— S'il y a autre chose que je peux faire en attendant…

— Je sais, je sais. Tu es impatiente de participer à l'action. Mais je n'étais toujours pas pressé d'entraîner ma meilleure amie aussi loin dans la mêlée, aussi avide qu'elle puisse être de goûter à l'aventure. Je te tiendrai au courant.

Je fis le tour de la fête foraine et me glissai par la porte de derrière juste à temps pour voir Thorn enfoncer le poing dans le visage souriant de notre captif.

Enfoncer était le mot juste. Ses phalanges cristallines s'enfoncèrent dans le front et le nez du type avec un craquement humide et écœurant et au moins encore quelques centimètres plus loin dans son crâne. Le corps de l'homme s'affaissa — un corps qui était toujours solidement attaché à la chaise. Ce n'était pas comme s'il pouvait représenter une menace.

Mon estomac eut des remous.

— Qu'est-ce que c'est que ce bordel ? Depuis quand est-ce qu'on devait le tuer ?

Thorn recula, la bouche crispée en me regardant, du sang et encore du sang coulant de sa main pour s'étaler sur le sol. À côté de lui, Omen — qui avait dû donner l'ordre — se contenta d'un haussement d'épaules désinvolte.

— Puisque c'était un bâtard génocidaire qui voulait détruire toute l'humanité de l'ombre… dit-il. Il a craché tout ce qu'il savait d'utile, et certains de ses collègues nous ont vus le prendre — ils n'auraient jamais cru qu'il s'était échappé avant que nous l'ayons passé à tabac. D'après vos exploits passés, ils l'auraient tué parce qu'il n'était qu'un pis-aller. De cette façon, il se retrouve au même endroit sans avoir rien dit sur nous.

Le gars était toujours en train répandre sa cervelle sur le sol en béton. Je détournai les yeux et avalai la bile qui montait dans ma gorge.

Omen n'avait pas tort. La Compagnie avait déjà assassiné ses propres employés pour avoir compromis l'organisation sans que ce soit leur faute. J'avais vu Thorn lui-même assassiner plusieurs de leurs employés au cours des deux dernières semaines. C'est juste qu'ils avaient toujours essayé de nous assassiner en même temps, alors il était plus facile de retenir mon dîner dans mon estomac à cette idée.

— Il va falloir que je me rende en ville dans une heure environ, dis-je. Je pense que je vais aller faire un tour dehors en attendant. Je tournai les talons et je sortis avant que la puanteur charnelle n'atteigne mon nez.

Me promener dans le champ de foire inoccupé ne me remonta pas vraiment le moral, même avec les bonnes nouvelles que j'avais reçues de Vivi. Je lançai des canettes de boisson gazeuse jetées sur un jeu de cibles qui avait été laissé en place pendant que Pickle cherchait des friandises près d'un stand de snacks dont les étagères étaient vides. L'exercice de mes muscles me distrayait un peu, mais le malaise qui me rongeait restait au fond de mon esprit.

Je laissai ma voix porter à travers la cour en béton.

— Dans une ville en désordre d'un monde effrayant, les garçons à la peau de bête peuvent stresser leurs filles...[1] Non, même la déformation des paroles m'entraînait dans une direction lugubre.

C'était ça ma vie maintenant : le meurtre et le chaos, et ne jamais poser ma tête à un endroit où un autre humain voudrait se trouver. Peut-être que ma vie n'aurait plus rien de normal dans un mois — peut-être que je n'aurais plus de vie du tout l'année suivante.

Il avait été plus facile de ne pas penser à des plans à long terme pendant la traque des ravisseurs d'Omen, quand nous ne connaissions pas nos ennemis, et ensuite quand il ne semblait pas du tout certain que je serais encore en vie dans quelques jours. Il était plus facile de ne pas se demander si j'étais faite pour une vie humaine normale tant qu'un homme de l'ombre odieusement insistant voulait à tout prix que j'aie une sorte de pouvoir surnaturel.

C'était impossible, n'est-ce pas ? Un nouveau frémissement d'inquiétude se fit sentir dans ma poitrine, mais le souvenir d'Omen me traitant de lâche raffermit ma détermination. Je fixai un sac de pop-corn en lambeaux qui roulait sur le béton et l'imaginai s'envoler dans une explosion de flammes.

Brûle ! Brûle !

Pas même une once de chaleur ne se dégageait de l'enveloppe de papier. Avec soulagement, et peut-être un peu de lâcheté, je secouai la tête.

Bien sûr, je ne pouvais pas mettre le feu à un tas d'ordures par ma seule volonté. Le reste… ne pouvait être qu'une suite de coïncidences. Quand on joue autant avec le feu que moi, est-il vraiment surprenant que quelque chose d'étrange se produise de temps en temps ?

Mes divagations me ramenèrent vers la fête foraine. Alors que je longeais un camion de transport d'apparence ancienne que quelqu'un avait laissé garé entre le bâtiment et la piste de karting désormais déserte, des voix parvinrent à mes oreilles. Je m'arrêtai hors de vue pour écouter. Hé, je suis une voleuse depuis longtemps, pourquoi vous attendez-vous à ce que je ne tende pas l'oreille ?

La première voix était celle de Thorn, encore plus sombre que d'habitude.

— J'en enlève quelques-uns à la fois, et ça ne semble pas faire de différence.

— On va y arriver, répondit Omen. Même moi, je ne savais pas à quel point cette conspiration mortelle allait être complexe. Mais tout ce travail sur eux nous rapprochera de leur extinction complète.

— Ce n'est pas le genre de guerre que j'ai l'habitude de mener. Ce ne sont pas des adversaires que j'ai l'habitude d'affronter. En tuer un qui nous parle joyeusement comme si nous étions ses camarades…

— Ce n'est pas parce qu'ils ne combattent pas de la même manière que les armées d'autrefois qu'ils sont moins redoutables. Au contraire, ils le sont encore plus, tu ne crois pas ? S'ils venaient à nous en horde, sabres au clair, tu en ferais de la chair à canon en un instant, et nous en aurions fini.

— C'est vrai.

Je commençais à m'impatienter à l'idée qu'Omen puisse harceler Thorn pour qu'il agisse contre sa conscience, lorsque la voix du métamorphe s'adoucit.

— J'apprécie déjà tout ce que tu m'as apporté, à moi et à cette cause, mon vieil ami. Je ne t'aurais pas demandé de sortir de ton isolement si je ne pensais pas que tu pouvais sauver bien plus de personnes aujourd'hui que celles qui étaient en danger à l'époque. Même si, je ne pense pas tu dois à qui que ce soit plus que ce que tu as donné il y a des lustres. Tu ne me dois absolument rien. Tant que tu resteras avec nous, nous ferons les choses à ma façon, mais si tu as besoin que je te donne quelque chose pour faciliter les choses, tu n'as qu'à le dire.

Thorn soupira.

— J'ai l'impression que le temps a passé si vite. Il faut que quelqu'un défende notre espèce, et je suis plus équipé que la plupart des autres. Je souhaiterais simplement que la voie soit plus claire, si elle existait.

— N'est-ce pas le cas de nous tous ? dit Omen avec un petit rire, puis il s'arrêta. Comment penses-tu que les autres tiennent le coup ? Tu as passé plus de temps en leur compagnie que moi. À ma grande surprise, il avait l'air franchement préoccupé, comme s'il se souciait du bien-être de Ruse et de Snap au-delà de leur capacité à exécuter ses ordres.

Thorn prit un moment avant de répondre.

— L'incube est difficile à cerner, mais il semble assez heureux. Peut-être un peu trop joyeux parfois. Le dévoreur reste stable tant qu'on ne lui parle pas de son plus grand pouvoir. Il a plus de ressort que je ne l'aurais cru.

— D'accord. Si tu as l'impression que l'un d'eux faiblit, fais-le-moi savoir. Je n'ai pas commencé cette croisade pour gâcher le seul être de l'ombre prêt à me soutenir.

Bon sang de bonsoir, le patron avait un cœur et une conscience après tout. Que dirait-il de moi s'il pensait que je ne pouvais pas l'entendre ?

Même si j'aurais aimé satisfaire cette curiosité, je devais me rendre à un rendez-vous secret. Je fis le tour du camion comme si je venais d'arriver à la fête foraine.

Le visage d'Omen se durcit immédiatement à ma vue. Thorn se redressa encore plus, comme s'il ressentait le besoin de paraître encore plus imposant après les doutes qu'il avait exprimés devant son patron, mais il y avait bien longtemps qu'il ne m'intimidait plus.

— Je dois retourner en ville tout de suite, dis-je. Je dois recevoir des informations importantes de la part d'une amie, quelque chose de trop délicat pour être transmis par téléphone. Qui me conduit ?

Je n'avais pas vraiment pensé qu'Omen se porterait volontaire, même s'il cachait beaucoup de cœur derrière son attitude autoritaire.

— Ruse, aboya-t-il. La mortelle a besoin de quelqu'un d'inhumain pour conduire ce véhicule humain.

— Hé ! On ne peut pas tout apprendre. Contrairement à certains d'entre vous, je n'existe que depuis vingt-sept ans et à l'exception de onze d'entre eux, conduire m'aurait valu d'être jeté en maison de correction.

Omen ignora ma tentative de défendre mon honneur. Alors que Ruse se matérialisait près du camping-car, le chien de l'enfer fit signe à Thorn.

— Tu y vas aussi. Assure-toi que notre catastrophe ambulante ne provoque pas d'autres catastrophes.

Snap sortit la tête de la porte de la salle de jeux.

— Je peux…

— Toi, dit Omen, tu vas goûter ce cadavre comme tu l'as fait avec l'homme qui t'a conduit à ma prison. Il sera peut-être un peu plus instructif maintenant qu'il est mort. Allez !

Snap me jeta un regard d'excuse douloureux, mais il ne pouvait pas vraiment prétendre qu'il offrirait plus de protection que ne le ferait le guerrier. Je sautai dans le van côté passager et Thorn disparut dans les ombres à l'arrière. Il y avait deux banquettes rembourrées, dont l'une allait me servir de lit ce soir, et divers compartiments que Pickle s'empressa de continuer à explorer.

Ruse arqua un sourcil vers moi.

— Qu'est-ce qu'on fait ce soir ?

— L'art passionnant de faire les courses, répondis-je.

— Hmm. Peut-être que c'est plus le domaine de Snap, après tout.

Malgré sa plaisanterie initiale, il alluma la radio et s'éloigna de la périphérie de la ville pour se diriger vers le centre-ville sans tenter d'autres conversations. Lorsque je fis un commentaire ironique ici ou là sur les bâtiments qui passaient, il sourit et répondit rapidement, mais rien n'encouragea son habituelle répartie flirteuse.

La seule fois où il parla, ce fut lorsqu'il me demanda d'appeler notre alliée hackeuse et de la mettre sur haut-parleur pour qu'il puisse renforcer son influence surnaturelle avant que je ne lui envoie l'adresse et les photos que Vivi avait transmises.

— Tout ce que tu peux trouver, dès que tu le trouves, dit-il d'une voix pleine de charme. Ton aide a été précieuse.

Lorsque j'eus raccroché, une fois nos étapes suivantes définies, je l'étudiai du coin de l'œil. Peut-être que cette nouvelle réserve des derniers jours signifiait qu'il commençait à prendre nos circonstances actuelles plus au sérieux que Thorn ne l'avait laissé entendre.

Ou peut-être que, malgré tout ce flirt initial et la chaleur que j'avais cru sentir entre nous quelques nuits plus tôt dans la grange, il se lassait déjà de ma compagnie mortelle. Il avait été avec je ne sais combien d'autres femmes avant moi, après tout, et il n'avait pas l'habitude de rester dans les parages pour bavarder une fois l'acte accompli. J'aurais dû me sentir honorée qu'il m'accorde autant d'attention.

Mais à vrai dire, cela ne fit qu'accentuer le vide inconfortable au creux de mon estomac. Traitez-moi de gourmande, mais il semblait que j'aimais chaque membre de mon trio plus que de raison.

Toute inquiétude concernant l'intérêt ou le manque d'intérêt de Ruse à mon égard disparut lorsque les vitrines lumineuses du *Food Mart* apparurent à l'horizon. L'épicerie du centre-ville occupait la moitié d'un pâté de maisons et était ouverte du petit matin jusqu'à minuit. Je devinais que même Jade pouvait l'utiliser à d'autres fins que des rencontres secrètes — les ombres n'avaient peut-être pas besoin de manger, du moins de la manière traditionnelle des mortels, mais beaucoup d'entre elles aimaient le faire simplement pour le plaisir de se goinfrer.

C'était difficile d'imaginer la forme élégante de la propriétaire du bar, aux cheveux verts, au milieu des allées de légumes en conserve et de bocaux de sauce pour pâtes.

Mais elle était bien là. Je la repérai quelques secondes après être entrée, Ruse et Thorn la suivant invisiblement dans l'ombre. Ses cheveux sombres avalaient la lumière artificielle, rendant le vert presque noir.

Elle attira mon regard pendant une seconde, puis s'éloigna dans l'allée pour contempler les boîtes de céréales. Les *Lucky Charms* étaient en promotion — ça, c'était de la chance. J'en pris une boîte et je fis semblant d'être fascinée par les informations nutritionnelles. Quelles vitamines mettaient-ils dans ces marshmallows ?

— Qu'est-ce qu'il y a ? demandai-je à voix basse.

Jade se retourna et inspecta un pot de beurre de cacahuètes.

— Je sais que c'est ridicule, mais quelques mortels sont entrés dans le bar pour poser des questions assez pointues. Je pense qu'il vaut mieux que tu évites la Fontaine jusqu'à ce que la situation dans laquelle tu t'es mise se soit… éclaircie.

Ma gorge se serra. J'avais déjà soupçonné la Compagnie de s'être renseignée sur moi chez Jade, mais je n'avais pas l'intention d'amener plus d'ennuis à sa porte.

— Compris. Je ne me pointerai pas tant que ça n'est pas à nouveau sûr.

— J'ai aussi de bonnes nouvelles. Quelques clients occasionnels se sont arrêtés hier pour parler d'un conflit avec les mortels, et je leur ai dit que tu travaillais sur quelque chose de ce genre. Ils ont semblé intéressés par l'idée d'unir leurs forces. Je te laisse réfléchir à la manière de les contacter. Voici le numéro de Glisten.

Un homme de l'ombre nommé Glisten ? Quel genre d'être brillant cela pouvait-il bien être ?

— Merci, dis-je avec une intense gratitude tandis qu'elle me passait subrepticement un bout de papier.

Le coin de la bouche de Jade se releva.

— Attends de les avoir rencontrés avant de me remercier. Ils pourraient t'être utiles. Prends soin de toi.

Sur ce, elle reposa le beurre de cacahuètes sur l'étagère et s'éloigna. Je regardai avec envie ma boîte de *Lucky Charms* pendant quelques secondes encore, mais elle était faite pour les gens qui avaient des choses comme des bols et des cuillères et, vous savez, des réfrigérateurs dans lesquels conserver le lait. Autrement dit, pour les gens qui n'étaient pas moi en ce moment. En soupirant, je la reposai et je me dirigeai vers la porte.

J'arrivai aux caisses et m'arrêtai dans mon élan. Mon pouls s'accéléra.

Un homme longiligne aux cheveux noirs hirsutes était en train de remettre sa carte de crédit à la femme qui tenait le bar. Un homme que j'aurais reconnu en un instant à sa posture, mais il tourna la tête suffisamment pour que je puisse voir le profil de son visage et dissiper tout doute.

J'avais vécu avec cet homme pendant près d'un an, jusqu'à ce que je… ne le fasse plus. Cela faisait des années que je n'avais pas vu Malachi. Nos chemins ne s'étaient pas croisés depuis qu'il était parti — en grande partie de son plein gré, je m'en doutais.

Je m'étais remise de notre relation autant qu'il m'était possible de le faire sans avoir à tourner la page, mais le fait de le voir à l'improviste me fit ressentir une bouffée de honte mélangée à de la colère. Je ne voulais en aucun cas avoir affaire à lui maintenant, parmi toutes les occasions où j'aurais pu le rencontrer. Une grande part de moi aurait aimé l'écraser. Je me retournai et filai vers l'entrée avant qu'il ne finisse de payer.

Alors que je grimpais dans le van, Ruse réapparut du côté conducteur.

Thorn se pencha sur mon siège avec un froncement de sourcils inquiet.

— ça va ? On aurait dit que…

— Oui, ça va, dis-je rapidement. Ça n'a rien à voir avec… avec quoi que ce soit d'important. S'il te plaît, partons d'ici.

Ruse me jeta un coup d'œil et mit le van en marche, et je laissai un autre morceau de mon ancienne vie derrière moi.

Bon débarras.

---

1. Paroles déformées d'une chanson de Pet shop boys

QUINZE

Sorsha

Des lumières rouges et violettes clignotaient dans la vieille cabine de la diseuse de bonne aventure. La figurine mécanique aux joues en plastique craquelé et au turban scintillant se déplaça légèrement vers la gauche, toujours alimentée par une source d'énergie de secours dans le champ de foire.

Je glissai une pièce dans la fente.

— Qui jouera mon rôle quand ils feront un film de cette folie ?

La voix grinçante de la vieille bique commençait à s'essouffler à mesure qu'elle manquait de jus.

— La réponse se trouve dans votre coeu-eur.

Je hochai la tête sagement.

— OK, alors une Michelle Pfeiffer de l'ère Eastwick. En se teignant les cheveux en roux, ça peut marcher. Il faudrait juste inventer le voyage dans le temps.

Je préparai une autre pièce.

— Est-ce que je vais survivre pour voir ce film ?

— Tout est possible si tu trouves la volonté à l'intérieur de toi-même.

La diseuse de bonne aventure était en fait une boule de cristal avec un visage. Depuis que mon errance agitée m'avait conduit dans la nuit jusqu'à cette partie de la foire, elle avait répondu à mes questions précédentes par des remarques sibyllines telles que « Tes chances augmenteront avec ton esprit » et « Malheureusement, mes vieux yeux ne peuvent pas voir aussi loin ». Heureusement que ça ne coûtait que vingt-cinq cents. Et aussi que son propriétaire avait laissé le panneau de collecte d'argent ouvert pour que je puisse récupérer mes quelques pièces au fur et à mesure.

Mais peut-être que je ne voulais pas de vraies réponses. C'est peut-être pour cela que je l'interrogeais au lieu d'aller dormir. Si je m'allongeais sans rien pour m'occuper l'esprit, mes soucis auraient l'occasion de s'enfoncer dans mon cerveau.

Non pas qu'ils n'étaient pas déjà en train de m'enfoncer plein de piques. Alors que j'introduisais une nouvelle pièce, ma gorge se serra un peu. Ma question suivante sortit dans un murmure rauque.

— Qu'est-ce que je suis ?

— Cherche avec l'esp-prit ouvert, et la vérité deviendra claire, me dit la diseuse de bonne aventure.

Une autre voix suivit la fin de sa réponse, basse et sournoise.

— Mais il est clair que tu es une beauté qui a dépassé l'heure du coucher.

Mon pouls s'accéléra, mais seulement pendant une

seconde. Je connaissais cette voix. Je croisai les bras sur ma poitrine.

— Très drôle, Ruse.

L'incube sortit de derrière la cabine en arborant son sourire habituel.

— Je ne voulais pas te surprendre. Tu as l'air déconcertée depuis que nous avons quitté l'épicerie. Je me suis dit que je devais m'assurer que tu ne t'étais pas égarée trop loin.

Il pencha la tête en m'observant, et bien sûr, à ce moment précis, un bâillement que je n'avais pas pu retenir étira ma mâchoire.

— Et tu devrais être au lit, n'est-ce pas ?

— Avec toi aussi, c'est ce que tu suggères ? répondis-je, sans être totalement opposée à l'idée.

La brève crispation des traits de Ruse me fit un nœud à l'estomac. Il était contre, apparemment.

— J'ai l'impression que tu as besoin d'un peu de repos à ce stade, dit-il.

— Je pense que je ne pourrai pas trouver le sommeil avant d'être au moins deux fois plus épuisé que je ne le suis actuellement.

— Voyons si nous ne pouvons pas te fatiguer un peu plus, alors. Il regarda la vieille dans sa boîte en plastique. Cette vieille fille n'a pas l'air de faire l'affaire. Allez, viens.

J'étais déjà suffisamment fatiguée pour ne pas avoir à protester. Nous traversâmes les terrains vagues où se trouvaient autrefois divers manèges jusqu'à ce que nous atteignions une sorte de colline de plâtre d'environ trois mètres de haut qui devait supporter une partie d'une piste.

— L'alpinisme est un bon exercice, un exercice solide, déclara Ruse, en grimpant à mi-chemin sur le flanc bosselé et en me tendant la main pour m'aider. Je le repoussai et grimpai seule jusqu'au sommet.

Il y avait assez de place sur celui-ci pour qu'au moins trois personnes puissent s'asseoir côte à côte. L'un des mécaniciens du manège avait dû l'utiliser comme lieu de détente avant que nous ne le trouvions — une canette de bière ouverte était coincée dans une encoche sur l'un des côtés. Je ramenai mes genoux contre ma poitrine et je regardai le champ de foire désolé dans la mince lueur du clair de lune.

Ruse s'installa à côté de moi, laissant ce qui semblait être un espace prudent entre nous. Fuyait-il tout contact physique à présent ? Qu'est-ce qui lui arrivait en ce moment ?

Ou peut-être que le problème venait du fait que je pensais que l'incube devait encore être attiré par moi après notre intense, mais brève relation.

Je résistai à l'envie de me rapprocher de lui, même si cela me faisait du bien d'avoir son bras bien autour de moi. C'était le bon choix, car un instant plus tard, il dit :

— Cela a quelque chose à voir avec l'homme que tu as vu dans le magasin, n'est-ce pas ? Tu l'as connu, et ce n'était pas un souvenir heureux.

Comme il ne me touchait pas, il ne put sentir à quel point mon corps se crispa en entendant cette question. Je regardai les lumières de la ville au loin d'un air déterminé.

— Il y a eu des souvenirs heureux, dis-je finalement. Beaucoup. Du moins, je pensais qu'ils étaient heureux, à l'époque.

— Veux-tu en parler davantage ? Te débarrasser de tout ça ?

Je n'avais pas vraiment envie de parler de Malachi, pas plus que je n'avais envie de le voir, mais il se pouvait que je n'aie pas plus de choix dans le premier cas que dans le second. Tant que je garderais ces pensées en moi, elles continueraient à me ronger. Ce n'était pas comme si Ruse allait me juger pour mes échecs en matière de relations amoureuses.

Je haussai les épaules et tirai sur la languette de la canette de bière. L'odeur aigre de l'alcool éventé correspondait parfaitement à mon humeur.

— C'est le seul petit ami sérieux que j'aie eu. Nous avons été ensemble pendant deux ans et demi et nous avons vécu ensemble pendant près d'un an... Tout semblait aller pour le mieux. J'étais amoureuse de lui, je pensais que j'allais passer le reste de ma vie avec lui. Je ne lui avais pas encore parlé du Fonds ou de Luna, mais je me disais qu'on y arriverait.

Ruse s'installa sur ses coudes, m'observant avec une expression douce.

— Je sens qu'un « mais » assez important se profile à l'horizon, et ce n'est pas le genre de choses que j'aime.

Je roulai des yeux en le regardant, mais mes lèvres tressaillir sous l'effet de la plaisanterie. « Oui, mais. » Le souvenir me revint, si brutalement qu'il me vola ma voix et mon souffle. Je me repris, mobilisant tout le détachement que les années qui avaient suivi m'avaient permis de cultiver.

— Un jour, je suis rentrée du travail que j'avais à l'époque, je tenais la caisse d'un magasin de glaces, et c'était comme... comme s'il avait effacé toute trace de sa présence dans l'appartement. Tous ses vêtements et ses livres, ses affaires de toilette, le fauteuil que son père nous avait offert, tout avait disparu. Oh, sauf qu'il avait acheté toute la vaisselle et l'argenterie, mais il avait eu la gentillesse de me laisser une assiette avec un couteau et une fourchette. Je grimaçai.

Ruse cligna des yeux, l'air véritablement décontenancé.

— Tout à fait à l'improviste, sans discussion préalable ? Se lever et partir de cette façon n'était pas normal, même dans ces circonstances, pour autant que je le comprenne.

— Non. Pour autant que je sache, rien n'avait changé. Il avait laissé un mot… Je déglutis difficilement. Il racontait qu'il avait l'impression de mentir quand il me disait qu'il m'aimait, qu'il n'arrivait pas à tomber amoureux de moi parce que je n'étais pas tout à fait ce dont il avait besoin. C'est la dernière fois que j'ai entendu parler de lui. Il m'a complètement abandonnée. Je ne l'avais même pas revu jusqu'à ce soir.

— Ce n'est peut-être pas très réconfortant, mais si c'est comme ça qu'il gère ses problèmes, je dirais que vous êtes mieux sans lui, Mlle Blaze.

— Bien sûr. C'est juste que… Je n'avais jamais réussi à me débarrasser de la question de savoir ce qui m'avait manqué et qui m'avait rendue si peu aimable. Mais peut-être que je le savais maintenant. Peut-être qu'il y avait quelque chose qui n'allait pas chez moi et qu'il avait pu sentir, même s'il n'avait pas pu l'exprimer avec des mots.

Je ne voulais pas m'attarder sur cette possibilité.

— C'était difficile à accepter, tu l'aimais tant, me répondit Ruse.

— Eh bien, oui. Je me secouai un peu et je me forçai à prendre un ton ironique. Ce n'est pas grave. Qu'est-ce qu'il y a de si génial dans une vie normale, de toute façon ? Je m'amuse bien plus à fuir des psychopathes meurtriers tous les jours !

Ruse s'esclaffa.

— Ton implication dans l'humanité de l'ombre a

apporté une certaine forme d'excitation dans ta vie, n'est-ce pas ?

C'était une façon de le dire. Mais je voulais qu'il sache…

— Je ne regrette pas du tout de vous avoir fait sortir tous les trois de ces cages. J'ai laissé passer certaines choses qui auraient dû être importantes pendant que j'étais avec Malachi, ne voulant pas risquer qu'il soit impliqué dans les ennuis que j'avais. Ce n'est qu'après son départ que j'ai vraiment commencé à m'attaquer aux collectionneurs, à libérer leurs zoos et tout le reste. On peut donc dire que j'ai décidé de me marier avec mon travail.

— Nous serions certainement dans une situation bien pire si ce n'était pas le cas, fit Ruse avec amusement, mais l'intensité de son regard suggérait qu'il n'avait pas tout à fait cru à ma désinvolture au sujet de la rupture.

Pendant une minute ou deux, nous restâmes assis en silence. Un avion passa au-dessus de nos têtes, avec ses petites lumières qui clignotaient. Puis l'incube dit :

— Tu te sentiras peut-être mieux si tu sais que, d'après ce que j'ai vu, l'amour ne vient pas si facilement à tout le monde.

Je haussai un sourcil.

— Tu n'as pas vraiment cherché ce genre de relation, pour parler d'expérience.

Il sourit de travers.

— Pas en général, non. Mais — et je te remercie de ne pas en parler à nos compagnons — il y a eu une femme, il y a un peu plus d'un siècle. Elle a tellement apprécié notre premier intermède que je suis revenu vers elle, et de temps en temps, nous parlions avant ou après… ou pendant… et j'ai découvert que j'appréciais beaucoup plus chez elle que la satisfaction physique.

C'était à mon tour de cligner des yeux. Un incube qui tombait amoureux ? Je n'aurais jamais cru que les cubis en étaient capables, mais c'était peut-être un préjugé.

Ruse ne croisa pas mon regard, fixant toujours le ciel.

— C'était ridicule, bien sûr. Quand j'ai essayé de susciter quelque chose au-delà de nos rencontres charnelles, elle m'a clairement fait comprendre qu'elle ne voulait de moi que pour la faire jouir. Elle m'a remis à ma place. Un incident embarrassant dans une carrière par ailleurs illustre, mais je suppose que nous avons tous des leçons à apprendre.

J'étudiai son visage de beau gosse, essayant d'imaginer quel genre de femme détournerait l'attention de Ruse. Il m'avait impressionnée entre les draps, bien sûr, je n'avais pas à m'en plaindre, mais mes plus belles relations avec lui n'avaient rien à voir avec la chambre à coucher.

Il y avait eu la nuit où il nous avait tous fait danser sur un des vieux CD de Luna pour me remonter le moral. Toutes les façons dont il s'était amusé à contrer la sévérité de Thorn. Le plaisir qu'il semblait prendre à renseigner Snap sur tous les aspects bizarres et merveilleux du royaume des mortels.

Le fait qu'il soit venu me chercher ce soir pour s'assurer que j'allais bien — et qu'il l'ait fait sans en faire tout un plat.

— Elle ne savait pas ce qu'elle ratait, dis-je avec le plus grand sérieux.

Ruse m'adressa un nouveau sourire.

— C'est gentil de dire ça.

— Je le pense vraiment.

Et poussée par un instinct que je ne pouvais pas nier, je me penchai pour l'embrasser.

Je m'attendais à ce qu'il recule, qu'il confirme le

désintérêt que j'avais cru déceler plus tôt. Je n'aurais pas pu me tromper davantage.

À la seconde où mes lèvres effleurèrent les siennes, Ruse se redressa pour mieux me rejoindre. Sa bouche était brûlante contre la mienne et ses doigts s'enfonçaient dans mes cheveux pour m'inciter à me rapprocher. Je me retrouvai à agripper sa chemise, perdue dans la vague de sensations qu'il pouvait provoquer si facilement.

— Tu es parfaite, murmura-t-il contre mes lèvres. Ne laisse aucune tête de nœud de mortel te convaincre du contraire.

Il y avait d'autres têtes de nœud auxquelles j'avais bien plus envie de prêter attention en ce moment — une en particulier, dans ce pantalon ajusté. Alors qu'il prenait ma bouche encore plus brûlante qu'auparavant, je laissai ma main descendre le long de son torse jusqu'à sa braguette, juste pour être tout à fait claire sur le fait que j'étais prête à plus qu'une rapide séance de pelotage.

Mes doigts effleurèrent l'érection qui durcissait déjà derrière le tissu lisse, et Ruse gémit tout bas dans sa gorge. Le son de son désir — son désir pour moi — provoqua un picotement dans ma poitrine. Sa poigne se resserra sur mes cheveux, la pression provoquant des étincelles dans mon cuir chevelu.

Il nous fit rouler jusqu'à ce qu'il soit presque sur moi, et à ce moment-là, je l'aurais volontiers accueilli au sommet de cette montagne de plâtre, ou contre elle, ou de n'importe quelle autre façon qu'il voulait que cela se passe. Mes craintes qu'il n'utilise ses pouvoirs sur moi, qu'il n'altère mon esprit me paraissaient absurdes à présent.

Il n'était pas étonnant qu'il eût été assez nerveux pour rompre sa promesse et jeter un coup d'œil dans ma tête, si la seule autre fois où il avait cru qu'une femme pouvait vouloir plus que ses talents sexuels, il avait eu le cœur brisé.

Ruse passa sa langue entre mes lèvres et glissa sa cuisse entre mes jambes pour me rendre un peu de la friction que je lui avais offerte. Je poussai un petit cri, me cambrant automatiquement contre lui.

Ma main s'approcha de l'une des pointes incurvées de ses cornes, qui dépassaient de ses cheveux juste au-dessus de ses oreilles. Il avait semblé apprécier que je les touche. J'enroulai mes doigts autour, sa langue se mêla à la mienne et, pendant quelques secondes, plus rien d'autre au monde n'exista.

Quelques secondes seulement. Sans crier gare, les épaules de Ruse se crispèrent. Il recula, le souffle momentanément coupé pendant qu'il se ressaisissait.

— Ce n'est pas le meilleur endroit pour ça, dit-il, une lueur dans les yeux. Et je ne devrais plus t'empêcher de dormir. Les ténèbres savent qu'Omen va nous lancer dans une nouvelle quête dès demain matin.

Je me redressai, mon vertige estompé. Alors que nous descendions de la fausse montagne et que nous retournions vers le camping-car, je ne pouvais pas me défaire de l'impression que ces excuses n'avaient pas été toutes vraies, ou peut-être même la plus grande partie de la vérité.

Ruse m'en avait dit plus qu'il ne l'avait admis à aucun des hommes de l'ombre ce soir-là, mais il se passait quelque chose d'autre avec notre incube — quelque chose qu'il ne voulait dire à personne.

SEIZE

Sorsha

De temps en temps, mes rêves étaient sacrément délicieux. Une pile de gaufres d'un mètre de haut, garnie de crème pâtissière et de myrtilles et arrosée de suffisamment de sirop pour donner à Snap un orgasme spontané ? On s'en fichait si c'était complètement irréel.

Je cherchais une fourchette sur la table et soudain, comme dans les rêves, ce n'était plus des gaufres, mais mon trio qui s'étalait devant moi. Nus à en donner l'eau à la bouche. Les yeux dans les yeux. Encore arrosées de sirop.

Hum, oui, s'il vous plaît, je prendrais bien une bouchée de tout ça. Je me penchai pour lécher un filet de sucre sur le torse massivement musclé de Thorn — et putain, tout cela aurait été si juste et juteux si un connard ne m'avait pas réveillée avant que je n'y goûte.

Une voix rauque me parvint à l'oreille.

— Sorsha ! Mon pouls diminua et j'écartai la couverture sous laquelle je m'étais pelotonnée sur l'une des banquettes rembourrées du camping-car.

La silhouette d'Omen se dessinait au-dessus de moi dans la mince lumière de l'aube, son odeur de soufre nous enveloppant. Il me tira de nouveau par le bras.

—Lève-toi, ils sont sur nous — sors d'ici à moins que tu ne veuilles être transformée en barbecue.

Un fracas et un craquement métallique résonnèrent dans l'air, quelque part au-delà des murs du fourgon. Mon esprit, privé de sommeil et de sirop, n'arrivait pas à comprendre ce qui se passait, à part qu'il s'agissait de quelque chose de très grave et qu'apparemment, rester ici ne ferait qu'empirer les choses. Je me levai d'un bond de la banquette et je me précipitai à l'arrière du fourgon avec le chef des ombres.

Il sauta les marches de la fête foraine, m'entraînant avec lui, et me propulsa dans l'obscurité vers l'entrée.

— Allez, allez, allez !

Pour aller où ? Je sprintai dans le sillage de l'ombre, encouragée par sa précipitation, même si je ne savais pas pourquoi je devais m'enfuir. S'agissait-il d'un autre rêve ? Si c'était le cas, il fallait vraiment que je discute des points de transition appropriés avec mon subconscient.

Une silhouette jaillit de l'obscurité, fonçant droit sur moi. Je me jetai sur le côté et me heurtai à la paroi froide d'un miroir. La personne devant moi s'écarta sur le côté et grimaça elle aussi.

Oh, c'était mon reflet. Je n'étais pas très sexy après trois heures de sommeil.

Je tournoyai dans le palais des glaces, à peine capable

de distinguer davantage que des impressions floues de mouvement dans l'obscurité. Ces formes, c'était moi ?

Non, celle-là s'élança vers moi d'un coup de lame étincelante. Je la dépassai, je cognai le miroir voisin d'une main pour me pousser dans un coin, et je faillis tomber sur un autre panneau réfléchissant.

Un *boum* explosif résonna dans les murs, faisant trembler les vitres. Mon cœur battait la chamade.

Le souffle coupé, je m'élançai vers l'avant. Quelque chose me heurta l'épaule. Un sifflement brûlant traversa l'air de quelque part au-dessus de ma tête.

Je tournai au coin et fonçai à toute vitesse dans une pièce remplie de sacs de frappe suspendus, avec des clowns souriants peints dessus. Bienvenue au pays des crises cardiaques ! Je me frayai un chemin à travers les obstacles, frappée de part et d'autre par les sacs qui ricochaient contre moi. Derrière moi, un cri métallique me fit sursauter. Je me frayai un chemin à travers les derniers clowns bizarres et me précipitai dans la pièce suivante, mais je me retrouvai à osciller d'avant en arrière comme si j'étais montée sur un radeau en pleine tempête.

Le sol — le sol lui-même — était déformé en ondulations bizarres, se courbant dans tous les sens sous mes pieds. Je vacillai sur ma gauche et faillis tomber à genoux.

La voix d'Omen retentit quelque part au loin.

— Sorsha, dépêche-toi ! Va sur le toit !

Puis un crissement caractéristique retentit presque directement au-dessus de moi. La panique m'envahit comme un coup de froid.

Pickle ! Qu'est-ce que ces enfoirés faisaient à mon petit dragon ?

Je m'élançai sur le sol inégal. Lorsque j'atteignis l'extrémité, je n'étais pas seulement épuisée, j'étais aussi dans les vapes, comme si j'avais bu quelques verres de trop.

Il y avait une cage d'escalier. J'en grimpai les marches en colimaçon jusqu'au deuxième étage, ce parcours du combattant me conduisit à la porte qui devait barrer la voie vers le toit, et je donnai un coup de talon dans la poignée. À mon grand soulagement, la porte s'ouvrit en un clin d'œil.

Un autre cri me parvint aux oreilles, encore plus terrifié qu'auparavant. Je me précipitai sur la porte ouverte où la faible lumière du soleil de l'aube éclairait l'escalier. Avant même d'avoir atteint le sommet, l'odeur piquante d'un feu enfuma mon nez.

Je jaillis de l'embrasure de la porte dans la chaleur vacillante qui régnait sur la surface bétonnée du toit. Pickle était perché sur un seau en plastique renversé à quelques mètres de là, les flammes crépitant en cercle autour de lui. Ses ailes coupées battaient l'air sous l'effet de la terreur.

Si j'avais eu les idées claires, j'aurais probablement remarqué qu'il n'y avait aucun sens à ce que ma créature de l'ombre fut là ou à ce qu'un feu eût pris autour d'elle comme ça. Mais à ce moment-là, j'étais sous l'emprise de l'adrénaline, et tout ce que je savais, c'était que je devais la sauver.

Je me précipitai vers le feu et d'un violent revers de main, j'éloignai les flammes de Pickle.

Et juste comme ça, les flammes se séparèrent. Elles s'inclinèrent de part et d'autre d'une tache noircie qu'elles avaient tracée sur le béton devant moi, et Pickle jaillit par l'ouverture dans mes bras.

Alors que je m'arrêtai en dérapant, quatre formes

sortirent de l'ombre le long des bords du toit. La plus proche, Omen, dont les yeux bleus et froids brillaient de mille feux, me transperça l'avant-bras avec un canif, là où il était enroulé autour du dragon.

Je poussai un glapissement, autant sous l'effet de la surprise que de la douleur superficielle. Alors que je faisais un bond en arrière, Omen m'attrapa le poignet, me tira en avant et tourna ma coupure vers la lumière dans le même mouvement. Mes yeux se posèrent sur l'étroite ligne rouge — et tout ce que je pus faire alors fut de la fixer.

La ligne était rouge du sang qui s'écoulait de la plaie, mais ce n'était pas tout ce qui suintait de ma peau. Un mince, mais indéniable filet de fumée noire s'échappait de mon bras et s'élevait dans l'air.

De la fumée, comme quand l'humanité de l'ombre saignait.

Mon cœur s'était carrément arrêté pendant quelques battements. Il se remit faiblement en marche en faisant trembler mes veines, mais la poussée d'adrénaline s'estompait déjà. La fatigue revenant, la fumée s'estompa et disparut, ne laissant qu'une traînée de sang humain sur ma peau pâle.

— Eh bien, putain ! dit Ruse à mes côté avec Snap et Thorn. Même l'incube ne semblait pas savoir quoi dire après ça.

— Nous l'avons tous vu, dit Omen, la voix tendue. Le feu et la fumée.

— Mais je ne peux pas… Ce n'est pas possible, dis-je. Ma voix sonnait creux. Pendant que Pickle grimpait sur mon épaule, je rapprochai mon bras vers ma poitrine pour inspecter la coupure. Tout mon abdomen était contracté. Aucun d'entre vous ne saignerait comme ça s'il était coupé. Les hommes de l'ombre ne le font jamais.

— Aucun humain ne saignerait avec de la fumée, dit Thorn, son visage sévère figé dans une expression de stupeur inhabituelle.

Je suppose qu'il devait le savoir, vu toutes les batailles épiques qu'il avait menées il y a très longtemps. Je déglutis bruyamment.

— Je ne comprends pas.

Omen referma le canif d'un coup sec et le rangea dans sa poche.

— Moi non plus, mais tu ne peux plus nier l'évidence. Il y a quelque chose en toi qui dépasse les limites du commun des mortels. Je ne pense pas non plus que ce soit un simple sort qui t'ait été jeté, puisqu'il est si profondément lié à ton essence. On dirait qu'il n'apparaît que lorsque tu es particulièrement surexcitée. Du moins, pour l'instant. Nous verrons si nous pouvons travailler là-dessus.

L'idée que je me faisais de qui et de ce que j'étais venait d'être inévitablement chamboulée, et il était déjà en train de planifier la façon dont il allait m'utiliser ?

— Je ne veux pas, je dois y réfléchir.

— Réfléchir à quoi ? demanda-t-il. Tu as un pouvoir. Nous avons besoin de tous les pouvoirs possibles si nous voulons faire tomber les gens qui ont l'intention de ravager toute l'existence de l'humanité de l'ombre. Tu as déjà perdu assez de temps en refusant de l'admettre.

— Eh bien, je serais peut-être un peu plus intéressée pour explorer les possibilités si vous aviez la moindre idée de ce que cela signifiait. Mais ce n'est pas le cas, n'est-ce pas ? Je jetai un coup de lui à mon trio. Aucun d'entre vous ne sait comment cela a pu se produire.

Les trois paires d'yeux incertains qui me fixaient n'apportaient pas plus de réponses qu'Omen.

Je laissai échapper un soupir rauque.

—Bon. Je suppose que nous ne sommes pas réellement attaqués, et que tout ceci n'était qu'un stratagème pour m'effrayer suffisamment pour que je fasse votre petit test ?

— Pour l'instant, dit Omen. La Compagnie de la Lumière pourrait attaquer à tout moment…

— Je sais. Mais ils vont devoir attendre aussi. J'ai besoin d'au moins quelques minutes pour digérer cette crise d'identité. Laissez-moi tranquille.

Je tournai les talons et me dirigeai vers la cage d'escalier. Je traversai à toute vitesse la fête foraine et remarquai à peine les sacs de frappes qui me frôlaient les épaules ou les reflets déformés qui ne me montraient que ma propre tête. Mes jambes flageolaient en sortant du bâtiment au niveau du camping-car. Après avoir grimpé à l'arrière du véhicule, je tirai sur la porte et je m'enfouis sous ma couverture, blottissant Pickle contre moi.

Le petit dragon se tortilla et nicha sa tête écailleuse contre mon menton. Je lui frottai le cou pour le réconforter.

— Le patron a été terriblement méchant avec toi, en te jetant dans le feu, n'est-ce pas ? Je marquai une pause et une boule se logea dans ma gorge. C'est pour ça que tu m'aimes tant, Pickle ? Parce que quelque part en moi, j'ai de la fumée dans le sang ?

Luna l'avait-elle su et ne me l'avait-elle jamais dit ? Était-ce pour cela qu'elle avait accepté de m'élever ? Qu'est-ce que cela signifiait pour mes parents ? Étaient-ils mes parents au moins ? Est-ce que j'avais des parents ? Je n'avais jamais entendu parler d'un être de l'ombre, quel qu'il soit, qui soit né au lieu de simplement venir à l'existence à partir de l'éther de son royaume natal — je n'avais jamais entendu parler d'une seule grossesse entre un mortel et un être de l'ombre, malgré les nombreuses liaisons entre les cubi des deux sexes et leurs amants — la nourriture de l'ombre.

Mais bien sûr, je n'étais pas une ombre, du moins pas vraiment. Ce n'était qu'un fragment de mon être qui émergeait dans les situations tendues.

Je n'avais jamais entendu parler d'une telle chose auparavant.

Même sous la couverture, je sentis le moment où une autre présence était sortie de l'ombre pour entrer dans la camionnette.

— Sorsha ? dit Snap, d'une voix hésitante.

Je me forçai à sortir la tête. Le dévoreur était assis sur la banquette en face de moi, ses boucles dorées brillaient sous l'effet du soleil levant, mais ses yeux verts moussus étaient assombris par l'inquiétude.

Il ne comprenait probablement pas pourquoi tout cela me dérangeait. Œuvrer avec le vaudou surnaturel et avoir de la fumée en guise de sang, c'était la routine pour tous les êtres qu'il avait côtoyés avant moi.

—Je peux faire quelque chose ?   demanda-t-il, doucement et simplement, et d'une certaine manière, c'était exactement ce que j'avais besoin d'entendre. Il ne pouvait pas vraiment faire quelque chose, mais peut-être que je n'avais pas vraiment envie d'être laissée seule en ce moment, pas complètement.

— Venir ici ? dis-je en me rapprochant le plus possible du mur pour faire de la place sur ma banquette.

Snap sourit et se rapprocha de moi. Pickle s'éloigna avec un petit grognement, ayant probablement décidé qu'il n'était pas intéressé par la garniture de notre sandwich aux câlins.

Il y avait encore moins de place sur la banquette que sur la couchette dans la cabine, mais Snap réussit à s'allonger à côté de moi sans basculer sur le bord. Il glissa un bras autour de ma taille et appuya son menton sur mon front, m'enveloppant de sa chaleur lumineuse.

— Omen voulait que nous fassions croire à une attaque, pour t'effrayer. Je lui ai dit que je ne l'aiderais pas, mais il l'a fait quand même. Il est parfois très... déterminé.

Je me blottis dans son étreinte.

— Je suppose qu'il ne serait pas allé aussi loin si je n'avais pas été aussi têtue en insistant sur le fait que je ne pouvais rien faire de magique.

Le dévoreur resta silencieux un moment.

— Cela t'effraie, que tu puisses influencer le feu d'une manière magique ?

D'accord, il comprenait plus de choses que je ne l'aurais cru. Il était juste de dire que j'avais peur. Peut-être même que j'étais terrifiée, bien que je ne veuille pas l'admettre à voix haute.

— Et qu'il y ait peut-être d'autres pouvoirs que je ne connais pas. Simplement... ne pas savoir de quoi je suis capable, ce que je suis, même, et si mon passé est un mensonge ou un mystère complet.

— Je trouve ça incroyable que tu aies une telle force en toi. Tu es encore plus spéciale que je ne le pensais déjà. Il déposa un baiser léger, mais possessif sur le sommet de mon crâne. Mais ne pas savoir si tu peux contrôler un pouvoir qui peut aussi blesser des gens... C'est assez horrible, n'est-ce pas ? Je crois qu'Omen veut seulement t'aider à trouver ce contrôle. Ou je peux t'aider, si tu préfères. Je ne sais pas trop comment faire, mais j'essaierai.

La boule dans ma gorge revint avec une pointe d'affection. Je le serrai encore plus fort dans mes bras.

— J'apprécie. Je n'ai jamais eu peur de toi, tu sais. Quel que soit le pouvoir que tu as et que tu as décidé de ne pas utiliser, il est évident que tu peux le contrôler. Je n'ai jamais eu peur que tu me fasses du mal.

— Je suis content, dit Snap, mais j'ai déjà blessé des gens, et je ne peux pas l'oublier. C'est comme ça que je m'assure que ça ne se reproduira pas. Je ne pense pas que tu aurais voulu le faire en premier lieu, cependant.

Sa foi en moi me faisait mal au cœur, même si je ne pouvais pas dire qu'il avait raison. Au fil des ans, j'avais voulu faire du mal à de nombreuses personnes. Dans le feu de l'action, si je savais que je pouvais le faire sans le moindre effort... mais c'était une raison de plus pour apprendre ce que je faisais auprès d'êtres expérimentés dans les arts surnaturels, n'est-ce pas ?

Peut-être que cette énigme ne serait pas si terrible avec Snap à mes côtés. Et Ruse... et Thorn...

Mes pensées revinrent sur le délicieux rêve dont Omen m'avait sortie, puis sur la nuit dernière où j'avais été prête à m'abandonner à Ruse une fois de plus. Ma gourmandise était-elle juste envers le gars qui me tenait en ce moment et toute sa dévotion passionnée ?

— Snap, dis-je. Cela ne te dérange pas que je puisse à nouveau sortir avec Ruse, ou même Thorn ? Ce n'est pas que je n'ai pas envie de toi — j'en ai très envie. C'est juste que...

Je ne savais pas trop comment l'expliquer. Mais Snap semblait déjà l'avoir compris. Il se colla contre moi, m'ajustant encore plus parfaitement contre son corps.

— Je t'ai vu avec eux, dit-il. Et je vois bien que l'énergie que tu as avec eux est un peu différente de celle que tu as avec moi. Tu obtiens quelque chose de différent. Il marqua une pause, resserrant son étreinte. J'aimerais beaucoup pouvoir te donner toutes les choses possibles et imaginables, mais je ne suis pas sûr que ce soit possible. Et si ce n'est pas le cas, je ne veux rien t'enlever. Ce serait incroyablement égoïste, n'est-ce pas ?

— Pour beaucoup de gens, vouloir garder un amant pour soi serait un sentiment assez normal.

Son ronronnement se répercuta en moi à partir de son torse mince.

— Je ne suis pas une personne, et je ne veux pas ressembler à ce genre d'humains. Ce que j'aime le plus quand je suis près de toi, c'est te voir heureuse, et s'ils t'apportent un bonheur supplémentaire que je ne peux pas apporter, alors c'est une bonne chose. Il baissa la tête, ses lèvres effleurèrent mon front. Tant que tu es toujours à moi.

Je n'aurais jamais cru que j'accepterais un jour ce genre de revendication, mais de qui je me moquais ? Le côté possessif de son ton ne fit qu'allumer une lueur chaude autour de mon cœur. Le dévoreur y avait laissé une marque indélébile, qu'aucun vaudou surnaturel ne pourrait plus jamais effacer.

— Tu m'as bien eue, abdiquai-je.

Je sentis son sourire contre ma peau.

— Au moins, je les connais tous les deux, je sais qu'ils sont dignes de t'avoir aussi.

Une meilleure question aurait été de savoir si j'étais digne de l'un d'entre eux. Blottie contre Snap, je voulais l'être. Je voulais être une femme capable non seulement d'organiser des évasions et de soumettre le feu à ma volonté, mais aussi de traiter les cœurs de ceux qui tenaient à moi avec l'attention qu'ils méritaient en retour.

Chérir les autres de la sorte pourrait être difficile, comme l'avait suggéré Ruse la nuit précédente. C'était peut-être même impossible. Mais une heure plus tôt, je pensais qu'il était impossible qu'un être humain comme moi puisse manipuler le feu avec mon esprit, alors peut-être que je ne devais pas tirer de conclusions tout de suite.

Si je devais être cette femme, je savais par où commencer. Se cacher sous une couverture n'allait pas suffire. Je ne pouvais pas soutenir mes amants correctement si je reniais qui j'étais.

— Espérons que tu aies raison, dis-je en tirant la couverture sur Snap. Je ferais mieux de voir ce qu'Omen pense pouvoir m'apprendre.

DIX-SEPT

Sorsha

Dire que ma première séance d'entraînement officielle ne s'était pas bien passée serait comme dire que l'océan Pacifique était un tout petit peu humide.

Omen me conduisit dans la cour déserte à côté de la salle de jeux, où une voiture de la grande roue traînait après avoir été détruite au point d'être méconnaissable. Je supposai que c'était ainsi que Thorn avait produit les bruits d'écrasement que j'avais pris pour une attaque de la Compagnie plus tôt le matin. Un vieux camion de livraison rouillé garé à proximité semblait avoir l'air soulagé d'avoir été épargné à en juger par l'inclinaison des traces de poussière sur son pare-brise.

Omen frappa ses mains l'une contre l'autre.

— C'est bon, nous savons que tu peux utiliser ce

pouvoir. Voyons si nous pouvons t'amener à le faire volontairement.

Je pensai à l'expérience ratée de la nuit dernière avec le sac de pop-corn.

— Je ne suis pas sûre de pouvoir le faire, du moins pas à l'improviste et sans véritable raison. N'avez-vous pas dit que ça s'activait quand j'étais dans tous mes états ? Je ne peux pas m'obliger à paniquer pour rien.

L'expression du chien de l'enfer suggérait qu'il pensait que je m'étais déjà emportée inutilement de nombreuses fois, mais il parvint à garder au moins un peu de son dédain pour lui.

— Tu devras te familiariser avec la sensation spécifique de manipuler — ou de produire — du feu jusqu'à ce que tu puisses l'invoquer sans paniquer. Mais pour l'instant, nous allons commencer par la déclencher.

Il me fit un léger sourire, puis il commença à me lancer des sacs de haricots qu'il avait dû trouver dans un stand de jeux abandonné.

Le fait que les sacs se heurtent à mon torse et à mes jambes — oh, et aussi à ma tête — m'énerva vraiment. J'en attrapai un au vol et le relançai sur Omen. Il le toucha au nez.

— Ce n'est pas ce que nous voulons, dit Chefaillon. Concentre-toi sur les projectiles, pas sur moi. Ce sont eux qui te frappent. Si tu en allumes un, j'arrête.

— Des promesses, des promesses, marmonnai-je, ne le croyant pas vraiment, mais cela n'avait pas d'importance, de toute façon. Je plissai les yeux sur les sacs qui arrivaient sur moi jusqu'à ce que je croie que j'allais loucher, mais mon irritation n'était pas accompagnée de la bouffée d'énergie qui m'avait traversée plusieurs fois par le passé. Si tant est que ce soit le sentiment que je cherche à susciter.

Je n'avais pas vraiment médité sur mon état intérieur quand je m'étais précipitée pour sauver la vie de Pickle.

Au bout d'un moment, Omen abandonna cette tactique et me ramena sur le toit de la fête foraine. Il me glissa un bout de papier dans la main et me fit signe de monter sur la petite balustrade qui entourait le toit.

— Marche le long du toit et regarde si tu peux faire brûler le papier.

Je jetai un bref coup d'œil au sol, quelques dizaines de mètres plus bas. Facile. D'un pas agile, je traversai le bâtiment d'un bout à l'autre en moins d'une minute. Je me retournai vers Omen, mon rythme cardiaque à peine accéléré.

— C'est censé marcher comment ?

Il me regardait fixement, quelques touffes fauves dépassant de la surface de ses cheveux gominés. Il repassa sa main dessus, sans parvenir à les dompter, et s'approcha à grands pas.

— La plupart des gens seraient un peu gênés de se promener là-haut.

Je levai les yeux au ciel.

— Vous m'avez regardé voler ce pot de fleurs pour vous, et vous pensiez encore que j'avais peut-être le vertige ?

— Viens alors, Miss Catastrophe, dit-il dans un grognement.

Apparemment, c'était mon nouveau surnom — quelle joie !

Après plusieurs autres exercices qui semblaient tous impliquer de me frapper ou de me faire trébucher d'une manière ou d'une autre, Omen se résolut à monter dans le camping-car et à foncer sur moi à toute vitesse. Je le vis arriver tandis que mon pouls avait le hoquet, mais même si mon corps s'était tendu, rien de surnaturel ne se réveilla en moi.

Il freina juste à temps pour s'arrêter en hurlant à un mètre de moi. J'agitai de la main le bout de papier qui était maintenant gris et froissé, et qui était aussi peu brûlé qu'il l'était lorsqu'il me l'avait tendu.

Le métamorphe ouvrit la porte de la camionnette et se pencha sur moi.

— Qu'est-ce qui ne va pas chez toi ?

Je le regardai bien en face, la mâchoire serrée. Ce n'était pas comme si je m'étais amusée avec ce qu'il m'avait fait subir ces dernières heures.

— Je croyais qu'on avait déjà décidé qu'aucun d'entre nous n'en avait la moindre idée.

— Ce n'est pas ce que je… pour l'amour du ciel, tu ne peux pas être un peu nerveuse même avec cette chose qui fonce sur toi ? Il fit un signe de la main en direction du van.

Je haussai les épaules.

— Je savais que vous n'alliez pas m'écraser. Cela irait à l'encontre du plan qui consiste à utiliser Sorsha pour renverser les méchants, n'est-ce pas ?

Un son d'agacement inarticulé s'échappa de sa bouche.

— Comment peux-tu être aussi exaspérante ?

La réplique jaillit automatiquement de ma langue.

— Parce que vous êtes exaspérant et que c'est contagieux ?

Mais il ne s'agissait pas d'un simple crétin agaçant au bureau. C'était le plus haut gradé de l'humanité de l'ombre, avec plusieurs siècles d'affûtage de sa puissance. Il grogna vraiment à ce moment-là — le genre de son grinçant et profond que j'aurais attendu de sa version chien de chasse, avec une flambée de ses yeux, passant du bleu à l'orange brûlant, et le soulèvement de ses lèvres pour révéler des crocs qui n'étaient pas là un instant plus tôt.

J'avais presque oublié la puissance que contenait ce petit corps humain avant qu'elle ne me frappe. Une chaleur d'un autre monde s'abattit sur ma peau et mon pouls s'accéléra pour la première fois depuis que j'avais sauté pour sauver Pickle.

Naturellement, je fis ce que toute personne sensée aurait fait : je mis le feu à la chemise d'Omen.

Ce n'était qu'un petit feu — une flamme qui avait jailli de l'ourlet et qui avait disparu à la seconde où il l'avait frappée de sa main ouverte, ne laissant qu'une minuscule marque de brûlure sur le tissu bordeaux. C'était arrivé si vite, comme toujours, que je n'aurais pas pu dire ce que j'avais ressenti ni exactement quand je l'avais fait, à part que j'étais à la fois incroyablement frustrée et brusquement sûre que le type allait m'arracher la tête, ses grands plans jetés au vent.

Lorsqu'Omen releva la tête après avoir examiné sa chemise, ses épaules étaient redescendues, bien que toujours rigides, et ses yeux avaient retrouvé leur bleu perçant habituel. Sa voix était ferme et sous contrôle.

— Je suppose que tu ne sais pas du tout comment refaire ça, de préférence sur quelque chose d'autre que moi.

J'écartai les mains dans un geste d'impuissance.

— C'est juste… arrivé.

Passant ses doigts dans ses cheveux, qui étaient maintenant complètement ébouriffés, il laissa échapper un brusque soupir et se détourna.

— Reprends ton souffle. Je suppose que tu as besoin de manger quelque chose à ce stade.

J'avais pris quelques collations ici et là entre ses diverses séances de torture, mais je n'allais pas contester l'occasion de m'offrir un vrai repas, même si je ne comprenais pas tout à fait sa décision de battre en retraite. Peut-être avait-il décidé que j'étais sans espoir.

Je grimpai à l'arrière de la camionnette sur son nouvel emplacement, murmurant quelques mots apaisants à Pickle, qui faisait des aller-retour en tremblant des ailes. Que me restait-il dans la réserve que j'avais prise lors de notre dernier arrêt à la station-service ?

Alors que je fouillais dans les sacs, Ruse apparut près de la porte ouverte, un carton en équilibre sur une main retournée. Un carton de pizza. À la seconde où les odeurs combinées de fromage fondu, de sauce tomate riche et de pepperoni épicé frappèrent mes narines, je salivai. J'aurais pu lui sauter dessus en signe de gratitude, mais j'avais suffisamment faim pour préférer sauter sur la pizza.

Je fis un bond en arrière, Pickle sur mes talons. À la surprise générale, Snap sortit de l'ombre une seconde plus tard, les yeux rivés sur le carton de pizza.

— Qu'est-ce que c'est que ça ?

Ruse s'esclaffa.

— C'est pour ça que j'en ai pris une grande. Le royaume des mortels regorge d'aliments fantastiques, au-delà des fruits et des sucreries. Il capta mon regard. Je t'aurais bien pris un plat thaïlandais, mais ça aurait été beaucoup plus compliqué.

— Je n'ai pas à me plaindre ! La pizza est mon deuxième plat préféré. Et c'est certainement plus facile à manger quand on n'a pas beaucoup de meubles... ou d'ustensiles... ou, en fait, rien du tout.

Ruse empila quelques caisses pour en faire une table de fortune et y ouvrit le carton de pizza. Profiter des rayons déclinants du soleil de fin d'après-midi tout en mangeant une part croustillante et gorgée de mozzarella était la combinaison parfaite. Au vu de la vitesse à laquelle Snap avala sa première part et de son expression euphorique lorsqu'il tendit la main vers la deuxième, il était d'accord.

— Pendant que toi et le patron étiez occupés à jouer, nous avons eu des nouvelles de notre hackeuse, dit Ruse. Elle a fait le lien entre l'adresse que ton amie a trouvée et une société-écran — et certaines de ces photos sont des bâtiments que cette société ou une autre société-écran possède. Nous allons devoir les examiner de plus près.

— Je transmettrai l'information au Fonds pour qu'ils puissent faire leurs propres recherches. J'avalai une autre bouchée savoureuse et je jetai un coup d'œil autour de moi, ne voulant pas exclure du repas le troisième membre de mon trio.

— Où est Thorn ?

L'incube fit un geste dédaigneux.

— Il a eu une de ses « sensations » et il est parti patrouiller, comme s'il ne ressentait pas le besoin de le faire toutes les deux heures de toute façon. Ils ne nous ont jamais attaqués en plein jour, mais essayez de le dire à ce balourd.

Je jetai un coup d'œil vers la salle de jeux, où le dernier membre de notre quatuor était en train de regarder quelque chose sur le téléphone portable qu'il avait récupéré au cours de nos récentes virées. Je n'avais pas particulièrement envie d'inviter Omen à notre dîner improvisé, et de toute façon, s'il avait voulu avoir une part de pizza, il serait venu la demander. Pourtant, lorsque je vis qu'il fronçait les sourcils devant ce qu'il regardait, mon irritation s'estompa.

C'était un dur à cuire et une bête — littéralement

— mais il était surtout au service du sauvetage de l'humanité de l'ombre, quelque chose que la plupart des autres membres de son espèce n'étaient pas prêts à faire le moins du monde. Et… même si mon trio s'était attaché à moi et s'était pris d'affection pour moi, aucun d'entre eux n'avait perçu les indices de pouvoirs que même moi je n'étais pas prête à reconnaître. Probablement parce qu'ils ne pouvaient pas concevoir qu'une mortelle puisse avoir ce genre de pouvoirs.

Omen l'avait remarqué alors qu'il savait à peine qui j'étais. Malgré tout son mépris pour les mortels, il avait été assez ouvert d'esprit pour me garder auprès de lui et me pousser — même si c'était de façon odieuse — à découvrir ces pouvoirs plus avant. Il avait passé la journée à faire tout ce qu'il pouvait pour m'aider à les contrôler. Ce n'était peut-être pas drôle, mais je doutais qu'il ait considéré cela comme une partie de plaisir.

Avec un peu moins de générosité, il aurait pu me considérer comme un être humain désespéré. Ce n'était pas comme si les quatre hommes de l'ombre n'avaient pas assez de vaudou surnaturel entre eux pour que j'y contribue.

Omen leva la tête, comme s'il sentait que je l'observais, et je détournai le regard — juste à temps pour voir Thorn bondir hors de l'ombre du camping-car.

Le guerrier se dirigea vers nous à grands pas, sa voix résonnant avec une force qui me crispa les nerfs.

— Il faut qu'on parte ! Une escouade arrive par ici — on aurait dit qu'ils étaient…

Avant qu'il n'ait pu terminer sa phrase, quelque chose traversa l'air derrière lui pour s'écraser contre une vitre latérale du camping-car.

Ka-boom !

Une explosion fit voler en éclats les autres vitres du camping-car et une rafale de feu ébranla les pneus. « *Another one bites the dust* », encore un qui mordait la poussière. Douces salamandres brûlantes… ces gens étaient vraiment sérieux.

Pendant une seconde, je restai figée, coincée dans l'incertitude, sans savoir où courir alors que notre seul moyen de fuir venait de s'enflammer. Mais au même moment, le petit dragon frôla ma cheville en couinant, ayant suivi la brigade des pizzas jusqu'ici. Des cris et une volée de tirs provenant de la direction d'où était parti le missile me poussèrent à agir.

Je mis Pickle dans mon sac à main — que j'avais pris par habitude, Dieu merci — et je filai vers le seul autre véhicule que j'avais remarqué dans les parages : le vieux camion rouillé près de la fête foraine. Mon sac à dos contenant mon équipement de rat d'hôtel était toujours dans le van, mais il serait en cendres dans quelques secondes, si ce n'était pas déjà le cas. Perdre la lame brûlante pour laquelle j'avais dépensé trois braquages de revenus mal acquis me faisait mal, mais pas autant que si l'un de ces missiles m'atteignait en revenant la chercher.

Mes pieds battaient le pavé. Snap disparut dans l'ombre, tout comme Omen, mais Ruse s'élança à mes côtés sous forme physique pour pouvoir parler.

— J'ai déjà vérifié, il n'y a pas de clés. Alors à moins que tu ne sois aussi douée pour le câblage électrique que pour l'effraction…

— Non. Mais j'avais une idée. Mes pensées étaient revenues à l'hiver d'il y a quelques années, lorsque la batterie de la voiture de Malachi ne cessait de mourir et que nous étions allés quatre ou cinq fois chez un type au bout du couloir pour la faire redémarrer. Je les avais regardés brancher les choses ; j'avais une idée de base de l'endroit où le courant devait circuler. Il suffisait d'une petite secousse.

Une petite secousse comme un éclair de feu.

Je ne savais pas si cela fonctionnerait, mais sauter sur un cheval de carrousel ne me mènerait nulle part. Je sprintai plus vite, en espérant que Snap et Omen se dirigeraient aussi vers la même destination dans leur ombre.

Au moment où j'atteignais le camion, Omen apparut sur le siège du conducteur. Il tâtonna le tableau de bord à la recherche d'une clé, n'étant manifestement pas prêt à rebrancher l'engin non plus. Je me retournai en ouvrant la portière côté passager et mon estomac se retourna sous l'effet de l'horreur.

Thorn nous poursuivait à travers le terrain. Il était resté sous sa forme physique, pensant sans doute pouvoir repousser toutes les attaques qui lui parviendraient et protéger le reste d'entre nous en même temps. Mais les mercenaires qui venaient d'apparaître près de la camionnette en flammes ne cherchaient pas à capturer les ombres qui leur tombaient sous la main cette fois-ci. Non, à en juger par la taille des mitrailleuses qu'ils brandissaient, nous avions causé suffisamment d'ennuis pour qu'ils soient parfaitement satisfaits de nous faire disparaître de la surface de la Terre, même si c'était un gaspillage de cobayes d'expérience.

Thorn n'avait pas regardé derrière lui — Thorn ne savait pas. Si les balles des mitrailleuses étaient du même argent que celles tirées par les gardes du magasin de jouets, elles le mettraient en pièces.

Le cœur battant, je me jetai en avant pour attirer son attention.

— Thorn, dans l'ombre ! Les mots s'échappèrent de ma gorge, et ma main fendit l'air au même moment dans un geste de pur désespoir.

Les tireurs venaient d'appuyer sur la gâchette. Les tirs de mitrailleuses retentirent et s'interrompirent aussi brusquement que les flammes du van. Le feu s'étendit sur la cour en une vaste vague. Les tireurs s'enfuirent en poussant des cris de douleur, bien plus vite que leurs ourlets de chemise en feu.

Thorn avait disparu. Je devais supposer qu'il était en route vers nous et qu'il n'avait pas été mortellement blessé par les premiers tirs. Je sautai dans le camion, plaquai les paumes contre le tableau de bord sans me poser de questions ni même réfléchir, et j'imaginai qu'une nouvelle flambée de chaleur ferait jaillir une étincelle sous le capot.

Le moteur se mit à hoqueter. Ma poitrine se mit à trembler avec lui.

— Nous sommes tous à bord, dit Ruse depuis l'exiguë banquette arrière et je trouvai juste assez de force pour claquer ma portière, alors qu'Omen appuyait sur l'accélérateur.

Le camion se mit à tourner avec un gémissement et se dirigea vers l'entrée du champ de foire. Snap apparut sur le siège derrière moi.

— Thorn est blessé, dit-il d'une voix bouleversée, et mon pouls eut des à coups.

— Je vais bien, dit le guerrier d'un ton bourru une seconde plus tard, émergeant sur la banquette arrière si brusquement que son corps massif poussa Snap et Ruse vers les vitres. C'était très bien qu'il le dise, mais de la fumée s'échappait de son dos comme si quelqu'un l'avait enflammé. Il grimaça lorsque la carcasse branlante du camion le secoua.

Oh, non, pas question. J'attrapai mon sac à main, qui contenait quelques objets utiles, je posai Pickle sur le sol et je fis signe à Thorn de revenir par la portière qui menait à l'espace de chargement du camion.

— Tu ne te videras pas de ton sang — ou de quoi que ce soit d'autre — sous mes yeux. Retourne là où nous avons plus d'espace pour œuvrer avant que tu ne t'écroules.

— J'ai besoin d'indications, immédiatement ! ajouta Omen. Alors que je me levais de mon siège, Ruse bondit à travers les ombres pour prendre ma place. Il prit le téléphone d'Omen et je suivis Thorn dans la zone de chargement.

Le caisson oscilla si violemment que je faillis trébucher. Thorn se coucha contre une paroi nue et je me laissai tomber à côté de lui avec autant de grâce que possible, ce qui n'était pas grand-chose. D'autres coups de feu retentirent derrière nous, mais ils semblaient plus éloignés maintenant. Du moins, j'espérais que mon jugement était bon.

— Laisse-moi jeter un coup d'œil, dis-je – brusquement, pour dissimuler les battements paniqués de mon cœur. Un peu de lumière s'infiltra par la petite vitre de la porte de chargement à l'arrière. L'espace autour de nous était vide, à l'exception de quelques cartons froissés et de quelques toiles que je pourrais découper en bandages si nécessaire.

— Je vais m'en sortir, insista Thorn en faisant un mouvement de torsion pour me montrer son dos. Tu m'as prévenu à temps, ils m'ont seulement fait une entaille. Et je guéris vite.

Il ne mentait pas. Je connaissais déjà la résilience de l'humanité de l'ombre, mais c'était toujours un peu surprenant de la voir en action. Je m'agenouillai à côté de lui, observant les lambeaux de sa tunique — et les plaies déjà refermées qui tapissaient les bords de ses épaules et de son dos parmi de nombreuses cicatrices de toutes sortes de formes et de tailles.

Les jets de fumée s'étaient réduits à une peau de chagrin. Le temps que je fasse un seul pansement, les entailles que les balles avaient faites à sa chair seraient probablement complètement refermées.

Il allait bien. Il n'était pas en train de mourir, il n'était même pas si gravement blessé que ça. Ma respiration s'échappait précipitamment de mes poumons. Thorn se déplaça de façon à ce que son dos repose à nouveau contre la paroi, et je penchai la tête contre la large épaule du guerrier.

Ses muscles étaient tendus, encore plus durs au toucher que d'habitude. La voix de Thorn se fit entendre dans un grondement bas et laconique.

— Tu n'aurais pas dû avoir besoin de me prévenir. J'aurais dû être plus conscient des mouvements de nos ennemis.

— On ne peut pas regarder partout à la fois. De toute façon, aucun d'entre nous n'imaginait qu'ils allaient revenir si fort à la charge.

— J'aurais dû y penser, c'était prévisible après que nous ayons prouvé que nous étions des adversaires redoutables.

Je passai ma main autour de son énorme biceps.

— Cela n'a pas d'importance. Nous nous en sommes sortis. Je suis heureuse d'avoir pu te prévenir.

La frustration dans le ton de Thorn ne s'estompa pas.

— Si, parce que tu as dû mettre ton énergie à me

protéger alors que mon travail est censé te protéger, toi et les autres. Encore une fois, j'ai…

Il s'interrompit en jetant un coup d'œil à la paroi opposée, mais je pensais que je pouvais finir pour lui. Il m'avait un peu parlé de la guerre lointaine à laquelle il avait participé et de la honte qu'il ressentait de ne pas avoir été là pour se battre jusqu'à la mort aux côtés de tant de ses compagnons d'armes, alors qu'il aurait pu faire une plus grande différence.

Pensait-il vraiment qu'il avait échoué, même si nous étions tous vivants et que nous ne dégagions plus de fumée dans l'atmosphère ? Je ne savais pas si je devais être triste ou offensée.

— Hé ! protestai-je et j'attendis qu'il tourne les yeux vers moi. Il faut que tu te détendes. Tu en as fait assez. Si tu n'étais pas allé patrouiller, ils nous auraient pris par surprise. Et ce ne devrait pas être seulement ta responsabilité de me garder en sécurité — ou de garder quelqu'un d'autre en sécurité. Outre le fait que je me débrouille très bien toute seule la plupart du temps, nous sommes une équipe. Cela signifie que nous veillons tous les uns sur les autres. C'est ainsi que nous avons le plus de chances de traverser cette guerre. Tu surveilles mes arrières, et je surveille les tiennes aussi — du mieux que je peux, en tout cas.

Thorn me regarda en clignant des yeux. Il détourna le regard, son expression restant si sérieuse que je me préparai à une nouvelle dispute. Mais après un long silence, il dit :

— Je ne crois pas que tu doives t'inquiéter de tes capacités. C'est une véritable explosion que tu as envoyée sur les mortels qui me tiraient dessus. Je suis honoré d'avoir une guerrière aussi valeureuse à mes côtés.

J'explosai de rire à la fois à l'idée d'être valeureuse et à celle d'être moi-même une guerrière.

— Ne compte pas sur moi pour réussir à nouveau quelque chose d'aussi grand, du moins pas quand nous en aurons vraiment besoin. La seule façon dont je semblais être capable d'utiliser mon pouvoir était de ne pas penser à l'utiliser du tout, et de le faire… ce qui n'était pas une stratégie très fiable.

Le camion fut secoué, et Thorn passa son bras autour de ma taille pour me maintenir en place. Il resta là, son pouce traçant une ligne douce le long de mon flanc.

— Tu m'as sauvé la vie, Milady. Littéralement, cette fois-ci.

— Ne me dis pas que tu as désormais une autre dette énorme à rembourser.

Sa voix se teinta d'une légèreté inattendue.

— Oh, si, mais je jure que je n'en parlerai pas, sauf dans des circonstances extrêmement urgentes. Il marqua une pause et retrouva son sérieux habituel. Je ne m'y attendais pas, mais je devrai maintenant savoir qu'il ne faut pas te sous-estimer.

— Oui, absolument, convins-je et je me redressai pour le regarder en face. Pour que les choses soient claires, je veillerai sur toi, mais je ne pense pas que je ne serai jamais à la hauteur de tes exigences en tant que guerrière. Faire en sorte de ne jamais être vue est bien plus mon truc que le combat direct.

Le coin de sa bouche se releva.

— C'est possible. Cela ne change rien au fait que je sois toujours en vie grâce à ta rapidité d'action et d'observation. Je suppose que je peux admettre qu'il y a quelque chose à dire sur le travail d'équipe, mais il n'y a pas besoin que tu sois une guerrière alors que ce n'est pas ta nature. Ce n'est pas non plus celle de l'incube ou du dévoreur, mais ils ont leurs propres forces que je ne peux pas égaler.

— Parce que tu es tellement fort pour être fort. Je lui donnai un coup de poing dans les pectoraux. J'aimerais que le fait que je sois mortelle — quel que soit mon niveau, ce qui semble être le cas — ne soit pas un tel handicap dans une bataille. Je suppose qu'il n'y a pas vraiment d'échappatoire à cela, cependant. Mes doigts s'attardèrent sur les muscles de son bras, juste sous la manche de sa tunique, parcourant les cicatrices pâles qui marquaient sa peau bronzée. De quand datent-elles ?

— De ma toute première bataille. Chaque fois que je suis blessé assez gravement pour faire sortir la fumée, le souvenir est gravé dans ma forme physique. Mais je n'en ai pas ajouté beaucoup depuis des siècles. Pas depuis les guerres d'antan. Jusqu'à maintenant.

Je grimaçai et, pour me distraire de mes pensées morbides, je remontai les doigts jusqu'à son cou et le long de sa mâchoire, où des entailles encore plus pâles racontaient l'histoire de sa bravoure. Si ses traits paraissaient durs, sa peau était chaude et lisse, à peine marquée par les cicatrices. Je laissai ma main s'aventurer plus loin, dans l'épaisse masse de ses cheveux.

Thorn émit un grondement au plus profond de sa poitrine. Sa voix était encore plus grave que d'habitude.

— Quand tu me touches comme ça, je me réjouis de la douceur de ton corps.

Mon pouls s'accéléra, mais ses battements n'avaient plus rien d'effrayant. Ma peau se réchauffa à l'endroit où son bras me serrait encore. En regardant ses yeux presque noirs, je ne trouvai rien de plus intelligent à dire que :

— Tu as intérêt. Puis il m'attira à lui, sa bouche

s'emparant de mes lèvres avant que quoi que ce soit d'inepte ne puisse en sortir.

À cet instant, le tremblement des parois du camion et la bataille que nous fuyions s'évanouirent. Je m'abandonnai à la chaleur ferme de sa bouche et à la caresse de sa main le long de mon abdomen. Il remonta jusqu'à ce que son pouce effleure la courbe de mon sein. Le désir se condensa, vif et impérieux entre mes jambes, même si ce n'était pas l'endroit idéal pour l'assouvir.

— Pour l'anecdote, dis-je, mes lèvres effleurant les siennes, je pense que tu es doué pour d'autres choses que le combat. Et j'en suis très heureuse.

— C'est vrai ? dit Thorn et il m'attira à lui avec un baiser si exigeant que le plaisir n'en était qu'à la moitié.

Un crissement de pneus et la secousse quand le camion s'arrêta nous firent nous séparer l'un de l'autre. Thorn jeta un coup d'œil vers la porte qui menait à l'avant du camion avec un air de regret.

— Je suppose que nous ferions mieux de voir où nous nous sommes retrouvés et où nous allons à partir d'ici.

— Oui. Je me levai d'un bond, mais lorsqu'il se leva à côté de moi, je ne pus résister à l'envie de lui caresser une dernière fois la joue et de lui dire :

— À suivre. Alors s'il te plaît, fais de ton mieux pour ne plus te faire tirer dessus avant que je puisse tenir ma promesse.

DIX-HUIT

Ruse

Je ne partageais peut-être pas le mépris d'Omen pour la plupart des choses mortelles, mais le centre communautaire où le Fonds de Sorsha s'était réuni pour leur réunion actuelle n'était certainement pas le clou de ce royaume. L'odeur de sueur rance atteignait mes sens même dans l'ombre, et le martèlement des ballons de basket dans le gymnase voisin parasitait si fort la conversation que je n'arrivais pas à en distinguer certains mots.

C'était tout de même mieux que l'odeur du tissu d'ameublement d'un camping-car en flammes et le bruit des mitraillettes que nous avions laissées derrière nous à la foire.

Une chose était claire sans entendre les mots : la plupart des membres n'étaient pas contents. La cheffe aux cheveux noirs et aux yeux vifs s'adressa à Sorsha, les mains sur les hanches :

— C'était ton appartement, n'est-ce pas, l'immeuble qui a pris feu ? Là où ils ont trouvé ces cadavres ? Et les victimes trouvées près du mini-golf — elles ont été écrasées de la même façon...

Sa femme et co-leader aux cheveux crépus grimaça.

— J'ai vu les photos. Ces blessures semblent avoir été causées par la force de l'humanité de l'ombre. Quels sont ces êtres avec lesquels tu t'es impliquée ?

Sorsha se tenait de l'autre côté de la longue table de la pièce, avec seulement son amie Vivi à côté d'elle alors qu'elles affrontaient non seulement les chefs du groupe, mais aussi les quelques autres membres qui s'étaient présentés et qui semblaient tout aussi perturbés. De toute évidence, ces gens n'appréciaient pas l'habileté de Thorn à manier les poings. Qu'était-il censé faire ? Attacher nos agresseurs avec un ruban de soie et demander à la police de bien vouloir les jeter dans le broyeur ?

Notre mortelle — ou ce qu'elle était exactement, compte tenu de ses pouvoirs inattendus — était toujours aussi magnifique, même si elle avait dû se précipiter ici sans à peine avoir été prévenue. Ses mains posées sur la table étaient crispées.

— Nous avons été attaqués, dit-elle en esquivant la question. De manière répétée et violente. Les gens que la Compagnie de la Lumière a envoyés à nos trousses m'ont pratiquement tuée au moins une demi-douzaine de fois à l'heure qu'il est. Tout ce que vous avez vu dans ces rapports était de la légitime défense.

Ceux qui n'étaient pas strictement nécessaires, comme l'abruti qu'Omen avait demandé à Thorn d'éliminer après l'avoir interrogé, nous avions pu nous en débarrasser avec plus de soin puisque nous n'avions pas dû fuir pour sauver nos vies en même temps. Je voyais bien, compte tenu de sa mâchoire crispée, que Sorsha n'avait pas oublié ces morts, même si elle n'allait pas en parler à ses collègues du Fonds.

Les connards de la Compagnie auraient aimé voir tous les hommes de l'ombre goudronnés, plumés, bouillis dans l'huile et pendus pour faire bonne mesure s'ils en avaient eu l'occasion. Pourquoi l'un d'entre nous devait-il se sentir coupable de leur mort? Les mortels et leurs cœurs tendres…

Le cœur tendre de Sorsha ne me dérange pas. Elle avait aussi beaucoup d'acier… et si ce cœur n'avait pas été au moins un peu tendre, elle ne m'aurait jamais pardonné ma promesse non tenue.

— Nous n'avons que votre parole, souligna l'un des membres. Aucun d'entre nous n'a vu la moindre preuve que cette « Compagnie » fait quoi que ce soit contre l'humanité de l'ombre.

— Moi j'ai vu ce qu'ils ont fait à l'un des leurs, dit Vivi. Elle nous avait peut-être un peu bousculés avec sa curiosité initiale, mais l'éclair dans ses yeux sombres alors qu'elle défendait Sorsha lui valut de nombreux points. Ils l'ont tué et ont mutilé le corps, ce ne sont pas des gens avec qui on a envie de se lier d'amitié.

— Es-tu au moins sûre que ce sont des mortels qui ont tué ce type? demanda le jeune homme corpulent au visage doux et sombre. Ou bien avais-tu besoin que Sorsha te dise ça aussi?

C'était celui avec qui Sorsha avait eu une brève aventure. Non pas le gros con qui s'était éclipsé avec juste un petit mot sur de vagues insuffisances, que j'aurais aimé goudronner et plumer moi-même, mais le presque aussi gros con dont les émotions étaient chargées de ressentiment et d'indignation — mais pas un soupçon de regret sur son propre comportement, curieusement — chaque fois qu'il la regardait. Leland ou quelque chose comme ça.

J'avais eu le plaisir de le croiser dans le cinéma où le groupe s'était réuni quelques semaines auparavant. Je me rapprochai au cas où j'aurais une autre occasion de sortir un pied de l'ombre et de le faire tomber la tête la première.

Vivi le regarda comme si elle envisageait de faire la même chose.

— Tu suggères que Sorsha — la Sorsha qui a travaillé avec le Fonds pendant plus d'une décennie sans avoir d'ennuis — est soudain en train d'orchestrer une sorte d'énorme conspiration qui inclut le meurtre d'hommes pris au hasard, tout ça pour faire tomber une bande de gens qui n'ont en fait rien fait de mal ?

Leland haussa les épaules, son expression devenant encore plus amère.

— Elle ne le sait peut-être pas non plus. Les hommes de l'ombre peuvent être manipulateurs.

Oh, je lui montrerais bien un peu de manipulation. J'aimerais le voir se lécher le cul après avoir eu une petite conversation charmante avec lui. D'après les émotions qui obscurcissaient son esprit, je ne pensais même pas qu'il envisageait que l'histoire de Sorsha à propos de la Compagnie puisse être vraie. Pour lui, elle l'avait snobé et cela signifiait qu'elle devait être malavisée en toutes choses — simplement dupée par la vicieuse humanité de l'ombre.

Il avait eu l'occasion de partager toutes ces intimités corporelles, mais il ne la connaissait pas du tout.

— Oui, certains peuvent chercher à nous faire perdre la tête. C'est pour ça que je porte ça. Sorsha abaissa l'encolure de son chemisier pour montrer le bibelot en argent et en fer épinglé à son maillot de corps. Il était probablement préférable qu'elle ne mentionne pas les quelques fois où elle l'avait enlevé et ce qu'elle avait fait avec moi et parfois Snap pendant ces moments-là. Croyez-moi, j'aimerais que ce combat soit moins sanglant, mais ce n'est pas de notre faute. Les hommes de l'ombre veulent juste survivre.

La première des cheffes avait relevé son menton pointu.

— Je crains qu'au vu des preuves que nous ayons rencontrées, aucun d'entre nous ne se sente à l'aise pour poursuivre cette question plus avant. Et je pense qu'il serait préférable que tu te sortes toi-même de ce à quoi tu as été mêlée.

La bouche de Sorsha s'amincit. *Tu n'as pas besoin de ces imbéciles*, pensai-je en la regardant, mais une part d'elle-même semblait croire que c'était le cas.

— Je ne suis pas prête à m'éloigner de l'humanité de l'ombre alors qu'elle est confrontée à ce genre de menace. As-tu trouvé quelque chose d'autre avec toutes les recherches que tu as faites ?

— Oui, dit Vivi. Et les adresses que Sorsha nous a transmises, ça a donné quelque chose ?

Les adresses que notre pirate avait découvertes grâce aux efforts de Vivi. La femme cligna des yeux et je me dis qu'elle savait quelque chose, bien sûr, mais elle le cacha en pinçant les lèvres.

— Le sujet est clos. Nous reprendrons nos réunions habituelles à l'heure et au lieu habituels ce week-end. Vous êtes toutes les deux les bienvenues pour vous joindre à nous pour nos affaires courantes — c'est comme vous voulez.

— Huyen, protesta Sorsha. Ellen, s'il te plaît. Je te jure…

La femme aux cheveux crépus secouait la tête. Sorsha observa leurs expressions et dut arriver à la même conclusion que moi environ dix minutes plus tôt : cette bande ne servait à rien. Elle sortit de la pièce en soupirant.

— Vraiment ? dit Vivi en jetant un coup d'œil à ses collègues, mais les autres membres du Fonds ne bronchèrent pas. Elle s'élança à la suite de sa meilleure amie.

C'est pourquoi c'était une bonne chose que Sorsha ait accepté de nous laisser surveiller cet endroit — moi à l'intérieur du centre de loisirs et mes trois compagnons patrouillant dans le voisinage. Il n'y avait pas de meilleur espion qu'un être de l'ombre tapi dans les coins sombres.

Ellen se frotta la bouche, la seule à avoir l'air un tant soit peu troublée par ce qui venait de se passer. Elle se tourna vers Leland.

— Nous devrions garder un œil sur l'activité autour de ce bâtiment dans les docks, autant que possible, juste au cas où. Je n'aurais pas pensé que Sorsha soit impliquée dans quelque chose d'inquiétant. S'il y a une organisation qui chasse les ombres à une si grande échelle…

Leland ricana.

— Tout ce que j'ai trouvé, c'est une vidéo de quelques camions arrivés à cet endroit il y a dix jours. Aucun moyen de savoir ce qu'ils contenaient — et ce n'est pas comme si les camions étaient peu fréquents sur Wharf Street.

Il y a dix jours — c'est-à-dire juste après que nous ayons pris d'assaut les installations pour libérer Omen, exactement au moment où la Compagnie avait eu besoin de déplacer ses autres captifs. Et l'une des adresses que notre charmante hackeuse avait associées à l'organisation fictive de la Compagnie se trouvait sur Wharf Street. Merci beaucoup pour le tuyau, mon sombre ami. Les différents membres du Fonds marmonnèrent encore, mais rien de bien intéressant n'en sortit. Je me glissai dans l'ombre à leur suite lorsqu'ils partirent. Ils prirent des directions différentes. Leland traversa la rue vers l'endroit où j'étais censé retrouver Sorsha et les autres. Je le suivis de près, guettant le moment propice pour le faire trébucher.

Il tourna au coin de la rue et s'arrêta net. Je jetai un coup d'œil à travers le voile légèrement flou du monde au-delà des ombres pour comprendre ce qui l'avait fait sursauter.

Oh ! Les cheveux roux de Sorsha étaient visibles dans la ruelle où nous devions nous rencontrer, tout comme les boucles dorées de Snap. Le dévoreur venait de se pencher pour lui voler un baiser.

Leland serra les poings le long de son corps. Il ne pouvait pas savoir que Snap était de l'espèce des ombres, mais il pouvait peut-être le deviner, sachant avec quel genre d'êtres Sorsha s'était mise à flirter ces derniers temps.

Avant qu'il ne puisse bouger, les deux silhouettes s'enfoncèrent dans la ruelle où je devais les rejoindre. Une grimace tordit les lèvres de Leland. Il avançait avec une aura semblable à un nuage d'orage, la fureur et la trahison irradiant de lui si fort que j'avais à peine besoin de déployer mes pouvoirs pour la goûter.

Comme si elle lui devait quoi que ce soit ! J'avais bien plus de raisons que lui de grimacer à cette vue, et pourtant, je lui avais dit de prendre tout le plaisir possible là où elle pouvait le recevoir, après tout.

Mais je grimaçai tout de même un peu en me dirigeant vers la ruelle. Pas à cause du baiser avec Snap. Pas parce que j'avais senti que la proximité entre elle et Thorn continuait à se développer. Bon sang, à ce stade, je pensais que même Omen était sensible à sa présence.

Cela n'aurait pas posé problème. Elle aurait pu embrasser des milliers d'hommes de l'ombre, et j'aurais dit « plus on est de fous, plus on rit »… Si je m'étais laissé aller à l'embrasser moi aussi.

D'accord, je n'avais peut-être pas fait preuve de la plus grande maîtrise de soi dans ce domaine. Mes lèvres s'étaient heurtées aux siennes une ou deux fois, malgré mes meilleures intentions. Mais à chaque fois, le désir profond qui m'habitait se réveillait avec plus de force.

Si je ne pouvais pas m'amuser sans souffrir, je devais arrêter tout ça. Que le désir ne soit qu'une douleur dans des moments comme celui-ci plutôt qu'un véritable chagrin d'amour. Qui n'avait jamais entendu parler d'un incube avec un cœur lourd de toute façon ? Si j'en faisais plus, je serais la honte de mon espèce.

S'il y avait eu un moyen de profiter d'elle sans que d'autres sentiments s'y mêlent…

Je dis à la petite voix au fond de ma tête de se taire et je filai à travers les ombres de la ruelle jusqu'à notre point de rencontre. Les quatre autres l'avaient déjà atteint. Alors que je me matérialisais à côté de Thorn, affichant un sourire triomphant à l'idée de la nouvelle que j'avais à partager — et repoussant tous les autres sentiments au plus bas — Sorsha leva les yeux de son téléphone.

— Je viens d'avoir des nouvelles de l'homme de l'ombre dont Jade a dit qu'il serait prêt à rejoindre la cause. Ils sont prêts à nous rencontrer. Pourquoi ne pas aller voir s'ils seront plus utiles que nos alliés mortels ?

DIX-NEUF

Sorsha

Les premiers mots prononcés par Omen lorsque nos nouveaux alliés potentiels entrèrent dans le champ de vision de la masse de bois et de métal du Finger furent :

— Putain de touristes. Bien sûr.

Nous nous arrêtâmes de l'autre côté de la rue, à l'opposé de la cour, attendant que Thorn nous donne un dernier signal indiquant que la voie était libre. Depuis que la Compagnie avait réussi à nous trouver sur le champ de foire, nous ne prenions aucun risque, même avec d'autres ombres.

Je jetai un coup d'œil au chien de l'enfer.

— Des touristes ?

Les deux ombres qui traînaient près de la fontaine ne ressemblaient pas à l'image stéréotypée que je me faisais des touristes : pas de chemises hawaïennes ni d'appareils photo pendus au tour du cou. Ils auraient été à leur place au bar de Jade, en fait. Le type était une sorte de nounours costaud avec une crinière de cheveux châtain brillant qui sortait d'une Iroquoise. La fille, mince aux yeux de biche, avait teint sa tignasse hérissée de mèches de tant de nuances qu'il m'était impossible de dire quelle était la couleur de base. Leurs vêtements décontractés, mais bien taillés arboraient encore plus de couleurs et, dans le cas de la fille, une forte dose de paillettes.

Je me doutais qu'elle et Luna se seraient bien entendues. Si Thorn n'avait pas déjà identifié les deux comme des « équidés » lorsqu'il avait fait son rapport à Omen, je l'aurais prise pour une *fae* comme mon ancienne tutrice.

— Facile à dire d'après leur apparence, ricana Omen. Le genre d'hommes de l'ombre qui viennent chez les mortels comme s'il s'agissait d'une activité récréative : faire un petit voyage, s'adonner à leur mode de vie pendant une semaine ou deux quand cela les arrange, puis retourner dans le royaume des ombres avant que la logistique ne devienne trop difficile. Ils ne se soucient pas d'autre chose que de s'amuser.

J'aurais pu imaginer de pires raisons de venir dans le royaume des mortels, mais étant donné l'attitude générale d'Omen, je n'étais pas surprise que ce genre de voyage cavalier l'irrite.

— Eh bien, ces deux-là se soucient suffisamment d'autre chose puisqu'ils ont dit à Jade qu'ils voulaient agir. C'est toujours plus que ce que tes copains de gangs ont proposé.

— Je te l'ai déjà dit, ce ne sont pas mes copains... commença Omen.

Il se tut en entendant un signal de Thorn à l'autre bout

de la cour. Le guerrier et nos deux autres compagnons comptaient rester dans l'ombre, prêts à surgir en cas de besoin, pendant qu'Omen et moi parlions avec les nouveaux. Nous avions choisi ce lieu central pour nous retrouver, en espérant qu'il serait bien trop public pour que la Compagnie puisse organiser une quelconque attaque ici, avec tous les touristes humains autour.

Omen commença à avancer.

— Allez, on y va. Voyons voir dans quoi ces imbéciles que tu as ramenés pensent s'embarquer.

Les deux hommes de l'ombre s'étaient appuyés sur la base en bois de la statue, semblant ignorer les passants qui s'étaient arrêtés pour essayer de lire la plaque qu'ils cachaient. Lorsque nous nous approchâmes, ils se redressèrent, réalisant probablement d'un simple coup d'œil et d'un reniflement qu'Omen n'était pas de ce monde.

— Bonjour, dis-je en faisant un petit signe de la main. Je suis Sorsha. Voici Omen, il est en quelque sorte…

— C'est moi qui prends les décisions, fit Omen en fixant les deux membres du groupe. Je ne sais pas ce que vous avez entendu dire, mais ce n'est pas une partie de plaisir. Il n'y aura pas d'activités comme se pavaner, admirer les paysages ou tout ce que vous avez l'habitude de faire de ce côté-ci de la faille.

— Évidemment, dit la jeune fille d'une voix qui scintillait presque, ses yeux de biche s'arrondissant encore plus. Vous êtes à la recherche des crétins qui ont enlevé Cori, n'est-ce pas ? Nous ne comptons pas plaisanter quand il s'agira de le récupérer.

— Cori ? demandai-je.

— Coriandre, dit le type en baissant la tête et sa voluptueuse coupe iroquoise. Notre meilleur pote. On a fait la fête dans tout le royaume des mortels avec lui, mais il y a quelques semaines, ces types habillés en argent et en fer l'ont attrapé sans crier gare. Son expression devint penaude. Cette nuit-là, on était tous un peu trop défoncés au LSD pour nos réflexes.

Ah, donc on parlait de fête de choc. La bouche d'Omen s'amincit quand le gars mentionna des drogues, mais son ton resta égal.

— Qui êtes-vous et *qu'est-ce* que vous êtes ?

— Bow, dit le type en prononçant le nom de façon à ce que le W à la fin du nom soit marqué. Son regard se porta sur les mortels qui se trouvaient à proximité, et il baissa la voix. Je suis un centaure, Monsieur.

— Glisten, métamorphe licorne, dit la fille avec moins d'inquiétude. Je préfère me faire appeler Gisele, si cela ne vous dérange pas.

Elle me tendit la main pour que je la serre. En acceptant le geste, je remarquai la tresse chatoyante de ce qui semblait être des cheveux enroulés autour de son poignet — des cheveux qui poussaient sous ce poignet ? C'était son trait de caractère de l'humanité de l'ombre. Et je devinais que l'Iroquoise de Bow était littéralement une crinière.

Fantastique. Je connaissais les centaures et les licornes, bien sûr, mais comme tous les enfants, d'après les livres d'histoires. Je n'avais jamais rencontré de centaures en chair et en os. Quelles étaient les chances que j'aie l'occasion de voir l'un ou l'autre d'entre eux sous leur forme d'ombre ?

Probablement très faibles, si l'on en croyait Chefaillon. Omen ajusta sa posture, semblant ne pas savoir s'il devait être plus apaisé par le « Monsieur » ou offensé par le fait que Gisele ait pris un nom mortel.

— Et que pensez-vous pouvoir faire pour nous ?

— Tout ce que vous voulez, Monsieur, répondit Bow avec enthousiasme. Je suis assez fort, et Gisele est terriblement rapide et féroce lorsqu'elle se métamorphose, et nous sommes prêts à essayer n'importe quoi si cela nous aide à récupérer Cori chez ces chasseurs ou chez qui que ce soit d'autre.

Gisele acquiesça.

— Et si nous avons besoin d'un véhicule pour fuir, il y a beaucoup de place dans la Toutmobile.

Omen haussa les sourcils.

— La Toutmobile ?

— Vous verrez ! Venez avec nous.

Alors que Gisele s'élançait sur les pavés, Omen me lança un regard appuyé. Je levai les mains.

— Voyons ce qu'ils ont dans le ventre. L'union fait la force, non ?

— Ça dépend de ce qui compose l'union, grommela-t-il.

Le véhicule devant lequel Gisele s'arrêta, garé à quelques mètres de la cour, ressemblait à s'y méprendre à un bus de ville typique, quoique vide, avec un message « Pas en service » qui clignotait sur l'écran au-dessus du pare-brise. Gisele passa la paume de sa main sur un point situé à côté de la porte, qui s'ouvrit en sifflant.

— Tout le monde à bord, cria-t-elle en jetant un coup d'œil aux ombres qui se trouvaient autour d'elle. Et je veux dire vous tous, à moins que vous ne préfériez vous faufiler dans les coins sombres.

Le trio comprit l'allusion. Lorsque nous montâmes dans le bus, ils reprirent forme à l'intérieur, dans un espace qui était plusieurs fois supérieur à celui de n'importe quel véhicule de transport public dans lequel j'avais déjà voyagé.

Derrière le siège avant recouvert de velours violet, le bus s'ouvrait sur un immense camping-car. Nous nous trouvions au bord d'un salon-cuisine avec un évier complet entouré de plans de travail lisses qui étincelaient comme le chemisier de Gisele, des placards en bois brut et un demi-cercle de canapés-lits gris perle rembourrés, assez grands pour accueillir huit personnes, qui encerclait une table aux lignes épurées. De là, un couloir étroit menait à d'autres portes, dont l'une, ouverte, laissait entrevoir un lit à baldaquin.

— Sainte mère des manticores, dis-je en l'apercevant. Vous avez un manoir sur roues. C'est une façade illusoire à l'extérieur ?

Gisele balaya l'espace devant le tableau de bord.

— Programmé avec de multiples variations !

Les boutons multicolores étaient soigneusement étiquetés. Il y avait City Bus, bien sûr, mais aussi Tour Bus, Cargo Van, School Bus, et quelques options particulièrement inattendues comme train, locomotive et…

— Sous-marin militaire ? ne pus-je m'empêcher de lire à voix haute, incrédule.

— Nous n'avons jamais eu l'occasion d'utiliser celui-là jusqu'à présent, dit Bow depuis la porte, qu'il avait refermée derrière nous. C'est dommage. Ça a l'air assez incroyable.

— Très cool, dit Ruse avec approbation, et il s'étala sur les coussins du canapé en cuir. J'approuve. On avait besoin d'une nouvelle piaule.

— En supposant que notre catastrophe ambulante réussisse à ne pas faire exploser son nouveau véhicule en mille morceaux, grommela Omen, mais même lui ne put cacher une lueur d'admiration en découvrant l'endroit.

Comment avez-vous réussi à vous procurer un tel véhicule ?

Gisele haussa les épaules.

— On avait déjà le camping-car. Les mortels ont tendance à vouloir me rendre heureuse. Cori l'a agrandi grâce à ses pouvoirs magiques. Mais nous avions du mal à trouver un endroit où le garer dans les villes où nous avions l'habitude de nous rendre. Puis on a aidé une femme *fae* à traverser une mauvaise passe, et elle nous a rendu la pareille en créant la façade illusoire de son apparence.

Je supposai que le fait de savoir se débrouiller avec des substances psychoactives pouvait aussi avoir ses avantages.

Bow jeta un coup d'œil dans l'un des placards.

— Vous voulez quelque chose à manger ? À côté de moi, Snap se réveilla immédiatement. Le centaure se lécha les lèvres. Nous avons de l'herbe, du foin et un peu de trèfle encore fleuri…

Le dévoreur baissa à nouveau la tête. Bow jeta un coup d'œil derrière lui et remarqua notre manque d'intérêt pour ce que je devinais être des mets délicats pour les équidés. Un sourire narquois se dessina sur ses lèvres.

— Nous avons aussi l'autre type d'herbe, qui n'est pas vraiment de l'herbe. C'est très bon.

— Aucun d'entre nous, à l'exception de la dame, n'a besoin d'être nourri physiquement, ajouta Thorn.

— Oh, le but de fumer ce truc n'est pas de se remplir le ventre. Même si j'ai déjà fait de très bons brownies avec.

Je suppose qu'Omen avait décidé que le véhicule était trop utile pour ne pas s'en servir, même si ses propriétaires n'étaient pas sa tasse de thé. Il s'éclaircit la gorge.

— Nous sommes heureux d'avoir votre aide, mais je

pense que nous ferions mieux d'attendre d'avoir décidé de notre prochain plan d'action pour ajouter des éléments à nos esprits. Ruse, tu as mentionné une piste solide en chemin.

— Oui ! Ruse se redressa en frappant des mains. Je me laissai tomber sur le canapé à côté de lui, et Snap se glissa à côté de moi. Nos hôtes s'installèrent en face de nous.

— Le nuage noir que tu appelles ton ex a vendu la mèche après ton départ, dit l'incube en penchant la tête vers moi. Il y a une usine sur Wharf Street qui a reçu un tas de camions le lendemain de notre intrusion dans l'installation où ils détenaient Omen.

L'attention de Thorn se porta sur nous, alors qu'il étudiait la rue à travers la vitre.

— L'une des adresses que l'informaticienne nous a données se trouve sur Wharf Street, n'est-ce pas ?

— Tu as raison, mon ami.

Pour la première fois depuis que nous avions fui le champ de foire, la bouche d'Omen forma un sourire.

— Nous devrons inspecter l'endroit subrepticement pour confirmer, bien sûr, dit-il. C'est du travail pour ce soir, quand nous pourrons espérer qu'au moins une partie des employés seront rentrés chez eux pour la journée. Mais maintenant, nous avons la couverture parfaite pour nous promener dans le quartier.

Il tapota le plan de travail étincelant de la Toutmobile et, grande surprise, daigna adresser son sourire aux touristes dont il s'était moqués moins d'une heure auparavant.

— Je parie que la Compagnie de la Lumière y détient aussi votre ami. Je pense qu'il est temps de s'incruster à leur fête.

VINGT

Sorsha

— Et pendant que nous sortons les prisonniers de là, le virus que votre hackeuse a programmé pourra se répandre dans tous leurs systèmes informatiques, et effacer leurs données ! Gisele bondit sur le canapé du camping-car, les yeux pétillants d'enthousiasme. C'est le plan parfait.

Je pensai que sa confiance était peut-être un peu exagérée, et Thorn sembla être d'accord.

— Nous avons encore beaucoup de détails à régler, dit le guerrier, appuyé contre le dossier du siège du conducteur.

— Nous y parviendrons, lui assura Omen avec le sourire retenu qu'il affichait de plus en plus souvent depuis un jour. Tout se met en place.

Il y avait intérêt. Après avoir repéré le bâtiment des docks aussi bien que possible en contournant les protections et la surveillance de la Compagnie, nous passâmes la majeure partie des deux derniers jours à réfléchir à la meilleure façon de pénétrer dans le bâtiment et de libérer les nombreux hommes de l'ombre qu'ils gardaient captifs. Grâce à la contribution de l'amie hackeuse de Ruse, nous pouvions également détruire toutes les informations dangereuses que leurs expériences avaient révélées jusqu'à présent, si nous avions la chance de les utiliser. Mais le fait d'avoir presque deux fois plus de personnes de notre côté cette fois-ci et d'avoir beaucoup plus d'expérience avec les gardes de la Compagnie rendait la mission moins intimidante.

— J'aurais aimé avoir encore mon couteau à brûler, dis-je en faisant une grimace à l'évocation de ce foutu camping-car.

Omen était suffisamment jovial pour me donner une tape amusante sur l'épaule.

— Peut-être qu'on t'en trouvera un nouveau, Miss Catastrophe.

— Il est temps de fêter ça, alors ! Bow se leva de l'endroit où il avait englouti une salade de trèfle et de fraises et fit signe à Gisele. Si nous ne prenons pas d'assaut les portes avant demain soir, lorsque la prochaine livraison arrivera, cela ne devrait pas être dangereux. Où est le bon truc qu'on a récupéré ?

Pendant qu'ils fouillaient à quatre mains — ou quatre sabots ? — dans leurs placards, je jetai un coup d'œil à Omen qui, malgré sa bonne humeur, ne s'était pas encore suffisamment détendu pour s'asseoir. Il était difficile de résister à l'envie de le taquiner, alors je ne résistai pas.

— Toujours énervé que j'aie suggéré à Jade qu'on se fasse aider ?

Il me jeta un regard noir, mais seulement pendant un

instant. Son visage s'éclaircit à nouveau lorsque ses yeux firent le tour du camping-car.

— Ça ne nous a pas vraiment apporté un tas de guerriers aguerris… mais je reconnais que je préfère que ces deux-là se joignent à nous plutôt que de faire cavalier seul. D'autant plus que je doute que Rex ait encore des camping-cars à te faire exploser.

Je lui donnai un coup sur la hanche, qui était la chose la plus haute que je pouvais confortablement atteindre depuis le canapé.

— Je n'ai rien à voir avec cet acte de destruction, encore moins qu'avec Betsy.

Il ronchonna dans la barbe, comme pour dire qu'on verrait ça, mais la lueur dans ses yeux aurait pu être un réel amusement. Même si je n'avais pas dompté la bête, je lui avais au moins fait remuer la queue.

Avant que cette pensée ne me conduise à reluquer son cul — juste pour vérifier s'il avait une vraie queue en ce moment, rien de plus, taisez-vous — je reportai mon regard sur nos hôtes. Gisele avait sorti une boîte de caramels qu'elle ouvrit pour dévoiler un gros tas de joints.

Ah ! L'autre type d'herbe ! Rien d'étonnant à ce que ces deux-là aiment faire faire la fête.

— Qui en est ? demanda Bow en en prenant un. On partage avec joie.

Alors qu'il allumait le joint, envoyant dans l'air une bouffée de cette fumée musquée et âcre, je secouai la tête.

— Je passe mon tour. Ce n'est pas vraiment mon truc. Et même si nous étions garés dans un parking d'autobus urbains à l'allure très citadine, je n'avais pas assez confiance en la miss catastrophe dont m'avait qualifiée Omen pour que rien ne s'abatte pas sur nos têtes.

Apparemment, notre incube hédoniste n'était pas non

plus un adepte de la MJ. Ruse balaya l'offre d'un sourire torve.

— Même la bonne me donne la nausée. Croyez-moi, personne ne le déplore autant que moi.

Snap examina les papiers roulés avec une curiosité tempérée.

— Je n'ai jamais essayé ça avant.

— Vas-y, dis-je en tapotant son mollet avec mon pied sous la table. Mais vas-y doucement.

Alors qu'il acceptait le joint que Bow lui tendait, Thorn s'approcha.

— À quoi cela peut-il bien servir ?

Gisele lui sourit.

— C'est juste pour s'amuser. Ça aide à se détendre et à faire travailler son esprit de manière créative. Peut-être qu'en planant, nous trouverons les détails qui nous manquent.

Ou peut-être qu'ils seraient seulement inspirés pour courir vers les chips et les frites, mais j'étais prêt à attendre de voir ça.

Thorn marqua une pause, posant les yeux sur moi pendant une seconde. Pensait-il à ma suggestion qu'il avait besoin de se détendre ? Devant son hésitation évidente, Bow ajouta :

— C'est facile de se débarrasser des effets si tu en as besoin. Faire des aller-retour dans l'ombre permet d'éliminer les produits chimiques de ton organisme. Il gloussa, les effets de l'herbe semblant avoir déjà fait effet. Tant que tu peux te rappeler que tu peux aller dans l'ombre. Oh, elle est vraiment bonne !

— Je ne serai certainement pas paumé au point de l'oublier, dit Thorn d'un air soudain résolu, et il tendit la main.

Fils de jaguar, je ne l'aurais pas prédit, mais j'avais très envie de savoir comment cela allait se passer. Qu'est-ce qui pouvait bien mal tourner ?

Snap tira une bouffée du joint et le tendit à Bow en toussant.

— C'est assez, dit-il faiblement alors que Ruse lui donnait une tape dans le dos. Je suppose que vous n'avez plus de fraises ?

Heureusement, les équidés en avaient. Pendant que Snap les mangeait rapidement, Thorn tirait sur le joint avec une légère rougeur sur sa peau bronzée.

— Je ne vois pas en quoi cela fait une différence, annonça-t-il au bout de quelques minutes, mais quelques instants plus tard, il s'esclaffait tout seul en regardant le plan de travail étincelant. Je ne m'en étais jamais rendu compte auparavant. C'est comme si on pouvait relier chaque éclat pour en trouver la source, nous dit-il, quoi que cela veuille dire.

Pickle traversa la table en sautillant, sa tête ondulant comme s'il s'était lui aussi un peu défoncé. Omen roula des yeux et alla à l'avant étudier les cartes sur le GPS de la toutemobile.

Le temps que Thorn, allongé sur le sol à côté des armoires, discute avec nos hôtes de l'alimentation des chevaux, de leurs terrains forestiers préférés et de l'inclinaison de la lumière du soir sur le plafond — le tout avec autant d'enthousiasme, l'odeur nauséabonde de la fumée commençait à me gêner. Snap s'agitait, regardant Thorn avec une perplexité évidente, et Ruse... L'incube souriait devant le nouvel état de légèreté de son compagnon, mais il y avait quelque chose d'atténué dans sa joie face à la situation. C'était peut-être la fumée qui le gênait, ou encore cette étrange réticence que j'avais remarquée chez lui.

Un élan de confiance m'envahit, peut-être un peu renforcé par une légère défonce secondaire. Nous savions où se trouvaient nos ennemis. Nous avions un plan pour les écraser le lendemain soir. Même avec de nouveaux alliés à nos côtés, cela allait être absurdement dangereux. Nous méritions tous de nous amuser à fond d'ici là.

Je me levai.

— Ruse, Snap, venez. Je pense qu'on devrait faire notre propre fête non-fumeurs.

Snap se leva d'un bond, une lueur d'impatience illuminant son visage. Le sourire de Ruse prit un côté sournois, mais il se leva plus lentement, peut-être avec un peu d'hésitation ?

Eh bien, nous verrions ce que nous pouvions faire avec ça. Il avait uniquement hésité auparavant parce qu'il pensait que je n'étais pas totalement engagée. Comment avais-je pu l'oublier ?

Je leur fis signe de me suivre et avançai dans le couloir jusqu'à la deuxième chambre du camping-car.

On pouvait voir que les propriétaires actuels s'étaient occupés de la décoration de l'espace. L'édredon était imprimé d'un nuage violet de rêve ; l'armoire encastrée avait été recouverte d'une couche de paillettes argentées. Le rideau vaporeux qui recouvrait la petite fenêtre scintillait de paillettes assorties dans la lumière de l'après-midi. Le seul autre éclairage provenait d'un cercle de guirlandes lumineuses fixé au plafond.

Ce n'était pas vraiment mon goût en matière de décoration, mais quand nos hôtes avaient réussi à me fournir un lit double dans un putain de camping-car, je n'avais pas à me plaindre.

D'autant plus que j'allais peut-être partager ce lit avec non pas un, mais deux de mes nouveaux amants. Alors qu'ils entraient après moi, je m'assis sur le bord du lit, le cœur battant.

Je n'avais jamais rien fait de tel auparavant, mais n'était-ce pas une raison de plus pour essayer ? Si Thorn pouvait se défoncer, je pouvais gérer un plan à trois.

Enfin, si les hommes impliqués pouvaient aussi le supporter, je veux dire. Snap me fit un large sourire, puis il jeta un coup d'œil incertain à Ruse.

— Comment voulais-tu fêter ça, Sorsha ?

Je tendis la main pour prendre la sienne et je posai les yeux sur Ruse, qui avait l'air étrangement peu sûr de lui pour une créature dont l'habitat naturel était les chambres à coucher.

— Je pense que ta capacité d'insonorisation serait très utile, là. L'une de ses compétences surnaturelles lui permettait de s'assurer que les bruits de l'amour ne s'échappaient pas d'une pièce donnée, malgré toutes les paillettes qui nous entouraient.

— Et après, je jouerai les voyeurs ? demanda-t-il.

Je lui donnai un léger coup de pied dans le tibia.

— Ce n'est pas ce que je pensais. N'as-tu pas proposé à une demi-douzaine d'occasions d'enseigner à Snap quelques techniques avancées ? Il n'y a pas de meilleur moment que le présent.

L'incube et le dévoreur se regardèrent l'un l'autre. Je ne pouvais pas dire lequel des deux était le plus tiraillé — ou pourquoi Ruse l'était, alors que c'était son idée au départ. Oh, bien sûr, c'était à lui de décider de partir ou de rester. Snap et moi pouvions toujours très bien nous amuser tout seul.

— Si cela peut vous aider à prendre une décision… dis-je, et je retirai mon chemisier et mon maillot de corps en même temps que mon badge de protection. Autant mettre ses atouts en valeur. Je me penchai en arrière pour que mes seins prennent encore plus d'ampleur dans mon soutien-gorge à balconnets.

Snap émit un bruit de gorge empli de désir et s'approcha de moi sans la moindre hésitation. Il fit glisser ses doigts le long de mon dos, embrassa mon épaule et jeta à nouveau un coup d'œil à Ruse.

— J'aimerais savoir ce que tu peux me montrer. Pour Sorsha.

— Tu cherches à me mettre au chômage, hein ? plaisanta l'incube, mais son visage espiègle s'était adouci. Lorsqu'il croisa à nouveau mon regard, la lueur qui brillait dans le sien provoqua un frémissement inattendu dans ma poitrine. C'est moi qui ai proposé, n'est-ce pas ? Je suppose qu'une séance d'apprentissage ne peut pas faire de mal.

Pensait-il qu'un autre type de baise nous ferait du mal ? Je ne savais pas trop comment poser cette question, surtout devant Snap. Et puis Ruse se pencha pour prendre ma bouche, et remettre en question sa formulation exacte fut la dernière chose à laquelle je pensai.

Il m'embrassa avec une telle intensité que j'en eus le souffle coupé, tous mes nerfs frémissant à l'idée de ce qui allait suivre. Il me poussa sur le lit pour que nous puissions nous étendre tous les trois côte à côte et jeta encore un coup d'œil à Snap.

— La première leçon, et la plus importante, c'est d'explorer. Il n'y a pas d'endroits ou de mouvements parfaits qui font jouir toutes les femmes. Il faut caresser ici et embrasser là pour voir comment elle réagit. Les sons qu'elle émet. La vitesse de son pouls. La chaleur de sa peau. Son sourire en coin était revenu. Pour ton premier devoir, mets ce conseil à l'épreuve pendant que je profite un peu plus de ces jolies lèvres.

Il m'embrassa à nouveau, nous faisant tomber tous les deux sur la couette. La pression enivrante de ses lèvres devint encore plus puissante lorsque la main de Snap remonta le long de mon flanc jusqu'à ma poitrine.

Le dévoreur avait déjà prouvé qu'il était un explorateur intrépide lors de nos rencontres précédentes. Il dégrafa mon soutien-gorge et, attentif aux conseils de Ruse, taquina des doigts les bouts sensibles de mes seins, mais descendit aussi tout le long de mes courbes, mes côtes, le long de ma colonne vertébrale, comme s'il cartographiait chaque plan de ma peau nue.

Ses doigts légers éveillaient des picotements partout où ils se posaient, mais lorsqu'un point particulier me faisait frissonner, il s'y attardait un peu plus longtemps. Bientôt, j'eus l'impression que tout mon corps vibrait d'un plaisir en éveil. Lorsque Snap revint finalement à ma poitrine en passant son pouce sur un mamelon, je haletai dans la bouche de Ruse.

— L'élève apprend vite, murmura l'incube, et il baissa la tête pour s'occuper de mon autre sein.

Snap se glissa plus haut, et je tournai la tête pour répondre à son baiser plus doux, mais non moins passionné. Sa langue fourchue se glissa entre mes lèvres, traçant des lignes de bonheur à l'intérieur de ma bouche.

J'enfonçai mes doigts dans ses boucles soyeuses, dans l'épaule de Ruse tandis que l'incube faisait pivoter sa langue pour rendre le bout de mon sein encore plus raide, me faisant me demander quels miracles j'avais accomplis dans une incarnation passée pour être digne de ce moment. Snap m'embrassa plus fort et me titilla à nouveau le mamelon. Alors qu'il quittait ma bouche pour mordiller ma mâchoire, Ruse fit glisser sa main plus bas. Lorsqu'il atteignit la ceinture de mon jean, une chaleur plus vive s'installa entre mes jambes. Mes hanches s'inclinèrent d'elles-mêmes vers le haut.

— Patience, Miss Blaze, me taquina Ruse en faisant descendre ma fermeture éclair. Nous allons t'enflammer dans toutes sortes d'endroits.

Snap interrompit ses attentions pour regarder Ruse m'aider à m'extraire de mon pantalon. Une lueur néon apparut dans ses yeux.

— Tu l'as déjà goûtée ici, dit-il, ses doigts glissant le long de mon abdomen jusqu'à l'ourlet de ma culotte. Je veux essayer ça, je veux apprendre à ce que ça soit aussi bon que lorsque tu l'as fait.

— Hmm. Ruse marqua mon sein d'un autre baiser brûlant. Je suis sûr que ça peut s'arranger, si notre mortel n'y voit pas d'objection.

Je laissai échapper un rire qui se transforma en halètement lorsque Snap effleura mon clitoris du bout des doigts à travers le tissu fin. Rien qu'avec ce léger contact, mon sexe tout entier se réveilla avec une pulsation de plaisir.

— Je n'y vois aucune objection, réussis-je à dire. Apprends donc !

Tout en baissant ma culotte, Ruse fit glisser ses lèvres sur mon ventre et sur ma hanche. Chaque point de contact alluma une lueur étourdissante sous ma peau, comme il l'avait promis.

Snap se pencha près de mes cuisses et déposa un baiser timide juste en dessous de mon nombril. Il inspira profondément et mes nerfs tressaillirent en le voyant se délecter de mon odeur.

— Le mot du jour est toujours « explorer », dit Ruse

de sa voix chocolatée. Il faut tester chaque parcelle du terrain pour voir où elle réagit avec le plus d'enthousiasme. Douceur ou force, lèvres, langue, dents et doigts — utilise tous les outils à ta disposition, de toutes les façons. Mais sois prudent, jusqu'à ce que tu sois sûr de ton coup. Même les femmes les plus fortes ont des parties plutôt délicates en bas. Il agita les sourcils à mon intention.

Snap baissa la tête. Il passa sa langue sur mon clitoris, la pointe fourchue l'encerclant un instant, et une chaleur encore plus étourdissante s'engouffra dans mes entrailles. Un gémissement m'échappa.

Tandis qu'il me suçait plus fort, je ramenai ma main sur sa tête, emmêlant mes doigts dans ses cheveux et exprimant mon plaisir à la fois en haletant et en tirant sur ses boucles. Ce dernier augmenta lorsque Ruse s'installa à côté de moi et reprit ma bouche.

En peu de temps, j'étais vraiment en train de brûler de partout. Entre mes jambes, Snap m'incitait à prendre de plus en plus de plaisir à chaque coup de langue et à chaque mordillement de plus en plus sûrs. Il enfonça un doigt en moi, son autre main caressant ma hanche puis descendant jusqu'à l'arrière sensible de mon genou. Alors que le plaisir montait en spirale depuis mon sexe, la bouche de Ruse sur la mienne et ses caresses habiles sur mes seins le firent encore plus grimper. Mon corps vibrait pratiquement sous l'effet de ces vagues de plaisir enivrantes.

Je tirai sur la chemise de Ruse pour voir ses muscles sculptés en dessous. Il me mordilla le lobe de l'oreille avant de l'enlever. Alors qu'il se penchait à nouveau sur moi, le long doigt de Snap toucha mon point G, en parfaite harmonie avec ses lèvres sur mon clitoris.

— Oui, comme ça, dis-je, incapable d'empêcher mes hanches de se cambrer. Juste là… Ah…

Et puis je fus incapable de parler, avec le flot de plaisir qui s'élevait au-dessus de moi, qui montait si vite qu'il me coupait le souffle. Avec un nouveau coup de langue, il explosa en une extase qui chassa toute pensée de ma tête. Je serrai le poing dans les cheveux de Snap.

Alors que je gisais là, momentanément gélifiée, il leva les yeux vers moi. Un sourire plein d'espoir ourlait ses lèvres brillantes.

— C'était bon ?

Je me mis à rire.

— C'est toujours bon, mais là c'était au moins dans le top cinq. Une autre sorte de faim me saisit, la gratitude et le désir se mêlant. Monte ici. Tu devrais découvrir à quel point le fait d'être « goûté » peut te faire du bien aussi.

Snap se déplaça sur le lit et je m'assis, tirant sur son tee-shirt Henley. Il me laissa l'enlever, mais quand j'attrapai son pantalon, il cligna des yeux et le reste de ses vêtements se volatilisa par le même tour qu'il avait utilisé au chalet. Même s'il n'y avait pas de sirop à prendre ici, j'avais l'eau à la bouche à la vue de sa longue et mince carcasse exposée, sa queue se dressant vigoureusement entre ses hanches sveltes et musclées.

Ruse s'esclaffa.

— Je suppose que c'est ici que je prends congé.

Je saisis son poignet avant qu'il ne se lève du lit et je le regardai dans les yeux.

— J'ai envie de toi aussi. Enfin, si tu es d'accord.

Ses yeux noisette brillèrent d'un soupçon de cet éclat surnaturel.

— Toujours, dit-il doucement. Comment me veux-tu ?

Un frisson impatient me parcourut à l'idée des possibilités.

— En moi. Je te laisse décider du reste. Je sais que je suis entre de bonnes mains. Je lui souris et me tournai vers Snap.

J'embrassai d'abord le dévoreur sur la bouche, prenant le temps de me délecter de l'intensité passionnée avec laquelle il me rendait la pareille. Alors que je descendais le long de son torse tonique, déposant d'autres baisers sur sa peau lisse, Ruse s'agenouilla derrière moi. L'incube passa ses mains dans mon dos, sur mes flancs, et remonta le long de mon torse jusqu'à mes seins. En pressant mes mamelons, il me fit grogner. J'en voulais plus.

Lorsque j'entourai le gland de Snap avec ma langue, la poitrine du dévoreur se contracta.

— Oh, c'est… c'est très bon.

— ça sera bientôt mieux, l'assurai-je, et je pris son membre dans ma bouche.

Sa peau tendre avait le même goût frais et sucré que le reste de son corps, avec une nuance moussue plus sombre. C'était délicieux. J'appuyai ma langue sur les veines du dessous et je le fis pivoter. Snap gémit. Puis je gémis moi aussi, tandis que Ruse testait ma fente avec ses doigts et glissait sa propre queue en moi en une seule poussée.

Nous bougeâmes ensemble en un rythme irrégulier qui s'accéléra lentement : les hanches de Snap se soulevaient et sa main pressait mon épaule, ma tête s'activait sur sa queue tandis que je le suçais plus profondément, mon corps ondulait tandis que Ruse plongeait plus profondément en moi. Chaque son désespéré qui s'échappait de la bouche du dévoreur, chaque bégaiement extatique de la respiration de l'incube alors qu'il nous poussait tous deux vers l'orgasme, déclenchait mon propre plaisir, encore plus intense que la délectable friction en moi ne pouvait générer à elle seule. Toute la pièce semblait s'être illuminée de notre plaisir. Peut-être que la profusion de paillettes y était aussi pour quelque chose.

Lorsque Ruse accéléra ses poussées, ses doigts glissant autour de ma hanche pour caresser mon clitoris, ce ne sont pas seulement des étincelles, mais des étoiles scintillantes qui se formèrent derrière mes yeux. Je gémis contre la queue de Snap, en la suçant plus fort.

Nous nous précipitâmes tous ensemble vers l'orgasme. Snap renversa la tête sur l'oreiller et son sperme salé inonda ma bouche. Je l'avalai et poussai un petit cri avec le deuxième orgasme qui me traversait. Ruse se pencha sur moi avec un soupir satisfait et quelques derniers coups de reins paresseux pour prolonger le plaisir.

Je m'effondrai à côté de Snap, et Ruse se coucha de mon autre côté. Le dévoreur passa un bras autour de ma taille, l'incube posa sa main sur ma cuisse, et pendant quelques minutes, alors que nous étions allongés dans la lumière du jour, nous nous sentîmes parfaitement connectés. Comme un seul être, sans aucune compétition. Je ne pensais pas que cela durerait, mais j'en profitais tant que j'en avais l'occasion.

Snap était en train de se rapprocher pour embrasser ma tempe lorsque la sonnerie de mon téléphone retentit dans mon sac à main. Je grimaçai, mais fis signe à Ruse pour qu'il le récupère sur le sol. Personne ne m'appelait souvent, alors si quelqu'un me dérangeait, c'était peut-être important.

Le numéro affiché était celui de Huyen. Peut-être que les dirigeantes du Fonds avaient changé d'avis? Mais lorsque je me mis sur le dos et que je portai le téléphone à mon oreille, c'est la voix d'un des autres membres qui jaillit.

— Sorsha ? Je ne sais pas dans quel pétrin tu t'es fourrée, mais j'ai pensé que tu devais savoir qu'Ellen a été attaquée ce soir.

VINGT-ET-UN

Thorn

Dès que nous arrivâmes en vue du grand bâtiment blanc de l'hôpital, mon instinct de combattant me fit tressaillir. Je me matérialisai sur la banquette du véhicule, près du siège du conducteur, et je donnai un coup de poing sur le dossier du siège.

— Continuez à avancer. Quelqu'un nous observe. Nous ne voulons pas qu'ils se rendent compte qu'il y a quelque chose d'étrange avec ce véhicule.

Bow acquiesça, les mains du centaure crispées sur le volant. Quelques minutes à peine, nous nous esclaffions à propos de… je ne me souviens plus de quoi maintenant, seulement de l'exaltation qui accompagnait la supposée trouvaille brillante sur laquelle nous étions tombés. Plonger dans l'ombre et en ressortir m'avait fait l'effet d'un saut dans le courant glacial d'une cascade de montagne, tout en nettoyant mes sens.

L'herbe que les équidés m'avaient donnée avait eu des effets puissants. Elle avait certainement détendu quelque chose dans mon esprit pendant que j'inhalais la fumée, mais l'incertitude quant à ce que j'avais réellement pensé dans cet état de détente m'avait mis les nerfs à vif. Ce n'était peut-être pas une substance que je consommerais à nouveau.

Sorsha était assise, rigide, à l'autre bout de la banquette, les doigts recroquevillés sur le bord du siège en cuir.

— As-tu vu des gens de la compagnie là-bas ? demanda-t-elle.

— Je ne suis pas sûr de la menace exacte, mais quelqu'un d'hostile à notre égard surveille l'endroit. Plusieurs personnes. Et je ne vois pas quelle autre personne pourrait correspondre à cette description.

Elle déplaça son poids sur le siège.

— Il faut que j'entre là-dedans. Je dois la voir et m'assurer qu'elle va bien.

— À quoi cela va-t-il servir ? demanda Omen, appuyé contre le plan de travail de la cuisine en face de nous. Sa posture était tendue. Tu n'es pas médecin et tes pouvoirs n'ont rien à voir avec la guérison. Tu ne peux pas soigner ses blessures. Les gens de la compagnie t'ont déjà vue ils te remarqueront si tu entres. Et vu leur rigueur, je pense qu'on peut supposer qu'ils surveillent toutes les entrées.

— C'est ma faute s'ils l'ont attaquée, dit Sorsha.

Je ne comprenais pas très bien pourquoi elle voulait rendre visite à la femme — ne serait-il pas plus raisonnable de rester à l'écart et d'éviter d'attirer d'autres dangers — mais son ton était si vif qu'il me serra le cœur.

Omen ne semblait pas affecté de la même façon. Il lui fit un geste brusque.

— Alors, prends ton téléphone et collecte tous les détails dont nous pourrions avoir besoin pour nos plans, et arrête-toi là. Elle a abandonné notre cause. Tu ne lui dois rien.

Sorsha lui lança un regard noir.

— Peut-être pas en termes d'ombres, mais les humains ne fonctionnent pas comme ça. Je connais Ellen depuis plus de dix ans — elle et Huyen m'ont aidée à me remettre sur pied après la mort de Luna. Je lui dois bien plus que ce qu'on peut en juger au vu des dernières semaines. Je serais un véritable monstre si je ne faisais pas un effort pour montrer que je me soucie d'elle.

— Eh bien, on dirait que tu vas devoir le faire par téléphone. Parce que tu ne franchiras aucune porte de ce bâtiment.

Je jetai un coup d'œil en direction de l'hôpital, observant les rangées de fenêtres qui reflétaient la lumière tout au long de sa douzaine d'étages… et l'immeuble de bureaux voisin, assombri par la fin de la journée, qui se trouvait juste à côté. Le souvenir de Sorsha arrachant le pot de fleurs des mains de l'infirmière restait gravé dans ma mémoire.

— Peut-être qu'elle n'a pas besoin de passer par la porte, dis-je avant qu'ils ne puissent continuer à discuter. Je pourrais m'introduire dans le bâtiment à travers les ombres, trouver une pièce qui fait face à celui d'à côté où je pourrais ouvrir une fenêtre, et elle pourrait sauter et entrer par là. Je regardai Omen. Je m'assurerais que notre mission ne soit pas compromise. Je n'étais pas sûr de pouvoir tenir parole, alors je n'en fis pas la promesse solennelle.

La mâchoire d'Omen se contracta, mais Sorsha se remit de son abattement.

— C'est parfait, dit-elle. Je ne ferai que passer, voir s'il y a quelque chose que je peux faire ou quelque chose qu'ils peuvent nous dire pour nous aider à anéantir ces bâtards, et je repartirai. Tu sais que Thorn ne me laisserait jamais faire quoi que ce soit de malencontreux. Le sourire qu'elle m'adressa était à la fois doux et un peu sournois.

— Je pourrais faire le tour de l'autre côté du pâté de maisons et me garer là, proposa Bow. L'apparence d'un bus de tourisme est assez polyvalente — nous pouvons nous arrêter à peu près n'importe où sans avoir l'air bizarres.

Omen jeta ses mains en l'air.

— Une petite visite rapide, alors. Mais si vous n'avez pas fini dans une demi-heure, nous partons sans vous et vous n'aurez qu'à rentrer par vos propres moyens.

Moins d'une minute plus tard, Bow arrêtait le bus en douceur. Sorsha se leva immédiatement.

— Fais attention à toi, dit Snap en fronçant les sourcils l'air inquiet.

Ruse se leva.

— Ce serait plus facile si nous étions plusieurs…

— Personne d'autre ne bouge, dit Omen d'un ton tranchant. Il indiqua la porte d'un coup de tête et fixa son regard sur Sorsha. Ta demi-heure a commencé. Dépêche-toi.

Sorsha m'adressa un rapide « Merci » en sortant, ouvrant déjà le sac d'outils pour crocheter les serrures que Ruse lui avait offert ce matin-là pour remplacer les anciens. Notre dame était si sûre d'elle et si têtue. Par les royaumes, j'espérais ne pas avoir commis d'erreur en proposant d'orchestrer cette entrée subreptice.

Que ce soit le cas ou non, la chose devait être faite rapidement. Je retournai dans l'ombre et la suivis dans la brume générale du crépuscule, de l'autre côté de la rue.

Elle baissa la tête et emprunta une ruelle pour se faufiler vers l'immeuble de bureaux sans qu'on la voie et je courus tout droit vers les murs lumineux de l'hôpital.

Ce n'était pas l'environnement idéal pour un être comme moi. Je m'en rendis compte une fois que je me faufilai dans l'ombre d'une porte. Des lumières crues brillaient au plafond des couloirs et se reflétaient sur les murs pâles. Je sautai d'une mince zone d'ombre à l'autre jusqu'à ce qu'un chariot de matériel me transporte jusqu'à une cage d'escalier. Heureusement, ma taille n'avait aucune incidence sur ma présence au sein des ombres.

La personne qui avait prévenu Sorsha de l'attaque lui avait dit que son amie blessée se trouvait au cinquième étage. Je me précipitai jusqu'à cet étage, puis je traversai les chambres des patients du côté du bâtiment qui faisait face aux bureaux. Enfin, je pénétrai dans une chambre sombre où le lit était vide. Je sortis de l'ombre près de la fenêtre, j'arrachai la moustiquaire et je fis remonter la vitre.

Sorsha me repéra depuis un bureau du cinquième étage situé un peu plus bas. Elle me fit un petit signe de la main, disparut et réapparut juste en face de moi en l'espace de quelques secondes.

Il n'y avait qu'un mètre cinquante d'écart entre les deux bâtiments. Je fis un pas sur le côté, et elle se jeta à travers cet espace avec un léger élan en attrapant le rebord de la fenêtre avec ses deux bras. Elle se précipita à l'intérieur, se redressa pour me faire un bisou sur la joue et s'enfuit dans le hall.

J'avais la nette impression que je passerais difficilement inaperçu avec mon large corps humain dans les vêtements que j'avais choisis pour mon confort plusieurs siècles auparavant, mais je n'allais pas la laisser s'enfuir sans défense. D'un autre bond dans l'ombre, je la suivis jusqu'à la chambre de son amie.

Quelques personnages aperçus dans les réunions se tenaient devant la porte. Ils se raidirent tous à la vue de Sorsha.

— Qu'est-ce que tu fais ici ? demanda un jeune homme dont le visage doux ne laissait rien paraître de la force qu'il avait accumulée dans son corps musclé. Lorsque j'étais sur le champ de bataille, je l'aurais considéré comme une proie facile, qui valait à peine le temps qu'il aurait fallu pour le mettre hors d'état de nuire. J'aurais peut-être jugé que l'effort en valait la peine de toute façon, après l'avoir entendu ricaner à la face de Sorsha.

— Il fallait que je vienne, dit-elle, le dos raide. Elle jeta un coup d'œil vers les autres personnages. Comment va-t-elle ? Est-elle réveillée ?

— Huyen est à l'intérieur avec elle, dit l'une des femmes sans ambages. D'après ce qu'elle a dit, Ellen est toujours dans les vapes. Ils l'ont frappée durement — commotion cérébrale, côtes cassées, tout ça.

À ce moment-là, une autre femme sortit de la chambre d'hôpital, le visage crispé par l'inquiétude. Sa bouche se crispa encore plus lorsqu'elle vit Sorsha. Sans hésiter, elle saisit le bras de notre mortelle et l'entraîna plus loin dans le couloir. L'homme au visage doux se rapprocha, sans doute pour écouter, ce qui ne fit qu'augmenter mon envie de lui casser la figure.

— Il faut que tu sortes d'ici, dit la femme d'un ton dur. Tout ça, c'est à cause de toi et de ta folle croisade.

La culpabilité traversa le visage de Sorsha.

— Je ne voulais pas… j'ai essayé de faire en sorte qu'on soit prudents.

— Manifestement pas assez.

— Je suis vraiment désolée, Huyen. Sorsha serra la mâchoire. Je sais que ça ne compense pas l'attaque, mais tu peux lui dire que demain soir nous allons faire tomber les connards qui ont fait ça.

La femme aspira une bouffée d'air.

— Tu te moques de moi ? Tu veux nous foutre encore plus dans la merde ? Les gens qui l'ont attaquée lui ont demandé de faire passer un message : vous dire, à toi et à tes amis, de ne pas vous mêler de leurs affaires. Ils ont failli la tuer, tu sais. Je ne voulais même pas que tu viennes ici, Lila n'aurait pas dû t'appeler.

Sorsha déglutit et ses épaules s'affaissèrent.

— Je vais m'en aller. Je voulais juste voir… quand j'ai entendu… Elle secoua la tête. Puis son regard se releva avec une lueur d'inquiétude. Elle éleva la voix pour qu'elle atteigne le groupe près de la porte. Quelqu'un a-t-il appelé Vivi ?

La femme qui lui avait parlé plus tôt acquiesça.

— J'ai essayé. Je suis tombée directement sur la boîte vocale. Soit sa batterie est à plat, soit elle était dans le métro, soit quelque chose comme ça.

— D'accord. D'accord. Sorsha sembla vouloir courir vers la chambre de la blessée — je me mis dans l'ombre au cas où j'aurais besoin de lui ouvrir la voie — mais elle fit demi-tour et se précipita dans l'autre pièce où elle était entrée.

Dès qu'elle eut fermé la porte, elle sortit son téléphone. J'émergeai dans le monde physique à côté d'elle.

Elle répondit à ma question avant que je n'aie à la poser.

— Ils se sont attaqués à Ellen, pourquoi ne s'attaqueraient-ils pas aussi à ma meilleure amie ? S'ils ont identifié les membres du Fonds, ils ne vont plus croire l'histoire bidon de Vivi sur le vol de la voiture de sa grand-mère. Merde, merde, merde ! Elle grimaça en regardant le téléphone, qui n'avait pas dû pouvoir joindre Vivi, et le remit dans sa poche. Il faut que j'aille chez elle. Ils ont sauté sur Ellen juste devant son appartement. Vivi devrait normalement travailler tard aujourd'hui — si je peux y arriver en premier...

— Où allons-nous ? demandai-je alors qu'elle grimpait à la fenêtre.

Sorsha me jeta un coup d'œil.

— Je ne m'attends pas à ce que tu viennes. Omen a été assez clair sur le fait qu'il n'approuvait pas qu'on s'implique à ce point. Tu peux dire aux autres que je vous rejoindrai tous au parking des bus sur Lincoln Road.

Si tant est qu'elle y parvienne. Pensait-elle vraiment qu'elle pouvait s'attaquer seule à une bande d'agresseurs — ou que je la laisserais faire — ?

— Non, dis-je fermement en m'approchant d'elle. On se soutient mutuellement, n'est-ce pas ce que tu as dit ? Nous ferons cela ensemble. Omen peut attendre.

— Tu es... oh, merde, on n'a pas le temps. Merci. Elle m'adressa un sourire et s'élança vers l'immeuble de bureaux.

Je m'élançai à sa suite, m'étirant pour traverser tout l'espace comme à peine plus qu'un brouillard de ténèbres plus épais dans la pénombre brumeuse du soir. De l'autre côté, Sorsha se rua sur la porte qu'elle dut ouvrir d'un coup sec.

— Dieu merci, il a fallu que Vivi aille vivre en plein centre-ville, dit-elle en se précipitant vers les escaliers. Son appartement n'est qu'à six rues d'ici. Un rire sauvage s'échappa de sa poitrine. Nous pourrions même rentrer avant que le délai de trente minutes d'Omen ne soit écoulé.

Nous sprintâmes à travers les ruelles et le long d'une rue animée bordée de restaurants et de boutiques. Les baskets de Sorsha frappaient le trottoir et moi je m'envolais à travers les ombres où je pouvais me déplacer plus rapidement et sans obstruction. Elle ne ralentit qu'au cinquième pâté de maisons, en donnant un nouveau coup de pouce sur l'écran de son téléphone. Je fonçai devant elle, mais je m'arrêtai là où je pouvais encore entendre sa voix qui s'échappait avec soulagement.

— Vivi ! Dis-moi que tu n'es pas encore rentrée. Oh, mince, si tu plisses les yeux, tu me verras probablement au bout de la rue. Elle se remit à marcher à vive allure. Ne t'approche pas plus, il faut qu'on…

J'avais déjà jeté un coup d'œil devant moi pour voir une silhouette familière, avec une masse de boucles noires et une tenue blanche élégante, qui se tenait devant une boutique à l'autre bout du pâté de maisons. Ou plutôt, elle se tenait à l'extérieur lorsque je la repérai pour la première fois. Un instant plus tard, deux silhouettes vêtues de gilets pare-balles surgissaient de l'immeuble le plus proche.

Sorsha se tut en entendant son amie crier. Elle se propulsa en avant aussi vite que ses pieds de mortelle le lui permettaient.

Je rejoignis les assaillants encore plus rapidement. Bondissant de l'ombre à la dernière seconde, j'enfonçai mon poing dans la gorge du mécréant le plus proche.

L'homme tomba en crachant du sang, mais l'autre attaquant attira l'amie de Sorsha dans l'embrasure de la porte à côté de lui. Sorsha et moi les poursuivîmes — et deux autres combattants de la Compagnie se précipitèrent à notre suite, le premier brandissant une arme à feu et l'autre agitant un de ces fouets de lumière qui me mettaient mal à l'aise dans tout mon être.

Une odeur épaisse de viande m'emplit le nez. Nous étions entrés dans une boucherie. Je réussis à arracher l'arme de la main de l'un des hommes en faisant craquer les os de son poignet. Puis je courus après celui qui avait attrapé Vivi et qui lui faisait à présent passer une autre porte à l'arrière.

Sorsha et moi fîmes irruption dans une salle où pendaient des carcasses d'un rouge et d'un rose éclatants, marqués par des lignes de graisse plus pâles. L'odeur nous envahit les narines en une vague épaisse, mais Sorsha n'hésita pas, même si elle toussa. Elle s'élança tout droit sur le ravisseur de son amie.

Mon premier réflexe fut de me jeter à sa poursuite et d'abattre le type pour elle, mais je me forçai à m'arrêter et à protéger littéralement ses arrières. J'arrachai une cuisse à l'une des carcasses de vache et la projetai sur l'homme qui était arrivé derrière nous avant qu'il ne puisse nous frapper avec son fouet déconcertant.

La stratégie fonctionna bien, car Sorsha maîtrisait manifestement son côté de la bataille. Elle esquiva sur le côté à la dernière seconde et projeta une carcasse entière sur l'attaquant de Vivi, le frappant à la tête avec la viande crue.

L'homme grogna et vacilla ; Vivi se dégagea en poussant un cri. Lorsque l'homme s'élança sur elle, sa main se levant d'un coup sec pour saisir un pistolet, Sorsha le plaqua au sol.

Des étincelles jaillirent. La langue de feu qu'elle avait provoquée brunit les carcasses au-dessus d'eux, transformant la puanteur de la viande crue en barbecue.

Notre agresseur au fouet n'avait pas encore été

dissuadé. Il projeta l'arc de lumière dans ma direction, et je plongeai dessous, me jetant sur ses jambes. Lorsqu'il bascula, je me jetai à la fois sur l'arme et sur les plaques venimeuses de son armure. J'enfonçai la cuisse de bœuf dans sa bouche, assez fort pour lui perforer l'arrière de la gorge.

Je me retournai pour découvrir que Sorsha avait réussi à enterrer son adversaire sous trois des lourdes carcasses. Les cordes auxquelles ils étaient suspendus pendaient, leurs extrémités noircies par les brûlures.

Elle attira mon attention et je me surpris à lui sourire, un rare sentiment d'allégresse emplissant ma poitrine. Je n'avais pas apprécié le combat depuis des lustres. Mais là… c'était bien. C'est ce que devait être une bataille : des camarades qui conquièrent le mal côte à côte. Se protéger les uns les autres n'était pas la seule chose à faire. Je devais donner à mes compagnons la possibilité d'être les guerriers qu'ils étaient capables de devenir.

Peut-être pourrais-je faire en sorte que cette guerre soit gagnée comme il fallait après tout.

Vivi était appuyée contre le mur du fond, respirant difficilement, sa tenue blanche et élégante maintenant maculée de sang.

— Sorsha ? dit-elle timidement, les yeux écarquillés.

La dame lui tendit la main.

— Viens, Vivi. Nous allons te sortir de là.

VINGT-DEUX

Sorsha

— Eh bien, c'est… quelque chose, dites donc! dit Vivi en observant les murs de l'espace de vie au plafond bas, qui avaient l'air — et l'odeur — d'avoir été enduits d'algues séchées. À en juger par son visage, je soupçonnais qu'elle résistait à l'envie de froncer le nez.

Gisele se promenait dans la pièce, qui contenait par ailleurs une étrange collection de meubles en rotin avec des coussins en coton qui semblaient au moins douillets. La voix guillerette de la métamorphe licorne ne laissait rien paraître de l'hésitation de Vivi.

— Kaiso a dit que nous pouvions passer et utiliser cet endroit à tout moment. Il possède des péniches partout dans le monde, alors il n'est pas souvent là.

— Un grand fan de la vie aquatique, hein ? J'ajustai

mon équilibre alors que le sol se balançait sous nous avec les courants changeants de la rivière.

— C'est logique. C'est un kappa, après tout.

Vivi leva les sourcils.

— Hum, es-tu totalement sûre qu'il ne reviendra pas pendant que je séjourne ici ?

Les tempéraments variaient vraiment d'une ombre à l'autre, mais les kappas avaient la réputation d'être au mieux des fourbes et au pire des meurtriers par noyade.

— Oh, je suis sûre qu'il n'y aura pas de problème, même s'il le fait, dit Gisele. Il suffit de lui dire que tu es une de nos amies.

Vivi n'avait pas l'air plus sûr que moi de cette stratégie — qui sait si l'esprit des eaux vous demanderait de vous présenter avant de vous noyer ? — mais Omen entra dans le bateau à ce moment-là. Il n'hésita pas à froncer le nez en jetant un coup d'œil autour de lui.

— Vous devriez être à l'abri de tout homme de l'ombre qui viendrait à errer par ici, dit-il. J'ai marqué l'endroit de mon pouvoir en guise d'avertissement. Il n'y en a pas beaucoup qui risqueraient délibérément d'exciter la colère d'un chien de l'enfer.

Marqué l'endroit ? Quoi ? Il avait pissé sur le pont sous sa forme de chien pour laisser son odeur ? L'image fit tressaillir les coins de ma bouche, mais je décidai qu'il valait mieux ne pas risquer sa colère tout de suite en disant quoi que ce soit. Trop de gratitude me chatouillait la poitrine.

Je ne m'attendais pas à ce qu'Omen participe à la recherche d'un endroit sûr pour Vivi, et encore moins à ce qu'il use de son influence pour la protéger.

— Merci, dis-je sincèrement.

Il haussa les épaules et repartit sans un mot de plus.

— Je suppose que l'autre gars a eu droit à toute l'amabilité qu'on lui offrait quand ils ont vu le jour, hein ? dit Vivi en plissant les lèvres. Ruse était passé quelques minutes plus tôt pour déposer de la nourriture et quelques vêtements de rechange qu'il avait rassemblés pour elle, et qu'il lui avait tendus avec son charme habituel.

— Quelque chose comme ça. Je jetai un coup d'œil à Gisele. C'est très bien. Merci beaucoup. Peux-tu nous laisser un peu de temps pour parler ?

— Bien sûr ! La métamorphe licorne inclina la tête et son arc-en-ciel de cheveux en s'adressant à ma meilleure amie. C'était un plaisir de te rencontrer. Elle partit en trottinant à la suite d'Omen.

Vivi s'installa dans l'un des fauteuils en rotin.

— Mon Dieu, quelle soirée ! On est passé de la poêle à frire au brasier.

Ce commentaire me tordit les tripes. Je savais que c'était une expression, mais je n'étais pas sûre qu'elle ait remarqué les jets de flammes et la chaleur que j'avais pu produire pendant que je terrassais son agresseur dans la boucherie.

Elle n'en avait pas parlé, et je m'étais dit qu'il valait mieux ne pas lui imposer plus de folie qu'elle n'en avait déjà vécue... et puis je n'avais pas très envie de voir comment notre amitié pourrait changer si je révélais que je n'étais peut-être pas tout à fait humaine après tout.

— Ruse t'apportera d'autres affaires si tu en avez besoin, dis-je. Et j'aurai toujours mon téléphone sur moi. Mais j'espère que ce que nous allons faire ce soir nous permettra de faire un grand pas vers l'élimination complète de la Compagnie de la Lumière, et que nous n'aurons plus à nous inquiéter qu'ils s'en prennent à nouveau à toi.

— Tu crois ça ? Ils sont bien plus organisés et vicieux que tous les chasseurs que nous avons affrontés jusqu'à présent.

— Si nous parvenons à libérer les ombres supérieures qu'ils torturent, nous aurons des tonnes de nouveaux alliés. Et nous allons obtenir toutes les informations possibles des gens qui travaillent là-bas, tous les fichiers qu'ils ont sur le site, et ensuite, avec un peu de chance, tout effacer de leur côté pour que toutes leurs données expérimentales soient kaput... Nous sommes beaucoup mieux préparés que nous ne l'étions avant.

— Tu avais suffisamment bien compris les choses pour me trouver avant que ces abrutis ne me pendent ou quoi que ce soit qu'ils aient prévu, alors j'ai toute la confiance possible en tes plans. Vivi me tapota le bras lorsque je m'assis à côté d'elle, mais son énergie habituelle était toujours aussi faible.

Un coup de poignard me transperça l'estomac. Si je n'avais pas poursuivi la Compagnie et continué à aider Omen et les autres à trouver un moyen de les faire tomber — si je n'étais pas allé demander de l'aide au Fonds — en ce moment même, Ellen serait au cinéma en train de tout préparer pour la journée. Vivi pourrait retourner dans l'appartement qu'elle avait décoré avec tant de goût. Ni l'une ni l'autre, ni aucun des autres membres du Fonds, ne vivraient dans la crainte de voir des psychopathes meurtriers en armure d'argent et de fer se déchaîner sur leur vie.

— Je suis désolée, dis-je. Je ne me suis pas rendu compte... je pensais que le fait d'impliquer le Fonds là-dedans serait sans danger avec toutes les précautions que nous avions prises. La dernière chose que je voulais...

Vivi leva la main.

— Je vais t'arrêter tout de suite. Je t'ai suppliée de me laisser participer, Sorsha. Ellen et Huyen ont aussi fait leurs propres choix. La raison d'être du Fonds de Défense des Ombres est censée arrêter les connards qui traitent les ombres comme de la vermine, et ces gens de la Compagnie sont clairement les pires d'entre eux. Tu crois vraiment que ce serait mieux si on les laissait faire leurs expériences et assassiner tous ceux qui tombent sur leurs manigances ? Parce que moi, je ne le pense pas. Je suis toujours à cent pour cent dans l'équipe « Écrasons ces connards jusqu'à ce qu'ils soient réduits en miettes ».

Je dus sourire, mais mes doigts se resserrèrent sur ma poche où mon téléphone formait une masse plate et silencieuse.

— Tu es la seule du Fonds à penser ainsi, pour autant que je sache. Les seules personnes qui ont répondu quand j'ai essayé de les joindre ce matin n'avaient pas grand-chose à dire d'autre que « va te faire foutre. »

— Oh, ils se remettront les idées en place quand tu auras dévoilé tout ce que la Compagnie a fait. Et ceux qui ne le feront pas ne sont que des poules mouillées.

Sa véhémence atténua un peu ma culpabilité. Je m'enfonçai dans mon fauteuil, portée par le balancement du bateau. Heureusement, il était amarré loin de l'endroit où nous allions nous incruster ce soir.

— Alors… Vivi me poussa avec son index. Combien de groupies de l'humanité de l'ombre as-tu maintenant ?

Je roulai des yeux, ignorant la légère rougeur qui empourprait mes joues.

— Seulement trois toujours. Tu ne penses pas que c'est suffisant ?

— Pourquoi s'arrêter là ? Ce type, Omen, est plutôt sexy, dans le genre « je t'arracherai la figure ».

J'étais presque sûre qu'Omen avait littéralement arraché la figure de beaucoup de gens, et peut-être que Vivi s'en rendait compte.

— On peut à peine avoir une conversation sans avoir envie de se taper dessus. Je pense que je vais m'en tenir à trois. Je me frottai le visage. C'est déjà assez bizarre que j'aie une relation avec une bande de monstres, n'est-ce pas ?

Vivi haussa les épaules.

— Il n'y a rien de mal à avoir des goûts inhabituels en matière d'hommes. Ça laisse plus de beaux gars ordinaires pour le reste d'entre nous. Maintenant que je les ai rencontrés, je vois bien l'intérêt qu'ils présentent. Elle me fit un grand sourire.

— Crois-moi, ils causent plus de problèmes qu'ils n'en ont l'air, marmonnai-je, mais je me plaignais sans grand enthousiasme. Je ne pouvais pas dire que je regrettais que le trio ait fait irruption dans mon appartement et dans ma vie il y a quelques semaines — pas même un tout petit peu, mis à part la perte de cet appartement et à peu près tout ce sur quoi j'avais compté.

Et nous avions des problèmes bien plus importants à régler ce soir-là. J'aurais aimé m'attarder sur les coussins douillets, ignorer l'odeur des algues et discuter avec Vivi comme s'il s'agissait de vacances aquatiques inattendues et non d'une tentative pour lui sauver la vie, mais je devais vraiment retourner à nos derniers préparatifs.

Je me levai du fauteuil. Vivi se leva aussi pour que je puisse la serrer dans mes bras. Elle me rendit mon étreinte tout aussi fort.

— Tu te tiens à carreau cette fois-ci, lui ordonnai-je en la pointant du doigt. Ne pose pas un pied hors de ce bateau — à moins que les méchants ne s'y aventurent, bien sûr.

— Oui mon capitaine, dit-elle avec un salut effronté. Puis un nuage traversa son expression, un soupçon des craintes qu'elle réprimait. Idem.

— Idem.

En traversant le pont de la péniche, mes propres craintes gonflaient dans ma poitrine. J'avais à peine protégé Vivi cette fois-ci. Si la Compagnie la retrouvait ici...

Nous devrions nous assurer qu'ils n'aient pas l'occasion d'essayer.

Alors que je me dirigeais vers la terre ferme, je fis tourner un texte dans ma tête et j'en chantai la nouvelle version mutilée dans ma barbe pour me remonter le moral. « Debout et brûlons-les, ne les laissons jamais nous voir froncer les sourcils. Ja-a, mais. Ja-a, mais. »

Je m'arrêtai dans mon élan lorsque je vis Omen qui m'attendait sur la route. La toutemobile avait disparu, ne laissant que lui et la moto qu'il avait apparemment récupérée quand j'avais le dos tourné. Il chevauchait la vieille Harley bien polie, un pied au sol et l'autre appuyé sur le repose-pieds. Tout ce dont il avait besoin, c'était d'un blouson en cuir usé, et il aurait pu sortir tout droit d'un film de motards des années 70.

Ce n'était pas mon époque, mais je pouvais tout de même apprécier l'ambiance.

Je m'approchai en croisant les bras.

— Vous avez décidé qu'il était temps de plonger dans le personnage du mauvais garçon, n'est-ce pas ? Cela ressemble plus à votre style que celui de cette bonne vieille Betsy.

Il me fit une grimace.

— Ne salis pas le nom de Betsy. Elle nous a tout donné. Voici Charlotte.

Je retins un rire.

— Vous donnez un nom à tous vos véhicules ?

— Les deux que j'avais, oui. Est-ce que tu penses pouvoir éviter de faire exploser celui-ci, Miss Catastrophe ?

— ça n'était même pas de ma faute pour les autres, ressentis-je le besoin de souligner. Pourquoi me laissez-vous approcher cette chère Charlotte si cela vous préoccupe tant ?

Son regard s'aiguisa.

— Thorn m'a dit que tu avais encore utilisé tes pouvoirs pour repousser les agresseurs de ton amie. Tu as l'air de mieux réussir à les faire surgir, c'est juste le contrôle qui doit être travaillé. Il m'est venu à l'esprit que la moto pourrait être un bon moyen de t'entraîner de manière concentrée.

— Comment cela ?

— Tu ne sais pas conduire, donc je suppose que tu n'es pas plus confiante sur un véhicule qui roule à toute allure que devant un. Et j'ai plein de trucs pour faire battre ton cœur. Monte ! Il tapota le siège derrière lui, puis une bande de papier qu'il avait scotchée à l'extrémité du guidon. Quand tu seras assez nerveuse pour sentir ton pouvoir, vois si tu peux mettre le feu à ça — pas à moi. J'en ai encore sous le coude une fois que celui-ci sera bien croustillant.

Cela semblait être un plan raisonnable… sauf que j'hésitais non seulement à monter sur une moto en pleine vitesse, mais aussi à m'accrocher à l'homme en face de moi pendant que je faisais ça. Je ne pouvais pas vraiment espérer me percher délicatement à l'arrière - non, il allait falloir un contact avec tout le corps.

Mais je n'allais pas laisser Chefaillon remarquer cette hésitation.

— D'accord, dis-je, et je sautai sur l'engin.

Alors que j'installais mes genoux contre ses hanches et que j'enroulais mes bras autour de sa taille, Omen se tourna vers l'avant. Tout son abdomen était rempli de muscles solides. Ce n'était pas un homme que je m'attendais à — ou que je voulais — embrasser, mais je ne pouvais pas dire que c'était une expérience entièrement désagréable. J'espérais juste ne pas l'inonder de sueur dans la chaleur de l'été ou quelque chose du genre.

— Pas de casque ? demandai-je.

Il s'esclaffa.

— Et moi qui croyais que tu avais un penchant pour le danger. Aujourd'hui, nous allons défier la mort.

Sans un mot de plus ni aucun avertissement, il fit démarrer la moto à toute allure.

Mes bras se resserrèrent autour du corps d'Omen dans une tentative instinctive de… ben de ne pas mourir. Mes jambes firent de même et je penchai le buste en avant pour me fondre contre lui par sécurité. Maintenant, je pouvais dire que j'avais le quatrième membre de mon quatuor d'ombres entre les cuisses, même si ce n'était pas comme ça que Vivi avait pensé pour me taquiner.

Alors que nous descendions la rue et tournions à la première intersection, l'odeur diabolique du métamorphe, déjà très dangereuse en soi, emplit mes narines. Ses muscles fléchissaient sous mes doigts. Mon cœur battait la chamade, mais c'était peut-être en partie parce que mon cerveau d'idiote ne pouvait s'empêcher de se demander comment Omen réagirait si je plongeais mes mains un peu plus bas et découvrais ce pour quoi, lui avait un penchant.

C'est alors que le chien de l'enfer prit un autre virage en rétrogradant et en inclinant la moto sur le côté. Toute pensée autre que celle de survivre s'évanouit de mon esprit. Quelques secondes plus tard, il prit un virage si bas que j'aurais juré que mes cheveux avaient effleuré la chaussée.

Mon pouls s'arrêta. Avec sa force d'homme de l'ombre, il se remettrait probablement d'une chute à grande vitesse. Comprenait-il à quel point ma tête se fracasserait facilement ?

Oui, oui, il l'avait compris. C'est pour cette raison qu'on s'approchait si près de la glissière de sécurité que je pouvais voir le trafic passer sous le pont aussi clairement que ma vie défilait devant mes yeux. C'était dans un but précis.

Concentre-toi, Sorsha. Je voulais maîtriser cette force en moi.

Lors d'un sursaut de panique face à une manœuvre risquée, je concentrai mon attention sur la bande de papier qui s'agitait maintenant sauvagement dans le vent. La chaleur explosa dans ma poitrine en même temps que la poussée d'adrénaline. Je plissai les yeux et le papier s'envola dans une explosion de flammes.

Omen ralentit à un feu rouge et sortit un autre feuillet de sa poche.

— C'est bien. On recommence. Après quelques fois, nous verrons si tu peux y arriver quand tu seras un peu moins terrifiée.

— Je ne suis pas terrifiée, objectai-je, et le reste de mes protestations et probablement toute ma crédibilité se perdit dans le vent lorsque la moto redécolla dans un crissement de caoutchouc brûlé qui me fit pousser un cri.

Même si j'étais tentée de donner une claque sur la tête à Omen pour cette course folle, cela fonctionna. Alors que j'avais grillé mon quatrième bout de papier, la poussée d'énergie qui allait de mes tripes à ma poitrine devint familière. Fidèle à sa parole, le chien de l'enfer se calma sur les cascades, et même si la terreur s'estompait au profit d'un malaise plus doux, je réussis à faire jaillir assez d'étincelles pour brûler quelques bandes de plus en ravivant cette sensation.

Je n'avais pas compris qu'il avait fait demi-tour pour arriver au parking des bus jusqu'à ce qu'il se gare juste devant. Je m'écartai de lui et descendis de la moto, pensant qu'un peu d'espace était nécessaire désormais, mais le sourire qu'il m'adressa — le plus lumineux et le plus sincère que j'avais vu de sa part jusqu'à présent — raviva le sentiment d'attirance qui m'habitait.

Ce n'était pas grave, n'est-ce pas ? Je n'avais pas l'intention de lui sauter dessus ou quoi que ce soit. Pourquoi une fille ne pourrait-elle pas simplement avoir des goûts inhabituels en matière d'hommes, comme l'avait dit Vivi ?

— Tu commences à bien t'en sortir, dit-il.

— Peut-être que je ne suis pas une catastrophe après tout ?

— On verra ce soir. Il dit cette partie sèchement, mais son regard n'était pas aussi glacial que d'habitude lorsqu'il s'attarda sur mon visage. Tu as assez bien tenu le coup jusqu'à présent.

Venant de lui, c'était le plus grand des éloges. Avais-je réussi à mettre le chien au pas ?

Je me surpris à lui rendre son sourire.

— Et il a suffi d'un peu de persuasion pour vous convaincre.

Il pouffa, mais sa bonne humeur sembla s'estomper. Il me fit signe de me diriger vers le terrain.

— Je dois cacher Charlotte. Et voir si les autres ont avancé sur les derniers détails. Nous avons déjà perdu assez de temps à régler tes problèmes.

Puis il partit sans un mot de plus, me laissant aux prises avec une autre sorte de coup de fouet.

VINGT-TROIS

Sorsha

Nos hôtes ne semblèrent que peu contrariés lorsque Ruse décida de se précipiter sur un plat à emporter thaïlandais au lieu de nous laisser piocher dans leur réserve d'herbe et d'autres fines verdures.

— Ils font aussi une excellente salade, dit Bow en montrant son assiette de feuillage. Il étudiait les récipients de nouilles de riz et de curry crémeux d'un air perplexe, comme s'il n'arrivait pas à comprendre pourquoi quelqu'un choisirait de se mettre ces choses-là dans le ventre.

— J'ai besoin de protéines pour nourrir mon cerveau, dis-je. C'est… un truc de mortel. Il semblait plus poli de ne pas mentionner que manger de l'herbe et du trèfle n'était pas une chose humaine, quel que soit le scénario dont j'avais connaissance.

Omen feuilletait les photos et les plans que nous avions obtenus pour le bâtiment de Wharf Street sur une tablette que Ruse avait arrachée à notre hackeuse de garde.

— Ne te sens pas mal pour elle, m'avait dit l'incube. Elle en a une pile deux fois plus grande que ton dragon. Snap passa un bras autour de mes épaules sur le canapé du camping-car.

Je cédai à l'envie de donner au dévoreur une bouchée de poulet au curry vert avec ma fourchette. Il passa sa langue sur ses lèvres pour absorber les traces persistantes d'épices, et ses pupilles se dilatèrent.

— C'est doux, mais ça donne chaud aussi. Son sourire prit un air coquin. Je comprends pourquoi tu aimes ça, Peach.

— Tais-toi, dis-je en l'embrassant sur la joue pour qu'il sache que mon ton léger signifiait que je plaisantais.

Ruse s'installa à la table à côté de moi, pas aussi câlin que Snap, mais avec un air plus décontracté que d'habitude. Quelle que soit la raison pour laquelle il était tendu auparavant, notre récent intermède à trois avait dû le guérir. Les yeux pétillants, il passa son pouce sur une goutte de sauce à la commissure de mes lèvres et le suça.

Oh, oui, moi aussi j'avais chaud. Avant même qu'il ne pose une main aguicheuse sur ma jambe sous la table, j'avais déjà une bonne dose de chaleur entre les cuisses.

— Le meilleur endroit pour mettre le feu aux poudres, c'est ici, dit Omen en zoomant sur une image. À quelle distance penses-tu devoir t'approcher, Sorsha ?

Si je parvenais à mettre le feu au bâtiment ? Je me mordis la lèvre en réfléchissant.

— Je ne sais pas. J'ai déplacé les flammes du camping-car à une quinzaine de mètres, mais je n'ai fait que propulser ce qui était déjà là — en plus, j'essayais d'empêcher ces types d'assassiner Thorn. Je ne pense pas que j'aimerais me lancer dans cette aventure avec la même inspiration. Mais peut-être que si nous empruntons cette ruelle, je pourrai me rapprocher bien plus que ça sans me faire prendre de toute façon.

— Pendant que le reste d'entre nous reste dans l'ombre. Ça pourrait marcher. Et où est-ce que tu t'esquiverais — oh, laisse-moi deviner, cette fenêtre ne serait pas trop difficile à atteindre pour toi ? Le coin de sa bouche se retroussa.

— Tu as si bien appris à me connaître, dis-je amusée, mais quelque chose s'était transformé dans la dynamique entre nous depuis ce matin, sa brusquerie après la balade à moto mise à part. Nous avions échangé des idées tout au long de l'après-midi avec une familiarité qui commençait à être presque confortable. Un adjectif que je n'aurais jamais pensé associer à Chefaillon.

Snap, comme toujours, veillait à mon bien-être, plus que je n'avais tendance à le faire.

— Nous ne savons pas quels gardes sont postés au deuxième étage. Sorsha pourrait finir par sauter directement sur eux.

— Je prendrai le même chemin qu'elle, dit Thorn en agitant les épaules tandis que Pickle galopait de l'une à l'autre. Il jeta un regard noir à la petite créature, ce qui ne l'empêcha pas de tendre la main pour lui gratter le menton. Ils ne s'attendront pas à nous voir, et ce serait une bien piètre tactique, dont la Compagnie n'a jamais fait preuve, que d'avoir de nombreux gardes regroupés au même endroit sans raison d'anticiper une entrée. À nous deux, nous pourrons les transpercer.

— Dès que nous aurons libéré nos frères, nous serons encore plus forts en nombre, dit Omen.

Je tambourinai sur la table.

— Mais n'oubliez pas que nous ne voulons pas rester dans les parages assez longtemps pour que la Compagnie envoie des renforts, et nous avons besoin de toutes les données que nous pouvons obtenir sur leurs opérations. Dès que Ruse aura téléchargé le virus sur le premier ordinateur que nous trouverons, nous devrons nous emparer de tous les autres équipements informatiques que nous verrons avant qu'il ne les active. On pourra voir ce qu'on pourra obtenir de leurs dossiers une fois que nous aurons ramené l'équipement à la toutemobile.

Omen acquiesça.

— Snap, tu détermines quel équipement est le plus vital si nous devons établir des priorités. Bow et Gisele, vous devrez vous occuper des évadés et vous assurer qu'ils restent sur la bonne voie. Mais je pense que tout devrait bien se passer. Il marqua une pause, puis leva les yeux pour croiser mon regard. Tu comprends que nous ne laisserons aucun humain en vie dans cet endroit si nous le pouvons, n'est-ce pas ?

Un frisson me parcourut l'échine devant la froideur avec laquelle il fit cette déclaration, mais je m'y étais préparée. Abattre les occupants humains du bâtiment était le moyen le plus simple d'assurer notre propre sécurité, aussi bien pendant l'attaque qu'après. Plus nous réduirions le nombre de personnes travaillant pour la Compagnie de la Lumière, plus il serait difficile pour elle de continuer à fonctionner et plus il nous serait facile de perturber les autres parties de l'organisation que nous devions détruire.

Une nausée me traversa l'estomac — et s'estompa avec le souvenir du connard qui avait braqué son arme sur Vivi, et des descriptions que j'avais reçues des blessures d'Ellen.

Tous ceux qui travaillaient dans ce centre savaient qu'ils torturaient des êtres conscients, dotés de la même conscience de soi que les humains, et qu'ils avaient participé à je ne sais combien d'horreurs infligées à de véritables humains. Je n'aimais pas l'idée de faire couler leur sang, mais je n'allais pas non plus verser des larmes sur leur mort.

— Si c'est ce que nous devons faire, alors nous le ferons, dis-je fermement. J'en ferai frire quelques-uns s'il le faut. Si je le pouvais…

Le chien de l'enfer hocha la tête d'un air approbateur et commença à revoir quelques points avec Thorn, qui se pencha pour regarder l'écran. Je me forçai à avaler une nouvelle bouchée de pad thaï, mais elle retomba lourdement dans mon estomac.

La dernière fois que nous avions pris d'assaut l'un des bâtiments de la Compagnie, nous étions moins nombreux et nous savions moins à quoi nous attendre — mais j'avais aussi eu moins de temps pour me rendre compte de l'énormité de la tâche qui nous attendait.

Je me faufilai entre Snap et la table pour me glisser hors de la banquette, lui arrachant un baiser au passage.

— Pause pipi. Ne pars pas sans moi.

Tandis que Gisele ricanait de cette demande inutile, je me glissai dans la petite salle de bains du camping-car et je refermai la porte derrière moi. Cet espace compact était la seule partie du véhicule que ses propriétaires de l'ombre n'avaient pas agrandie ou embellie, probablement parce qu'ils n'en avaient pas l'utilité. Je m'assis sur les toilettes, abatant baissé, un genou heurtant la porte coulissante de la cabine de douche, et j'inspirai profondément.

Je pouvais le faire. Je pouvais générer du feu à partir de rien — je l'avais déjà fait de nombreuses fois auparavant, et ce soir je le ferais encore, autant de fois que j'en aurais besoin. C'était tout ce qu'il y avait à faire.

Je tirai une feuille de papier toilette du rouleau et je la tins devant moi. Tout ce dont j'avais besoin, c'était de me rappeler les sensations de cette balade en moto. Remuer les émotions qui avaient fait monter la chaleur dans ma poitrine. Penser à Vivi en train de se faire attraper par ces connards, à cette salle de cages dans le centre d'expérimentation, au visage de Snap lorsqu'il avait recueilli des impressions sur la douleur causée par les expériences de la Compagnie. À la rafale de mitrailleuse qui visait Thorn.

Mes poumons se contractèrent en même temps que mon pouls. Tous ces enfoirés méritaient d'être brûlés jusqu'à la moelle.

Je fixai la feuille de papier souple et une flamme jaillit le long de son bord.

C'était magnifique. Il me faudrait beaucoup plus de flammes que ça pour raser l'immeuble de Wharf Street quand nous en aurions fini, mais j'aurais beaucoup plus de motivation quand je serais au milieu de la mêlée. Et si mes nouveaux pouvoirs faiblissaient une fois dans l'immeuble, j'avais un nouveau briquet et une bouteille de kérosène pour accélérer les choses.

J'éteignis le papier toilette enflammé avec un jet d'eau dans le lavabo et je sortis pour trouver Snap qui m'attendait dans le couloir. Il posa les yeux sur moi avec une attention inhabituelle.

— Tu vas bien ? demanda-t-il.

Mon amant le plus dévoué n'était qu'attentionné. Je posai la main sur sa poitrine et lui souris.

— Tout à fait. Nous avons tout ce qu'il faut.

Il passa ses doigts sur mes cheveux, me regardant avec

une telle affection que mon cœur se mit à battre à tout rompre pour des raisons bien plus agréables.

— Je m'occuperai de toi là-bas moi aussi. Pas seulement Thorn. Je ne laisserai plus personne te faire du mal.

— Hé, si je prends encore des balles ou si je me casse encore des os, cette dryade pourra toujours me rafistoler, n'est-ce pas ?

Comme son sérieux ne faiblissait pas malgré ma plaisanterie, je me penchai encore plus près de lui, posant ma main sur son épaule.

— Ne t'inquiète pas. Je vais m'en sortir.

Il murmura dans sa barbe.

— Peut-être pas tout le temps, mais quand tu n'y arriveras pas, je serai là pour toi.

Cette déclaration simple, mais déterminée me fit ressentir une bouffée d'affection. Je l'attirai vers moi pour l'embrasser, mais ce n'était pas suffisant.

Je devais m'assurer que j'avais aussi le soutien de mon dévoreur, comme dans cette sorte d'accord que j'avais passé avec Thorn. Bon sang, n'importe lequel des membres de mon quatuor et de nos nouveaux compagnons pourrait avoir besoin de protection à un moment ou à un autre, pouvoirs surnaturels ou non. Je serais prête si cela arrivait.

Une fois les derniers détails réglés aussi précisément que possible, nous sortîmes le camping-car du terrain. Je fis de mon mieux pour ne pas m'agiter sur mon siège. Pickle se pelotonna sur mes genoux et cogna sa tête contre mon ventre, comme s'il sentait la tension et tentait de me rassurer. Omen faisait les cent pas d'un bout à l'autre de l'espace de vie, ne se balançant que légèrement lorsque le véhicule tournait.

Je m'étais assise de façon à avoir une certaine visibilité depuis le pare-brise. Le Finger se dessinait devant nous, un *F-you* imposant dans le crépuscule au loin. Le cercle de lumières entourant l'extérieur de la cour touchait à peine l'énorme statue. On y était presque.

Mon téléphone sonna. Vivi ? Je le sortis aussi vite que je pus.

Ce n'était pas le numéro de ma meilleure amie, mais un numéro que je ne connaissais pas. J'appuyai sur le bouton vert, un nouveau début de malaise s'enroulant déjà dans mes tripes.

— Allô ?

— Sorsha ? Oh, super, tu as répondu.

Il me fallut une seconde pour reconnaître la voix avec cet étrange détachement vacillant. Elle devait être encore dans les vapes à cause des médicaments que l'hôpital avait dû lui administrer.

— Ellen ! Comment vas-tu ? Il faut que tu saches que je suis tellement…

— Ne t'inquiète pas pour ça. Ce n'est pas… Elle toussa. Tu as raison. Ces gens-là, on ne peut pas les laisser continuer. Mais j'ai entendu — Leland parlait près de la porte — il a dit quelque chose à propos de s'assurer que personne d'autre ne soit blessé. On aurait dit qu'il avait l'intention de faire quelque chose… quelque chose qu'il n'aurait probablement pas dû faire.

Quelque chose qui avait suffisamment troublé la dirigeante du Fonds pour qu'elle me contacte malgré ses blessures. Ma gorge se serra.

— Je te remercie. Je m'en souviendrai. Repose-toi un peu, d'accord ? On a besoin de toi.

Alors que je posai le téléphone, le Finger passa devant les fenêtres du camping-car. Je venais d'ouvrir la bouche pour dire que nous devions nous arrêter et faire le point sur ce nouvel avertissement lorsque le rugissement d'un autre moteur traversa le mur en face de moi.

Le camping-car fut secoué et s'inclina sur le côté dans un frottement d'acier contre acier.

VINGT-QUATRE

Sorsha

Le choc me projeta dans les coussins de la banquette, mon téléphone m'échappant des doigts. Je levai les bras au-dessus de ma tête juste à temps pour le protéger alors que le camping-car entier basculait.

J'ai dégringolai vers le toit, et la vitre à côté de moi vola en éclats. Le métal crissa tandis que le véhicule dérapait sur le côté sur l'asphalte.

— C'est eux ! haletai-je à cause de l'élancement de mon épaule récemment guérie qui s'était heurtée à une arête de la cloison. La Compagnie. Ils savaient qu'on arrivait.

Mes compagnons de l'ombre tourbillonnèrent autour de moi, passant d'une zone d'ombre à l'autre. Des bruits de pas résonnaient à l'extérieur.

— Tu peux te lever, Sorsha ? cria Thorn, et je me mis debout, attrapant au passage un Pickle tremblant. Vu la façon dont la Compagnie avait détruit nos deux derniers véhicules, je n'avais aucune raison de croire que j'étais plus en sécurité ici que dans la rue.

Omen avait déjà défoncé la porte de ce qui était maintenant le plafond du camping-car renversé. Je courus jusqu'à lui et Thorn me hissa sur le côté en acier qui, miraculeusement, ressemblait encore à un bus de ville.

Les autres s'étaient enfuis à travers les ombres. Il valait peut-être mieux qu'ils y restent. Des silhouettes vêtues d'armures typiques de la Compagnie des Lumières se précipitaient tout autour du camping-car, débordant du camion blindé qui avait dû nous percuter. Des voix plus lointaines criaient aux piétons qui se trouvaient à proximité : « Reculez, reculez ! »

En voyant le chaos qui régnait pendant ces quelques secondes, ma première pensée glaçante fut que l'humanité de l'ombre devait me laisser là. Qu'ils se tirent d'ici aussi vite que possible, et qu'ils laissent la Compagnie se défouler sur le seul être qui n'avait pas pu s'enfuir à travers les ombres. Les mercenaires étaient trop nombreux, ils nous avaient pris trop au dépourvu…

Mais Thorn bondit hors du camping-car sous sa forme humaine, sans même envisager de m'abandonner. D'un coup de poing, il arracha le visage d'un soldat qui s'était élancé sur moi. Alors qu'un autre grimpait sur le véhicule renversé, il lui asséna un coup de talon à l'arrière de la tête.

J'entendis que quelqu'un passait… à cheval ? Sainte mère des mangoustes, non, c'était Bow, qui chargeait nos attaquants avec un cri de guerre et un véritable arc encoché d'une flèche qui semblait être apparus en même temps que sa forme d'homme de l'ombre. Son torse à l'apparence humaine émergeait des épaules d'un étalon alezan.

Avec un cri d'une douceur argentée, un autre cheval chargea au milieu des soldats, un gracieux animal ivoire avec des houppes de poils poussant au-dessus de ses sabots minces et une corne brillante étincelant là où elle jaillissait de son front. Du moins, elle scintilla à l'instant où je la vis, avant que Gisele ne plante sa corne dans le ventre d'un homme. Les équidés n'avaient apparemment pas l'intention d'abandonner leur toutemobile sans se battre.

La licorne recula en poussant un cri de douleur lorsque l'armure de l'homme la frappa. Les métaux entrelacés laissèrent une marque noire juste en dessous de la goutte de sang qui coulait de sa corne.

— Viens. Thorn me hissa sur son dos, sans doute pour s'enfuir, mais il avait à peine sauté au sol qu'un mur d'attaquants lui sauta dessus. Alors qu'il se retournait pour les repousser, le mouvement brusque me fit lâcher prise. Je tombai sur les pavés de la cour.

Je me relevai en tournoyant dans tous les sens à la recherche d'un abri ou, mieux encore, d'une direction précise pour fuir. Tant que je serais vulnérable, mes compagnons se rendraient vulnérables en me protégeant. Mon regard s'arrêta sur Snap surgissant assez longtemps de l'obscurité pour arracher l'arme des mains d'un soldat — une arme qui avait été pointée dans ma direction.

Un autre attaquant s'approcha de moi en brandissant un de ces horribles fouets ressemblant à des lasers. Je réussis à passer sous l'arme et je me jetai sur les jambes du gars. Nous basculâmes ensemble, son casque tombant avec fracas sur le sol. Omen, surgit devant nous, sous la forme du chien de l'enfer, pour ouvrir la gorge du type d'un coup de griffes.

Mais il y en avait encore d'autres, encore beaucoup trop de ces connards. Je saisis la dague que mon dernier assaillant avait attachée à sa hanche et je m'écartai de lui juste à temps pour voir un groupe de soldats de la Compagnie lancer un de ces filets étincelants autour de Bow.

Le centaure s'arrêta en titubant dans un claquement de sabots impressionnant. Ses ravisseurs se rapprochèrent de lui, et une secousse d'horreur me traversa. Sans hésiter, je m'élançai vers eux.

Le centaure frémit sous l'emprise des métaux toxiques, et une chaleur furieuse envahit mon corps. Je me jetai entre deux des hommes qui tenaient le filet, saisis un fil d'argent et de fer et y propulsai la sensation brûlante à travers mes mains avec toute la force que j'avais en moi.

Les soldats autour du filet poussèrent des cris ou hurlèrent de douleur. Ils lâchèrent soudain les liens, des bouffées de chair brûlée me parvenant aux narines. Je tirai sur le filet et parvins à l'arracher avant qu'ils ne se ressaisissent.

Le centaure s'éloigna en titubant et en s'ébrouant, puis se remit en marche avec une détermination renouvelée. Alors que deux des hommes dont j'avais grillé les mains au barbecue s'élançaient vers moi, Bow fonça entre eux. Un coup de pied de ses puissantes pattes arrière brisa les hanches d'un homme. Ses poings envoyèrent l'autre en arrière pour rencontrer les jointures cristallines de Thorn.

Était-ce le gémissement d'une sirène quelque part au loin ? La Compagnie de la Lumière n'avait pu empêcher tous les spectateurs de signaler l'accident et le combat qui avait suivi. Une fois les secours arrivés, nos agresseurs allaient devoir déguerpir ou commencer à donner des explications malgré leur mécontentement. S'ils ne nous laissaient pas le temps de nous enfuir, nous n'aurions qu'à tenir le coup.

J'esquivai dans tous les sens, arrachant un casque par-ci, faisant trébucher un connard par-là. Je me concentrai sur les combats qui se déroulaient autour de moi et sur le battement de mon pouls, fort, mais régulier. Pour aller avec le rythme, des paroles en enfilade traversèrent mon esprit et s'écoulèrent sur ma langue. « Une fois que je t'aurai passé au peigne fin, j'assommerai quelques membres de l'équipage… »[1]

Les paroles me remontèrent le moral. Je lançai quelques vers supplémentaires tout en zigzaguant. Un coup de coude dans le nez par ci, avec un craquement satisfaisant, un coup de genou dans les couilles par là, avec un gémissement encore plus satisfaisant. « Et c'est loin d'être tou-out ! » Un mouvement de masse de l'autre côté de l'immense sculpture de bois et de métal attira mon attention. Une nouvelle vague d'assaillants se précipitait vers nous depuis l'autre côté du Finger. La lumière des réverbères se reflétait sur leurs armures — et encore plus de filets, plus de couteaux, plus d'armes à feu. Merde.

Mon pouls eut des à coups. La force jaillit en moi. Je jetai mes bras vers l'avant, avec l'intention de lancer un tsunami de flammes pour les arrêter dans leur élan.

Ce qui en sortit n'était pas tout à fait un tsunami, mais plutôt un vacillement. Et cette lumière vacillante se heurta surtout aux montants en bois de la statue, plutôt qu'aux assaillants qui la contournaient. Les flammes s'élevèrent au-dessus des planches avec un panache de fumée. J'avais mis le feu à l'un des monuments les plus aimés de la ville.

Oups !

Avant que je ne puisse tenter d'invoquer davantage mon pouvoir de feu, la deuxième escouade de soldats de la Compagnie était sur nous. Thorn, Omen et Gisele se frayèrent un chemin à travers les premières lignes, mais d'autres convergèrent vers nous de tous les côtés.

Pourquoi ces sirènes n'étaient-elles pas plus bruyantes et plus rapides ? Ne voyaient-ils pas que ce foutu Finger était en train de brûler, les flammes le léchant plus haut que les bâtiments autour de la place ?

Ce qui, oui, était ma faute, mais avions-nous vraiment besoin de compter les points, là ?

Les hommes de l'ombre ne pouvaient pas contenir le front de tous les côtés. Une femme en armure contourna le camping-car renversé et me fonça dessus. Son coup de feu me passa à côté, mais l'instant d'après, elle m'assénait un coup avec son arme sur le côté de la tête.

Je trébuchai, mais réussis à lui donner un coup de poing suffisamment fort pour faire jaillir une giclée de sang de son nez. Ruse sortit de l'ombre assez longtemps pour lui arracher les jambes.

Deux autres attaquants se précipitaient déjà sur moi. J'en repoussai un d'un uppercut, mais je n'étais pas assez rapide pour faire face aux deux. Le second me saisit le poignet et me poussa vers la lame qu'il tenait — encore plus d'argent et de fer, semblait-il, mais ceux-ci sépareraient très bien mon âme mortelle de mon corps s'ils me coinçaient dans leur filet.

Je m'éloignai de lui d'un coup sec. Sa lame trancha ma poitrine, traversant ma chemise et traçant une ligne de sang sur mon sternum et le long de mes côtes. La douleur se manifesta sur toute la surface de la coupure.

Je haletai et m'agitai à nouveau dans tous les sens, mais l'homme s'accrocha fermement. Mon premier coup de poing délogea son casque, mais il esquiva mon second et fit pivoter le couteau dans sa main pour le plonger directement dans mon cœur.

Snap sortit de l'ombre dans un éclair de boucles dorées, les yeux écarquillés et le visage pâle à cause de la panique. Il arracha la lame et siffla entre ses dents alors qu'elle lui brûlait les doigts. Mon attaquant donna un coup de pied dans le ventre du dévoreur qui l'envoya s'écraser sous la carrosserie de la toutemobile. Le mercenaire se retourna vers moi. Je brandis de nouveau ma main libre, toutes griffes dehors pour lui arracher les yeux si je le pouvais, mais il me fit basculer d'un coup de genou. Il me frappa si fort au ventre que le monde se mit à défiler devant mes yeux. Sa lame s'enfonça…

Et une silhouette musclée se profila au-dessus de l'homme en poussant un hurlement étrange.

C'était Snap. Même dans mon hébétude momentanée, les boucles dorées et le visage céleste étaient incomparables. Mais son corps s'était étiré, serpentin, jusqu'à des hauteurs encore plus grandes. Tandis que je regardais, son visage s'étirait aussi, son menton s'allongeant jusqu'à devenir une pointe acérée. Ses yeux brillaient d'un vert fluo autour des fentes de ses pupilles d'homme de l'ombre. De longs doigts semblables à des brindilles s'agrippèrent aux épaules de mon agresseur.

Puis sa bouche s'ouvrit en grand, sa mâchoire se décrochant et s'abaissant encore plus pour révéler des rangées de crocs effilés et luisants. Avec un craquement audible qui me fit frissonner, il les fit claquer autour du crâne de l'homme.

Les yeux de mon agresseur s'écarquillèrent. Sa propre mâchoire s'ouvrit sur ce qui aurait dû être un cri, mais le son en sortit si ténu et éreinté qu'il fendit à peine l'air. Il se poursuivit tandis que son visage s'empourprait. Le cri devint de plus en plus mince et aigu, mais il ne cessa jamais, comme si la douleur de ce qui se passait était si grande qu'elle avait traversé sa voix. Les poils de mon corps se hérissèrent.

J'étais aux premières loges pour comprendre pourquoi l'humanité de l'ombre appelait mon tendre amant le dévoreur.

---

1. Paroles déformées de « Tainted love » de Softcell

VINGT-CINQ

Snap

Le coup de pied dans mes tripes et le choc du camping-car dans mon dos me surprirent davantage qu'ils ne me firent souffrir. Jusque là, j'étais resté dans l'ombre pendant la plupart de nos altercations — je n'avais jamais ressenti ce que c'était que d'être jeté dans la mêlée.

Un instinct me poussa à me réfugier dans l'obscurité, là où nos ennemis ne pouvaient pas nous atteindre. Puis mon regard s'arrêta sur Sorsha qui ployait sous un nouveau coup de son agresseur qui brandissait un couteau luisant alors qu'il s'apprêtait à le planter en elle…

Non ! Tout mon être protesta. J'avais promis de la protéger, de la mettre en sécurité. Je ne pouvais pas laisser sa loyauté envers nous la mener à la mort.

Elle était à moi, ma pêche, ma Sorsha, et je refusais de la perdre.

Je me jetai en avant sous l'effet d'une poussée d'adrénaline et de défi. Mes mains s'accrochèrent aux épaules de l'homme et un instinct très différent se mit en marche.

Ma métamorphose en ma forme d'homme de l'ombre me traversa comme un vent violent. S'élevant, s'allongeant, s'aiguisant… Je tirai l'homme vers l'arrière et resserrai mes mâchoires béantes autour de sa tête.

À la seconde où mes dents touchèrent son cuir chevelu, une explosion de sensations étouffa le reste de la bataille. J'avalai des bribes de souvenirs pleins de couleurs et de sons, avec ici et là une odeur ou un goût : de l'herbe qui cuit au soleil dans un parc, une ruée pour remonter la surface lisse d'un toboggan, une fête pleine d'autres enfants avec des bougies dont les flammes dansent sur un gâteau, une bouffée de honte quand une présence — maman — laisse échapper sa colère.

Chaque lambeau s'écoulait en moi avec un frémissement sous-jacent de résistance et de douleur alors que mes mâchoires cisaillaient petit à petit l'âme du mortel. Ce gémissement silencieux de douleur était l'assaisonnement du festin, rendant chaque instant que je dévorais plus poignant. Je m'en délectais avec une satisfaction qui se répercutait dans tous mes membres.

Cela faisait trop longtemps. Des années et des années que je ne m'étais pas laissé aller à ce genre de plaisir. Comment avais-je pu y renoncer ?

De plus en plus d'impressions me traversaient, accompagnées de petits spasmes d'angoisse dans le corps de l'humain. Je le déchiquetai de plus en plus, je déchirai son être particule par particule, j'avalai tout. Le déversement de notes d'un instrument long et fin sous les projecteurs d'une scène. Un baiser et des attouchements torrides dans un parking sombre. Le laçage de lourdes bottes pendant qu'une voix sèche aboie des ordres. Tout à moi maintenant — à moi, à moi, à moi.

Des bribes me parvinrent sur son arrivée aux côtés de la Compagnie dans son armure de fer et d'argent. Il s'était heurté à une sorte de créature de l'ombre — un homme lui avait parlé d'une grave menace sur un ton qui l'avait à la fois apaisé et terrifié. La promesse de détruire ce qu'il considérait comme des monstres l'avait envahi comme une joie, jusqu'à ce que je la lui arrache.

Je lui en arrachai de plus en plus, comme si je pelais sa peau. La douleur qui se mêlait au cocktail l'inonda plus rapidement à son tour. C'était aussi la mienne. Rien de tout cela ne lui appartenait plus, maintenant que je le tenais sous mon emprise. Je le ravagerais jusqu'à ce qu'il ne reste plus qu'un trou noir de vide et que l'immense puits en moi déborde.

Son âme s'étiolait. Les impressions avaient un goût de réminiscence maintenant, un peu plus claires et plus vives. Il se tenait dans une pièce avec plusieurs humains qui l'impressionnaient — un sentiment d'exaltation lorsque quelqu'un avait dit : *Nous allons les éliminer. Éliminer le danger de ces bêtes et les faire nôtres* — la douceur parfaite d'une prune d'été, son jus dégoulinant dans sa gorge — *le mouvement s'étendra et nous les revendiquerons tous. Il n'y aura pas moyen de l'arrêter une fois que nous aurons réussi* — un manoir imposant de briques grises avec une tourelle s'élevant du côté droit, un endroit qu'il était honoré de protéger disparaissant petit à petit, dans une spirale de tourmente brûlante. Il fend le vent tandis que ses jambes pédalent sur un vélo.

Ce tourment que je causais. Au fur et à mesure que le flot de sensations s'estompait, ma conscience élargie reprenait le dessus. L'estomac physique dont j'avais presque oublié l'existence se retourna dans un accès de nausée.

Toute la douleur et l'horreur qui se répercutaient dans les derniers instants de l'existence de cet être, c'était moi qui les avais provoquées. Je les avais fait subir à toute son existence, depuis ses premiers souvenirs jusqu'à aujourd'hui, en me frayant un chemin à travers eux.

Même là, je n'arrivais pas à ouvrir mes mâchoires. Je ne pouvais pas lâcher ce fil délectable jusqu'à ce qu'il s'épuise complètement, ne laissant qu'une enveloppe à ma proie.

Mes mâchoires se déverrouillèrent. L'homme s'effondra, comme désossé. Je me contractai pour reprendre la forme humaine qui convenait le mieux à ce monde et me retrouvai à fixer Sorsha... qui me fixa à son tour.

Elle était tombée au sol quand j'avais éloigné son agresseur. Ses mains s'étaient crispées là où elle les avait appuyées contre le trottoir, ses jointures étaient blanches. Il y avait aussi beaucoup de blanc dans ses yeux, qui brillaient d'un éclat saisissant. Elle se mit à déglutir bruyamment.

Tout le plaisir que j'avais éprouvé à dévorer l'humain se brisa en un millier d'éclats glacés. Oh, non. Ce n'était pas... j'avais juré de ne plus jamais...

Et pourtant, sous le froid, une petite part de moi se demandait ce que cela ferait de consommer aussi son existence, chaque morceau qui faisait d'elle la femme fascinante dont j'avais à peine effleuré la surface. Une faim tenace me traversa. Je sentis ma langue se heurter à mes dents aiguisées avant de pouvoir la retenir. Oui.

Mes tripes remuèrent, et l'impulsion s'évanouit sous une nouvelle vague d'horreur. Un cri parvint à mes oreilles en même temps qu'un hurlement de sirènes — des lumières clignotantes à l'autre bout de la cour.

Les hommes en armure empoisonnée retournaient à toute allure à leur camion et là d'où ils venaient. Thorn me dépassa en hurlant à Omen.

— Aide-moi à pousser ! Il nous jeta un coup d'œil. Snap, Sorsha, sortez de là !

Je ne savais pas ce qu'il voulait dire, mais je me précipitai dans l'autre direction. Sorsha se leva d'un bond et me suivit, détournant le regard. Mais j'avais encore l'expression de son visage en mémoire : l'éclat du blanc de ses yeux, la rigidité de ses traits.

Elle m'avait regardé comme si j'étais un monstre.

Dans un craquement et un bruit sourd, le camping-car se redressa. Ou plutôt, Thorn avait dû le pousser à la verticale avec l'aide d'Omen. Ruse apparut à la vitre près du siège du conducteur. Le moteur gronda et il afficha un sourire, mais celui-ci s'effaça lorsqu'il jeta un coup d'œil à l'extérieur.

Thorn et Omen avaient contourné le camping-car. Pendant qu'ils se précipitaient sur les pavés, ignorant les cris des hommes en uniforme qui sortaient des véhicules clignotants au-delà de la statue flamboyante, Sorsha s'élança pour les rejoindre.

Bow titubait vers nous, de la fumée s'échappant de ses blessures — mais encore plus de la forme recroquevillée qu'il tenait dans ses larges bras. Gisele gisait mollement, son essence de femme de l'ombre s'évaporant dans l'air nocturne en grandes rafales qui ne montraient aucun signe de ralentissement.

Je fis un bond en avant, puis j'hésitai, me demandant dans quelle direction il serait le plus utile que j'aille. Omen résolut ce problème un instant plus tard en me faisant signe de me diriger vers le camping-car.

— Monte. Il faut qu'on décolle, tout de suite.

Je filai à travers les ombres jusqu'au salon, qui était devenu un fouillis de vitres brisées, de feuilles de placards et de cartons à emporter. Pickle se blottit dans un coin, frissonnant. Lorsque Sorsha se précipita à bord, elle le repéra immédiatement et le prit dans ses bras. Alors qu'elle le blottissait contre elle, les autres se matérialisèrent à bord.

— Allez, maintenant, démarre ! cria Omen à Ruse.

D'autres sirènes hurlaient à proximité. Le rugissement du moteur du camping-car ne pouvait pas les étouffer, mais il pouvait nous éloigner d'elles. Le véhicule s'élança vers l'avant et s'engouffra dans la rue.

Le regard de Sorsha suivit Thorn et Bow alors qu'ils se précipitaient sur la forme meurtrie de Gisele pour l'emmener dans la chambre principale.

— Y a-t-il quelque chose...

— Nous ferons ce que nous pourrons, ce qui n'est peut-être pas grand-chose, concéda Omen en faisant irruption. Trop de mains ne feront qu'accroître la confusion.

Je suppose que cela s'appliquait aussi à moi. Je regardai la porte claquer derrière eux et jetai un coup d'œil à Sorsha. Les traits tirés, elle s'était affalée sur le canapé avec le dragon. Elle saignait aussi, à sa manière humaine, d'une coupure partiellement visible à travers sa chemise tailladée. Ses nerfs s'étaient apparemment suffisamment calmés pour que sa blessure ne fume pas, si tant est qu'elle l'ait fait auparavant, comme la fois où elle s'était retrouvée sur le toit. Il avait été difficile d'en distinguer les détails dans le crépuscule — et j'avais été tellement pris...

J'hésitai, je voulais lui tendre la main, mais j'eus peur qu'elle s'éloigne de moi.

Avant que je n'aie pu décider quoi faire, Sorsha tendit la main pour saisir la mienne. Elle m'attira sur le canapé à côté d'elle et posa sa tête contre mon épaule.

— Merci, dit-elle. Pour… ce type m'aurait tuée.

Même si elle disait cela et qu'une envie irradiait en moi d'absorber encore plus de sa chaleur, je ne pouvais pas me résoudre à passer mon bras autour d'elle. Je l'avais sauvée, certes, comme j'avais l'intention de le faire, mais d'une façon… Et une part de moi avait voulu lui infliger le même supplice pour ma propre satisfaction.

Elle m'avait regardé comme un monstre parce que j'en étais un.

Cette pensée remplissait ma tête, effaçant tout le reste. J'avais essayé de toutes mes forces d'exorciser ce côté férocement affamé de moi-même. La seule fois où cela s'était produit, je n'avais pas su où l'instinct me mènerait. J'aurais pu croire que c'était une erreur. Maintenant, je savais que ce n'était pas vrai.

J'étais un dévoreur. Je ne pouvais pas cesser de l'être, peu importe la durée ou l'intensité de mon refus vis-à-vis de la faim. Sorsha était en danger tant qu'elle restait avec nous, oui, mais pas à cause de nos ennemis. À cause de nous.

À cause de *moi*.

Je pouvais blesser n'importe qui autour de moi si j'étais poussé dans la mauvaise direction au mauvais moment. Pas seulement elle, mais ses amis, ses collègues… Peut-être même mes propres compagnons. Je ne savais pas du tout comment mon pouvoir fonctionnerait sur un être de l'ombre, mais cela ne voulait pas dire qu'il ne fonctionnerait pas.

Les vitres s'assombrirent tandis que nous quittions les rues lumineuses du centre-ville. Omen et Thorn sortirent de la chambre et Sorsha se redressa.

— Elle n'est pas bien, mais son état semble s'être stabilisé, dit Omen avant qu'elle puisse demander des nouvelles de Gisele. Nous avons endigué l'hémorragie. Elle n'a pas encore repris conscience. Je ne sais pas si elle le fera.

Alors que Sorsha marmonnait plusieurs jurons colorés, le regard de notre chef se porta sur moi. Avant même qu'il n'ait parlé, l'éclat froid de son regard m'indiqua qu'il avait vu ma performance avec mes pleins pouvoirs.

— Cela n'a peut-être pas été une catastrophe totale, grâce à Snap. As-tu obtenu quelque chose d'utile de celui que tu as dévoré ?

J'avais absorbé tellement de choses. Ma bouche s'ouvrait et se refermait sous l'effet des souvenirs et du mélange écœurant de délectation et de culpabilité qu'ils suscitaient. J'avais envie de me lécher les lèvres, mais aussi de vomir.

— Je pense que c'était quelqu'un d'assez proche des personnes importantes de la compagnie, hasardai-je. On aurait dit qu'il était là pour des réunions, qu'il entendait parler de certains de leurs plans… quelque chose qu'ils vont faire pour nous enlever nos pouvoirs, peut-être ?

Sorsha se tourna vers moi.

— C'est peut-être à cela que servent les expériences : à savoir s'ils peuvent détruire nos pouvoirs d'une manière ou d'une autre.

— Ils ont dit autre chose… Tout cela n'était plus qu'un amalgame, et je n'y avais pas encore trouvé de sens, même si cela me trottait dans la tête. Quelque chose qu'ils voulaient répandre et « revendiquer » — mais peut-être que ce n'était pas à propos de nous. Je ne sais pas. Je fis une pause. J'ai vu plusieurs fois un bâtiment qu'il était honoré d'avoir la chance de garder. Il était grand, avec des briques grises, une tourelle sur le côté droit et beaucoup d'herbe autour. Je crois qu'il y avait une grande clôture.

— Nous n'avons rien vu de tel lorsque nous avons examiné les lieux liés à la société-écran, déclara Ruse, qui suivait manifestement notre conversation depuis son siège derrière le volant.

— Je ne sais pas comment cela s'inscrit dans le cadre de l'affaire, dis-je. Il y a peut-être d'autres éléments que je vais reconstituer. Tout arrive si vite.

Omen me serra l'épaule.

— Dis-moi si quelque chose d'autre te vient à l'esprit. Il se peut que nous fassions d'autres découvertes par d'autres moyens et que cela prenne du sens. Il replia ses bras sur sa poitrine. Ils savaient que nous venions. Ils savaient quel bus chercher.

Sorsha renversa sa tête contre le canapé en gémissant.

— C'est Leland — mon ex, du Fonds. Ellen a essayé de me prévenir, mais c'était trop tard.

L'expression de Thorn s'assombrit encore plus.

— Il a parlé de nos plans à la Compagnie ? J'aurais dû… Il écoutait à l'hôpital. Il a dû t'entendre dire à l'autre femme que nous allions agir ce soir. Et puis on a parlé dans l'autre pièce après. S'il s'est approché de la porte, il a pu entendre un peu de tout cela aussi.

— Je crois que j'ai mentionné le terrain où nous avons séjourné avec le bus. Merde. Sorsah pinça les lèvres. D'après ce que Leland disait à la dernière réunion, il pensait que nous étions les vrais méchants, qui s'en prenaient à des humains innocents. Il a dû décider qu'il devait protéger la Compagnie contre nous.

— Surtout parce qu'il n'aimait pas que tu apprécies que quelqu'un d'autre s'intéresse à toi et non par bonté d'âme, j'imagine, dit Ruse d'un ton dédaigneux.

Les yeux d'Omen s'étaient illuminés d'une lueur ardente.

— Ces mortels, cracha-t-il, puis il leva le menton, et prit une posture rigide. Nous ne retournerons pas au même parking, alors. Quoi d'autre a-t-il...

— Sorsha est blessée elle aussi, dis-je. Avant que tu ne lui poses d'autres questions, quelqu'un devrait s'en occuper.

Pas moi. Quelqu'un de moins menaçant.

Tandis que Thorn s'élançait pour l'inspecter et s'emparer du matériel de soins, qu'Omen faisait les cent pas et que Ruse hurlait des conseils depuis l'avant, je m'éclipsai dans l'ombre. Le mélange des voix qui m'étaient venues pendant que je dévorais le gars se bousculait encore dans ma tête, mais un fragment résonnait plus clairement que les autres.

Éliminez le danger de ces bêtes.

Je me concentrai sur ces mots comme s'ils constituaient une bouée de sauvetage. La Compagnie pouvait-elle faire cela ? Pouvait-elle éliminer la part de moi qui faisait de moi un véritable monstre ?

Si elle y parvenait, cela ne vaudrait-il pas la peine de subir la torture qui l'accompagnait ? Ce n'était pas comme si je ne méritais pas de subir la même agonie que celle que j'avais infligée à mes victimes.

Je m'enfonçai plus profondément dans les ténèbres, traçant un chemin à travers les impressions que j'avais dévorées et qui pourrait me mener quelque part où je ne serais une menace pour personne.

VINGT-SIX

Sorsha

J e me réveillai avec une rafale de sable atteignant ma joue. Alors que je l'essuyais, le soleil du matin me brûla les yeux à travers la vitre brisée au-dessus de moi.

Je m'étais endormie sur la banquette du camping-car, un bras soutenant ma tête et l'autre posé sur mon ventre bandé. Je ne me souvenais pas d'avoir décidé de renoncer au lit — tout ce qui s'était passé après la collision entre le camion blindé et la toutemobile était devenu flou.

Les oiseaux gazouillaient à l'extérieur, et la rafale suivante apporta une chaleur agréable en même temps que de la poussière. Je me redressai et je plissai les yeux sur la scène à l'extérieure.

OK. À un moment de notre fuite précipitée de la nuit dernière, Ruse avait mis le camping-car en mode bus scolaire. Nous nous étions garés sur le parking d'une vaste école primaire de campagne, bien en dehors des limites de la ville. Une rangée d'arbres au-delà du terrain bloquait toute vue sur les bâtiments les plus proches. Personne ne viendrait nous déranger ici un dimanche.

Du moins, en principe. Leland nous avait peut-être entendus parler du parking des bus de la ville, mais je ne voyais pas comment il aurait pu deviner les capacités d'illusions du camping-car, à moins qu'il n'ait lui aussi développé un pouvoir surnaturel inattendu. D'après ce que nous pouvions imaginer, il avait demandé à la compagnie de garder un œil sur le terrain de Lincoln Road la nuit précédente, et ils avaient suivi ce qui leur avait semblé être un bus de ville jusqu'à ce qu'ils aient pu se placer dans une position adéquate pour nous tendre une embuscade.

Dieu seul sait ce que les gens autour de la place avaient pensé du chaos qui avait suivi.

Pickle se leva d'un bond et se blottit contre moi, en posant son menton sur ma cuisse. Tandis que je le grattais entre les oreilles, trois de mes compagnons de l'ombre supérieure se matérialisèrent dans l'espace de vie autour de moi. Ruse jeta un coup d'œil dans les placards de la cuisine et sembla déçu de ses découvertes. Thorn examina l'intérieur du camping-car aussi minutieusement que je le soupçonnais d'avoir examiné le terrain à l'extérieur, avec une expression typiquement sombre.

Omen se frotta les mains.

— Nous semblons avoir échappé à d'autres assauts pour le moment, mais je ne pense pas qu'il faille encore compter sur cette chance.

Si tant est que l'on puisse appeler « chance » ce que nous avions vécu jusqu'à présent. Mon regard se porta sur la porte de la chambre principale.

— Comment va Gisele ?

Thorn grimaça.

— Toujours inconsciente. J'ai déjà vu des hommes de l'ombre dans un coma similaire lorsqu'ils étaient gravement blessés… Parfois, ils parviennent à récupérer suffisamment d'énergie pour se rétablir, et parfois ils se réduisent complètement en fumée en quelques jours.

— Au moins, nous avions le camping-car pour partir avant que les mortels ne l'achèvent, dit Omen en tapotant le mur. Tu as réussi à ne pas faire détruire l'un de nos véhicules, Miss Catastrophe. Jusqu'à présent, en tout cas.

Je n'étais pas d'humeur à lui répondre. Bow devait encore être dans la chambre à coucher et veiller sur son amie. Sa femme ? Ils n'avaient jamais vraiment clarifié leur relation.

Les ombres n'avaient pas tendance à se mettre en couple de manière romantique dans leur propre royaume, mais pour les passionnés du côté des mortels, qui savait quelles coutumes humaines ils avaient pu adopter au-delà de la nourriture pour chevaux et de l'autre genre d'herbe ?

Quoi qu'il en soit, le centaure et la métamorphe licorne s'aimaient visiblement beaucoup.

Mon estomac se serra à l'idée que la prochaine fois, ce serait peut-être l'un des trois membres de mon trio qui tirerait la courte paille en affrontant la Compagnie. Et en parlant de ce trio…

Je jetai un coup d'œil autour de moi.

— Où est Snap ?

— En train de somnoler dans l'ombre pour se remettre de son gros repas, apparemment, dit Ruse avec amusement. Hé, dévoreur, il est temps de rejoindre le royaume physique !

Aucune silhouette mince n'émergea pour répondre à

son appel. Ruse inclina la tête et disparut à son tour dans les taches sombres. Lorsqu'il revint quelques secondes plus tard, toujours seul, la sensation d'étranglement remonta jusqu'à la base de ma gorge.

— Il ne sera pas allé bien loin, dit l'incube. Il est toujours resté près de nous. Et nous avons tous vu qu'il était particulièrement attaché à toi. Il m'adressa un sourire, mais il était tendu sur les bords.

Thorn fronça les sourcils.

— Je ne l'ai pas rencontré lors de mes patrouilles autour de l'école. Où a-t-il bien pu aller ?

— Il a peut-être entendu dire qu'il y avait un stand de fruits locaux dans les environs, marmonna Omen, mais ses yeux froids trahissaient plus l'inquiétude qu'autre chose.

Je me levai pour regarder par le pare-brise, comme si les autres avaient pu, d'une manière ou d'une autre, le rater en train de faire des paniers dans la cour de l'école. Quand l'a-t-on vu pour la dernière fois ? Je sais qu'il était dans le camping-car avec nous quand nous avons quitté la place.

Je m'étais alors brièvement accrochée à lui, me confirmant qu'il était toujours le même homme passionnément doux que j'avais accueilli dans mon lit et dans mon cœur — et faisant de mon mieux pour le rassurer sur le fait que je le savais. J'avais peut-être été surprise de voir ses pleins pouvoirs d'homme de l'ombre en action, et ce qu'il avait fait à ce type n'avait pas été agréable à regarder, mais il ne les avait pas utilisés à la légère. Le regret d'avoir franchi ce pas se lisait sur son beau visage après coup.

Les sourcils de Ruse se froncèrent lorsqu'il repensa à la nuit précédente.

— Nous avons parlé de ce qu'il avait vu pendant qu'il

dévorait le gars. Puis vous avez commencé à soigner la blessure de Sorsha, et je ne crois pas l'avoir entendu par la suite. Quand nous nous sommes garés ici pour la nuit, j'ai supposé qu'il s'était réfugié dans l'ombre pour se reposer.

— Nous étions concentrés sur l'aide à apporter à Sorsha et sur la recherche d'un endroit sûr pour passer la nuit. Thorn frotta sa mâchoire ciselée. Il fronça davantage les sourcils. Je ne me souviens pas non plus d'avoir remarqué sa présence après cette première conversation. Il ne m'est jamais venu à l'esprit qu'il avait pu partir.

Putain de merde. Une boule s'éleva dans ma gorge, m'étouffant presque.

— Il avait tellement honte de son pouvoir. Vous avez tous vu comment il réagissait quand il en parlait. Il était si catégorique sur le fait qu'il ne l'utiliserait plus jamais, et pour qu'il se sente obligé de le faire… c'était à cause de moi.

C'était de ma faute, n'est-ce pas ? Leland avait prévenu la Compagnie à cause de sa rancune envers moi. Les hommes de l'ombre étaient restés près du camping-car au lieu de s'enfuir dans l'ombre pour me protéger. J'aurais dû faire plus attention à Snap après ça — j'aurais dû remarquer qu'il s'éloignait de nous.

Je laissai tomber ma tête dans mes mains. Pickle me caressa le bras, comme s'il sentait ma détresse, mais ce geste ne me réconforta guère.

— Où est-ce qu'il aurait bien pu aller ? demandai-je à l'ensemble du camping-car.

— Je ne sais pas, dit Ruse. Je ne pense pas qu'il soit resté assez longtemps du côté des mortels pour avoir des repaires réguliers.

La voix d'Omen était devenue encore plus blanche que d'habitude.

— S'il n'est pas assez sain d'esprit pour rester avec nous, il sera une proie facile pour les chasseurs de la Compagnie qui rôdent dans les parages. Espérons que nous le trouverons — ou qu'il nous retrouvera — avant eux. Ses chaussures raclèrent le sol tandis qu'il pivotait. Vous deux, prenez ma moto pour retourner en ville. Essayez de suivre la même route que nous avons prise et surveillez-le. Nous devons également aller jeter un œil sur l'immeuble de Wharf Street pour savoir si c'est toujours une cible valable.

Je levai les yeux vers lui.

— Vous laissez Ruse conduire « Charlotte » ? Et vous ? Qu'est-ce que vous allez faire ?

Alors que Ruse et Thorn sortaient pour détacher la moto de l'arrière du camping-car où Omen l'avait cachée hier sous le camouflage illusoire, le chien de l'enfer fixa son regard acéré sur moi.

— Je dois voir quelle puissance nous pouvons encore tirer de toi, mortelle. Si nous avons perdu l'élément de surprise, et Snap, nous aurons besoin de toi pour faire tomber la Compagnie et récupérer ce dernier.

La dernière chose que j'avais envie de faire à ce moment précis était de faire des claquettes sur les rengaines de Chefaillon, mais le regard qu'il me jeta me mit en garde contre toute discussion. Et il n'avait peut-être pas tort. Je ne faisais rien de bon pour Snap à rester assise à me morfondre.

Je le suivis dans le parking. Il me poussa vers la cour de l'école. Les traces de craie des récréations de la semaine précédente coloraient le trottoir en pastels : des carrés épais de marelle, des fleurs roses et violettes irrégulières, un chaton vert menthe abominable. Ces gamins n'avaient pas intérêt à rêver d'une école d'art.

La cour nous offrait beaucoup d'espace. Le trottoir s'étendait tout autour du bâtiment scolaire en briques et jusqu'à une plus grande étendue d'herbe, où des poteaux de football s'élançaient vers le ciel bleu clair. Je roulai les épaules et secouai les bras, essayant de me débarrasser de la culpabilité qui me tordait les entrailles.

— Bon, nous y voilà. Qu'est-ce que vous allez me faire subir comme conneries cette fois ?

Omen s'était retourné pour me faire face. Ses yeux brillaient.

— Je ne pense pas que tu puisses appeler ça des conneries alors que ça t'a permis d'aller aussi loin. Tu pouvais à peine invoquer une étincelle pour te sauver avant, et la nuit dernière, tu as allumé un feu de joie. Ce serait idéal si, la prochaine fois, tu pouvais mettre le feu à nos ennemis plutôt qu'à n'importe quelle sculpture publique.

Il désigna un morceau de papier brouillon bleu que la brise faisait glisser sur le sol et sur lequel étaient dessinés des personnages maladroits.

— Voyons si tu peux allumer un feu maintenant sans qu'une crise immédiate ne t'assaille.

Il ne pensait pas que la disparition de Snap était une crise ? J'aurais peut-être dû réessayer de mettre le feu à sa chemise. Mais même si mes émotions se bousculaient à l'intérieur de moi, ce n'était pas le genre de détresse qui faisait battre mon cœur. Je fixai le métamorphe, puis le papier, mais aucune chaleur ne se dégagea de la morosité qui s'était emparée de moi.

— Qu'est-ce que ça peut bien faire ? demandai-je. On devrait aussi être à la recherche de Snap, couvrir autant de terrain que possible.

— Il semble qu'il soit parti dans la nuit. Il a trop

d'avance sur nous si nous partons à pied, et nous n'avons qu'un seul véhicule que je me sens à l'aise d'envoyer en ville pour simplement flâner, grâce à ton ami qui ne sait pas la fermer.

Cela provoqua une flambée, mais de par mon tempérament plutôt que d'un quelconque vaudou.

— Ce n'est pas mon ami. Il n'est rien pour moi. C'est exactement ce qui avait énervé Leland. Comment avais-je pu être attirée par quoi que ce soit chez lui ?

Il m'avait semblé normal. Sûr, tant qu'il n'y avait pas d'attaches entre nous. Et je m'étais trompée sur ce point.

— Quoi qu'il en soit, mon point de vue reste valable. Omen secoua la tête en direction du terrain. Faisons au moins marcher ton pouls, et voyons si cela suffit à relancer ton feu intérieur. Fais quelques sprints entre les poteaux de but.

À ma grande irritation, mes pieds se mirent à bouger automatiquement. Je me rattrapai et je les posai ferment sur le trottoir.

— Non !

La glace se durcit dans le regard d'Omen.

— Non ?

— Vous m'avez bien entendu, Luce. N. O. N. Vous m'avez fait tourner en bourrique à la foire, et ça ne nous a rien apporté du tout. La seule chose que vous avez essayée et qui a marché, c'est de me traîner sur votre moto, que vous avez déjà envoyée avec quelqu'un d'autre — oh, et de me faire votre gueule de chien, pour voir si j'allais vous allumer à nouveau.

Il ricana.

— J'aimerais te voir essayer. Si c'est ça qu'il te faut, que je te crie dessus et que je fasse pleuvoir un peu du feu de l'enfer sur toi pour voir ce qui se passe ?

Il se dirigea vers moi, avec une agressivité contrôlée, et tout, de sa posture à son expression de prédateur, déclencha une série de signaux d'alarme dans ma tête. J'aurais peut-être dû prendre la poudre d'escampette quand j'en avais encore l'occasion.

Au diable les regrets jusqu'aux îles Fidji et le retour. Je n'allais pas le laisser me terroriser, quel que soit le genre de bête mortelle qu'il était.

Je reculai, mais lentement, mes mains se levèrent et je serrai les poings.

— Qu'est-ce que vous croyez que vous allez me faire, hein ? Donner quelques coups avec vos griffes de petit toutou ? Planter vos grands crocs ? Je ne tremble pas encore dans mes bottes.

— Tu devrais, dit-il avec un soupçon de grognement qui me glaça le sang. Puis il me donna un coup de poing dans l'épaule.

Son poing n'était pas froid, il s'était écrasé sur mon corps avec une bouffée de chaleur d'un autre monde. Apparemment, il était capable de s'enflammer même sous sa forme humaine.

Je trébuchai, serrant les dents pour ne pas souffler alors que l'impact irradiait jusqu'à la coupure encore en cours de cicatrisation sur mon abdomen.

Puis je m'élançai vers lui.

Je n'étais pas tout à fait sûre de ce que j'espérais accomplir. Je voulais juste frapper quelque chose ou quelqu'un, et Omen se comportait tellement comme un con qu'il était difficile de ne pas le voir comme une cible idéale. Je lui donnai un coup de poing, frôlant sa mâchoire alors qu'il esquivait sur le côté. Il me poussa — pas trop fort, juste assez pour me faire tituber en arrière.

— Allez, petite mortelle, railla-t-il. Où est ton feu maintenant ? Est-ce que je vais devoir te l'arracher ?

Je ne pensais pas. Alors que je l'encerclais, mon cœur battait à tout rompre, comme un soufflet qui aurait pompé en rythme pour faire jaillir des flammes des braises d'une fournaise. Mon feu intérieur brûlait dans mes entrailles et bouillonnait dans mes veines, me faisant fondre.

— Quel professeur fantastique, lui répondis-je. Cinq minutes après le début du cours, et vous vous en prenez à votre seule élève.

— Si c'est la seule leçon qui fonctionne… Il feinta et m'empoigna. Ses doigts meurtrirent mon bras tandis qu'il m'attirait vers lui et me faisait tourner sur moi-même. Je m'esquivai à peine de la trajectoire du coup de pied qu'il m'asséna. On dirait que tu as besoin de t'endurcir un peu plus, quand même.

Je me jetai sur lui, et il attrapa mes phalanges. Il pouffa et d'un coup de poing, il me fit trébucher sur le côté.

— Bien tenté. C'est le mieux que tu puisses faire ?

— Vous n'avez encore rien vu. Laissez-moi vous rappeler que j'ai fait davantage pour votre peuple ces dernières années que vous n'avez réussi à le faire jusqu'à présent.

Le coup porta, même si les coups physiques ne l'avaient pas fait. Une lumière orange brilla dans ses yeux, mais sa voix resta ferme.

— Si tu penses cela, alors pourquoi as-tu si peur de te donner à fond dans cette bataille ? Laisse sortir le feu, Miss Catastrophe. Montre-moi ce que tu as dans le ventre.

Il se jeta alors sur moi comme un chien de chasse déchaîné, sans montrer qu'il avait l'intention de s'arrêter tant que je ne l'y forcerais pas. Le premier coup qu'il me donna sur la joue fit basculer ma tête sur le côté. Le suivant m'envoya une lance de douleur piquante dans la clavicule.

Je fis de mon mieux pour le bloquer, l'esquiver, mais je n'avais jamais combattu quelqu'un comme ça. Mes cours d'autodéfense étaient axés sur quelques mouvements rapides pour mettre l'attaquant hors d'état de nuire afin de pouvoir s'enfuir, mais je ne réussis pas à en placer un seul face à l'assaut de cet homme de l'ombre.

Il dut se rendre compte qu'il était en train de m'écraser, mais il ne s'arrêta pas. Un poing sur ma mâchoire, un coup de talon sur mes orteils, de nouveaux soubresauts de douleur marquaient mon corps à chaque bouffée d'air qu'il libérait.

Le feu en moi s'enflammait sous l'effet combiné de la frustration et de la panique. Je lançai ma main vers lui, et sa manche s'enflamma. Il la retira d'un coup sec et me poussa vers le bâtiment de l'école.

— Ce n'est pas assez. Il en faut plus. Je veux tout voir.

Le sentiment de puissance qui m'envahissait commençait à me transpercer de l'intérieur. Pourquoi ne pouvait-il pas me lâcher une seule seconde ?

Pourquoi Leland avait-il dû se venger, ce connard ? Pourquoi ne l'avais-je pas évité dès le départ ?

Comment n'avais-je pu me rendre compte que Snap avait davantage besoin de moi hier soir ?

Quel putain de gâchis. Brûle tout ! Fais tout brûler !

L'envie me submergea en une vague si viscérale qu'elle fut accompagnée d'une pointe de terreur. La certitude me saisit que si je donnais à Omen ce que je demandais, si je laissais libre cours à tout ce qui se déchaînait en moi, je pourrais même réduire en cendres cet homme avec tous ses pouvoirs.

Une bouffée de chaleur s'échappa, une flamme jaillit

d'une touffe de cheveux qui s'était détachée de ses mèches gominées. Il la repoussa et me donna un coup de poing sur l'autre épaule.

— Je ne vois toujours pas ce qui te rend si géniale.

— Je ne pense pas que vous le souhaitiez. Je ne pense pas que vous y survivriez.

— Oh, ho, la mortelle parle beaucoup. Il me frappa la tempe, assez fort pour me faire perdre la tête. Essaie un peu, pour voir.

La chaleur me brûla la gorge. Je n'arrivais pas à l'avaler. La terreur qui m'habitait s'intensifiait en même temps que les flammes.

— Non, Omen, je ne pense vraiment pas…

— Allez, Miss Catastrophe ! Pourquoi tu n'y arrives pas avec ça ? Tous ces sauvetages grandioses, ces trophées arrachés aux collectionneurs, n'avaient-ils pour but que la gloire de faire des cabrioles ? Tu ne te soucies pas de savoir si tu peux aider d'autres ombres ? Ou si nous reverrons un jour Snap ?

— *Et toi ?* hurlai-je. Tout ce que je vois, c'est une putain de brute qui n'a pas la moindre idée de ce qu'il fait s'il ne peut pas intimider tout le monde autour de lui pour qu'ils rentrent dans le rang. Pour autant que je sache, c'est toi le problème, pas la solution.

Un grognement lui échappa, et soudain il fut vraiment sur moi, me projetant contre le mur avec une claque qui me fit mal dans tout le dos. Il me cloua au sol, la force de ses mains brisant presque mes poignets, ses yeux brûlants et ses dents pointant le bout de leur nez. Son souffle chaud s'étala sur mon visage.

Voilà, voilà la bête que je savais être en lui. D'une certaine manière, le fait de voir son armure froide s'effondrer atténua la fureur qui m'habitait.

Pas tellement pour Omen. Il recula d'un pas quelques instants plus tard, poussant un juron. Ses cheveux s'étaient hérissés, sa poitrine se soulevait. Il cligna des yeux, mais la brume orange ne s'était pas tout à fait dissipée.

Je laissai mes bras retomber le long du corps. Il se pencha à nouveau, la paume de sa main contre les briques à quelques centimètres de ma tête, et son regard perdu se posa sur le mien.

— Qu'est-ce qui te pousse à toujours faire ressortir le pire en moi ? demanda-t-il d'une voix rauque.

— Je ne pense pas que ce soit le pire, dis-je franchement. En ce moment ? Tu as l'impression d'être réel. Je t'aime bien quand tu es en colère, bien plus que je n'aime le connard glacial qui donne des ordres aux gens, du haut de son putain de grand cheval.

Il ricana, tout aussi rudement.

— Tu me préfères quand je suis sur le point de t'arracher la tête.

Je haussai les épaules, en frottant le mur. Je le préférais peut-être comme ça, mais je tenais trop à ma vie pour essayer de le bousculer pour passer. Ma colère s'était estompée, mais la peur, elle, était bien présente, et mon pouls en était imprégné.

— Il est de plus en plus évident que j'ai des goûts inhabituels. Oui, c'est vrai. Mais je préférerais aussi que tu ne m'arraches pas la tête, si ça ne te dérange pas.

La tête d'Omen s'inclina, se rapprochant de mon front qui frôlait le sien. La chaleur de son corps m'irradiait. Ce n'était pas tout à fait désagréable, à vrai dire.

Yep, l'incarnation des goûts inhabituels, pour vous servir.

— Si tu savais à quel point j'ai travaillé dur pour en arriver là… murmura-t-il.

— Pour en arriver où ? demandai-je. À devenir un trou du cul ?

— Tu vois, c'est… tu… Il laissa échapper un autre grognement, mais cette fois-ci, il était plus discret. Puis il se détendit un peu. Une lueur de quelque chose que je n'avais jamais vu chez lui auparavant traversa son expression. Était-ce… de l'inquiétude ?

Il passa la main sur le côté de ma chemise, le bout de ses doigts effleurant mon flanc pendant une brève seconde.

— J'ai rouvert ta blessure.

Je baissai les yeux, plus surprise que je n'aurais dû l'être par la traînée de sang rouge vif qui s'étendait au centre du bandage. Cette vision me fit prendre conscience de la morsure de la blessure. Ma bouche se tordit.

— Eh bien, qu'importe si un autre mortel crache du sang, n'est-ce pas ?

— Tu sais que tu es plus que ça. Son ton était bourru, mais ferme.

Je supposai que oui. Et c'était clairement la seule raison pour laquelle il se souciait de moi — à cause de mes superpouvoirs et de l'aide qu'ils pourraient apporter à sa cause.

— Je suis sûre que je survivrai, à cause ou en dépit de cela.

— Sans aucun doute. Il hésitait, toujours près du mur, comme s'il n'arrivait pas à s'en détacher, mais qu'il ne savait pas ce qu'il faisait là. J'évacuais des frustrations que je n'aurais pas dû diriger vers toi, du moins pas entièrement. J'aurais aimé… être moins « glacial » avec Snap ces derniers temps. Peut-être pensait-il qu'il avait franchi une ligne que je ne respecterais pas, et que je lui avais donné l'impression qu'il ne pouvait même pas vérifier avec moi où il en était.

J'aurais ri si je n'avais pas été aussi surprise qu'Omen se rabaisse à admettre le moindre regret.

— Tu crois que je ne me suis pas fait du mal autant que j'ai essayé de te faire du mal ? Si j'avais fait plus attention à ce que je disais en présence de mon ex, si j'avais fait plus attention à l'état dans lequel Snap se trouvait hier soir…

Omen m'interrompit avec un ricanement rauque.

— Il suffit de dire qu'il y a beaucoup de reproches à faire. Tu ne m'as peut-être pas fait partir en flammes, mais tu t'es bien battue.

Je suppose que c'était un beau compliment venant de lui. Je n'étais pourtant pas tout à fait à l'aise avec les flammes qui me traversaient quelques minutes auparavant. Si je m'étais laissée aller à les projeter de toutes mes forces sur lui, à quel point cela aurait-il été grave ?

Puis il leva la main jusqu'à mes cheveux, et toutes ces pensées s'évanouirent. Ma conscience se condensa sur la chaleur de ses jointures effleurant ma joue tandis qu'il tripotait quelques mèches — pas si différemment que Snap l'avait fait le premier matin de notre rencontre.

Le regard d'Omen glissa de sa main contre mon visage à mes yeux. La lumière ardente avait disparu des siens, mais le bleu pâle n'était plus aussi glacial. Ma main glissa vers l'avant pour se poser sur son torse, sentant le rythme lent de sa respiration sous les muscles tendus.

Mais qu'est-ce que je faisais ? Je ne saurais le dire. Cela sembla rapprocher Omen. Il se pencha, ses doigts descendirent pour caresser mon menton, et une nouvelle bouffée de chaleur s'empara de mes lèvres. Je les mouillai, mon pouls s'accélérant, sans être tout à fait sûre de ce que je voulais, mais le désirant très fort en même temps.

Son souffle me chatouilla le visage. Puis il poussa sur la main qu'il avait appuyée contre le mur pour s'écarter complètement de moi, en posant les yeux sur le camping-car.

— Nous devrions te rafistoler avant que tu ne fasses encore plus de dégâts, Miss Catastrophe, dit-il, revenant à ses habitudes.

Je me décollai du mur, légèrement déçue. Quelle que soit la ligne que nous venions de franchir, je ne pouvais m'empêcher de penser qu'il valait mieux que nous restions de ce côté-ci.

— Et ensuite, retour à l'entraînement ? suggérai-je.

Omen secoua la tête.

— Non. Je pense que nous en avons tous les deux assez de te bousculer. Je sais que tu te battras aussi bien que tu le peux quand le besoin s'en fera sentir.

Je ne savais pas si je devais être soulagée ou me sentir insultée qu'il jette l'éponge. Je le suivis en traînant les pieds vers la toutemobile, en me demandant à quel point j'avais été suicidaire de provoquer une dispute quand la porte du camping-car s'ouvrit en grand et que Bow sortit en nous fixant des yeux.

— S'il vous plaît… Gisele… je crois que son état empire.

VINGT-SEPT

Sorsha

À part un coup d'œil lorsque les autres hommes de l'ombre l'avaient poussée dans le camping-car, je n'avais pas vu Gisele depuis le début de la bataille. Lorsque je l'aperçus, recroquevillée, dans la chambre principale, l'horreur prit le dessus sur le sentiment que j'avais de mon propre malaise.

Son corps mince et gracieux s'était dégonflé, ses membres étaient mous et ses joues creuses. La peau que je pouvais distinguer avait perdu son éclat nacré au profit d'une teinte grise insidieuse, comme si tout son être s'était obscurci. La plus grande partie de son corps était cependant recouverte d'un tissu rugueux l'enveloppant étroitement, maculé de taches jaune-vert.

D'après ce qu'avait dit l'homme de l'ombre, cette contention l'avait stabilisée auparavant. Aujourd'hui, de fines traînées de fumée s'échappaient à travers le tissu. Omen la regarda et poussa un cri de consternation.

Tandis qu'il prenait un pot sur la table de chevet, Bow resta à proximité, inquiet.

— Je n'étais pas sûr que ce soit une bonne idée d'en mettre encore plus…

— On va faire ça et lui donner une chance de récupérer, sinon elle va s'évanouir dans le néant, dit Omen. On n'a pas vraiment le choix.

Je ne compris pas pourquoi il y avait un débat jusqu'à ce qu'il commence à étaler la pâte vert pâle sur les bandages. Le visage de Gisele restait flasque, mais ses bras tressaillirent, sa respiration superficielle fit des saccades. Bow grimaça et se détourna comme s'il ne pouvait supporter de la regarder.

— Ça lui fait mal ? demandai-je à voix basse.

— Les herbes contenues dans la pommade sont toxiques pour les ombres, dit le métamorphe sans lever les yeux de sa tâche. Normalement, nous devrions les éviter, car elles nous affaiblissent. Mais dans le cas où quelqu'un est déjà très affaibli et en danger de dépérissement, en petites quantités, elles peuvent repousser notre essence vers le corps. L'espoir est que dans peu de temps, ce corps puisse guérir suffisamment pour arrêter l'hémorragie de lui-même.

Le traitement l'empoisonnait autant qu'il la soignait. Mon estomac se retourna. Mais les efforts d'Omen avaient manifestement atteint leur but : les volutes de fumée s'évanouirent. Un tremblement parcourut le corps de Gisele, puis elle s'affaissa, encore plus inanimée sur le matelas.

Bow s'essuyait les yeux. Il s'assit sur le lit à côté d'elle, l'expression hagarde de son visage habituellement jovial étant presque aussi pénible à regarder que sa compagne. Omen posa le pot d'un coup sec. Il sortit de la pièce pour se laver les mains en faisant siffler le robinet et revint quelques instants plus tard, frottant le bout de ses doigts rougis contre son pantalon. Le produit avait aussi brûlé sa peau.

— La prochaine fois, tu commenceras à appliquer la pommade dès que tu remarqueras le moindre suintement. Elle peut à peine se permettre de perdre le peu d'essence qu'il lui reste.

La tête du centaure s'affaissa davantage, mais il acquiesça.

— Je suis désolé. J'ai paniqué. Nous n'avons jamais eu plus qu'une égratignure auparavant. Je ne savais pas à quoi cela ressemblerait.

— C'est la guerre, dit Omen. Ne t'imagine pas que ça ne peut pas être pire. Son ton s'adoucit légèrement. Nous continuerons à faire ce que nous pouvons pour elle. J'ai appelé une dryade qui a des talents de guérisseur — s'il est prêt à s'aventurer aussi loin après que nous soyons devenus une telle cible. Je ne suis pas sûr qu'il soit capable de faire tout ce qui est en son pouvoir pour l'aider à ce stade. Mais elle semblait forte. Elle va peut-être pouvoir s'en sortir. Il se retourna et je le suivis jusqu'à la salle de séjour.

— Si elle recommence à saigner, je pourrais lui appliquer la pommade, dis-je. Cela ne me ferait pas mal du tout.

Omen jeta un coup d'œil à ses doigts, où la rougeur de l'irritation s'estompait déjà.

— C'est une petite gêne. Il vaut mieux que ce soit moi qui m'en occupe, ou Thorn — nous pouvons juger de ce qui est raisonnable d'après l'affectation sur nous.

— Je suppose que vous avez l'expérience de ce genre de choses depuis les guerres précédentes.

Il me jeta un regard acéré.

— Ce n'est pas quelque chose dont Thorn aimerait que tu parles avec quelqu'un d'autre.

Je fis la grimace.

— Je me suis dit que tu étais la bonne personne, puisqu'il m'avait dit que tu étais présent. Tu sais déjà ce qu'il est.

— C'est loin d'être…

Un bruit de moteur retentit à l'extérieur, et il cessa toute autre critique qu'il aurait pu ajouter avec un soupir rauque.

— Ça suffit. Charlotte est de retour — et espérons que notre ailé, notre incube et notre dévoreur soient avec elle.

Les autres avaient-ils trouvé Snap ? Alors que je me précipitais vers la porte, mon cœur bondit avec plus d'espoir que je ne l'aurais cru raisonnable.

Lorsque je mis le pied sur le trottoir, Ruse était en train d'entrer dans le parking avec la moto. Il la gara, et Thorn sortit de l'ombre sous le châssis où il avait dû être seul.

— Aucun signe de Snap, rapporta le guerrier à Omen sans préambule. Et aucun signe d'activité à l'usine de Wharf Street non plus. Je me suis aventuré à l'intérieur, et il semble qu'elle ait été vidée très récemment.

Omen jura.

— Ils ont deviné que c'était notre cible.

— Ce crétin de Leland aurait pu leur dire tout ce que le Fonds recherchait à la place de Sorsha, jura Ruse. Tout ce que son amie avait découvert lors du gala de collecte de fonds. Nous pouvons donc supposer que tout ce qu'ils gardaient d'important dans les autres sites de cette société-écran a été évacué ou le sera bientôt. Le métamorphe se mit à faire les cent pas. D'une certaine manière, c'est une bonne chose. Nous les avons mis en fuite ; ils vont être à court de propriétés où ils pourront mener leurs opérations et cacher leurs prisonniers. Ils devront peut-être rogner sur certaines mesures de sécurité pour éviter les endroits que nous pourrions connaître.

— Sauf qu'ils rogneront aussi dessus dans des endroits que nous ne connaissons pas, ne puis-je m'empêcher de dire.

— Oui, c'est le principal problème.

C'était aussi de ma faute ? Nous n'aurions pas su que cette usine était une cible si je n'avais pas impliqué Vivi et le Fonds dès le départ, alors… peut-être que tout s'équilibrait sur l'échelle de l'horreur et de la responsabilité personnelle ?

Cette pensée ne me remonta pas vraiment le moral.

Thorn s'avança, l'inquiétude rendant son expression encore plus sombre.

— Sorsha, tu saignes à nouveau.

Ah oui, c'était vrai. Les blessures bien plus urgentes de Gisele nous avaient détournés, Omen et moi, du plan de rafistolage de Sorsha. Je posai ma main sur le haut du bandage.

— Il faut juste changer le pansement. Ça va aller. Ça va juste piquer un peu. Et peut-être qu'il y avait un peu d'élancements dans tout ça aussi après tout ce remue-ménage, mais il n'avait pas besoin de le savoir.

Malgré mes dires rassurants, le guerrier me fit rentrer dans le camping-car comme une sorte d'infirmière en chef de forte corpulence. En découvrant la plaie, il émit deux ou trois « tss tss » dans sa barbe. Il ajouta quelques points de suture là où ceux qu'Omen avait cousus la nuit dernière s'étaient rompus, et appliqua de la crème antiseptique sur l'ensemble de l'entaille. Après avoir enroulé une couche de gaze autour du nouveau tampon stérile, Ruse posa un sac en papier sur la table près du canapé. Je me redressai, une odeur de beurre et de cheddar me parvenant aux narines.

— J'ai libéré un petit déjeuner pour toi, annonça l'incube, le ton enjoué, mais les yeux noisette plus sombre que d'habitude lorsqu'ils s'attardèrent sur mon visage. Je sais que ce n'est pas un substitut à notre dévoreur bien-aimé, mais tu dois prendre soin de l'intérieur de ton ventre aussi bien que de l'extérieur.

Je ne pouvais pas le nier — et dans un meilleur jour, j'aurais eu l'eau à la bouche à cause de l'odeur savoureuse.

— Merci, dis-je en déballant un sandwich de petit déjeuner composé d'un petit pain, d'un œuf et de fromage fondu. C'était mieux que la salade de foin et de trèfle.

Alors que j'en prenais une bouchée, les deux membres restants de mon trio d'origine apparurent de l'autre côté de la table, tels de solides gardiens — ou surveillants, s'assurant que je ne parte pas avant qu'ils fussent convaincus que j'avais pris soin de moi. La pâte friable se dissolut sur ma langue, et le fromage ajouta la quantité parfaite de goût à l'œuf brouillé crémeux. Pour un homme qui utilisait la satisfaction sexuelle humaine comme moyen de subsistance, Ruse était un excellent juge en matière de nourriture.

Mais chaque bouchée restait en travers de ma gorge avant de tomber dans le creux de mon estomac. Je n'avais fini que la moitié du sandwich quand la masse qui s'installait en moi me sembla presque trop lourde à porter.

Je posai le sandwich, pensant pouvoir au moins respirer, et Thorn fronça les sourcils.

— Tu n'as pas l'air bien. Ton sommeil n'a pas dû être

très réparateur sur cette banquette. Tu devrais aller te reposer dans ton lit.

— Non, franchement, je…

— Pas d'histoires cette fois, dit-il, et il me souleva du sol dans ses bras puissants comme si je ne pesais pas plus lourd que Pickle.

— Thorn ! protestai-je, essayant en vain de me dégager de son emprise. Exerçant juste assez de force pour m'empêcher de me plier au niveau du torse et d'étirer à nouveau ma blessure, le guerrier me conduisit sans un mot jusqu'à la deuxième chambre.

— Dormez bien ! nous dit Ruse avec un amusement audible.

Thorn me déposa avec précaution sur le lit. Lorsqu'il s'apprêta à partir, une résistance encore plus vive me traversa. Ma gorge se serra, et j'élançai le bras pour saisir le pan de sa chemise avant qu'il ne puisse aller bien loin.

— Si tu veux que je me repose, tu ferais mieux de rester et de t'assurer que c'est le cas.

Thorn me regarda du haut de sa prestance.

— Sorsha…

Je tirai sur sa chemise.

— Je ne suis pas fatiguée, juste inquiète et bouleversée et… Je dus faire une pause pour stabiliser ma voix. Je n'ai pas vraiment envie d'être seule en ce moment.

La fermeté de l'expression du guerrier disparut sous un flot de tendresse. Il se laissa tomber sur le bord du lit à côté de moi et ne parvint qu'à émettre un petit son mécontent lorsque je me mis en position assise.

Je me blottis contre le torse large et solide de Thorn. Son odeur musquée, avec sa trace de fumée, m'emplit le nez, et lorsque son bras vint entourer mes épaules, sa chaleur m'enveloppa également.

L'avoir ainsi avec moi ne compensait pas la disparition de Snap, pas plus que le sandwich du petit déjeuner, mais dans la puissance de son corps musclé, je pouvais sentir la certitude qu'il n'abandonnerait pas tant que le dévoreur ne serait pas de retour avec nous, là où il devait être.

Thorn resta prudemment immobile pendant un moment, puis laissa sa main parcourir mon bras de l'épaule au coude. Il pencha la tête pour que son menton repose sur ma tempe.

— Snap était incroyablement dévoué à notre cause — et, d'après ce que j'ai vu récemment, à toi aussi. S'il parvient à nous rejoindre, je doute qu'il reste éloigné très longtemps. Et si ces salauds l'ont emprisonné, nous le récupérerons. Ils n'ont pas réussi à briser Omen pendant toutes ces semaines.

— Je sais, dis-je. Mais Snap n'était pas Omen. Il voulait tellement bien faire, et il ressentait les choses si profondément. J'ai été surprise… et peut-être un peu effrayée quand j'ai vu sa forme complète. Vu l'horreur qu'il ressentait déjà à l'idée de dévorer, il s'est peut-être convaincu que je le trouvais horrible.

Thorn grogna.

— Il n'a pas pu le croire très longtemps s'il a été un tant soit peu attentif. Je ne suis pas un expert en affection, mais j'ai pu voir à quel point tu tenais à lui. Il compte beaucoup pour toi.

— C'est vrai pour tout le monde. Au fur et à mesure que les mots s'égrenaient, la vérité s'imposait à moi. Lorsque le trio avait débarqué de nulle part dans ma cuisine, je ne les avais vus que comme des emmerdeurs. Maintenant, il m'était difficile d'imaginer reprendre une vie humaine normale une fois que tout cela serait terminé et de ne plus jamais les revoir.

L'hésitation de Thorn à accepter l'affection que je lui offrais, même après lui avoir demandé de rester, me tordait encore plus à l'intérieur. Je levai la tête pour regarder son beau visage carré.

— Tu t'en rends compte, n'est-ce pas ? Si quelque chose t'arrivait, si tu partais ou si la Compagnie te faisait du mal, je serais tout aussi bouleversée que je le suis par Snap.

Il ouvrit la bouche et la referma, semblant rassembler ses pensées. Ses yeux sombres se posèrent sur les miens.

— Je n'ai pas la douceur et la joie que dégage le dévoreur, je ne peux pas offrir l'habileté de l'incube avec les mots ou les caresses. Comment pourrais-je espérer provoquer la même affection qu'eux ?

J'émis un soupir dédaigneux. Je levai la main pour pouvoir passer les doigts sur les légères lignes des cicatrices qui encadraient son visage.

— Tu sais, c'est eux qui font exception. Je n'ai jamais vraiment aimé les amoureux joyeux ou les beaux parleurs suaves. Je préfère les hommes forts et silencieux.

Il grogna, dubitatif.

Je lui tapotai la joue. —J'ai vu combien d'émotions tu portais sous cette façade stoïque. Je n'ai jamais connu personne, humain ou homme de l'ombre, qui soit à moitié aussi résolu ou loyal que toi.

— Seulement pour compenser mes échecs passés.

— Je ne suis pas convaincue que tu aies autant merdé à l'époque, mais crois-moi, beaucoup d'êtres humains traversent leur vie beaucoup plus courte en ignorant totalement les gens qu'ils ont laissés tomber en chemin. Ou même, ils s'en prennent à ces personnes comme si elles étaient à blâmer.

Thorn — et Ruse et Snap, et peut-être même Omen — valaient mille Leland. Quand on les comparait avec lui et son sabotage vengeur, comment pouvait-on dire que les hommes de l'ombre étaient plus monstrueux ?

Mes goûts étaient peut-être inhabituels, mais pourquoi donc voudrais-je un abruti générique alors que j'aurais-je pu avoir un monstre magnifique — ou, trois, vous savez ?

Thorn fit passer une mèche de mes cheveux derrière mon oreille et le frôlement de ses doigts me picota la peau. Sa voix s'abaissa jusqu'à une note rauque qui rendit ces picotements encore plus profonds.

— Tu ne manques pas de ténacité, Milady. Une volonté d'acier, mais aussi beaucoup de compassion. Tu étais une alliée digne de ce nom avant que nous ne sachions que tu possédais un quelconque pouvoir surnaturel.

— Seulement une alliée ?

Sa main taquina ma mâchoire en guise de réponse, relevant mon menton pour qu'il puisse s'emparer de mes lèvres. Je ne savais pas à quel point j'en avais besoin jusqu'à ce que je lui rende son baiser, me fondant dans la structure de sa carcasse musclée.

Sa bouche marqua la mienne, aussi déterminée que s'il déversait toute l'affection qu'il avait pour moi dans ce seul baiser. Ses doigts descendirent le long de mon dos, me serrant contre lui, et mon genou glissa sur sa cuisse. Une bouffée de chaleur m'envahit.

Oui. Oui. Juste pendant ce moment, je voulais me délecter de ce que j'avais encore au lieu de ruminer ce que j'avais perdu. Je voulais voir se refléter dans ses yeux la femme d'acier et de compassion pour laquelle Thorn m'avait prise.

Je me rapprochai, passant ma main sur sa poitrine, et j'écartai mes lèvres des siennes juste assez pour dire d'une voix si chargée de désir que je la reconnus à peine :

— Thorn, est-ce qu'on peut…

Le désir qui résonnait à travers les mots dut en dire assez avant même que je ne termine la question. Thorn me saisit et me fit basculer sur ses genoux, capturant tout ce que j'aurais pu dire d'autre avec un autre baiser. Je me retrouvai à califourchon sur lui et il me caressa la cuisse tandis que son autre main s'emmêlait dans mes cheveux.

Je glissai vers l'avant, et mon sexe se plaqua contre le renflement substantiel de son entrejambe. Même à travers les couches de tissu, la sensation de cette dureté suffit à me faire gémir.

Je me cambrai contre lui, augmentant la friction, et Thorn gémit à son tour. Sa langue envahit ma bouche, mais il me tenait toujours aussi prudemment, même si la pression de ses doigts autour de ma cuisse m'incitait à me frotter contre lui.

Il recula mon visage d'un centimètre, toujours assez près pour que la chaleur de son souffle envahisse mon cou. Sa voix était tendue.

— Je ne veux pas te faire de mal, Sorsha. Ce corps est fait pour se battre, pas pour faire l'amour.

Il y a quelques semaines, j'avais vu à quel point mon guerrier était grand à tous les étages, lorsqu'il était sorti nu de l'ombre. Ce souvenir n'avait fait qu'attiser la douleur du désir entre mes cuisses.

— Je pense qu'il est fait pour ce que tu décideras d'en faire, murmurai-je en posant mes mains contre son abdomen. Laisse-moi me soucier de ce que je peux supporter. Si quelque chose est trop dur ou trop rapide ou trop… grand - ma paume glissa sur son érection — je te le ferai savoir. Mais jusqu'à présent, je n'ai pas à me plaindre.

— À votre guise, Milady, souffla-t-il en retour. C'était comme une prière, si différente du ton réticent avec lequel il avait un jour employé ce terme respectueux, que je fus parcourue par une onde de plaisir.

J'enlevai sa tunique, impatiente de revoir toute cette chair sculptée, et il réussit à ouvrir mon chemisier au-dessus du bandage sur mon ventre avec une habileté surprenante, bien que ses doigts épais aient bataillé avec mon soutien-gorge. Je le dégrafai pour lui et je sursautai lorsque ses mains empoignèrent mes seins. Ses paumes calleuses qui pivotaient contre mes mamelons les firent pointer dans un élan de félicité. La sensation se propagea à mon sexe, et la douleur persistante de ma blessure s'estompa dans le sillage de ce plaisir.

J'embrassai de nouveau Thorn, ondulant toujours contre lui, la chaleur entre nous devenant brûlante. J'avais attendu trop longtemps pour devenir aussi intime avec le dernier de mes amants, j'avais épuisé ma patience. Ma bouche glissa contre ses lèvres, un gémissement s'échappa de ma gorge lorsque ses pouces effleurèrent mes seins, puis je tripotai les cordons de son pantalon.

Douces symphonies mijotées, c'était un enfer de démêler ces vêtements médiévaux. M'entendant jurer, Thorn laissa échapper un petit rire et défit le nœud comme si de rien n'était — grâce à un vaudou surnaturel, j'en étais sûre. Je ne passai pas beaucoup de temps à m'en préoccuper, car la seconde d'après, je fouillai dans ses sous-vêtements pour dégager cette énorme membre.

Il était magnifique, épais, parcouru de veines et si dur que je crus qu'elle allait exploser quand je la saisis. Son érection tressaillit à mon contact, et un souffle rauque s'échappa du guerrier.

— Milady, chuchota-t-il, et cette fois, cela ressemblait à un appel. Une requête à laquelle je m'empressai de répondre. Nous pourrions jouer avec d'autres possibilités une autre fois.

Il y aurait d'autres fois. Je le jurai par tout ce qui était encore vrai dans mon âme.

Je me débarrassai de mon jean et de ma culotte, et Thorn m'attira à lui, la force même de ce geste contrôlé me coupant le souffle. Je fis courir mes doigts le long de sa queue. Il m'embrassa si fort que ses dents entaillèrent ma langue, puis je m'affalai sur lui avec autant de hâte que mon corps me le permettait.

La simple pénétration de son gland dans ma fente me distendue comme jamais auparavant. Je m'arrêtai là, pour m'ajuster. Le plaisir me traversa tandis que mon sexe se détendait pour l'accueillir.

Le guerrier était un parfait gentleman, aussi torturé qu'il soit d'attendre. Il embrassa le côté de mon cou et massa mes seins, ajoutant des sensations au plaisir qui me traversait.

Je m'enfonçai un peu plus, puis un peu plus bas encore, chaque centimètre m'étirant davantage avec une brûlure de plus en plus extatique. Ma tête bascula contre l'épaule de Thorn, la sueur humidifiant mon front.

— C'est si bon avec toi, dis-je, mes lèvres effleurant sa peau. Mes doigts taquinaient son ventre, ses pectoraux, ses mamelons, tout ce que je pouvais faire pour le récompenser du plaisir intense qu'il m'offrait avec sa patience.

Un autre gémissement s'échappa de lui.

— Avec toi aussi.

J'avais envie de le sentir tout entier se presser en moi, de me perdre dans la déferlante de ce corps massif sur moi et en moi, mais je n'étais pas sûre d'être encore prête pour cela. Je me contentai de descendre encore plus bas et l'expression de ma satisfaction résonna dans ma poitrine.

Je me sentais pleine à craquer, dans le sens le plus étourdissant du terme. La seule question qui restait était de savoir si nous pouvions bouger ensemble.

Je montai et descendis, montai et descendis, un peu plus à chaque fois. Le lien entre nous était devenu lisse sous l'effet de mon excitation croissante. Lorsque j'eus atteint un certain rythme, Thorn trouva la confiance nécessaire pour soulever ses hanches à ma rencontre, d'abord doucement, puis, lorsqu'il vit que je gémissais sous l'effet du mouvement supplémentaire, avec plus de force.

Je me mordis la lèvre, luttant pour retenir les cris de plaisir qui voulaient sortir de mes poumons. Les murs du camping-car n'étaient pas assez épais pour dissimuler ces cris sans la magie d'insonorisation de Ruse.

Je n'eus pas à les retenir très longtemps. L'extase qui montait en moi montait en flèche, m'entraînant vers mon orgasme avec un élan que je n'arrivais pas à contenir. Je me jetai contre Thorn, m'agrippant à ses épaules, à ses flancs, et il fut là pour m'accueillir. Ses lèvres s'écrasèrent contre les miennes, la poussée de ses hanches me fit monter encore plus haut dans le plaisir, et je jouis si fort que ma vision se brouilla sous l'effet de la félicité.

Alors que mon sexe se contractait autour de lui, les doigts du guerrier s'enfoncèrent dans ma cuisse. Il me plaqua à lui, m'empalant si profondément que sa verge déclencha une seconde vague orgasmique juste au moment où il se déversait en moi.

Je m'affaissai sur lui, enflammée par l'effet de la satisfaction. Thorn me prit la joue et m'embrassa avec une détermination plus douce. Alors que je me blottissais contre son large torse, les doutes et les récriminations qui m'avaient assaillie plus tôt s'envolèrent.

J'étais forte — oui, j'étais forte. Assez forte pour prendre un guerrier légendaire comme amant. Aucun ex merdique n'allait m'abattre.

Leland avait profité du conflit avec la Compagnie de la Lumière pour extérioriser son ressentiment à mon égard. Il était peut-être temps de retourner la situation et de voir comment nous pouvions l'utiliser, lui.

VINGT-HUIT

Sorsha

Omen me regarda monter sur la moto derrière Ruse avec une réticence évidente. Je levai mon pouce, d'un air optimiste.

— Ne t'inquiète pas! On va bien s'occuper de Charlotte.

— Je ne pense pas que tu apprécieras ce qui se passera si tu ne le fais pas, rétorqua-t-il, mais il se détourna plutôt que de continuer à ruminer la situation. Ce plan ne nécessitait que Ruse et moi, et même si le chien de l'enfer aurait voulu nous suivre pour superviser tout ça dans l'ombre, cela n'avait pas vraiment de sens de mettre quelqu'un d'autre en danger. Les gens de la Compagnie avaient bien plus de chances de nous remarquer en ville, qu'ici au milieu de nulle part.

Pour éviter qu'ils nous remarquent, j'avais mis le casque que l'incube avait eu la gentillesse de me procurer, sur un bonnet noir qui cachait déjà mes cheveux roux. Ruse portait lui aussi un casque, une façon appropriée de dissimuler ses cornes. Il salua le dos d'Omen qui battait déjà en retraite, me tapota le genou pour confirmer ma position face à lui et mit le moteur en marche.

Il était bien plus facile de se détendre contre le dos appuyé de l'incube que lorsque je m'étais accrochée à Omen la veille. D'abord, Ruse ne conduisait pas la moto comme un démon. Il n'était peut-être pas le plus doué pour changer de voie, mais il était suffisamment soucieux de rester discret pour rouler à la même vitesse que les voitures et éviter toute manœuvre tape-à-l'œil.

Et vu l'intimité que nous avions eue à plusieurs reprises, il ne me restait plus beaucoup de pudeur quand il s'agissait d'entourer son torse de mes bras ou d'appuyer mes cuisses contre ses hanches.

Il suivit sans problème les indications que je lui avais données jusqu'à la maison de Leland. La vue de l'immeuble gris et étroit au bout de la rangée me serra la poitrine.

Combien de fois avais-je sonné à cette porte, prête à sauter dans le lit — une douzaine ? Une vingtaine ? Je n'avais jamais eu l'impression de faire autre chose que de gratter une démangeaison, et même ce plaisir avait tourné au vinaigre avec la déception caustique de Leland à mon égard.

Mes sentiments actuels allaient bien au-delà de l'amertume et allaient jusqu'à l'envie de destruction, mais je n'étais pas ici pour perturber son espace de vie. Du moins, pas encore. Nous allions d'abord voir comment se passait cette visite.

Je connaissais suffisamment bien l'emploi du temps de mon ex-copain pour avoir prévu qu'il serait à la salle de sport un dimanche après-midi. Nous laissâmes la moto à quelques rues de là et nous nous glissâmes dans le jardin de Leland, Ruse restant dans l'ombre. En attendant qu'il se glisse à l'intérieur et déverrouille la porte pour moi, je redressai les épaules, rassemblant toute mon audace.

Nous avions un plan, un plan qui devrait nous permettre d'atteindre Snap si la Compagnie l'avait attrapé. Aucun souvenir inconfortable n'allait m'empêcher d'accomplir cela. Leland n'avait aucune idée de ce qui l'attendait.

Ruse ouvrit la porte en faisant une petite révérence, et je pénétrai à l'intérieur.

L'endroit avait-il toujours eu cette odeur de graillon ? Peut-être n'avais-je jamais été assez près de la cuisine pour la remarquer. En fronçant le nez, je traversai l'espace avec ses appareils ménagers en inox terni et je pénétrai dans le hall d'entrée, où j'avais l'intention d'attendre.

Je n'avais manifestement pas passé assez de temps au premier étage, sinon les photographies encadrées le long de la cheminée m'auraient fait comprendre que ce type ne valait pas la peine que je m'y attarde, même en tant que client facile. Chacune de ces photos le représentait seul : posant lors d'une compétition d'haltérophilie amateur, penché sous le capot ouvert d'une voiture dont je doutais qu'il ait la moindre idée de la façon de la réparer, faisant le signe de la victoire sur le pont d'un hors-bord. Il aurait tout aussi bien pu construire un petit sanctuaire à son ego, tant il pensait que le monde devait tourner autour de lui seul.

Ruse s'approcha pour les contempler de plus près.

— Quelle prise ! dit-il en guise de taquinerie. Quelle erreur tu as commise en laissant partir ce beau spécimen.

En tout cas, lui pense clairement qu'il est le plus beau spécimen qui soit.

— Tu m'étonnes ! Je lui donnai un petit coup dans l'épaule. Inutile d'insister. J'ai eu le bon sens de partir vers de plus verts pâturages.

L'incube fronça les sourcils.

— Et j'ai été ravi de te labourer. Alors que j'étouffais un rire, l'un de ces sourcils s'arqua plus haut. En parlant de ça... je suppose que tu as obtenu autre chose que des grognements et des éclats de voix de notre Incroyable Hulk.

Mon intermède avec Thorn. Une légère rougeur apparut dans mon cou.

— On a essayé d'être silencieux.

— Ne t'inquiète pas pour ça, ma jolie. J'ai des sens particulièrement aiguisés quand il s'agit de mon domaine d'expertise. J'ai prêté un peu de magie pour vous donner l'intimité que je pensais que vous vouliez avoir.

— Oh. Merci. Je marquai une pause. Tu n'avais pas besoin d'être dans la pièce, n'est-ce pas ?

Ruse leva les mains.

— J'aime participer à l'acte, pas tellement le regarder de loin. Considère cette faveur comme ma contribution au bien public. Thorn avait besoin d'un bon coup depuis au moins quelques siècles, je dirais.

Je le frappai encore, mais ses plaisanteries m'aidaient à me distraire de mon malaise dans cet endroit. Lorsque Snap et moi nous étions rapprochés, l'incube m'avait dit qu'il était heureux que je cherche du plaisir partout où j'en trouvais. Il semblait que cela s'applique également au guerrier, même si leurs attitudes avaient tendance à s'opposer.

L'horloge en laiton qui trônait entre les photos indiquait qu'il était trois heures et quart.

— Leland ne va pas tarder à arriver, dis-je. Tu ferais mieux de rester hors de vue jusqu'à ce que je donne le signal que sa broche est enlevée. Je ne savais pas s'il la porterait simplement pour se promener dans la ville, mais après nous avoir bousculés aussi durement qu'hier, je n'aurais pas été surprise de le voir redoubler de prudence.

Ruse acquiesça et disparut. Je rôdai dans le salon jusqu'à ce que je trouve un endroit idéal où je pouvais m'accroupir à côté d'une table d'appoint. Cette position me permettait d'avoir une vue dégagée sur l'entrée et de savoir à qui j'avais affaire avant de passer à l'action, mais elle me dissimulait aux regards indiscrets. Il ne me restait plus qu'à attendre.

Au fur et à mesure que les minutes passaient, je détournai un texte et chantai doucement dans le silence. « En attendant le dernier malheur envoyé, tu diras les mots qui mentent et qui sont des proies. » Leland aurait probablement prétendu qu'envoyer nos ennemis contre nous avait été un acte héroïque. Eh bien, il avait perdu tout espoir de me baiser il y a des mois, et maintenant il allait perdre toute chance de nous baiser à nouveau.

Ruse apparut dans l'espace physique juste assez longtemps pour dire :

— Il est dans la rue. Puis il disparut à nouveau. Je me crispai dans ma position recroquevillée. Je serrai les poings.

Une clé tourna dans la serrure. Leland entra à grands pas, gonflé aux endorphines par les poids qu'il avait dû soulever. Alors qu'il jetait son sac de sport sur le côté du couloir, sa chemise s'écarta et j'aperçus un reflet argenté au niveau de l'encolure en V. Il portait sa broche de protection épinglée à un maillot de corps, comme je le faisais souvent. Aucun autre objet métallique ne brillait sur lui.

C'était tout ce que j'avais besoin de savoir. Je me levai d'un bond et franchis les quelques mètres qui nous séparaient.

Leland se raidit, surpris — mauvais réflexe, mec.

— Sorsha, bafouilla-t-il, et j'étais déjà sur lui, repoussant sa main défensive d'un coup sec tout en tirant sur sa chemise. La broche se détacha d'un coup de la couche de coton qui la recouvrait. Je la projetai en l'air pour la montrer à Ruse.

— Qu'est-ce que tu fous? Leland se jeta sur moi. Dommage qu'il ait passé tout son temps en salle de sport à se muscler au lieu de développer le *Jack Be Nimble*[1] qui sommeillait en lui. Je m'écartai du chemin juste au moment où Ruse se matérialisait dans l'espace qui nous séparait.

— Bonjour, mon ami, dit l'incube sur son ton le plus cajoleur, si chargé de pouvoir surnaturel que je pouvais en sentir les vibrations dans l'air. Comme tu peux le voir, nous allons tous bien nous entendre. Nous sommes venus par souci de ton bien-être, il faut que tu nous écoutes, sinon tu pourrais courir un grave danger.

Leland vacilla sur ses pieds, son visage enfantin se crispant. Le vaudou ne l'avait pas totalement envoûté d'un seul coup.

— Tu es l'un des hommes de l'ombre avec lesquels elle travaille. Je ne pense pas que vous devriez être ici. Ni l'un ni l'autre. Vous...

Ruse leva les mains en signe d'apaisement.

— Nous partirons dès que nous aurons réglé les choses avec toi. Tu as été en contact avec des gens très malveillants, et nous ne pouvions pas supporter que tu sois blessé à cause de cela. Je sais que tu as eu des différents avec Sorsha, mais ne vois-tu pas à quel point elle tient encore à toi ?

Je luttai contre l'envie de le foudroyer du regard pour cette remarque et offris à Leland le sourire le plus doux que je pouvais composer. Ce qui n'était probablement pas très gentil, puisque j'avais aussi envie de vomir sur les baskets brillantes de cet abruti à l'idée de me soucier de lui, mais cela sembla suffire à adoucir le sort de Ruse.

— Je l'ai toujours su, quelque part, dit Leland en me regardant avec son propre sourire, qui était si satisfait que je faillis vomir.

Heureusement, Ruse intervint avant qu'il ne soit nécessaire d'expulser des fluides corporels. Il hocha la tête et sa voix se teinta d'un soupçon de sournoiserie.

— Et tu dois te soucier suffisamment de toi-même pour donner la priorité à ta sécurité, non ? Regarde cette magnifique exposition de tes réalisations passées. Il désigna les photos sur la cheminée.

Le regard de Leland suivit son bras.

— Nous devons célébrer nos victoires, dit-il. Et nous encourager à en faire encore plus. Ou pour intervenir lorsque d'autres personnes vont trop loin. Il me jeta un coup d'œil, se redressant d'un air pompeux. Tu gâchais la vie des gens. Je ne pouvais pas rester en retrait et laisser faire.

Je me mordis la langue pour ne pas souligner qu'il avait potentiellement gâché des dizaines de vies en permettant l'attaque de la Compagnie et en nous empêchant de libérer leurs captifs. Même s'il prétendait se soucier de la défense des hommes de l'ombre, il était clair que leurs vies ne comptaient pas pour lui. Peut-être qu'il ne les considérait comme dignes d'être protégées que lorsqu'elles étaient petites et ineptes. Peut-être avait-il toujours cherché à gagner en magnanimité, sans jamais faire preuve de bonté.

Ruse sourit. Confiant dans le fait qu'il avait maintenant l'autre gars complètement sous son emprise, il montra à nouveau les photos à Leland.

— J'ai besoin de voir à quel point tu es dévoué à toi-même avant de savoir comment nous pouvons t'aider. Prends ta photo préférée et embrasse-toi.

— Ruse, murmurai-je en signe de protestation. Nous avions des choses plus importantes à faire ici que de nous amuser avec mon ex pendu à des ficelles de marionnettes.

L'incube m'ignora, et ce fut plutôt satisfaisant de voir Leland se précipiter pour attraper la photo de lui sur le pont du bateau et lui donner un bon baiser. Mes lèvres tressaillirent malgré moi.

Ruse applaudit.

— C'est parfait. Maintenant, pourrais-tu nous faire le poirier ? C'est très important pour nous assurer que nous te donnons les stratégies les plus utiles pour te protéger…

Leland se penchait déjà pour poser la tête sur le tapis. Il s'arc-bouta et lança ses jambes volumineuses en l'air. Elles s'agitèrent dans tous les sens pendant quelques secondes avant qu'il ne se renverse sur le tapis avec un bruit sourd. Puis il se redressa d'un bond, comme s'il était prêt à recommencer.

Je donnai un coup de coude à Ruse. Même si j'aurais aimé regarder mon ex se ridiculiser pendant des heures, nous étions ici pour le travail, pas pour le plaisir.

— D'accord, d'accord, dit l'incube en faisant signe à Leland de s'approcher. Encore une chose que j'aimerais vérifier. Si tu voulais tellement que Sorsha t'offre l'expérience d'une petite amie, pourquoi n'as-tu pas eu une relation amoureuse avec elle comme le ferait un vrai petit ami ? Une réponse franche, s'il te plaît.

L'expression de Leland devint vaguement perplexe, mais il était suffisamment sous le charme pour répondre sans rechigner.

— Pourquoi aurais-je dû faire le boulot en premier si elle n'appréciait pas ce qu'elle avait déjà ? Je n'ai entendu aucune plainte au sujet de nos relations. J'ai un bon travail, je fais de l'exercice, je suis un bon parti. Je ne vais pas courir après quelqu'un qui ne peut pas se donner la peine de me masser les pieds ou de me préparer un repas pour me remercier de ce qu'elle obtient de moi. Elle s'imagine visiblement mériter toutes sortes d'attentions. Je parie que c'est comme ça que ces hommes de l'ombre l'ont attirée.

Cette fois-là, je me mordis si fort la langue que je grimaçai sous l'effet de la douleur. Ce que j'avais obtenu de lui ? La dernière fois que j'avais vérifié, il avait pris au moins autant de plaisir que moi à sauter dans le lit. Étais-je censée être si honorée qu'il m'ait enfoncé sa bite dans le corps que je décide de jouer les joyeuses ménagères — et sans la moindre indication qu'il en ait envie jusqu'à ce qu'il commence à bouder du fait que cela ne se produise pas ?

Ruse me soutenait à sa manière.

— Je vois, dit-il. Tu es vraiment un sale type, n'est-ce pas ?

Leland vacilla.

— Quoi ? Je...

La voix de Ruse reprit de la vigueur.

— Dis que tu es un sale type. Comme si tu le pensais.

— Je suis un sale type, dit Leland avec insistance.

— Merveilleux ! Maintenant, mettons-nous au travail. Ces gens de Wharf Street, je suppose que tu les as contactés — comment les as-tu contactés ? Cela nous aidera beaucoup de le savoir.

L'incertitude qui avait traversé le visage de Leland avec l'instruction passée s'estompa.

— Je n'étais pas sûr d'avoir un responsable si je me contentais d'appeler. Il me semblait que le message devait être transmis à quelqu'un de haut placé. Alors j'y suis allé directement.

Il avait vu le bâtiment ?

— Qu'ont-ils fait quand tu es arrivé ? demandai-je.

— Ils étaient assez tendus à propos de tout ça, dit Leland en fronçant les sourcils. Je suppose qu'il était logique qu'ils le soient alors que je débarquais de nulle part. Quand je leur ai dit que j'avais des informations vitales, un autre type est venu me parler dans la cour.

Les yeux de Ruse brillaient intensément.

— Tu n'es pas entré dans le bâtiment ?

— Non. Je lui ai dit que j'avais des raisons de croire qu'une femme travaillant avec une espèce de l'ombre hostile allait attaquer ses opérations le soir même, et qu'ils étaient certainement au courant de l'emplacement de Wharf Street et de quelques autres — ceux que le Fonds avait vérifiés. Pensez-vous que c'est pour cela qu'ils veulent m'attraper maintenant — parce que j'ai participé à ces recherches, même si j'ai compris qui était du bon côté ?

— C'est possible, dit Ruse avec sagacité. Mais si tu y retournes maintenant qu'ils ont déjoué l'attaque et que tu leur as donné de bonnes informations, peut-être qu'ils seront plus amicaux et qu'ils te mettront au courant de leurs plans.

Avec un petit rire, Leland anéantit tous les espoirs que nous avions de l'envoyer sur le terrain en tant qu'agent double involontaire.

— Oh, ils ne sont plus à cet endroit. Ils étaient assez contrariés par ce que je leur ai dit, et j'ai entendu un type dire à un autre, alors que je partais, qu'il n'avait plus d'autre endroit où aller à part l'avenue Gorge. Mais où sur l'avenue, ça je n'en sais rien. Ce n'est pas une adresse que le Fonds avait en sa possession.

Non, en effet. Je n'avais jamais rien vu ni entendu à propos de l'avenue Gorge, mais il semblait que c'était là que la Compagnie avait emmené ses prisonniers.

— As-tu entendu autre chose ? Rien du tout ? insistai-je.

Leland secoua la tête.

— Ils m'ont chassé assez rapidement. Même le type qui avait fait ce commentaire s'est tu très vite après. Et maintenant, ils en ont après moi ? J'essayais seulement de les aider. Il plissa le front tandis qu'il essayait de faire le lien entre ce qu'il croyait auparavant et ce que le charme de Ruse le forçait à ressentir. Ont-ils vraiment fait du mal à des gens ? Ce n'est pas juste Sorsha qui s'est retrouvée avec le mauvais genre d'ombre qui lui a fait penser ça ?

— Malheureusement pour toi, ces gens sont les pires des pires, et il s'avère qu'ils n'ont pas apprécié cette aide, dit Ruse de son ton le plus désolé. Mais j'ai découvert qu'il existait un moyen simple de faire en sorte qu'ils n'interfèrent plus du tout avec ta vie.

Leland poussa un soupir de soulagement.

— Merci beaucoup. J'essayais d'alléger ma vie en mettant fin à la fausse croisade de Sorsha, pas en me rajoutant des problèmes. Elle avait déjà trop mêlé le Fonds à tout cela. Je n'aurais jamais dû commencer à enquêter… Enfin, je suppose, si cette Compagnie de la Lumière fait vraiment partie d'une sorte de conspiration… mais c'est trop pour moi de toute façon.

C'est vrai, parce que Dieu lui interdisait d'éprouver le moindre malaise pendant que les hommes de l'ombre étaient mis en cage et torturés. Il n'avait même pas l'air de regretter de nous avoir livrés à des gens dont je l'avais averti à plusieurs reprises qu'ils préparaient un mauvais coup. Je jetai un coup d'œil curieux à Ruse.

L'incube se frotta les mains d'une manière qui aurait fait comprendre à quiconque n'était pas sous l'emprise de son charme qu'il préparait un mauvais coup.

— C'est très simple. Tu dois mettre un de tes sous-vêtements sur ta tête et le garder comme chapeau pendant au moins trois jours. Oh, et ne bois que du café aussi noir que possible, sans crème ni sucre, et laissez-le refroidir pendant deux heures. Enfin, fais-toi porter pâle au travail pendant que tu suis ces étapes et n'oublie pas de dire à ton patron ce que tu penses vraiment de lui.

Je dus plaquer une main sur ma bouche pour me retenir de rire. Le pli perplexe revint sur le front de Leland, mais le vaudou de Ruse l'avait suffisamment coincé pour qu'il ne discute pas.

— Je vous remercie. Ces gens travaillent de manière étrange, je suppose. Je ferai tout cela.

— Excellent. Ne parle à personne de notre présence ni de votre visite à Wharf Street. Et puisses-tu trouver une partenaire romantique qui soit tout ce que tu mérites !

Les escaliers grincèrent alors que Leland se dirigeait vers sa chambre pour prendre le caleçon qui lui servirait de chapeau. Ruse retint son ricanement jusqu'à ce que nous ayons atteint la porte du fond.

— J'aurais bien imaginé une humiliation plus publique, me murmura-t-il, mais je pense qu'il vaut mieux ne pas attirer l'attention sur nos manipulations magiques.

— Tu n'avais pas besoin de faire tout cela, dis-je. Tout ce dont nous avions besoin, c'était de l'information.

Il émit un grondement sceptique.

— Estime-toi heureuse que la défense de ton honneur ait été faite à ma manière et non à celle de Thorn. J'avais beaucoup de choses à reprocher à ce crétin à ce stade, tu sais.

— C'est juste. Un élan d'affection me traversa la poitrine. Et merci.

— N'y pensez pas, Mlle Blaze. Vous valez bien cent mille fois plus que ce crétin. Ruse regarda dans la direction où nous avions quitté Charlotte. Que dirais-tu de faire un détour par l'avenue Gorge ?

— C'est l'étape suivante idéale.

Une fois que nous eûmes atteint les confins de la banlieue où se trouvait l'avenue Gorge — loin de véritables gorges dans lesquelles nous pourrions jeter nos ennemis, malheureusement — nous ne tardâmes pas à nous rendre compte que Snap nous avait laissé un dernier cadeau. La moto franchit une colline et, à la vue d'une propriété qui s'étendait sur tout le pâté de maisons suivant, je serrai le bras de Ruse.

C'était un manoir de briques grises avec une tourelle sur le côté droit, celle que la victime de Snap avait dû garder dans le passé. Et d'après ce que Leland avait entendu, les membres de la Compagnie n'avaient nulle part où s'enfuir si nous venions les chercher ici.

---

1. Référence à une comptine racontant l'histoire d'un pirate

VINGT-NEUF

Omen

— Nous les tenons, dis-je en tapotant la table du camping-car et en regardant mes trois associés. Un sentiment de triomphe m'envahit. Cela nous place dans une position encore meilleure que si nous les avions affrontés dans le bâtiment de l'usine près de la rivière. Nous les avons mis au pied du mur, et ils auront regroupé tout leur matériel et toutes leurs ressources dans ce seul bâtiment, prêt à être détruit.

— Ils y auront aussi regroupé tout leur personnel de sécurité, fit remarquer Thorn, toujours aussi pragmatique et considérant le verre à moitié vide. Surtout si… tu as dit que tu pensais que l'homme qui possède la propriété pourrait être le chef de toute la Compagnie de la Lumière ?

Après le retour de Ruse de son aventure avec Sorsha, lui et moi avions pris la route pour aller voir quelles informations supplémentaires sa doublure pirate pouvait dénicher. Grâce à son dévouement charmant, elle avait trouvé suffisamment de documents pour clarifier la situation.

J'acquiesçai.

— Il a bien couvert ses traces, mais nous avons trouvé des transactions qui me convainquent que ce Victor Bane est à l'origine des plus grosses opérations menées par la Compagnie dans cette ville. Soit ça, soit quelqu'un ayant une immense influence sur lui tirait ses ficelles, ce qui revient au même.

L'inquiétude me saisit et je dus tendre les jambes pour m'empêcher de faire les cent pas. Ce n'était que le premier aperçu de notre véritable victoire. Nous n'obtiendrions le reste que lorsque nous passerions à l'action.

Mais Thorn avait raison. Nous ne pouvions pas foncer, les yeux et les poings enflammés, comme le fou sauvage que je pouvais être. J'inspirai un grand coup.

— Et il y aura beaucoup d'agents de sécurité, c'est vrai. Mais la plupart des gardes n'auront pas l'habitude de travailler ici. Nous pouvons encore utiliser certaines parties de notre plan initial, comme les diversions pour diviser et conquérir. Ce sera peut-être difficile, nous sommes moins nombreux…

Mon regard se porta sur la porte de la chambre, au bout du couloir. La licorne avait prouvé qu'elle était une féroce combattante — je le reconnaissais — mais même si son corps guérissait, elle ne serait pas en état de se relancer dans une bataille avant plusieurs jours au minimum. Je n'étais pas sûr non plus que le centaure serait d'accord pour s'aventurer aussi loin de son chevet, même pour venger ses blessures.

Et Snap… La journée s'était transformée en soirée, puis

en crépuscule avec la nuit complète qui nous guettait, et notre dévoreur n'était toujours pas réapparu.

Lorsque je lui avais demandé de s'enrôler dans mon équipe, je savais qu'il avait des réserves sur la partie la plus puissante de sa nature, mais j'avais pensé que son désir d'aider à sauver notre espèce l'emporterait s'il avait besoin d'utiliser son plus grand pouvoir. De toute évidence, il était plus fragile — ou les chasseurs de la Compagnie plus rapides — que je ne l'avais prévu.

Nous ferons de notre mieux avec ce que nous avons, continuai-je, et alors que je reprenais ma respiration, on frappa à la porte du camping-car.

Thorn et Sorsha se levèrent, mais leurs comportements n'auraient pas pu être plus différents. Les muscles de Thorn se contractèrent, son corps se préparait à l'attaque — comme si nos ennemis avaient frappé à la porte avant de tenter de nous réduire en miettes.

Sorsha l'avait manifestement compris. Son visage s'était illuminé d'un espoir hésitant, mais évident. À cet instant, je ne vis plus la mortelle grande gueule qui m'avait poussé à bout, ni la voleuse arrogante qui se riait des menaces de mort, mais une femme dont le cœur bondissait à l'idée que notre compagnon disparu nous soit revenu indemne.

Cette vision me tiraillait plus que je ne l'aurais voulu. Quand avais-je déjà vu un mortel aussi sincèrement dévoué à l'une des espèces de l'ombre ? Mais je ne pensais pas qu'il s'agissait de Snap — je doutais que le dévoreur ait eu l'idée de frapper à son retour. Et peut-être qu'il y avait aussi une sensation incroyablement petite, mais lancinante de savoir qu'elle n'aurait pas eu l'air aussi enthousiaste si j'avais été celui qui avait disparu.

On ne gagnait pas les guerres en courtisant l'affection.

Mon travail consistait à lui botter le cul pour qu'elle mette ses pouvoirs à niveau — un travail sur lequel j'avais peut-être déjà reculé plus que je ne l'aurais dû aujourd'hui.

Je me dirigeai vers la porte et l'ouvris d'un coup sec, le poing serré le long du corps, prête à sortir mes griffes. Dès mon premier coup d'œil à l'extérieur, ma position se détendit, mais seulement légèrement.

— Qu'est-ce que tu fais ici ?

Rex se tenait juste devant la porte du camping-car, les bras croisés sur la poitrine et une lueur particulièrement lugubre dans ses yeux vifs.

— Tu as lancé un appel à l'aide, n'est-ce pas, Omen ? Vas-tu nous laisser y répondre ou non ?

En disant « nous », il se rapprocha suffisamment pour que ses compagnons convergent autour de lui. Par le soufre et le feu de l'enfer, on aurait dit qu'il avait emmené toute son équipe pour la balade. Le cercle intérieur se tenait à ses côtés — Birch la dryade, Lazuli le troll et Tassel la succube — et au moins une demi-douzaine de sous-fifres du gang les encerclaient.

— Je me souviens avoir demandé à Birch de prêter ses talents de guérisseur. Vous êtes tous là pour lui apporter un soutien moral ?

Le loup-garou roula des yeux.

— Pourquoi ne pas discuter de tout cela à l'intérieur avant qu'un mortel habitant la campagne ne passe en voiture et ne se demande quelle fête a lieu dans le bus scolaire ?

Il n'avait pas tort, mais mes sourcils se dressèrent instinctivement à l'idée de laisser autant d'ombres puissantes et intéressées monter dans le véhicule que je commençais à considérer comme le mien.

Bien sûr, techniquement, il appartenait aux touristes du

fond, et le pouvoir était relatif. Dans le grand schéma de l'existence des ombres, Rex, avec son siècle d'expérience, n'était encore qu'un adolescent dégingandé, et il était le plus établi de la bande. Thorn et moi aurions eu une bonne chance de décimer cette meute à nous deux.

C'était une évaluation que le loup-garou pouvait probablement faire lui-même avec l'expérience qu'il avait et ce qu'il savait de moi. Et j'avais demandé à ce qu'au moins l'un d'entre eux fasse son apparition. Je maîtrisai mon chien intérieur et reculai pour les laisser entrer.

Les membres du cercle intérieur conservèrent leur forme physique et vinrent nous rejoindre tous les quatre près du canapé. Sur un geste de Rex, les sous-fifres s'éclipsèrent dans l'ombre. Je pouvais encore sentir leur présence autour de nous, mais au moins, nous n'étions pas entassés dans l'espace comme des sardines dans une boîte de conserve.

Thorn et Sorsha restèrent debout. Je n'aurais peut-être pas dû m'étonner que, même face à plusieurs ombres qu'elle connaissait à peine, notre mortelle soit celle qui les pousse à l'action.

— Tu devrais aller voir Gisele tout de suite, dit-elle en s'adressant à Birch. Ils l'ont gravement blessée. Omen et Thorn l'ont soignée du mieux qu'ils ont pu, mais…

Sa voix s'éteignit et elle le conduisit vers la chambre principale. Rex me regarda en arquant légèrement les sourcils, comme s'il était amusé que je laisse l'humaine prendre les décisions, mais il n'en fit pas la remarque.

— C'est tout un remue-ménage que vous avez provoqué au centre-ville hier soir, dit-il à la place.

Je grimaçai.

— Ce n'est pas nous qui l'avons décidé. Nous voulions ravager ces cons sur leur propre terrain, mais ils ont eu vent de nos plans et nous ont tendu une embuscade en chemin. Nous avons tout de même réussi à faire beaucoup de ravages, mais pas le sauvetage que nous avions espéré.

— Ils ont encore déplacé leurs prisonniers, ajouta Thorn avec un grognement de frustration. Et ils ont peut-être capturé l'un des nôtres.

Le regard de Rex se posa sur nous.

— Ah, oui, votre rayon de soleil a disparu, n'est-ce pas ? Quel dommage !

Un couinement se fit entendre, comme pour acquiescer. L'animal de l'ombre de Sorsha s'était blotti dans un coin du canapé à l'arrivée des nouveaux venus. Apparemment, il les avait reconnus, et le petit dragon se mit à gambader sur le sol pour s'enrouler autour de la cheville de Laz comme un chat. Le troll fixa la créature avec une expression si angoissée que je dus réprimer un rire. Tant pis pour sa façade de dur à cuire.

Sorsha sortit seule de la chambre, les traits tirés, et vint nous rejoindre. Je penchai la tête vers Rex avec toute l'autorité dont j'étais capable.

— Pourquoi êtes-vous tous ici, Rex ? Votre dryade a-t-il besoin d'une telle protection ou vouliez-vous simplement nous regarder ? Parce que nous avons d'autres projets et des batailles à mener au nom de toute l'humanité de l'ombre. J'aimerais m'y remettre.

Le loup-garou gloussa, mais l'arrogance de sa posture se dégonfla un peu en reconnaissant qui était le plus grand alpha ici. Je ne poussai pas les choses assez loin pour le forcer à se recroqueviller devant ses associés. À l'avenir, il serait peut-être utile de demander une faveur à cet homme. L'agressivité est plus efficace à long terme lorsqu'elle est tempérée par la diplomatie.

— Nous ne sommes pas là en tant que gardes du corps

ou pour faire de l'esbroufe, dit-il. J'ai eu l'impression la dernière fois que nous nous sommes parlé que tu ne serais pas contre un peu d'aide dans cette bataille. Eh bien, nous sommes là. Nous pouvons nous battre pour notre propre compte. Il suffit de nous désigner les salauds qui ont besoin d'être étripés.

Je dus raidir mon expression pour cacher ma surprise. Il était prêt à s'engager dans un conflit qui ne l'impliquait pas encore directement — et pas seulement en offrant son allégeance, mais aussi celle de ses disciples ?

— J'avais eu l'impression que vous vous fichiez éperdument de ce qui arrivait au reste de l'humanité de l'ombre tant que vous et vos camarades n'étiez pas affectés, dis-je en gardant un ton sec. Qu'est-ce qui t'a fait changer d'avis ?

— Oh, nous sommes touchés maintenant. Un grognement s'insinua dans la voix du loup-garou. C'est notre ville, et ces connards pensent qu'ils peuvent brûler ce putain de Finger ? Je ne vais peut-être pas me joindre à vous dans des quêtes épiques pour obtenir justice pour tous, mais ils ont clairement besoin qu'on leur donne une leçon.

Je réussis à m'empêcher de regarder Sorsha. Du coin de l'œil, je pouvais voir que ses lèvres étaient serrées. Il me semblait plus sage de ne pas mentionner que c'était l'un de mes associés et non la Compagnie qui avait réduit en cendres la majeure partie de cette monstruosité qu'était la statue.

— Tout à fait, dis-je sans perdre une seconde. Et qui est le mieux placé que toi et tes disciples pour donner cette leçon ? Un sourire se dessina sur ma bouche. J'ai hâte de voir les dégâts que nous pourrons leur infliger ensemble. Si j'arrive à mes fins, ils n'allumeront plus jamais la moindre cigarette par ici. Mettons-nous au travail.

Nous venions d'informer le gang de ce que nous savions et de nos plans jusqu'à présent — « Infecter leur système informatique, ronronna Tassel. J'aime ça », quand Birch émergea de la chambre principale. D'une manière ou d'une autre, sa peau presque translucide paraissait encore plus pâle que lorsqu'il était entré. Sa voix semblait s'être éteinte elle aussi.

— La licorne vivra, murmura-t-il rudement. Elle s'est suffisamment réveillée pour échanger des mots avec son partenaire. Il lui faudra encore un jour ou deux avant de pouvoir se mettre sur pieds. J'ai suggéré qu'ils se retirent dans le royaume des ombres jusqu'à ce qu'elle soit complètement rétablie, dès qu'elle sera assez forte pour franchir une faille.

— Tu t'es trouvé une métamorphe licorne ? Rex poussa un petit rire incrédule, puis claqua des doigts en direction du troll. Cela me rappelle quelque chose. Laz, explique à Birch ce qu'il a manqué. Omen, un mot ?

Nous entrâmes dans la deuxième chambre et, bon sang, si je ne sentais pas encore une trace de la passion que Sorsha avait dû partager avec au moins un de mes compagnons de l'ombre au cours des deux derniers jours ! Je la chassai de ma conscience avant que mes pensées ne s'attardent sur le moment où, dans la cour, son corps et ses lèvres m'avaient attiré d'une manière presque magnétique avant que je ne rompe le charme.

— Quoi ?

Le loup-garou se frotta les mains.

— Sur le sujet des alliés inhabituels et puissants... Je ne me souviens pas de beaucoup de détails — c'était il y a au moins une vingtaine d'années, mais pas si longtemps que ça sinon ça ne serait pas pertinent. À l'époque, les Hauts étaient à la recherche d'un être de l'ombre particulièrement viril et apparemment imprévisible dans ce royaume. J'ai eu l'impression que celui-ci avait provoqué une sorte de chaos qu'il fallait régler. Je ne me souviens plus du nom qu'ils nous avaient donné… Une sorte de pierre rouge. Jasper ? Garnet ?

— Est-ce que cette histoire mène quelque part ? demandai-je, comme si mon intérêt n'était pas déjà piqué.

— J'y arrive. D'après ce que mes contacts m'ont rapporté, ils cherchaient ce nom de pierre rouge dans tout le pays. Peut-être même plus loin. Et ils nous ont spécifiquement dit de ne pas nous engager avec l'humanité de l'ombre si nous avions des nouvelles. C'était un trop grand risque, et nous devions les laisser s'en occuper. Il sourit. Je n'ai jamais entendu dire qu'ils avaient attrapé celui-là. Si vous pouviez retrouver ce Jasper ou ce Garnet, ce serait quelqu'un à avoir de votre côté dans cette guerre contre les mortels, vous ne pensez pas ? Il pourrait être presque aussi rebelle que toi.

Je me souvenais vaguement d'avoir entendu des murmures à ce sujet, mais j'avais surtout été du côté de l'ombre pendant tout ce temps. Comme c'était probablement le cas à l'époque, la première pensée qui me traversa l'esprit fut celle d'un être disparu depuis longtemps. Je ne pensais pas que les Hauts n'aient jamais eu plus de problèmes avec quelqu'un qu'avec Tempest, ma partenaire de crime d'autrefois, et elle avait changé de visage comme les mortels changent de vêtements… mais j'avais vu les serviteurs des anciens la réduire en bouillie des siècles auparavant. Le sphinx avait disparu depuis longtemps, et nous nous portions probablement tous mieux. Je doutais qu'elle ne se soit jamais reformée.

Qui que soit ce nouveau rebelle, il avait l'air d'avoir de l'énergie et du cran à revendre. Tomber sur lui n'était pas gagné d'avance, mais c'était une possibilité qu'il fallait tout de même mettre de côté.

— Je garderai cela à l'esprit, dis-je. Si nous avons besoin d'une aide supplémentaire pour commencer. Je propose que nous écrasions ces salauds ce soir et que nous en restions là.

— Ça me va. Rex me toucha l'épaule avec hésitation, comme s'il s'attendait à ce que je le morde pour sa franchise. Je me contentai d'un simple regard noir. Il n'était pas obligé de me proposer autant d'aide. Je pouvais me permettre un peu d'amabilité.

Et peut-être pas seulement avec lui. Lorsque nous retournâmes dans le salon, mes yeux se posèrent sur Sorsha — assise contre Ruse à présent, elle venait de frapper l'énorme biceps de Thorn, sans aucune crainte du pouvoir de l'ailé, et répondait avec vivacité à quelque chose que Tassel avait dit. Comme si elle avait toute sa place ici.

Pouvais-je vraiment dire le contraire ? Mis à part la responsabilité de l'incendie, je doutais que Rex serait venu ici si elle ne l'avait pas réprimandé pour son égocentrisme.

Notre mortelle et son espoir éternel.

Je devais juste garder un œil attentif sur toutes les autres émotions que sa présence avait tendance à susciter en moi. Il n'y avait pas de place pour les distractions. Nous avions une conspiration d'humains à détruire — et j'avais l'intention de les voir tomber avant la fin de la nuit.

TRENTE

Sorsha

En affrontant la Compagnie de la Lumière, nous nous étions retrouvés devant de vieux immeubles de bureaux, des laboratoires modernes, et maintenant ce qui aurait pu être un château, bien en retrait sur sa pelouse tentaculaire. Je ne serais pas surprise que le propriétaire de ce vieux manoir se soit pris pour une sorte de roi. Victor Bane — c'était un nom de super-vilain pour sûr. Si tant est qu'il s'agisse de son vrai nom et non d'un subterfuge de plus.

Grâce aux efforts de guérison de Birch juste avant notre départ, mon ventre, qui n'était plus blessé, pouvait reposer contre mes cuisses en position accroupie sans que la douleur le taraude. De mon perchoir sur la branche d'un chêne dans le jardin du voisin de Bane, je balayai la cour du regard. Les premiers repérages de Thorn dans l'ombre lui avaient montré qu'il y avait une vingtaine de gardes armés à l'extérieur de l'immeuble, et je pouvais en distinguer plusieurs en train de patrouiller.

Ce n'était pas grave. Nous étions plus que prêts à leur faire face. Bane ou qui que ce soit d'autre ne devait pas savoir que nous avions plus que doublé nos effectifs depuis le dernier assaut de la Compagnie, sinon je soupçonnais qu'il aurait fait appel à tous les hommes qu'il pouvait.

Bien sûr, il l'avait peut-être déjà fait. Thorn, Omen et les autres en avaient déjà tué pas mal la nuit précédente.

Il fallait qu'on s'invite à leur fête avant qu'ils n'aient l'occasion de découvrir nos derniers plans. La Compagnie avait des yeux et des oreilles dans trop d'endroits — rien de ce que nous faisions ne semblait rester secret bien longtemps. Les seules fois où nous avions vraiment réussi à leur damer le pion, c'était lorsque nous avions agi immédiatement sur la base de nos informations.

J'aurais aimé que ce plan ne dépende pas autant du fait que mes pouvoirs se déclenchent au bon moment. Ou que ces pouvoirs restent secrets, même pour nos nouveaux alliés.

Omen m'avait prise à part après que nous ayons fini d'établir notre stratégie, dans laquelle il avait revendiqué la responsabilité de mettre le feu à certaines choses une fois que nous serions sur la propriété de Bane.

— Tu sais quelles sont les parties dont tu es censé t'occuper, m'avait-il dit d'un ton grave. Je serai avec Thorn et je me concentrerai sur la réduction du plus grand nombre possible de gardes. Mais ne laisse pas Rex ou ses laquais te voir à l'œuvre si tu le peux. C'est plus facile pour nous de te garder comme atout dans notre manche si la nouvelle ne se répand pas trop. »

Je n'aimais déjà pas les regards de Rex sur moi, c'était

comme s'il spéculait sur les différentes manières de me découper en steaks s'il en avait l'occasion. Ne pas attirer l'attention sur moi, c'était parfait.

Je tiendrais le coup ce soir-là. Je serais plus un atout qu'un handicap, même si une partie de l'aide que j'apportais passait sous le radar de la plupart de nos alliés. Si nous perdions quelqu'un d'autre ce soir à cause de mes actes ou de mes limites de mortelle…

Ma mâchoire se contracta. Non, je n'allais même pas penser à cela. Cela n'arriverait pas. Je ne le permettrais pas.

Pour commencer, notre principale astuce consisterait à créer des diversions suffisamment petites pour que les hommes de l'ombre puissent éliminer un ou deux gardes à la fois sans qu'ils se rendent compte qu'ils étaient attaqués. Nous préférions que personne ne se rende compte qu'un assaut était en cours avant que nous n'ayons déjà réduit leur nombre. Si nous pouvions arriver jusqu'à l'endroit où la Compagnie gardait ses ombres emprisonnées, ce serait encore mieux, mais je ne m'attendais pas à ce que notre chance s'étende aussi loin.

Les hommes de l'ombre pouvaient faire beaucoup de choses par eux-mêmes, mais ils allaient avoir besoin de moi pour ouvrir ces cages de fer et d'argent, et je ne pouvais pas me faufiler dans les ombres sans être vue. Sans Snap pour goûter les serrures, je ne savais même pas combien de temps il me faudrait pour forcer les cages dans lesquelles les captifs étaient actuellement retenus. Il faudrait peut-être que Ruse charme un employé qui connaîtrait les codes d'entrée ou que le technicien de Rex en trouve les détails dans le système informatique.

Donc, oui, plus nous éliminions d'adversaires à l'avance, mieux c'était pour nous tous. En particulier, pour que je m'en sorte vivante et sans entraîner personne dans ma chute.

Une lumière s'alluma et s'éteignit à l'arrière de la propriété de Bane. Je me crispai sur mon perchoir. C'était mon signal. Je devais attendre dix secondes.

Pendant que je comptais, je chantai sous cape pour me donner du courage. « On va rire et s'enflammer, woo-oah, leur faire peur. »

Sainte mère des margaritas, j'aurais aimé avoir la présence optimiste de Snap à mes côtés en ce moment. Si ces connards l'avaient attrapé dans leurs filets et l'avaient blessé de quelque manière que ce soit… je rejoindrais volontiers l'humanité de l'ombre dans la partie la plus sanglante de ce carnage.

Cette pensée me procura une petite poussée d'adrénaline, juste assez pour faire monter mon pouls d'un cran — et pour alimenter mes flammes intérieures. En plissant les yeux, je projetai l'énergie vers le fil électrique qui traversait le ciel depuis un poteau voisin.

Des étincelles jaillirent du câble. Puis une flammèche en jaillit, grésillant sur son enrobage caoutchouteux.

Des cris retentirent sur la pelouse. Certains membres des forces de sécurité l'avaient remarqué. Mon cœur battit encore plus vite lorsque je concentrai mon attention sur le poteau lui-même. Une autre flamme s'alluma à l'endroit où les câbles s'y accrochaient.

Un petit problème électrique menaçait de couper l'électricité de toute la propriété. Ils ne voulaient sans doute pas devoir expliquer au grand chef comment ils avaient pu laisser faire ça.

Quelqu'un parlait d'urgence au téléphone et quelques gardes s'approchaient de la porte d'entrée. C'était ça, il suffisait de passer le mur comme si c'était une nuit ordinaire, juste un petit souci avec les services publics…

Les barreaux métalliques de la porte se refermèrent derrière eux, et mes oreilles dressées perçurent un léger grognement, comme si deux hommes de l'ombre avaient dû les faire basculer. Je n'avais pas de temps à perdre à me demander comment se déroulait l'escarmouche ou à quel point mes alliés pouvaient être en train d'éviscérer les gars de la Compagnie en ce moment même. Mon regard se porta sur les arbres les plus proches du poteau électrique.

Un peu de fumée par-ci, un peu de chaleur par-là. Du moins, c'est ce que je voulais qu'il se passe. Les branches restaient aussi sombres et intactes qu'avant.

Allez, allez. Je serrai les dents et je repensai à Snap, à Snap sur l'une de ces tables métalliques où la Compagnie faisait ses expériences, attaché avec des liens d'argent et de fer de façon à ce qu'il soit trop en détresse pour pouvoir se défaire de sa forme physique, son corps percé de scalpels et d'aiguilles et de toutes les autres horreurs que ces gens infligeaient à leurs prisonniers.

Des flammes traversèrent quelques brindilles au sommet des arbres, comme si elles avaient surgi de quelque part le long du câble en feu. Je voulus les faire monter, jusqu'à ce qu'une nouvelle série de cris retentisse.

Quelques gardes supplémentaires se dirigèrent vers la porte et leur destin, et une poignée d'autres se jetèrent dans le bosquet d'arbres près du mur nord, où des monstres se cachaient dans l'obscurité.

La partie distraction du plan ne reposait pas uniquement sur moi. Un moteur gronda et des pas résonnèrent au fond de la cour, là où Ruse venait d'activer la tondeuse à gazon autoportée. De l'autre côté du manoir, quelques membres du gang se tenaient derrière le mur, hululant de rire et jetant des bouteilles contre les pierres comme des hooligans ivres.

Combien de gardes avions-nous réussi à éloigner grâce à tous nos efforts ? Je m'avançai le long de ma branche de chêne, me préparant à sauter sur le sommet du mur et à en redescendre dès que j'aurais le signal que la voie était libre.

Il n'y avait pratiquement plus de gardes en vue. Les deux que je voyais traverser la pelouse à grandes enjambées pour prendre des nouvelles de leurs collègues basculèrent brusquement sous l'impact de deux hommes de l'ombre costauds qui surgirent du néant. L'argent et le fer pouvaient protéger ces gens du vaudou des ombres, mais ils ne pouvaient rien faire pour empêcher leurs poings de leur fracasser le crâne.

Une lueur orange en fusion traversa la pelouse en direction de la porte latérale du bâtiment — Omen, se rendant visible sous sa forme de chien de l'enfer juste assez longtemps pour que je puisse le voir. Nous nous dirigions vers l'intérieur. Il était temps de passer à la partie la plus difficile.

Je me jetai sur le mur et atterris avec un bruit sourd sur l'herbe, juste à l'intérieur de la propriété. Une voix commença à pousser un cri d'alarme, mais le son en fut coupé par un gargouillis sanglant. Grâce au destin capricieux, personne dans la maison n'avait pris note du premier son que le garde avait à peine réussi à faire sortir.

L'herbe chuinta sous mes chaussures de sport tandis que je traversais la pelouse. La porte latérale s'ouvrit, on déverrouilla sa serrure juste au moment où je l'atteignais. Dissimulant mon souffle rauque, je m'engouffrai dans le hall de l'autre côté.

Thorn se matérialisa complètement, juste le temps de

me faire un signe de tête et de me serrer le bras pour m'encourager. *Nous serons à tes côtés*, avait-il dit lorsque nous avions discuté de cette phase de la mission, et le même sentiment se lisait sur ses traits.

Et j'y étais, la pièce la plus essentielle du plan et aussi la plus fragile.

Les intrus de l'humanité de l'ombre s'étaient déjà attelés à me frayer un chemin. Je passai devant un corps affalé contre le mur, les entrailles ouvertes sous sa veste de métal, et je franchis la porte qui se trouvait devant moi.

Dans la première seconde où la lumière bleutée et vacillante m'envahit, je crus que j'étais déjà tombée sur le laboratoire d'un savant fou. Puis mes yeux s'adaptèrent à la faible luminosité — et à la puanteur du chlore. Ce salaud avait sa propre piscine intérieure, bordel de merde.

Je contournai l'eau calme et la lueur des lampes en dessous. J'avais fait la moitié du tour de la piscine quand un garde poussa la porte la plus éloignée. D'après son expression sévère, mais pas éperdue et l'énergie de sa démarche, il était préoccupé par ce qu'il était venu vérifier ici, mais pas encore conscient qu'il s'agissait d'une invasion complète.

Du moins, jusqu'à ce qu'il m'aperçoive.

— Halte là ! cria-t-il en levant brusquement la main qui tenait son arme.

Il avait de meilleurs réflexes que Leland, mais pas assez. J'avais déjà attrapé une bouée de sauvetage qui avait été fixée au mur à côté de moi. Je la lançai sur lui comme un énorme disque, juste à temps pour frapper son bras sur le côté.

La bonne nouvelle : je ne reçus pas de balle. La mauvaise : son doigt pressa quand même la gâchette, envoyant une de ces balles dans le mur le plus éloigné avec un *boom* inimitable qui résonna dans le bâtiment autour de nous.

Nous avions perdu l'avantage de la discrétion. À présent, nos chances de victoire s'amenuisaient.

Je plongeai vers les jambes du garde, en essayant de rester hors de la ligne de tir tout en le mettant par terre. Malheureusement, ce n'était pas pour rien qu'il y avait des règles concernant la course sur les bords de piscine. Mes pieds dérapèrent sur une surface glissante et je basculai sur les fesses.

Ruse se matérialisa à côté de moi, prêt à me défendre comme il le pouvait, mais au même moment, Bow surgit de l'ombre sous sa forme de centaure.

— Je ne peux pas toucher ta tête avec ce casque, mais le plongeoir n'a pas le même problème, déclara-t-il, et il tourna sur lui-même pour frapper le garde avec ses pattes arrière de cheval.

L'homme fut projeté vers l'eau. L'arrière de son crâne heurta le bord du plongeoir si violemment que son casque s'enfonça jusqu'à la moitié de sa tête. Il tomba comme un sac de pommes de terre dans la piscine. Bow s'essuya les mains avec une expression inhabituellement vicieuse.

Peut-être trop vicieuse.

— Peut-être que la prochaine fois, il faudra être un peu plus léger sur la puissance des sabots ? suggéra Ruse alors que nous nous précipitions vers la porte d'où était sorti le garde. Il faut qu'au moins un de ces imbéciles soit en vie et suffisamment conscient pour que je puisse le charmer et qu'il nous montre le chemin de sa prison.

— Désolé, articula Bow, sans avoir l'air de vouloir vraiment s'excuser. Je pense que c'est l'un des types qui a attaqué Gisèle.

— Et la vengeance est une salope. N'oublie pas que la

meilleure vengeance sera de libérer le reste de notre espèce avant que nous nous enfoncions dans leurs crânes.

Ils retournèrent dans l'obscurité. Je traversai un petit vestiaire à toute vitesse, j'empruntai un petit couloir de l'autre côté, et je fis irruption par la porte suivante dans une salle de bowling personnelle. Ben voyons !

Victor Bane devait prendre beaucoup de temps pour ses loisirs entre deux tentatives de destruction de l'humanité de l'ombre.

Trois gardes venaient de charger par l'entrée de l'autre côté de la pièce. Je me réfugiai derrière l'un des distributeurs de boules de bowling situés près des deux pistes, l'odeur de l'encaustique saturant mes poumons.

Un autre coup de feu retentit, puis un souffle et un bruit de chair déchirée parvinrent à mes oreilles. J'aurais peut-être dû remettre en question mes choix de vie, car ce son m'était familier désormais.

Je me redressai pour voir Laz tordre le cou du troisième des gardes, le saisissant par la mâchoire pour lui arracher la tête sans toucher les métaux toxiques de son casque.

Deux autres silhouettes sans tête s'étalaient déjà sur le sol, laissant couler du sang sur les planches luisantes.

Le troll, dont la peau avait pris une teinte bleu foncé et qui avait grandi d'au moins trente centimètres de haut et de large sous sa forme d'homme de l'ombre, grimaça pour révéler deux rangées de dents inégales et lança les têtes une à une sur la piste de bowling. La première s'écrasa sur les quilles, casque en premier, et lui valut un *strike*.

Ruse était réapparu.

— Encore une fois, reprit-il, pourrions-nous être un peu plus prudents avec les mortels ? En épargner un pour que je puisse faire mon travail ?

Laz grogna.

— Soit je vise directement la gorge ou les tripes, soit ils me frappent avec leurs armes stupides avant que je ne puisse faire grand-chose. Avec cette putain d'armure, il est difficile d'être subtil. Je ne te vois pas abattre un seul de ces connards.

— C'est vrai. Allez, continuons à avancer.

Nous débouchâmes dans un couloir plus large, au pied d'une cage d'escalier. Thorn apparut à côté de nous une seconde plus tard.

— Nous avons fouillé tout le sous-sol. Où que soient les cages, elles ne sont pas ici.

Je levai le menton, ignorant les battements de plus en plus frénétiques de mon cœur.

— C'est donc vers le haut et vers l'avant qu'il faut se tourner.

Des bruits de pas tonnèrent dans notre direction avant que nous ayons atteint le premier palier où l'escalier se divisait en deux. Thorn emprunta un côté et Laz l'autre, et un instant plus tard, deux autres corps éventrés dégringolèrent à côté de Ruse et moi.

— Il pleut des cadavres, dis-je en frissonnant.

— Tant que ce ne sont pas les nôtres. L'incube me saisit le bras. Nous ferions mieux de nous rattraper avant qu'ils ne détruisent toute la population de ce bâtiment.

Nous prîmes un virage après Thorn, et Omen apparut en haut des escaliers en clignant des yeux. Il avait gardé sa forme humaine, mais des traces de sa nature infernale apparaissaient sur tout son corps, du flamboiement orange de ses yeux, au gris lave et aux lueurs de magma qui s'étalaient sur sa peau.

— Par ici, guida-t-il en agitant la main, ses crocs étincelants dans sa bouche. Il s'élança à travers les ombres, dans la direction qu'il avait indiquée.

En le suivant à toute allure, nous nous retrouvâmes dans une salle de musique : un piano à queue à une extrémité, un cercle de fauteuils à oreilles à l'autre, des livres de musique et quelques autres instruments posés le long du mur. Mais nous n'y arrivâmes pas seuls. D'autres gardes nous avaient suivis à l'intérieur.

Tandis que Thorn enfonçait ses poings cristallins dans la gorge de deux d'entre eux, j'attrapai un violon par le col. Lorsque je me retournai, le garde le plus proche était presque sur moi, brandissant un de ces fouets brillants. Mon pouls fit des à coups, je tranchai l'air de ma main libre et il recula d'un bond sous l'effet de la vague de chaleur que j'avais envoyée sur lui sans réfléchir.

Je me moquais bien de savoir si Laz ou d'autres membres du gang qui observaient dans l'ombre l'avaient remarqué. Sans perdre de temps, je balançai le violon sur son casque, le faisant tomber par terre et lui donnant en même temps un bon coup sur la tempe. Le gémissement du violon lorsqu'il se brisa correspondit à celui de l'adversaire actuel de Thorn, qui s'écroula sous les coups du guerrier.

Le garde auquel je faisais face vacilla, mais se redressa, juste à temps pour que je puisse lui asséner un coup de pied qui lui arracha le fouet de la main. Je me jetai sur lui de tout mon poids pour le faire tomber à terre. Tandis que j'arrachais les fermoirs du gilet de fer et d'argent, Ruse dansait autour de moi, se déplaçant dans le champ de vision pour esquiver les autres gardes et tenter d'empêcher nos alliés d'anéantir celui-ci.

L'abruti réussit à me frapper assez fort à la tête pour que mes pensées se brouillent, mais je lui arrachai sa dernière pièce d'armure en même temps. Ruse se laissa tomber à genoux, plaquant le torse de l'homme, et fixa intensément ses yeux effrayés.

— Bonjour, mon ami, salua-t-il avec toute la force de son charme de cubi. Tu vas nous aider à libérer les pauvres créatures blessées enfermées quelque part dans cet endroit.

— J'espère que ce sera rapide, grogna Omen. Il avait repoussé une bibliothèque au fond de la pièce pour révéler une porte cachée. Son regard s'arrêta sur moi. Allons-y, miss Catastrophe. Il est temps pour toi de jouer le rôle principal.

J'aurais aimé que mes tripes ne se retournent pas autant en entendant ça. J'aurais préféré qu'il s'agisse d'une de mes captures habituelles, qui n'impliquait que moi contre un petit trou du cul de collectionneur, et non d'une mission où le sort de toutes les ombres — de Snap, de Bow et de l'amie de Gisele, des nombreux autres êtres que la Compagnie avait pu capturer et de ceux qu'elle souhaitait détruire — était en jeu. Mais on y était. Je ne pouvais même pas dire que je n'avais pas signé pour cela.

La détermination monta en moi lorsque je croisai le regard d'Omen.

— Quand tu veux.

Je contournai des flaques de sang et de bouillie sanguinolente en traversant la pièce, la puanteur de la chair humaine détériorée me tordant l'estomac encore plus qu'il ne l'était déjà à cause de mes nerfs.

Concentre-toi sur la porte. Concentre-toi sur les êtres en détresse de l'autre côté.

Dans quelques minutes, Snap serait peut-être à nouveau avec moi.

La voix de Ruse montait et descendait sur des tons mélodieux tandis que lui et son compagnon de plus en plus charmé me suivaient. La porte qu'Omen avait révélée menait à un escalier étroit qui descendait dans un second sous-sol dérobé.

En descendant, l'air frais lécha ma peau et me donna la chair de poule sur les bras. Une odeur chimique me chatouilla le nez.

La pièce dans laquelle nous débouchâmes avait manifestement été préparée à la hâte. Des caisses et des cartons avaient été empilés d'un côté, un peu au hasard. Le reste de la pièce était rempli de ce qui ressemblait à d'énormes casiers individuels, semblables à ceux que la compagnie avait apportés lors de leur transfert avec le collectionneur. Leur extérieur en acier inoxydable brillait, mais j'aurais été prête à parier ma vie et mon amour du curry sur la présence de beaucoup d'argent et de fer brut à l'intérieur.

Ils étaient verrouillés par des panneaux à code sur le côté droit des portes. Ceux-ci brillaient dans des tons de gris moins prononcés, la base du clavier étant en argent et les clés en fer. Personne au cours de cette mission ne pourrait les toucher, à l'exception de moi — ou de notre garde sous le charme.

Je fis signe à celui-ci de s'approcher de l'un d'entre eux, mes yeux larmoyants sous la lumière éblouissante des plafonniers. Ruse vint lui aussi, mais en grimaçant devant les ondes toxiques que les métaux devaient dégager autour de nous.

— Connais-tu les codes ? demandai-je.

— Non, répondit le garde. Aucun d'entre nous — on a eu des consignes strictes là-dessus — mais je pense que tout devrait être dans les ordinateurs. Je ne connais pas non plus le mot de passe…

Il m'indiqua un appareil high-tech tape-à-l'œil posé sur un bureau dans un coin au-delà des cellules.

— Rex ! aboya Omen.

Le loup-garou apparut un instant plus tard flanqué d'un de ses laquais.

— Je m'en occupe, dit-il, et il poussa le gars vers l'ordinateur.

Grâce à l'expertise de son technicien, nous n'allions pas avoir besoin de nous enfuir avec du matériel, mais seulement de saisir les données avant de les détruire — et avec un peu de chance, également les données de tous les ordinateurs du réseau de Bane. Le laquais se laissa tomber dans le fauteuil et se lança dans son assaut numérique avec des cliquetis de clavier.

Je me retournai vers Ruse et le garde.

— Ils comprendront vite que nous sommes ici, même si la porte est refermée. Nous devrions faire en sorte que ce type détourne l'attention des autres — en disant qu'il nous a vus nous déplacer dans une autre partie de la maison. Autant utiliser ce type le plus possible.

Alors que Ruse cajolait le garde pour qu'il donne des ordres rapides dans sa radio, le type à l'ordinateur leva les mains avec un petit cri.

— Et nous y voilà ! Codes pour les cages, où êtes-vous… ? Ses doigts reprirent leur cliquetis.

Omen fronça les sourcils en regardant les parois d'acier vierges des cellules.

— Comment saurons-nous quel code correspond à quelle cage ? Elles n'ont pas l'air d'être numérotées de façon pratique. Il claqua des doigts en direction de Ruse. Ramène cet homme par ici.

Ruse poussa le garde vers nous. L'homme inspira de manière fébrile.

— Que puis-je faire pour vous ?

Les yeux ardents d'Omen s'étaient calmés maintenant

que nous avions atteint notre but, mais ils s'illuminèrent d'une nouvelle lueur qui pouvait être en partie amusée par l'attitude coopérative du garde.

— Ces boîtes métalliques doivent être étiquetées d'une manière ou d'une autre. Comment savoir laquelle est laquelle ?

La tête du garde s'inclina en signe d'approbation.

— Il y a des points sur les côtés des claviers. D'abord le bleu, puis le rouge.

Je louchai sur le bord du panneau et y distinguai les petites taches de peinture, maintenant que je savais où les chercher.

— Celui-ci c'est 3-5, alors. Il devait y en avoir près de vingt comme ça dans cet espace. Je jetai un coup d'œil vers l'informaticien. Ces codes, c'est bon ?

— J'y travaille, j'y travaille. Il tapota vigoureusement le clavier en mordant sa lèvre inférieure. Les épis qui pointaient au niveau de sa nuque frémissaient.

Thorn et Rex disparurent tous deux dans l'ombre, je supposai pour repousser tout garde qui se dirigerait dans cette direction malgré nos efforts. Je fis les cent pas, la poitrine oppressée.

Omen me jeta un regard noir.

— Trop d'excitation pour toi, mortelle ?

— Non, répondis-je. Je voudrais juste qu'on sorte tous d'ici. Il devait savoir aussi bien que moi que chaque seconde qui passait pouvait signifier que moins d'ombres seraient libérées, et que notre plan échouerait. La dernière fois, nous n'avions réussi à le faire sortir qu'avant de devoir prendre nos jambes à notre cou.

— Voilà ! dit l'informaticien avec un soulagement évident. OK, je vais commencer à télécharger le virus pendant que je lis les numéros. Le code pour la cage 3-5 est 6-9-0-2.

Je me préparai à taper le code. Omen était déjà passé à la cellule suivante, entraînant le garde avec lui. Il se pencha vers moi, tressaillant à la vue des métaux toxiques, et lut le numéro sur le clavier. Les métaux contenus dans les clés l'auraient trop brûlé, lui ou n'importe quel autre de nos compagnons de l'ombre, pour qu'il puisse les utiliser, mais au moins nous pourrions libérer les captifs deux fois plus vite si le garde tapait les codes lui aussi.

Lorsque la serrure claqua et que la porte de la cellule s'ouvrit devant moi, Ruse s'approcha pour regarder à l'intérieur avec un de ses sourires les plus chaleureux, mais des yeux méfiants. Les hommes de l'ombre n'avaient pas l'habitude d'être amicaux lorsqu'ils avaient été enfermés pendant je ne sais combien de temps.

Une lumière encore plus crue emplissait l'espace intérieur à partir d'un panneau situé au-dessus. Une traînée d'ombres frémissait au centre de cette lumière, là où l'être captif était replié sur lui-même dans sa forme la moins substantielle. Je ne pouvais distinguer aucun de ses traits, mais rien qu'en le regardant, je savais que nous n'avions pas trouvé Snap — pas encore, en tout cas.

— S'il te plaît, mon ami, échappe-toi, dit Ruse en tendant la main. Nous allons tous te faire sortir d'ici. Et n'hésite pas à te venger un peu sur tes ravisseurs pendant ta fuite.

La tache d'ombre hésita, puis s'élança hors de sa cage avec un frémissement de hanches noueuses et un cliquetis d'écailles. Je n'attendis pas de voir comment il réagirait à sa liberté retrouvée — je me précipitais déjà vers la cellule suivante.

Omen et moi échangeâmes des chiffres avec le

technicien, et les portes des cellules s'ouvrirent les unes après les autres. Après la deuxième, je sautai sur la suivante dès que le verrou s'enclencha, sans attendre de voir qui se trouvait à l'intérieur, même si j'en avais envie.

Quelques-uns des êtres libérés s'attardèrent dans la pièce, observant notre progression : un *fae* émacié se tenait recroquevillé près de la pile de boîtes, en grelottant, et une femme métamorphe aux iris félins allait et venait en jetant des coups d'œil vers l'escalier, comme si elle n'était pas convaincue qu'il était plus sûr d'être là-haut qu'ici. Les autres disparurent directement dans l'ombre.

— Ne restez pas trop longtemps ici, leur dit Ruse. Donnez quelques coups en sortant si vous voulez, mais ne laissez pas à ces salauds l'occasion de vous piéger à nouveau.

Nous en étions aux dernières cellules lorsque la radio du garde sous le charme grésilla assez fort pour que je l'entende.

— Le sous-sol est ! Toutes les unités doivent s'y rendre maintenant !

Merde. Ils avaient compris que nous étions arrivés jusqu'ici.

— Le reste des codes, vite ! criai-je en me précipitant vers une autre cellule.

Tandis que l'informaticien égrenait les chiffres, mes doigts volaient sur le clavier. Il ne restait plus que deux cellules. Le garde hésita quand Omen le pressa d'ouvrir la cellule où ils se trouvaient, et le chien de l'enfer grogna.

— Tape ce putain de code !

La panique passa sur le visage du garde. Ruse se précipita sur lui, réalisant que son influence magique faiblissait.

Je fis signe à l'informaticien de continuer.

— Je peux faire le reste. Dépêche-toi !

Malgré la fraîcheur de l'air, de la sueur coulait dans mon dos tandis que j'introduisais les deux derniers codes, sans même attendre de m'assurer qu'ils fonctionnaient.

— C'est tout ! me cria l'informaticien après le dernier code, et je tapai un peu plus fort sur le clavier. J'ai téléchargé toutes les autres données possibles et le virus est dans le réseau. Dois-je l'activer ?

— Oui, oui, continue ! dit Omen. Nous allons brûler cet endroit… de toutes les façons possibles.

Il me jeta un coup d'œil significatif. Au moins, cette partie-là, je pouvais la faire par des moyens normaux, sans me soucier de mes pouvoirs incertains ou d'avoir des témoins.

— Tout le monde dehors, tout de suite ! criai-je, juste au moment où les premières silhouettes de la nouvelle vague de gardes dévalaient les escaliers.

Thorn, Laz, et d'autres ombres que je ne pus reconnaître en les apercevant seulement entre leurs aller-retour dans l'obscurité, fracassaient un crâne contre le mur par ci, brisaient une colonne vertébrale en deux par là. Les êtres les moins enclins au combat les dépassaient à toute vitesse. J'aperçus la fumée qui s'échappait des plaies ouvertes dans le dos de Thorn et me retenus contre l'envie de courir vers lui. J'avais autre chose à faire.

J'éclaboussai les caisses et les boîtes avec le kérosène contenu dans la pochette que je portais à la taille et les allumai d'un coup de briquet.

Je m'étais trop habituée à la difficulté d'utiliser mon pouvoir dans le même but. Les flammes jaillirent plus vite que je ne m'y attendais. Je reculai d'un coup sec, repoussant quelques étincelles qui me brûlèrent les cheveux, et je fonçai vers les escaliers que mes alliés de l'ombre venaient juste de quitter.

Mon pied glissa sur une tache de sang, puis Thorn me souleva dans ses bras. Il monta les escaliers en me portant sur son épaule, dépassant un autre garde qui venait d'apparaître au sommet. Mais alors qu'il traversait la salle de musique, un homme qu'il n'avait pas vu surgit de derrière le piano et lança un énorme filet sur mon guerrier.

Le filet ne recouvrit pas tout à fait la stature imposante de Thorn, mais il s'abattit suffisamment sur lui pour que ses muscles se contractent dans un spasme de douleur. J'arrachai les cordes de fer et d'argent, les écartant de lui aussi vite que je le pouvais. De la fumée s'échappa des plaies fraîches sur son dos et son visage, qui allaient s'ajouter à sa collection de cicatrices. Il tomba à genoux, et mes pieds touchèrent également le sol.

Alors que je retirais le filet du guerrier, Omen sortit de l'ombre pour asséner un coup de griffe en travers de la gorge de notre assaillant. Il nous cria :

— Par devant !

Ensuite, il disparut à nouveau de notre champ de vision.

Thorn se redressa en titubant. Nous courûmes ensemble dans le hall, sa main serrant la mienne aussi fermement que je le faisais avec lui. Avec la quantité d'essence qui sortait de son corps, je n'étais pas sûre qu'il aurait pu me porter s'il l'avait voulu.

— As-tu vu... dit-il brutalement. Est-ce que Snap était... ?

— Je ne sais pas, dis-je, mais le nœud dans mon ventre ne me donnait pas beaucoup d'espoir. Si Snap avait été dans une de ces cellules, il serait sûrement resté assez longtemps pour se montrer et nous retrouver.

Si nous ne nous tirions pas d'ici, il ne resterait plus personne pour le retrouver, où qu'il soit. L'argent et le fer brillaient partout où je regardais — armures, filets, couteaux. Les gardes restants convergeaient vers nous.

Mais je n'en avais pas fini avec cet endroit. Nous avions l'intention de voir tout le bâtiment brûler. Les épais murs de ciment du sous-sol secret ne laisseraient pas le feu s'infiltrer dans le reste du manoir.

Je saisis ma bouteille de kérosène — et elle glissa de mes doigts nerveux pour aller rouler sur le tapis et sous la table de l'entrée derrière nous, où une douzaine de gardes étaient en train de prendre d'assaut notre chemin. *Sayonara* ! On pouvait dire bonsoir à celui-là.

Nous fîmes irruption dans une entrée grandiose, avec des tapisseries suspendues aux murs et un véritable tapis rouge au milieu du sol en marbre. Devant nous, de doubles portes s'ouvraient sur la nuit, mais une douzaine de gardes se tenaient entre nous et la sortie.

Dans quelques secondes, nous serions encerclés. Je me retournai, une chaleur brûlante se mêlant à l'explosion de panique dans ma poitrine.

Ces connards avaient anéanti je ne sais combien d'êtres, ils avaient tourmenté Omen, avaient presque tué Gisèle, et s'ils avaient mis la main sur Snap…

Ma mâchoire se serra tandis que la chaleur se transformait en un déferlement de fureur. Ils ne savaient pas du tout qui ils avaient en face d'eux. Je pouvais nous frayer un chemin cette fois-ci, et je n'avais pas besoin d'une allumette pour le faire.

Je tendis les bras et projetai sur nos agresseurs toute la rage qui m'habitait.

Le tapis et les tapisseries disparurent dans un brasier. Tout comme la plupart des corps qui se trouvaient entre nous et la porte. Les gardes trébuchèrent, basculèrent ou s'agitèrent en poussant des cris de douleur tandis que les flammes dévoraient toutes les parties de leur corps qui n'étaient pas protégées par du métal.

Une boule d'horreur m'obstrua la gorge, mais c'était ce que j'avais voulu. Ce n'était pas aussi horrible que le génocide qu'ils avaient prévu de mettre en œuvre.

Si j'avais eu les idées plus claires, j'aurais peut-être été un peu plus prudente. Les flammes ravagèrent toute la pièce autour de nous, nous coupant la route. Je serrai davantage la main de Thorn. Il fit de même en hochant la tête brusquement.

— Et c'est ainsi que nous dansons dans le feu, murmurai-je en me jetant vers les portes.

Les flammes s'accrochèrent à mes manches et à la pochette que j'avais à la hanche. Alors que je franchissais l'embrasure de la porte, je lâchai Thorn pour faire une roulade. Les brins d'herbe frais de la pelouse étouffèrent les flammèches affamées.

Je m'étalai sur le dos, fixant le manoir. J'avais allumé un feu encore plus haut que je ne l'avais réalisé. La lumière jaune-orange grondait à travers le verre brisé des fenêtres du deuxième étage. D'autres flammes s'élançaient pour ramper sur le toit.

Nous avions réussi. Nous avions repris ce que la Compagnie de la Lumière avait volé, puis effacé leurs données et leur dernier repaire.

Et maintenant, je ferais mieux de me tirer d'ici avant que quelqu'un ne me réserve le même traitement.

Quelques silhouettes s'étaient élancées hors du bâtiment dans mon sillage. Les gardes me dévisagèrent, l'un d'entre eux me montra du doigt. Il s'éloigna pendant que les deux autres se dirigeaient vers nous.

Thorn se retourna si rapidement qu'on n'aurait jamais pu deviner qu'il produisait presque autant de fumée que le manoir tout entier. Son coup de poing s'écrasa sur le visage d'un des gardes, mais dans l'état de faiblesse du guerrier, ses phalanges ne firent qu'érafler sa joue au lieu de l'écraser. J'attrapai son coude.

— Il faut qu'on sorte d'ici, tout de suite !

Laz et Rex sortirent de l'ombre pour renverser nos agresseurs. Entre les cris des mortels et le vacarme du feu à nos trousses, nous courûmes à travers la pelouse, laissant ce qui restait de la Compagnie sombrer dans ses propres cendres.

TRENTE-ET-UN

Sorsha

Au premier coup d'œil, le rassemblement de personnes autour de la toutemobile ressemblait plus à un barbecue d'été qu'à une conspiration de monstres.

Ruse avait conduit le camping-car loin de la ville et l'avait garé dans un champ en friche, où aucun bâtiment n'était en vue. À part lui, moi et le technicien de Rex, qui était resté sur la banquette, penché sur un ordinateur portable pendant tout le trajet, les autres membres de l'humanité de l'ombre étaient restés dans l'ombre avec nous. Sortant de la deuxième chambre après un bref sommeil, je trouvai toute la bande répartie autour du véhicule.

Du moins, je pensais qu'il devait s'agir de toute la bande. Omen et Thorn discutaient avec Rex et deux de ses subalternes près d'un arbre qui tombait. À quelques mètres d'eux, Ruse discutait avec Laz, Birch et d'autres membres du gang, ainsi qu'avec les quelques prisonniers libérés qui avaient décidé de nous suivre dans notre fuite. À ma droite, Bow était assis par terre, Gisele sur ses genoux, le visage toujours tiré, mais plus lumineux que je ne l'aurais cru possible après la dernière fois que je l'avais vue. Son rayonnement était probablement dû au petit jeune homme à la silhouette de brindille avec lequel ils discutaient, leur ami perdu de vue depuis longtemps, Cori.

Tout le monde souriait et riait, ils semblaient détendus — sauf le mec du Tech qui n'avait pas quitté sa position recroquevillée sur le canapé derrière moi. La lumière de l'aube rendait les contours du paysage dorés, ce qui correspondait parfaitement à l'ambiance triomphante. J'inspirai profondément l'air frais du petit matin, un sourire se dessina sur mes lèvres, mais un pincement au cœur me traversa.

Snap n'était toujours pas là. Mon instinct avait vu juste : il n'était dans aucune des cellules du manoir de Victor Bane.

Si la Compagnie ne l'avait pas capturé, où était-il allé ? Jusqu'au royaume des ombres ? Allais-je le revoir un jour ?

Je m'étais préparée à ce que nous nous séparions une fois la mission d'Omen terminée, mais sa perte me rongeait encore. Je n'avais pas pu lui dire au revoir. Peut-être que si nous avions parlé, si j'avais été capable de parler au dévoreur de ses doutes, je n'aurais pas eu besoin de lui dire au revoir, du moins pas tout de suite.

La Compagnie de la Lumière n'était pas la seule force malveillante envers les ombres dans ce monde, seulement la plus importante que j'avais rencontrée. Nous l'avions peut-être décimée, mais je ne serais pas surprise qu'Omen et son équipe aient trouvé d'autres moyens de s'occuper au lieu de rentrer directement chez eux.

Et j'espérais peut-être qu'ils me compteraient parmi eux tant qu'ils resteraient dans les parages. Qu'est-ce qu'il me restait de toute façon ? Un appartement incendié, une poignée d'amis et de collègues qui m'avaient tourné le dos…

Enfin, une meilleure amie très dévouée. Il fallait que j'appelle Vivi pour lui faire savoir qu'elle pouvait quitter son refuge aquatique en toute sécurité.

Alors que je sortais mon téléphone et que je m'avançais dans l'herbe sauvage, Pickle me suivit en trottinant. Je me penchai pour le gratouiller entre les ailes avant qu'il ne parte en direction de Laz. Mon sourire grandit avec l'anticipation amusée de la réaction nerveuse du troll. Je fis apparaître mes contacts sur l'écran… et le technicien sortit du camping-car derrière moi, son ordinateur portable brandi comme un drapeau de signalisation, haletant comme s'il venait de courir des kilomètres au lieu d'un mètre cinquante.

— Hé tout le monde ! Ce n'est pas fini. Ce n'est pas… Cet endroit n'était qu'une…

Ma main retomba. Tandis que je le fixais, les autres s'approchèrent, Omen et Rex en tête.

La bonne humeur du chien de l'enfer s'était estompée.

— Qu'est-ce que tu racontes ? Crache le morceau — de façon un peu plus cohérente, si tu peux y arriver ?

Le mordu d'informatique passa une main nerveuse sur sa bouche. Les épis sur sa nuque s'agitèrent.

— C'est juste que… ça m'a pris du temps pour vraiment creuser dans les fichiers. Il y avait beaucoup de couches de protection. Et au début, je ne comprenais pas tout à fait ce que je voyais, avec tous les noms de code et le reste. Mais il y a des références précises à d'autres installations dans d'autres villes — New York, Chicago, San Francisco, La Nouvelle-Orléans...

— Tous les meilleurs endroits, murmura Ruse. Tous les endroits qui attiraient un certain nombre d'humains artistes ou excentriques avaient tendance à plaire également aux ombres — il était plus facile pour leurs excentriques à eux de se fondre dans la masse.

Un énorme nœud se forma dans mon estomac.

— Tu dis que la Compagnie de la Lumière n'est pas la seule ? Il y a d'autres organisations comme la leur ?

— Non, c'est la même organisation. Le type balaya l'air de sa main. La Compagnie de la Lumière a... disons... des filiales dans au moins sept autres villes des États-Unis. Il ne semble pas qu'elles retiennent toutes en captivité des ombres supérieures — l'opération menée ici semble avoir été l'une des plus importantes — mais elles font toutes des expériences sur des êtres inférieurs et chassent autour des failles locales.

La bonne humeur qui régnait dans l'assemblée se dissipa. J'échangeai un regard sinistre avec Thorn et Ruse. Après tout, ce n'était pas notre dernier combat. Les locaux que nous avions brûlés ici n'étaient qu'une pièce d'un immense puzzle d'horreurs. Merde.

Omen se racla la gorge, prenant les choses en main d'une manière typiquement autoritaire.

— Est-ce que tu as déterminé à quoi servaient toutes ces expériences ? Comment pensent-ils conquérir l'humanité de l'ombre ?

Les doigts du fondu de l'informatique se resserrèrent autour de l'ordinateur portable.

— Ils... ils ont testé toutes sortes de choses pour voir ce qui draine le plus notre essence, dans le but de créer une maladie qui pourrait être transmise entre les ombres et qui serait assez mortelle pour tuer tous ceux qui la contracteraient dans le monde des mortels.

Un silence plus profond s'abattit sur la foule.

— Ça ne marchera jamais, dit l'un des membres du gang au bout d'un moment. Nous ne tombons jamais malades.

Le gars haussa les épaules.

— Ils ont fait des progrès. Rien que nous ne puissions combattre immédiatement, et le virus que j'ai envoyé dans leurs systèmes informatiques a peut-être été transmis au reste de l'organisation via Internet et a endommagé l'ensemble de leurs recherches, mais je ne me sentirai pas à l'aise tant qu'ils y travailleront encore. Ils ont déjà créé des bactéries assez puissantes pour affaiblir les ombres de moindre importance.

Il y eut un moment de silence horrifié. La foule rassemblée n'avait manifestement jamais pensé qu'une telle chose était possible. Un frisson me parcourut l'échine.

— Bien, lâcha Omen. Ces connards sont dangereux, nous le savions déjà. Si nous n'avons pas renversé le caïd hier soir, nous devrons le faire la prochaine fois. As-tu trouvé des indications sur la personne qui dirige tout le cirque ?

— Il semble que Victor Bane était en charge des opérations ici. Les dossiers restent assez vagues sur qui détient l'autorité ultime, mais… en me basant sur l'échelle des opérations, je pense qu'ils sont situés à San Francisco.

— Un autotour ! Ruse leva le poing en l'air, mais même lui ne parvint pas à insuffler beaucoup d'enthousiasme à sa plaisanterie.

Des murmures se répandirent dans la foule. Rex les perçut et acquiesça.

— Nous avons mené la bataille pour laquelle nous étions venus, nous avons chassé ces salauds de notre ville. Pour le reste, je vais devoir vous laisser faire. Nous avons assez risqué pour l'instant.

Le regard du loup-garou se posa sur moi. Je me rendis compte qu'il en était de même pour quelques-uns de ses compagnons. Leurs expressions s'étaient crispées d'une manière qui ne faisait qu'amplifier mon malaise.

— Surtout puisqu'une sorcière travaille avec vous, ajouta Rex, et le déclic se fit. Bien sûr, les hommes de l'ombre qui m'avaient vu invoquer le feu dans le hall d'entrée pensaient que j'avais utilisé la sorcellerie, en soumettant un homme de l'ombre à ma volonté. Ils avaient eu de nombreuses preuves que j'étais mortelle, et c'était la seule façon dont les mortels étaient censés être capables d'utiliser la magie.

Je me redressai.

— Je ne suis pas une sorcière. Je ne sais pas exactement ce que je suis, mais je ne manipulerai pas les ombres pour obtenir le pouvoir.

Les sourcils de Rex se levèrent.

— Tu essaies de me dire que tu es une humaine capable de conjurer le feu par ses propres moyens ?

— Enfin, plutôt la fumée, mais...

— C'est vrai, dit Omen brusquement. Tu crois vraiment que je travaillerais avec une sorcière, Rex ? Je préférerais les manger pour le dîner. Si tu ne restes pas dans les parages, je ne vois pas en quoi c'est important de toute façon.

Les murmures s'étaient intensifiés, d'autres regards se tournèrent vers moi. Thorn s'approcha d'un pas, comme s'il pensait que j'avais besoin d'un garde du corps, mais Rex fit signe aux siens de se taire.

— Tu as raison, c'est votre affaire, pas la nôtre. Allez, les gars, laissons ces bienfaiteurs à leur croisade.

Il s'éclipsa dans l'ombre. La plupart des autres le suivirent. Je supposai qu'ils trouveraient un véhicule à voler pour raccourcir le trajet jusqu'à la ville.

Laissons ces égoïstes faire ce qu'ils veulent. Un frisson plus profond, qui n'avait rien à voir avec les ombres, s'insinua dans mes os.

— Omen, dis-je. Au moins un des gardes qui m'a vue utiliser ma magie s'est enfui la nuit dernière. Je ne m'en suis pas inquiétée parce que Thorn était trop blessé pour aller le chercher — tout le reste détruit, je ne pensais pas que cela aurait de l'importance. Mais s'il le dit à tous les autres membres de la Compagnie... ils seront prêts la prochaine fois.

— Un souci de plus dans un tas de soucis. Nous nous en occuperons en même temps que le reste.

Quelqu'un se racla la gorge. Omen se retourna et se renfrogna en remarquant que le fondu de l'informatique qui se tenait nerveusement au pied des marches du camping-car, n'étant pas parti avec les autres.

— Quoi ?

Le gars hocha la tête.

— J'ai pensé que vous voudriez savoir... Je crois que l'être que vous espériez trouver sur le domaine de Bane, le dévoreur, il semblerait qu'ils l'aient capturé — ou un être à la description très similaire. Quoi qu'il en soit, ils l'ont expédié à Chicago hier après-midi. Peut-être qu'ils craignaient que vous puissiez traquer sa présence s'ils le gardaient trop près d'eux.

Ma gorge se serra. *Snap !* Il était dans une de ces cellules, coincé par l'argent et le fer et les lumières brûlantes — et tout ce qu'ils utilisaient déjà pour le tourmenter.

— Merci, dit Omen, et l'informaticien s'élança à la suite de son patron. Le chien de l'enfer se passa la main sur le front. Quand j'aurai mis la main sur le reste de ces gens...

Les épaules de Thorn se contractèrent.

— Ce sera un plaisir de les déchiqueter membre par membre.

— Nous devons d'abord les trouver tous. Sept villes. La bouche d'Omen se crispa. Peut-être que si nous détruisons ce qu'ils ont à San Francisco, ce sera suffisant...

Son regard glissa sur nous, sur les quelques ombres rescapées qui se tenaient avec incertitude en marge de la foule, et s'arrêta sur Bow, qui s'approchait de nous avec Gisèle toujours dans ses bras.

Ce fut la métamorphe licorne, et non le centaure, qui prit la parole, d'une voix éraillée, mais vive comme l'argent.

— Je pense que nous pourrions vous aider un peu plus, pour vous remercier de nous avoir ramené Cori. Elle adressa un sourire à leur ami par-dessus l'épaule de Bow.

— Tu ne peux pas te battre alors que tu es encore en convalescence, protestai-je, mais elle me fit non de la tête.

— Pas comme ça. Nous avons... Nous avons besoin de la toutemobile seulement quand nous sommes dans le royaume des mortels. La dryade avait raison, je guérirai plus vite du côté de l'ombre. Si vous pouvez nous déposer à la faille la plus proche, nous serons heureux de vous la prêter aussi longtemps que vous en aurez besoin. Elle posa sa main contre le flanc du véhicule. Peut-être même que je rebondirai assez vite pour revenir dans cette guerre qui est la vôtre.

Omen la considéra un long moment. Puis il inclina la tête, légèrement, mais avec un respect évident.

— Je te remercie. Vous avez déjà aidé plus que la plupart des gens ne l'auraient fait.

Il pivota pour faire face à Thorn, Ruse et moi.

Les mots sortirent avant que je n'y pense, mais je ne les aurais pas changés de toute façon.

— Nous devons ramener Snap. Nous ne pouvons pas le laisser entre les mains de ces connards alors que nous n'avons aucune idée du temps qu'il faudra pour anéantir toute la Compagnie.

Je me préparais à devoir faire valoir des arguments pratiques au nom de mon amant, à souligner combien il avait déjà contribué à la cause d'Omen et combien il pourrait encore le faire s'il en avait l'occasion, comme si cela importait plus que le fait qu'il était maintenant confronté à je ne sais quel type de torture à cause de la croisade du chien de l'enfer. Mais je n'en avais pas besoin.

Un sourire crispé ourla les lèvres d'Omen.

— Je suis d'accord. Il semble que nous ayons un voyage prévu dans notre futur immédiat — et que le chef de la Compagnie soit maudit, notre premier arrêt sera Chicago. Nous ne laisserons pas notre dévoreur derrière nous.

À PROPOS DE L'AUTEUR

Eva Chase est une autrice dans le top 100 des best-sellers Amazon dans les catégories de romance fantaisie et paranormale. Elle a grandi avec une bonne dose de magie, de chaos et de cette angoisse romantique, trois éléments que l'on retrouve dans ses histoires. Mais il n'y a pas besoin d'avoir peur des triangles amoureux ! Les héroïnes d'Eva n'ont jamais à choisir. Vous pouvez visiter son site web au www.evachase.com.